BASTEI
LÜBBE

NANCY BAKER

BLUT GESANG

Aus dem Englischen
von Heinz Nagel

BASTEI
LÜBBE

BASTEI-LÜBBE-TASCHENBUCH
Band 12291

Deutsche Erstveröffentlichung
Titel der Originalausgabe:
The Night Inside

First published by Penguin Books Kanada

Printed in Great Britain März 1995
Einbandgestaltung: Gisela Kullowatz
Titelillustration: Stuart Knox
Satz: hanseatenSatz-bremen, Bremen
Druck und Bindung: Cox & Wyman, Ltd.
ISBN 3-404-12291-7

Der Preis dieses Bandes versteht sich einschließlich
der gesetzlichen Mehrwertsteuer.

Für Richard und Kim

Dank an: Gillian Holmes, Freund, Fledermausfan und außergewöhnlicher Testleser; Neil Bissoondath und Ann Montagnes für Aufmunterung, als sie gebraucht wurde; Bill und Aileen Jamieson und Jim und Margo Scott für die Nutzung des Cottage und der Farm; Cynthia Good und allen anderen bei Penguin dafür, daß sie daraus das beste Buch gemacht haben, das man machen konnte; Kim Kofmel für Lunch, Dinner und Schreibwochenenden und endlose Inspiration, und Richard Shallhorn, der mir dabei zusah, wie ich seine großen Ideen in kleine verwandelte, und mich trotzdem geheiratet hat.

Aching with a passion inside
Deep as the river of desire,
The ashes and the fire
Turning this night inside

Von einer Leidenschaft im Inneren gequält,
die so tief ist wie der Strom der Begierde;
die Asche und das Feuer,
die diese innere Nacht wenden . . .

Prolog

Er brauchte zum Aufwachen zwei Tage.

Sein Herz, das jeden Tag nur einen einzigen Schlag getan hatte, begann sich allmählich schneller auszudehnen und wieder zusammenzuziehen. Das Blut, das so träge wie ein Gletscher durch die inneren Bahnen seines Körpers gekrochen war, fing jetzt an, zu schmelzen und zu fließen. Nerven erwachten wie Funken zum Leben und lösten Muskelzuckungen aus, als der Kontakt zu den lang vergessenen Territorien der Hände und Füße wiederhergestellt wurde.

Und so wie sein Körper erwachte, tat es auch sein Verstand, schwebte vom mitternächtlichen Vergessen in ein Zwielicht, wo Träume wie Rousseaublumen blühten, blutrot und mit Zähnen.

Endlich, nachdem Aufgehen und Versinken des Mondes sein Blut zwei Nächte lang wie Gezeiten durch seinen Körper gezerrt hatten, schlug er die Augen auf und starrte in völlige Dunkelheit. Seine Hände zuckten, plumpsten dann wieder zurück, zuckten wie blasse, beblätterte Seegewächse. Als die Kontrolle über sie zurückkehrte, bewegten sie sich erneut, hoben sich, um das Holz zu berühren, das sie umgab. Nägel, jetzt lang und scharf wie Rasiermesser, kratzten verzweifelt an seinen Gefängniswänden, ehe er die Panik, die ihn zu ersticken drohte, überwunden hatte. Er war nicht eingeschlossen, sagte er sich, und die Gedanken kamen träge und schwer. Dies war sein Versteck, sein Zufluchtsort.

Die Hände sanken an seine Seite, als die Vernunft seinen aufsässigen Körper zügelte. Er holte tief Atem (es gab zwar kaum Sauerstoff, aber das hatte kaum etwas zu bedeuten). Warte, sagte ihm der langsame Puls in seinem Körper, warte.

Mehrere zeitlose Stunden später, als der Mond über der schweigenden Stadt seinen Zenit erreicht hatte, bewegte er sich wieder. Diesmal stemmte er seine Hände gegen das Holz über ihm. Er drückte und wartete auf das Ächzen des sich hebenden Deckels, das berstende Geräusch von Nägeln, die aus ihrem Bett gezerrt wurden. Da war nur Stille und Finsternis.

Plötzlich raste irrationale Panik durch sein Bewußtsein, schnappte mit Zähnen der Angst nach seiner kaum wiederhergestellten Vernunft. Sei ruhig, sei ruhig, sagte er sich und kämpfte gegen die Furcht an. Er hatte dies bisher noch nie erlebt, dieses Versagen seines Körpers, der seine Befehle nicht erfüllte. Aber dann hatte er auch nie so lange gewartet. Konnte es sein, daß er seine Kraft so falsch eingeschätzt hatte? Waren es zu viele Jahre gewesen, und waren seine Kräfte so geschwunden, daß er nicht mehr aus seinem Versteck fliehen konnte? Wenn er hier festsaß, in der Falle, was dann? Konnte er hier verhungern, würde der Hunger das bewirken, was Kugeln, Schwerter und mehr als vierhundert Jahre nicht hatten bewirken können? Und wenn, wie lange würde es dauern? Würde sein Geist zerspringen, ehe sein Körper dahinfaulte? Einen schreckerfüllten Augenblick lang malte er sich eine Ewigkeit gierigen, heißhungrigen Wahnsinns aus, eingeschlossen im doppelten Grab aus Holz und Knochen.

Ein Laut entwich seinen Lippen, ein heiser-kehliges Stöhnen der Auflehnung, und dann drückte er wieder nach oben. Er hielt den Druck aufrecht, bis er über dem Brausen in seinen Schläfen das Knacken des Holzes hörte, als es über seinen Händen zersplitterte.

Er schlug die Augen wieder auf. Da war kein Licht, aber er brauchte keines, um den drei Fuß langen Spalt im Holz zu sehen. Er glaubte die wilde Süße der Nachtluft zu spüren, und die Illusion verlieh ihm Kraft.

Zehn Minuten des Drückens und Kratzens, dann war der Spalt im Holz für seine beiden Arme breit genug. Der zerfallende Stoff seiner Jacke zerfetzte an den Holzsplittern, als er einen Arm durch das Loch zwängte, um den Deckel am Rand zu fassen. Harte, zackige Krallen glitten unter dem Rand durch und zerrten, bis die Nägel mit einem schwachen Ächzen des Protests ihren Griff um das Holz lockerten. Ein weiteres Drücken, und er war frei.

Er ruhte sich eine Stunde aus, die ihm zum erstenmal sehr lang vorkam, und dann kletterte er langsam hoch, bis er sich an die Holzkiste lehnen konnte. Der Raum, in dem er sich befand, war nicht viel weiter als die Kiste. Er sah sich langsam um und fühlte das Gewicht des Gebäudes über ihm. Er tastete nach der Mauer am einen Ende, spürte, wie ihn plötzlicher Schwindel überkam, und klammerte sich wieder an die Kiste.

So stand er einen langen Augenblick lang gebeugt da und gab seinen Muskeln Gelegenheit, sich wieder anzupassen, und gewahrte dann den Schmerz tief in seinem Inneren. Die Anstrengung der letzten Stunden hatte seinen schlummernden Hunger geweckt. Sein Leib verkrampfte sich, und wieder erschütterte ihn Übelkeit. Er würde Nahrung aufnehmen müssen, und dies bald, um auch nur den Schatten von Kraft zu bewahren, den er noch besaß.

Er schüttelte sich leicht und griff nach dem verborgenen Mechanismus, der ihn vor Jahren hier eingeschlossen hatte. Einen Augenblick lang dachte er, daß auch die Wand sich nicht öffnen würde, aber dann kroch die innere Maschinerie ächzend ins Leben zurück und gab den Weg frei nach draußen in das abgedunkelte Lagerhaus.

Er trat hinaus in das verlassene Obergeschoß und verspürte eine Aufwallung von Kraft, als ihm saubere Luft ins Gesicht schlug. Dieser Teil des Lagerhauses war leer gewesen, als er sich eingeschlossen hatte, und war auch jetzt noch leer, wenn man von den schweren eisernen Flaschenzügen und Winden absah, die wie die Rippen eines Skeletts von der Decke hingen. Die großen Fenster, die eine Wand säumten, waren schmutzverkrustet und geschwärzt, aber das schwache Mondlicht kroch durch die schmalen Fugen und legte sich wie ein schimmerndes Netz über den schmutzigen Boden. Er trat in einen fahl leuchtenden Strahl und atmete das silberne Licht ein.

Mit geschlossenen Augen hob er sein Gesicht in den schwachen Schein des Himmels, und dann streckte er langsam sein Bewußtsein aus, tastete nach irgendeinem Funken Leben, irgendeinem winzigen Herzschlag in der oberen Leere des Lagerhauses. Dort, oh dort . . . Er verspürte ein schwaches Pulsieren und das verschwommene Bewußtsein eines Nagerhirns. »Komm«, hauchte er, ein trockenes, staubiges Geräusch. »Komm.«

Die Ratte fiepte nervös, und der schrille Ton hallte in seinen Ohren, aber dann kroch sie von der Wand weg und begann, durch das Meer aus Staub auf ihn zuzutrippeln. Er sah ihr zu und beugte sich dann vor, um das Tierchen auf seine Hand kriechen zu lassen. Einen Augenblick lang starrten die winzigen schwarzen Augen zu den seinen hinauf, und ihn erfüllte die schwindelerregende Vision seiner selbst in den Augen der Ratte, ein graues, furchterregend blickendes Monstrum, dessen glühende Augen von dem aschfarbenen, wirren Haar fast verdeckt waren.

Ekel überkam ihn, aber der Hunger war so viel stärker, und das warme, in seinen Händen pulsierende Leben eine zu große Versuchung. Er ertränkte seinen uralten Widerwillen in einem noch älteren Akt.

Einen Augenblick später ließ er den leblosen Körper fallen und kauerte sich keuchend nieder. Das Blut der kleinen Kreatur rann ihm wie Feuer durch die Kehle und durch seine Adern. Es war süß, o so süß . . ., reichte aber auch nicht entfernt aus, um den qualvollen Hunger zu stillen, den er empfand. Vielmehr hatte die kurze Befriedigung sein Bedürfnis nur noch gesteigert.

Er wischte sich das Gesicht, leckte sich geistesabwesend die verschmierten Finger und starrte wieder ins Mondlicht, dessen quecksilberner Schein jetzt heller geworden war. Wie lange war es gewesen? fragte er sich. Mehr als fünfzig Jahre, schätzte er, aber vielleicht weniger als hundert. Er stand auf und ging langsam zu der Treppe, die ins Erdgeschoß des Lagerhauses hinunterführte. Das zersprungene Leder seine Stiefel ächzte bei jedem Schritt, und das Geräusch hallte vom Fußboden wider und pflanzte sich dröhnend in seinem Kopf fort. Er setzte dazu an, die Treppe hinunterzugehen, klammerte sich jedesmal, wenn sein Kopf wieder zu kreisen anfing, an das Geländer.

Auf halbem Wege erkannte er, daß er nicht alleine war. Herzschläge, die in seinem Kopf wie Donner dröhnten, Atem, der in seinen Ohren wie ein Orkan klang . . . die Wahrnehmungen durchfluteten sein Bewußtsein mit einer Kraft, die ihn erschütterte. Mehr als einer, mehr als zwei . . . das war alles, was seine verwirrten Sinne einen Augenblick lang aus der Wahrnehmung machen konnten. Dann hob er den Kopf und sah sie, grell und heiß in seiner Nachtsicht. Sie drängten sich am anderen Ende des leeren Lagerhauses zusammen, drei von ihnen standen, über eine Maschine gebeugt, die in seinen überempfindlichen Ohren zum Wahnsinnigwerden summte.

Halt dich fern, warnte seine Vernunft, sie sind viele, du bist geschwächt . . . halt dich fern. Aber der Geruch ihres Blutes war berauschend, der Hunger wie eine rotblühende Blume in seinem Bewußtsein. Nur einen. Nur einen, und er würde wieder stark sein, stark genug, auch die anderen zu nehmen, wenn es sein mußte. Nur einen, und dann würde er frei sein.

Er stieg vorsichtig die restlichen Stufen hinunter, klammerte sich an die Fetzen von Schlauheit, die ihn in Zaum hielten, während der Hunger nach Blut in ihm wütete. Sie durften ihn nicht sehen, durften nicht wissen, daß er hier lauerte, so lange nicht, bis er bereit war. Das Pfeifen der Maschine erfüllte seine Ohren und trommelte auf seine zum Zerreißen gespannten Nerven ein.

Am Fuße der Treppe angelangt, zog er sich in ihren Schatten zurück und wartete. In dem leeren Lagerhaus gab es keine Deckung, nur die Dunkelheit der Schatten und seine eigene Unmöglichkeit boten ihm Schutz. Er stand ganz still, und obwohl sein Körper vor Hunger lechzte, wartete er, während die Stimmen der Männer langsam in sein Bewußtsein einsickerten, vorbei an dem lästigen Summen der Maschine.

»Noch ein Durchgang, dann sind wir mit diesem Stockwerk fertig«, verkündete einer.

»Wird auch Zeit. Du weißt ja, Roias hat gesagt, wir sollten nachts nicht arbeiten«, sagte der zweite.

»Ach, Scheiße, er wird's nie erfahren. Wir kriegen fünf Riesen, ob wir jetzt eine Woche oder einen Monat für den Job brauchen. Ich für meine Person könnte Urlaub gebrauchen.«

»Ich auch. Aber dieser Bau hier ist zum Fürchten«, erwiderte Tucker.

»Wenn du pinkeln mußt, kannst du ja gehen. Simpson und ich teilen uns dann deinen Anteil«, schlug der erste vor.

»Keine Chance, Theo«, erwiderte Tucker und sah sich dann nervös in dem Lagerhaus um. »Fragst du dich je, was zum Teufel wir hier eigentlich suchen?«

»Al Capones verborgenen Schatz?« tönte der dritte Mann gedehnt und suchte in seiner Tasche herum. Ihr Gelächter scharrte wie stumpfe Rasiermesser über die Nerven des Beobachters.

»Roias würde es recht geschehen, wenn er bloß eine dreckige Flasche findet . . . Herrgott, Simpson, pack den Scheiß weg. Du weißt, daß ich das Zeug nicht ausstehen kann.«

»Drum bist du ja so ein Feigling, Theo«, sagte Simpson und riß dabei ein Streichholz an, das brannte und lockte.

»Ach geh doch und rauch den Scheiß dort drüben«, schaltete Tucker sich ein, und Simpson zuckte die Achseln und schlenderte davon.

Unter der Treppe spürte der Vampir, wie seine Muskeln sich in Vorbereitung auf den Angriff spannten. Raubtierinstinkte, die tausend eisig kalte Nächte scharfgeschliffen hatten, bewegten ihn an den Rand des Schattens, während Simpson näher trat und entspannt im Heiligenschein aromatischen Rauchs dahinschritt. Die Spitze der handgedrehten Zigarette glühte schwach, der einzige Lichtpunkt in der dunklen Gestalt, die sich silhouettenhaft vor dem Lichterkreis am anderen Ende des Lagerhauses abzeichnete.

Noch drei Schritte, zwei . . . Es hallte wie Glocken im Kopf des Vampirs. Der Mann blieb plötzlich stehen, starrte in die Finsternis, und der Vampir gefror zur Leblosigkeit. Dann nahm Simpson einen langen Zug, legte den Kopf zurück und atmete aus. Die Bewegung ließ die dunkle Krümmung seiner Kehle sehen, zeichnete ihre gebogene Kraft vor den Lichtern ab. Der Vampir konnte den Pulsschlag des Blutes fühlen, und der Geruch von Leben in den Adern des Mannes drang ihm in die Nase. Das war mehr als er ertragen konnte, und er kam in einem raubtierhaften Satz aus den Schatten hervor, der ihn fast an Simpsons Seite trug.

Die Augen des Mannes öffneten sich plötzlich, und der glasige Schein über den dunklen Tiefen verblaßte, als anstelle des Drogenrausches verständnisloser Schock trat. »Meine Güte . . .« Mehr brachte er nicht heraus, dann hatten sich die Hände des Vampirs um seine Schultern geschlossen und drückten ihn zu Boden.

Wie aus weiter Ferne nahm der Vampir wahr, daß die anderen Männer sich umdrehten, aufschrien, aber dann war da nur das heiße Fleisch und das noch heißere Blut, das seinen Mund füllte. Simpson unter ihm schlug um sich, sein Kopf zuckte hin und her, bis krallenbewehrte Hände sich über die Stirn des Mannes legten und das Blut aus seinen Schläfen treten ließen, während sie seinen Kopf festhielten. Selbst jetzt brauchte er alle Kraft, um den Mann festzuhalten und seine Kehle weit genug aufzureißen, bis seine wilde Gegenwehr in Todeszuckungen umschlug.

Dann war er ganz im Blutrausch, und die heiße Flüssigkeit brannte seine Kehle hinunter, spritzte aus der wie wild pumpenden Arterie über sein Gesicht. Die ganze Welt verengte sich auf den Geschmack, den Geruch und das schwindelerregende Wohlbehagen, das mit jedem Schluck süßen Blutes durch seine Adern raste.

Als jemand seine Schultern packte und versuchte, ihn von jener reichen Quelle wegzuziehen, schlug er zu, nahm undeutlich wahr, daß es Theo war, den er niedergeschmettert hatte. Er konnte Tucker schreien hören, tausend Meilen von ihm entfernt, und dann verstärkte sich das dumpfe Moskitosummen in seinen Ohren zu einem messerscharfen Geräusch, das ihn taumelnd in die Höhe fahren ließ. Er griff mit den Händen an seinen Kopf.

Er zwang sich, die Augen zu öffnen, um diese neue Bedrohung zu finden. Es war dieser Mann, der Tucker hieß; er hielt etwas in der Hand, ein kleines Gerät, dessen Kabel mit der fremdartigen quälend summenden Maschine verbunden war. Er hatte die Strecke, die ihn von dem Mann trennte, zur Hälfte zurückgelegt, hielt sich die Ohren, schnaubte und biß die blutigen Zähne zusammen, um den Schmerz zu unterdrücken, als das Geräusch wieder einen Satz machte, in eine Stratosphäre jenseits seiner Vorstellungskraft davonschoß.

Jetzt schrie er, heulte in plötzlicher, sinnloser Qual auf und fiel zu Boden, wand sich unter dem Peitschenschlag der weißglühenden Pein in seinem Kopf. Theos schreckliche Schreie hörte er kaum, aber er spürte die schweren Stiefel des Mannes, die gegen seine Rippen krachten. Theos Wut, angetrieben von dem wilden Entschluß, die Kreatur zu vernichten, die es gewagt hatte, ihn in Angst zu versetzen und, noch wichtiger, ihn mit dieser Angst beschämt hatte.

Die Schläge, die auf ihn herunterprasselten, konnten ihn nicht töten, ja nicht einmal seine Knochen zerschmettern. Aber das hinderte sie nicht daran, ihm Schmerzen zu bereiten, eine qualvolle Agonie, die er über dem Dröhnen in seinem Bewußtsein wahrnahm.

Als das Geräusch endlich nachließ, dauerten die Schläge an, zehrten die Kraft auf, die er in dem Blut gefunden hatte. Die Arme um den Kopf geschlungen, zog er sich in die tiefsten Winkel seines Bewußtseins zurück. Aus weiter Ferne hörte er die Männer reden, scharfe, von Panik erfüllte Stimmen, nicht viel mehr als ausgefranste Zacken von Geräuschen, die das gleichmäßige Klagen der Maschine übertönten.

»Herrgott im Himmel, was ist das?«

»Ich weiß nicht! Woher zum Teufel soll ich das wissen!«

»Ist es tot?«

»Keine Ahnung! Scheiße, es hat Simpson umgebracht.«

»Was machen wir jetzt?«

»Ich werd diesen Dreckskerl Roias anrufen und ihm sagen, daß er schleunigst hierherkommen soll. Das werd ich tun. Halt die Maschine da ran, und wenn es sich noch mal bewegt, dann gibt ihr mehr Saft.«

Wie durch einen Nebel wußte er, daß er hier weg mußte, ehe diese Männer andere riefen und er in der Falle saß. Es hätte nicht so sein dürfen, es war noch nie so gewesen . . . Er war stärker als sie, klüger . . . Er war der Räuber, und sie waren die Beute . . . Er setzte dazu an, den Kopf zu heben, um zu sehen, wo die Männer waren, ob Tucker jenes infernalische Gerät heruntergeschaltet hatte. Das Geräusch durchbohrte ihn erneut, diesmal mit voller Kraft, und der Vampir schrie wortlos, bäumte sich nach rückwärts, bis das fahle Mondlicht seine Augen füllte, und dann sank er in die Dunkelheit zurück.

Karten der Mitternacht

Ich setze Marken auf die Karten der Mitternacht . . .

Aus dem Tagebuch von Ambrose Delaney Dale
13. März 1898

Endlich eine Nachricht! Ich hatte schon fast begonnen, an meinen ursprünglichen Erkenntnissen zu zweifeln, weil die Stadt so still war. Aber heute kam kurz vor dem Dinner eine Nachricht, daß Mr. Collins unten warte und mich sprechen wolle, und ich wagte zu hoffen. Als man ihn in die Bibliothek führte, ließ sein Gesichtsausdruck meine Hoffnung noch steigen. Und als er seine Geschichte erzählte . . .

Wie ich schon früher erwähnte, hat er sich in den Bars und Straßen des Bezirks aufgehalten, wo die Arbeiter und die Armen leben, wo man den geheimnisvollen, blutlosen Körper gefunden hat, und sich dort nach ungewöhnlichen Erzählungen umgehört. Die wenigen Hinweise, die er bis jetzt hatte weitergeben können, waren nicht viel mehr als betrunkenes Gewäsch gewesen. Aber das, was er heute nacht berichtet hat, verspricht anders zu sein.

Wie es scheint, ist einer seiner Kumpane mit einer Frau bekannt, die sich ihren Lebensunterhalt als Hure verdient (bedauerlicherweise muß man sagen, daß selbst diese respektabelste aller Städte von ihresgleichen heimgesucht wird). Wie Collins Freund berichtet, trifft sich von Zeit zu Zeit eine Gruppe von Huren, um über die widerwärtigen Details ihres Berufs zu reden und sich gegenseitig vor den Maßnahmen der Polizei zu warnen, die ihr Gewerbe behindert. Eines der Themen ihrer letzten Zusammenkunft war ein Freier, der einige von ihnen aufgesucht hatte. Ein Mann in mittleren Jahren, ausländischer Herkunft, dem der Ruf voranging, großzügig mit dem Geld umzugehen und ihresgleichen anständig zu behandeln. Doch stellten sie alle nach Collins Gewährsmann zu ihrer Überraschung fest, daß keine von ihnen sich an die genauen Details der Transaktion erinnern konnte.

Ich deutete an, daß dies ja kaum zu überraschen brauchte, wenn man den Zustand der Trunkenheit in Betracht zog, in dem die meisten dieser Frauen existieren müssen. Aber Collins beharrt darauf, daß sein Freund mit Nachdruck behauptete, daß viele dieser Prostituierten dem Trunk nur in ihren Mußestunden huldigten. Es gab auch noch ein paar andere Merkwürdigkeiten in ihren Begegnungen mit diesem Kunden, die seltsam erschienen. Einige berichteten, daß sie nach seinen Besuchen einer ungewöhnlichen Müdigkeit zum Opfer gefallen seien, und eine oder zwei erklärten ausdrücklich, daß sie, obwohl sie glaubten, mit ihm den üblichen Geschlechtsverkehr ausgeübt zu haben, keinerlei physische Beweise dafür vorgefunden hatten, obwohl dergleichen üblicherweise in ihren schmutzigen Bettlaken zu entdecken war.

Nachdem Mr. Collins seinen Bericht beendet hatte,

zahlte ich ihn wie gewöhnlich und sandte ihn mit den Worten aus, daß ich bereit sei, für ein Gespräch mit einer dieser Huren zu bezahlen. Collins hat natürlich keine Ahnung, worauf mein Verdacht in Wahrheit abzielt (er scheint zu glauben, daß ich belastende Informationen über einen Geschäftskonkurrenten suche) und mein Name darf in Verbindung mit seinen Ermittlungen nie erwähnt werden.

Nachdem er weggegangen war, habe ich mich hingesetzt, um dies aufzuschreiben. Wenn ich jetzt noch einmal lese, was ich geschrieben habe, und mir die vorangegangenen Beweise ansehe, die mich zu diesen Ermittlungen veranlaßt haben, bin ich mehr denn je überzeugt, auf der richtigen Spur zu sein.

Ich höre Henry an der Tür, ohne Zweifel wieder mit irgendeinem Plan für ein gutes Geschäft. So sehr es mich erleichtert, meinen Wohlstand in guten Händen zu wissen, wünsche ich mir manchmal, daß er für meine Erforschung der okkulten Geheimnisse der Welt ebensoviel Respekt wie für mein Vermögen aufbringen könnte. Denn was ist schon noch eine Bank oder eine Gesellschaft oder eine Eisenbahnlinie im Vergleich mit dem Lohn, den ich jetzt suche.

1.

Es war eine jener Parties, die damit enden würden, daß die Leute ohnmächtig auf dem Boden herumlagen. Das konnte Ardeth Alexander in dem Augenblick erkennen, als sie durch die Tür trat und Peter sie in bierseligem Überschwang umarmte.

»Willkommen zum Ende-der-Welt-Fest«, sagte er, als er sie los ließ.

»Ich dachte, dies wäre deine Geburtstagsparty.«

»Hab ich auch gedacht. Aber das Semester ist zu Ende,

und das heißt, daß wir dem Leben außerhalb des Elfenbeinturms entgegentreten müssen. Für die meisten von uns könnte das ebensogut auch das Ende der Welt sein. Alle sind darüber viel zu deprimiert, um nur das bedeutendste Ereignis des zwanzigsten Jahrhunderts zu feiern.«

»War es das denn?«

»Selbstverständlich.«

»Nun, wenn du es sagst. Meine Spezialität ist ja das neunzehnte Jahrhundert, das weißt du doch. Wir nehmen die Welt nach 1899 nicht zur Kenntnis«, sagte Ardeth und reichte ihm die in Silberpapier verpackte Flasche mit Remy Martin. Als ob diese Party noch weiteren Alkohol brauchen würde, dachte sie mit einem Anflug von Sarkasmus. »Trotzdem alles Gute zum Geburtstag.«

»Danke«, erwiderte Peter mit einer übertriebenen Verbeugung, die überhaupt nicht zu seinem Äußeren passen wollte. »Bergbewohner der Frühzeit«, hatte seine Freundin Lise es einmal genannt. Er trat zur Seite, damit der Lärm der Party sie ebenso einhüllen konnte wie vorher seine Umarmung. »Und jetzt hol auch noch die andere Flasche heraus, die ich in deiner Tasche sehe, und komm herein und betrink dich sinnlos mit uns«, instruierte er sie.

Könnte durchaus sein, daß ich das tue, dachte Ardeth und trat in den langen Korridor, der zur Küche führte. Die Party war voll in Schwung, Musik dröhnte aus der Stereoanlage, und sämtliche Räume des alten Hauses waren mit Menschen vollgestopft.

Die Küche war wie gewöhnlich das Zentrum der gesellschaftlichen Aktivität. Sie zwängte sich an ein paar Frauen vorbei, die sie nicht erkannte, um an die Theke zu kommen. Sie hatte es gerade geschafft, sich ein Glas Wein einzuschenken (die Plastikgläser waren eine große Hilfe, dachte sie), als sie hörte, wie jemand ihren Namen rief.

Ardeth drehte sich um und sah, daß Carla ihr von der anderen Seite der Küche aus zuwinkte. Sie quetschte sich zwischen zwei Männern durch, die in eine tiefgründige Konversation über Wirtschaftstheorien verwickelt waren, und erreichte den Platz, den Carla und ihre Freunde für sich mit Beschlag belegt hatten.

Sie erkannte Danny und Roger, beide von der Geschichtsfakultät, die ihre Arbeiten gleichzeitig mit Ardeth einreichen mußten; Richard, der nach dem Vordiplom aufgegeben und bei irgendeiner obskuren Regierungsstelle Arbeit gefunden hatte, und Conrad, der von der University of Toronto in die Wildnis einer Vorstadtuniversität gezogen war, um dort seinen Doktor zu machen.

»Ardy, du hast's geschafft!« rief Carla aus und streckte beide Arme nach ihr aus. Ardeth erwiderte die Umarmung kurz und trat dann einen Schritt zurück, um der anderen Frau zuzulächeln.

»Natürlich habe ich es geschafft. Hast du gedacht, ich würde mir das entgehen lassen?«

»Nun, so wie Roger es schildert, hast du deine Nase so tief in den Büchern vergraben, daß du am Ende noch einen Schönheitschirurgen brauchen wirst.« Den anderen Grund, weshalb sie nicht mit Ardeth' Kommen gerechnet hatte, erwähnte sie nicht; niemand tat das.

»Roger übertreibt«, sagte sie und warf dem blonden Mann, der an der Wand lehnte, einen schnellen Blick zu. Und gewöhnlich gehen seine Übertreibungen noch viel weiter, dachte Ardeth. Er sagt dann nicht nur, daß meine Nase in den Büchern steckt. »Ich hätte mir das nie entgehen lassen, obwohl ich mir vorstelle, daß wir alle im Augenblick ziemlich viel zu tun haben.«

»Was macht denn die Welt des ›öffentlichen Verkehrs und Privatbesitzes in Toronto: 1861 bis 1900‹?« fragte Conrad. »Aber vielleicht sollten wir einander solche Dinge gar nicht fragen.«

»›Öffentlicher Verkehr und Privatbesitz‹ macht gute

Fortschritte, und ich hoffe nur, daß ›politische Doktrinen im Rußland des neunzehnten Jahrhunderts‹ ebenso gut vorankommen. Und du hast recht, wir sollten wenigstens versuchen, diese Themen für den Rest des Abends unter Strafe zu stellen.«

»Damit bleiben nur Politik und Religion«, stellte Richard fest. »Hat irgend jemand in letzter Zeit die Partei oder den Gott gewechselt?«

»Wenn das die einzigen Themen sind, die noch zur Verfügung stehen, dann wechsle das Lokal. Con, gib mir noch ein Bier, und dann werden wir Ladies euch Gentlemen verlassen, damit ihr darüber debattieren könnt, wer rechts und wer links steht«, erklärte Carla entschieden. Con warf ihr die Bierdose hin, die sie mit beiden Händen auffing. Sie nahm Ardeth' Arm und bugsierte sie aus der Küche heraus.

»Wie geht es dir?« fragte sie vorsichtig.

»Gut, Carla.«

»Peter hätte fast die Party abgesagt . . . nach dem, was Tony passiert ist. Lise hat ihn überredet.«

»Da bin ich sehr froh. Wir können nicht so tun, als wäre unser aller Leben zu Ende, weil Tony tot ist. Zwischen uns war ohnehin Schluß, das weißt du ja.«

»Yeah, ich weiß. So, und jetzt, da wir das hinter uns haben, trink deinen Wein, Mädchen, und dann versuchen wir, hier jemanden zu finden, der nicht fachsimpelt.« Ardeth lachte, nahm einen großen Schluck aus ihrem Glas, so groß, daß ihre Kopfhaut ein wenig prickelte, und ließ sich von Carla durch die Menge führen.

Die Party entwickelte sich wie immer; Ardeth bewegte sich zwischen den Gruppen, nahm an Gesprächen teil und löste sich wieder daraus, das Ganze vor dem Hintergrund von Musik, Rauch und der nie ausgesprochenen Angst, ganz alleine mitten in der Menge stehen gelassen zu werden.

Später, als sie einen Augenblick lang nicht beschäftigt

war, sah sie sich im Raum um und dachte, daß Peter recht hatte. Man hatte tatsächlich das Gefühl, als würde die Welt zu Ende gehen. Es war beinahe April und Zeit für die Examina oder Diplom- und Doktorarbeiten; für einige von ihnen das Ende der langen wissenschaftlichen Arbeit. Kaum ein Gespräch, das sich nicht mit der Zukunft beschäftigte — Anstellungen, weitere Diplome (manche in erster Linie, um der Option Eins aus dem Wege zu gehen), Ehen, Rückkehr nach Hause, um die knapp gewordenen Finanzen aufzufrischen, ehe man sich dem Ernst des Lebens zuwandte.

Und ganz gleich, was sie oder Carla sagten, beide konnten in Wirklichkeit Tonys Tod nicht vergessen. Vor zwei Wochen waren die meisten von ihnen auf einer anderen Party zusammen gewesen. Und in jener Nacht, auf dem Nachhauseweg, war Tony etwas passiert. Unglücksfall mit tödlichem Ausgang hatte die Polizei entschieden: zuviel Kokain und ein Sturz von der Brücke an der St. Clair Avenue. Ardeth erinnerte sich daran, die Nachricht am nächsten Morgen im Radio gehört zu haben. Später war dann auch noch ein Bericht im Fernsehen gewesen, sie sah die ausdruckslose blonde Reporterin noch ganz deutlich vor ihrem inneren Auge, wie sie mit gemessener Stimme sprach, während der Sack mit der Leiche den Abhang heraufgetragen wurde. Dann das Begräbnis, an dem sie alle teilgenommen hatten, für den Augenblick aus ihrem Gefühl der Unverletzbarkeit und dem beruhigenden Glauben herausgerissen, daß ihnen so etwas nicht passieren konnte. Und obwohl es zutraf, daß sie und Tony sich bereits sechs Monate vor seinem Tod getrennt hatten und ihre Beziehung auf Dauer langsam sozusagen abgefroren war, stimmte es nicht, daß sie kein Leid mehr empfand.

Und all dies trug wahrscheinlich dazu bei, daß sie heute abend zu viel Wein trank, dachte sie. Sie hatte ebenso viel Angst vor der Zukunft wie die anderen auch. Sie hatte nicht darüber nachdenken wollen, was sie tun würde, wenn ihre Doktorarbeit abgeschlossen war und sie damit die Berechtigung hatte, ihrem Namen die Buchstaben Dr. Phil. anzufügen. Stellungen im Lehrberuf waren selten und die Konkurrenz groß. Sie machte sich keine Illusionen, große Nachfrage für ihren ganz speziellen Studienbereich außerhalb der akademischen Welt zu finden.

In solchen Situationen wünsche ich mir geradezu, einfach auf dem Boden einzuschlafen, dachte sie, nahm wieder einen Schluck Wein und wußte zugleich, daß das unmöglich war. Und daß sie auch nicht an den Joints ziehen würde, die bereits herumgereicht wurden. Zu praktisch, zu konventionell und einfach zu viel Angst – was auch immer der Grund sein mochte, sie hatte es nie geschafft, auf so bequeme Art Vergessen zu finden. Du denkst zuviel, mein Mädchen, sagte sie zu ihrem entfernten Abbild in einem Spiegel, das ist dein Problem. Irgendwo in den schattenhaften Bezirken ihres Bewußtseins, an dem Ort, an dem sie sorgfältig alles wegschloß, das nicht in ihre wohlgeordnete Welt paßte, verspürte sie die dunklen Fluten der Träume, ein unartikuliertes Sehnen nach etwas, das sie einfach daran hinderte, so viel zu denken, und wäre es auch nur ein einziges Mal. Ardeth fröstelte und führte ihr Weinglas an die Lippen. Es war kein echtes Vergessen, aber immerhin besser als das Versprechen der Dunkelheit, das sie lockend in ihrem Bewußtsein verspürte. Dann stieß sie jemand an, und die lärmende Realität der Party hüllte sie wieder ein, zerrte sie in ein zu langes Gespräch über die byzantinischen Schachzüge in einem Machtkampf, der zur Zeit in der Fakultät für mittelalterliche Studien ausgefochten wurde.

Viel später am Abend, nachdem sie sich aus dem Rauch und der Hitze des Hauses zurückgezogen hatte, lag sie auf der ziemlich mitgenommenen Couch, die auf dem schmalen Balkon im Obergeschoß stand. Die Party hatte sich auf die Rasenfläche hinter dem Haus ergossen, und sie lauschte ohne besonderes Interesse auf die Gesprächsfetzen, die zwischen den Eichen zu ihr heraufschwebten.

Als sie hörte, wie sich die Tür hinter ihr öffnete, drehte sie sich um und sah Conrad durch die schmale Tür treten. »Darf man hierbleiben?«

»Ja. Setz dich. Bis jetzt scheint sich noch keiner daran erinnert zu haben, wie man hier rauskommt.« Er machte es sich auf der Couch bequem und bot ihr seine Bierflasche an. Sie lehnte ab und nahm wieder einen Schluck aus dem Weinglas, das vor ihr auf dem Balkongeländer stand.

»Wie ist's denn gelaufen?« fragte Conrad beiläufig. Ardeth lachte.

»Wenn mich das noch jemand in so vorsichtigem Tonfall fragt . . .« Sie seufzte und schüttelte dann leicht den Kopf. »Mir geht's gut, Con, ehrlich. Aber alle scheinen zu denken, daß ich schwarze Kleidung und eine gebührend tragische Miene tragen sollte. Ich höre meine Studenten die ganze Zeit darüber flüstern. Es tut mir leid, daß Tony tot ist, aber ich habe nicht gerade vor, auf Ewigkeit die trauernde Witwe zu spielen.«

»Sicher, das würde ich auch nicht von dir erwarten. Ich habe ohnehin nie ganz begriffen, was du in ihm gesehen hast. Schließlich war er manchmal ein richtig aufgeblasener Esel. Aber ich sollte wohl nichts Schlechtes über einen Toten sagen, oder?« Das Bedauern in seiner Stimme war so falsch, daß sie lachen mußte. Du solltest es ihm sagen, flüsterte eine innere Stimme. Es ist dunkel und ruhig, und wenn er dich für verrückt hält, kannst du immer noch behaupten, betrunken zu sein. Wenigstens weißt du es dann, wenn du ihn fragst.

»Con«, begann sie ganz beiläufig, »hat die Armitage-Gruppe für historische Studien dich noch einmal angerufen? Ich meine, nach der Party, wo du und ich und Tony über unsere Arbeit für diese Leute sprachen?«

»Ja, jetzt wo du es erwähnst, fällt es mir wieder ein. Sie wollten meine Aufzeichnungen haben.«

»Die wollten sie von mir auch. Hast du sie ihnen gegeben?«

»Selbstverständlich.«

»Ist dir das nicht seltsam vorgekommen? Ich hatte noch nie einen Auftrag, wo die Leute dann meine Aufzeichnungen wollten.«

»Na schön, etwas seltsam ist es schon. Aber für das Geld, das die mir für die Arbeit bezahlt haben, konnten die jedes Blatt Papier kriegen, das ich je beschrieben habe.«

Ardeth rutschte etwas zur Seite, um ihn ansehen zu können. Als sie dann zu reden anfing, war ihre Stimme unbewußt tiefer geworden, um das Gelächter aus dem Garten zu übertönen. »Con, wenn ich dir jetzt etwas erzähle, versprichst du mir dann, mich bis zum Ende anzuhören und mich nicht auszulachen, wenigstens so lange nicht, bis ich fertig bin?«

»Ich will es versuchen.«

»Zwei Tage vor dieser Party hat es in einem verlassenen Lagerhaus in der Innenstadt gebrannt. Ich hab es zur selben Zeit in den Nachrichten gesehen, als ich von Tony hörte. Dieses Lagerhaus war eines von denen, die ich für Armitage studiert habe — du weißt schon, ich sollte die Besitzverhältnisse von der Mitte des neunzehnten Jahrhunderts bis jetzt überprüfen. Bei dem Feuer sind drei Männer ums Leben gekommen, aber niemand wußte, was sie dort machten. Dann hat Armitage angerufen und meine Aufzeichnungen verlangt. Ich habe sie ihnen gegeben, aber vorher habe ich mir eine Kopie gemacht.«

»Warum?«

»Ich weiß nicht. Mir war einfach danach. Ich habe es nicht fertig gebracht, all die Informationen herauszugeben und gar nichts davon zu behalten.« Sie rutschte ein Stück weiter und starrte auf die dunklen Silhouetten der

Bäume hinaus. Es war leichter, das zu erzählen, wenn sie seine Augen dabei nicht sah, entschied sie. »Vielleicht war es, um nicht immer an Tony denken zu müssen, vielleicht auch, um mich davon abzuhalten, an meine Doktorarbeit zu denken. Aber ich habe mir jedenfalls meine Aufzeichnungen noch einmal durchgelesen. Dieses Lagerhaus stand lange Zeit leer und hat vorher einer Anzahl von Firmen und einer Bank und einem russischen Wollhändler gehört, der verschwunden ist, und irgendwann auch einer schottischen Schiffahrtsgesellschaft. Daran ist überhaupt nichts ungewöhnlich. Ich habe die ganze Geschichte vergessen bis vor ein paar Tagen, als jemand vom Katasteramt anrief. Ich hatte ihm meine Telefonnummer gegeben, als ich dort recherchierte. Er sagte mir, das Lagerhaus an der River Street sei wieder verkauft worden. Zwei Wochen, nachdem ich meine Arbeit abgeliefert hatte, hat eine Firma das Lagerhaus gekauft. Ich dachte, ich würde Armitage anrufen und es ihnen sagen.«

»Du willst dich wohl wieder einschmeicheln, Ardy?« fragte Con mit spöttischem Unterton.

»Ja, wenn du willst. Und außerdem wollte ich wissen, was sie eigentlich mit der Arbeit angefangen haben, die ich für sie gemacht hatte. Als ich sie anzurufen versuchte, bekam ich nur eine Tonbandansage, daß die Nummer abgemeldet sei. Sie standen auch nicht im Telefonbuch.«

»Und?«

»Das bedeutet, daß Armitage dich und mich und Tony – und vielleicht noch ein paar andere Leute, von denen wir nichts wissen – dazu engagiert hat, Recherchen durchzuführen. Und dann, zwei Wochen, nachdem ich meinen Bericht abgeliefert habe, kauft jemand eines der Gebäude auf einer Liste. Zwei Wochen darauf brennt das Gebäude mit ›mutmaßlichen Rauschgifthändlern‹ bis auf die Grundmauern nieder. Und Armitage verschwindet.«

»Ich wiederhole meine Frage: Und? Meinst du, Armitage, wenn es noch existiert, hätte ›Böses im Sinn‹? Meinst du, die Leute seien in irgendein finsteres Komplott verwickelt und würden wertlose alte Lagerhäuser in Toronto aufkaufen und sie dann abbrennen?«

»Vielleicht. Dieses Lagerhaus war nicht wertlos, Con, und im abgebrannten Zustand war es wesentlich mehr wert. Auf die Weise unterlag es keiner der Vorschriften für historische Gebäude. Vielleicht haben die es selbst abgebrannt, vielleicht hat man diese Männer dazu engagiert, Brandstiftung zu begehen.«

»Ich ahne, daß jetzt gleich ein ›Aber‹ kommen wird.«

»Aber wenn das alles war, warum dann meine Recherchen? Warum deine und die Tonys?«

»Genau. Ich kann einfach nicht erkennen, was russische Dynastien und Zauberer aus dem sechzehnten Jahrhundert damit zu tun haben, daß jemand in Toronto Lagerhäuser abbrennt, um an das Geld von der Versicherung zu kommen. Ardeth«, Conrad hielt inne, plötzlich ernst geworden. »Was macht deine Doktorarbeit? Ehrlich?«

»Überhaupt nichts. Sie kommt nicht voran. Ich versuche die ganze Zeit daran zu arbeiten, aber ich kann mich einfach nicht konzentrieren.«

»Und Tony ist tot, und daran willst du auch nicht denken.«

»Du meinst, ich würde einfach unter Verfolgungswahn leiden.«

»Ardy, wenn ich dich nicht so gut kennen würde, oder wenn das jemand anderer als du wäre, dann wäre ich versucht, dir vorzuschlagen, dich den Leuten anzuschließen, die von Ufosichtungen berichten und Theorien über eine Verschwörung hinter dem Mord an J. F. K. verbreiten. Aber dich kenne ich dafür zu gut.«

»Und ich habe einfach nicht die Phantasie dafür, das willst du doch sagen?« Sie brachte es fertig, die Bemerkung wie einen Witz klingen zu lassen, beinahe.

»Die Phantasie hättest du schon, aber verrückt bist du nicht. Was du tust, gibt durchaus Sinn. Du hast eine Doktorarbeit, die sich festgefahren hat, und dein Exboyfriend ist gerade gestorben. Und um nicht daran denken zu müssen, befaßt du dich mit dieser zugegeben geheimnisvollen Folge von Zufällen. So, Doktor Freud hat gesprochen. Du bist kuriert. Ich schicke dir morgen meine Rechnung.«

Ardeth lachte, es klang ein wenig unsicher, aber die Erleichterung, die sie empfand, war doch größer als sie erwartet hatte. »Ich bin erleichtert, daß du das so siehst, Doktor. Ich nehme an, Paranoia ist immer noch besser, als wenn tatsächlich Leute hinter einem her sind.« Conrad lachte bösartig und legte ihr den Arm um die Schulter.

»Wer sagt denn, daß keiner hinter dir her ist, meine Liebe?«

»Con, ich bin nicht dein Typ.«

»Stimmt allerdings. Aber dieser blonde Junge dort drüben am Barbecue, meinst du, ich hätte bei ihm eine Chance?« Ardeth beugte sich vor, um auf die Gruppe hinunterzusehen, die sich unter ihnen auf der Terrasse versammelt hatte. Der blonde Junge, auf den Con gezeigt hatte, hatte ein schmales, hübsches Gesicht, trug sein Haar in einer Art Hahnenkamm und hatte als Ohrring einen Totenschädel mit zwei Knochen, die darunter baumelten.

»Ich denke, das ist ein ganz normaler Typ von der University of Toronto. Downsview ist zu weit weg.«

»Ich habe nicht gesagt, daß ich ihn heiraten möchte, Ardy. Nur . . .« Er ließ die Andeutung in der Luft hängen und sie lachte.

»Du bist eklig, Con.«

»Und du naiv. Du solltest es einmal mit Sex rein zum Vergnügen probieren.«

»Ich dachte, das sei heutzutage gefährlich.«

»Nicht wenn du es richtig anstellst. Na schön, ich denke, es muß auch Leute mit altmodischen Vorstellungen geben.«

»Und du eignest dich dafür gar nicht, so viel steht fest. Also fällt das wohl mir zu. Und außerdem verstehe ich mich darauf.« Ardeth hörte den Unterton von Enttäuschung in ihrer Stimme und wünschte, sie hätte ihn verbergen können.

»Du bist süß, Ardy, weißt du das? Wenn ich nicht schwul wäre, würde ich dich heiraten.« Ardeth lachte und verdrehte affektiert die Augen.

»Jetzt brauch ich ein Bier.« Als sie den Balkon verließen, um wieder in den Lärm und die Hitze der Party hinunterzusteigen, verblaßte das Gefühl der Erleichterung ein wenig, das Cons vernünftige Erklärung in ihr erzeugt hatte. Eines hast du ihm nicht gesagt, flüsterte ihr die innere Stimme zu. Das konnte ich nicht, dachte sie, es hätte wirklich paranoid geklungen. Ich konnte ihm einfach nicht sagen, daß ich glaube, daß jemand mich verfolgt.

Als sie um zwei Uhr die Party verließ,lagen, ganz wie sie prophezeit hatte, wenigstens zwei Leute besinnungslos auf dem Boden.

Nach dem heißen, rauchigen Dunst im Haus war die Nachtluft erfrischend. Die Straßen hinter dem Gebäude waren fast verlassen, und nur das gleichmäßige Dröhnen von der Bloor Street, zwei Straßen weiter im Süden, war zu hören. Sie ging schneller als gewöhnlich und blickte nicht zu den mächtigen alten Häusern auf, die jetzt in Pensionen aufgeteilt oder renoviert und in schikke Eigentumswohnungen umgebaut worden waren. Sie liebte dieses Stadtviertel, liebte diese Aura behäbigen Alters, die schweren, überhängenden Bäume und die unendliche Vielfalt und Bequemlichkeit der Stadt vor ihrer Türschwelle. Selbst wenn sie sie kaum nützte und immer nur ins Korona ging, wo es billiges ungarisches

Essen gab, oder hier und da der Versuchung nachgab und die Book City aufsuchte.

Aber heute nacht, nach der wärmenden Sicherheit, der Party und der vernünftigen Analyse Cons, die sie ebenfalls beruhigt hatte, wollte sie selbst in diesem vertrauten Gebiet nicht zu lange verweilen.

An der Ecke ihrer Straße blieb sie automatisch einen Augenblick lang stehen, um auf die Tafel vor der Ersten Kirche Christi mit ihren dorischen Säulen zu sehen. Die Tafel kündete den Titel der Predigt dieser Woche an, und die Buchstaben waren aus einer schwarzen Plastiktafel geschnitten, die in einem hell erleuchteten Kasten stand. Der Aufwand, den sie trieben, hatte sie beeindruckt, bis sie dahinter gekommen war, daß die Tafeln alle drei Monate wiederverwendet wurden und dieselben Themen immer wiederkehrten. Das Thema dieser Woche war ›Nekromantie in der Antike und in modernen Zeiten (eine Erklärung unter Einschluß von Hypnose und Mesmerismus)‹.

Ardeth lächelte ein wenig, als sie an dem Schild vorüberging. Sie hatte schon immer vorgehabt, sich das eines Tages anzuhören. Hinter ihr wurde eine Autotür zugeschlagen und dann gleich darauf eine zweite. Ardeth beschleunigte ganz automatisch ihre Schritte, sah sich aber nicht um. Du bist beinahe zu Hause, dachte sie, fang nicht wieder an, paranoid zu werden.

Als sie die kreisförmige Zufahrt zu ihrem Gebäude erreichte und schräg darüber hinweg auf die Treppe zuging, sah sie sich instinktiv um. Die beiden Männer, die die Straße heraufkamen, waren näher gewesen als sie gedacht hatte. Sie bewegten sich schnell, die Hände in den Taschen, redeten nicht miteinander. Außer ihnen war auf der Straße niemand zu sehen. Sie rannte die breite Ziegeltreppe zu der überdachten Vorhalle hinauf, die über die ganze Breite des Gebäudes verlief. Es handelte sich um eine alte Villa von 1912, die man seitdem renoviert und hinten mit einem fünfstöckigen Anbau versehen hatte. Obwohl sie im neuen Teil wohnte, verkörperte doch die breite Halle mit ihrem roten Backsteingemäuer, ihren Balustraden und Säulen für sie das ›Zuhause‹ und erzeugte in ihr immer wieder ein Gefühl des Wohlbehagens, das fast an Selbstgefälligkeit darüber grenzte, daß sie in einem solchen Haus wohnte. Sie hatte gerade die zerkratzte Eichentür geöffnet, als eine Stimme ihren Namen sprach.

Sie zuckte zusammen, das Herz stockte ihr einen Augenblick lang, sie drehte sich um, um der Gestalt entgegenzublicken, die am entfernten Ende der Halle aus der Dunkelheit hervortrat. Zuerst sah sie nur ein bleiches von einer Mähne kupferfarbenen Haars gekröntes Gesicht. Ein Gitarrenkasten und eine Umhängetasche schlugen gegen die Knie der schwarzgekleideten Gestalt, die jetzt ins Licht trat. »Sara, Herrgott, hast du mir einen Schrecken eingejagt«, sagte Ardeth, als sie wieder atmen konnte.

»Tut mir leid. Wo warst du denn? Ich warte schon seit Stunden auf dich.«

»Ich war auf einer Party. Ich wußte nicht, daß du mich besuchen würdest.« Aber ihr Sarkasmus blieb unbeachtet.

»Ich auch nicht.«

»Hast du dich wieder mit Tyler gestritten?«

»Ja. Aber können wir vielleicht drinnen drüber reden.«

»Na gut«, seufzte Ardeth und suchte nach ihren Schlüsseln. Sie bot sich nicht an, Sara die Taschen abzunehmen, führte aber ihre jüngere Schwester zum Appartement.

»Hast du etwas zu essen hier? Ich habe nicht zu Abend gegessen.«

»Sieh im Kühlschrank nach«, erwiderte Ardeth resigniert. Es würde noch eine Weile dauern, bis sie zum Schlafen kam, also konnte sie sich ebensogut an die Arbeit machen. Sie holte ihren Taschenkalender heraus und setzte sich hin, um ihren Terminplan für die nächste Woche zu überarbeiten.

Nach ein paar Augenblicken kam Sara mit einem Schinken- und Käsesandwich zurück. Sie sah Ardeth über die Schulter. »Du lieber Gott, Ardeth, schreibst du eigentlich alles in deinen Terminkalender? Vielleicht auch noch Sex? Ich kann's direkt sehen. Vorspiel, 11.15 bis 11.30 Uhr.«

Ardeth atmete tief durch und bemühte sich, mit gleichmäßiger Stimme zu sprechen. »Ich bin sehr beschäftigt, Sara. Das Semester geht zu Ende. Und, nein, für Sex mache ich keine Termine. Aber dafür weiß ich im allgemeinen, mit wem ich Sex habe.«

»Das war ein Tiefschlag.« Saras Stimme sollte locker klingen, geriet aber gefährlich nahe an die Schmerzgrenze.

»Du hast recht. Tut mir leid. Was war denn heute abend?«

»Als ich heimkam, habe ich Tyler dabei erwischt, wie er einen von diesen wasserstoffblonden Kleiderständern vögelte, von denen er immer sagt, sie würden ihm ›für seine Gemälde Modell stehen‹«, erklärte Sara, die ihre Stimme jetzt wieder unter Kontrolle hatte.

»Du hast ihn diesmal hoffentlich endgültig verlassen.«

»Ja.« Sie zog das Wort widerstrebend in die Länge. »Er hat mich sowieso immer behindert. Und die anderen konnten ihn nicht leiden.« Sara blickte zu ihr auf. »Also was ist, kann ich ein paar Tage bei dir auf dem Boden schlafen?«

Ardeth drehte sich in ihrem Sessel herum, um ihre jüngere Schwester anzusehen. In dem Monat, seit sie sie zuletzt gesehen hatte, hatte Sara ihr Haar wieder geändert. Damals war es purpurbraun gewesen, lang und zottelig; jetzt war es kupferfarben und oben mit einem Knoten zusammengebunden. Sie trug schwarze Hosen, knöchellange, spitze Stiefel und ein weißes T-Shirt. Ihre Lederjacke lag neben ihr auf dem Boden. Das T-Shirt trug die rote Aufschrift »Black Sun« über dem in unheilverheißendem Schwarz gehalten Sonnensymbol, das den Namen der Band kennzeichnete. Das T-Shirt war einmal von guter Qualität gewesen — aber jetzt war es ein paarmal zu oft durch die Waschmaschine gelaufen, und die Sonne war deshalb grau ausgewaschen. Sara hatte eine große Sammlung dieser T-Shirts — sie warben für die Band, die sie leitete. ›Die anderen‹ stellten mit ihr den harten Kern der wechselnden Mitgliedschaft der Gruppe dar. Außer ihnen konnte sich Ardeth nie irgendwelche Namen und Gesichter merken.

Ihr wurde jetzt bewußt, daß Sara sie immer noch erwartungsvoll beobachtete und auf die unvermeidliche zustimmende Reaktion auf ihre Frage wartete. Einen Augenblick lang wollte Ardeth nein sagen. Zum einen hatte sie keine Lust, für Sara so etwas wie ein Hotel zu sein, ein Ort, den sie dann aufsuchte, wenn ihr das Geld ausging oder irgendwelche Beziehungen erkalteten. Einen Augenblick lang wollte sie sagen: ›Du hast dir dein Leben vermasselt, jetzt bring es wieder in Ordnung.‹ Aber das konnte sie nicht. Sara war alles, was ihr von ihrer Familie übrig geblieben war.

»Na sicher. Meine Couch ist auch deine Couch.«

»Danke, Ardy. Du rettest mir wie üblich das Leben. Ich werd' dir keinen Ärger machen.«

»Sagst du. Aber ich steh immer noch um sechs Uhr morgens auf. Ich habe Arbeit.«

»Sechs Uhr . . . AUTSCH. Wie erträgst du das?«

»Indem ich nicht um vier Uhr früh ins Bett gehe«, erwiderte Ardeth, aber ihr Lächeln milderte den mißbilligenden Klang ihrer Stimme.

»Der Preis für Rock and Roll«, sagte Sara und zuckte die Achseln. Selbst als Kind war Ardeth beim ersten Sonnenstrahl wach und munter gewesen, während Sara, wenn man sie nicht störte, bis mittags schlafen konnte. Manchmal fragte sich Ardeth, ob Sara sich vielleicht ihren Beruf, passend zu ihrem Lebensstil, ausgesucht hatte und nicht etwa umgekehrt.

»Ist das alles, was du hast?« fragte sie und deutete auf den Matchsack und den Gitarrenkasten.

»Alles, was ich bei mir trage. Die Sachen der Band sind bei Pete; ich hab ein paar Klamotten in einem Schließfach im Gold Rush. Man muß lernen, mit leichtem Gepäck zu reisen, Ardy«, sagte Sara und deutete auf die wandhohen Bücherregale, den Fernseher und das Videogerät, die Stereoanlage, die Couch und die Sessel. Dabei handelte es sich um das erste ordentliche Mobiliar, das Ardeth je besessen hatte. Sie hatte es zusammen mit der Eigentumswohnung mit dem Geld erworben, das ihr nach dem Autounfall ihrer Eltern zugeflossen war. Sie hatte sechs Monate gebraucht, um auch nur daran zu denken, ihre Erbschaft auszugeben, ohne dabei Schuldgefühle zu empfinden. Und dann hatte auch die Tatsache, daß Sara bereits ein Viertel ihres Anteils verbraucht hatte, um ihre Band zu finanzieren, ihre Entscheidung beeinflußt. So, als wäre das Ganze nur ein Wettbewerb — wer kann Mommys und Daddys Geld besser ausgeben.

»Wenn ich mit leichtem Gepäck reisen würde, würdest du in meinem möblierten Zimmer im Studentenheim auf dem Boden schlafen«, meinte Ardeth etwas spitz. Sie konnte sich selbst nicht leiden, wenn sie so zur typischen älteren Schwester wurde, die der jüngeren Vorträge hält. Aber fast jedes Gespräch, das sie mit Sara führte, endete so. Sie wurde immer tiefer in die Rolle der stabilen, verläßlichen und langweiligen Akademikerin gedrängt — und wäre es nur im Kontrast zu Sara, die ihre Freunde und jeweilige Bleibe ebenso schnell wechselte wie die Frisur. Ardeth stand auf und gähnte. Am besten damit aufhören, so lange sie noch konnte. »Ich muß jetzt schlafen. Wir sehen uns dann morgen früh.«

»Um sechs, okay«, stöhnte Sara.

»Na ja, vielleicht um acht. Ist ja Wochenende.« Sie lächelte und ihre Schwester lachte.

»Na schön, ich denke, ich werd' auf die Weise mitkriegen, wie die Welt vor Mittag aussieht. Lädst du mich zum Brunch ein?«

»Einladen?«

»Nun, wir werden für die Gigs dieser Woche erst morgen Abend bezahlt, deshalb bin ich etwas knapp bei Kasse.« Sie hatte wenigstens den Anstand oder zumindest die Klugheit, dabei etwas verlegen zu klingen.

»Okay. Brunch geht in Ordnung. Aber du solltest bis halb elf auf sein«, warnte Ardeth. Sara öffnete ihren Matchsack, und ein Haufen zerdrückter schwarzer Kleidung fiel heraus.

»Für ein Gratisessen? Worauf du dich verlassen kannst.« Sara betrachtete die auf dem Boden verstreuten Kleidungsstücke, als wären sie Teeblätter und als enthielten sie, so wie sie auf dem grauen Teppich verstreut waren, irgendein Muster, und blickte dann auf. »Danke, Ardeth. Ich weiß das wirklich zu schätzen.«

»Gern geschehen«, erwiderte Ardeth und stellte erleichtert fest, daß sie das tief im Innersten sogar so meinte.

Sara verließ sie am Sonntagnachmittag, reiste in dem zerbeulten Wagen der Band mit Pete und Steve, den beiden anderen Dauermitgliedern der Black Sun, ab. Sie versprach anzurufen, sobald sie eine neue Telefonnummer hatte. Ardeth seufzte und fügte der Reihe durchgestrichener Telefonnummern in ihrem Adreßbuch einen weiteren schwarzen Strich hinzu.

2.

Ardeth fand heraus, daß es doch hilfreich gewesen war, mit Conrad zu sprechen. Sie ging mit neuer Energie an ihre Doktorarbeit, und die Ideen, die ihr noch vor einer Woche so formlos vorgekommen waren, fingen an, Gestalt anzunehmen. Sie hatte nicht länger das Gefühl, daß jemand sie auf dem Campus verfolgte. Und irgendwelche Gedanken über geheimnisvolle Verwicklungen mit Armitage verbannte sie auf müßige Spekulationen, wenn sie manchmal in der Bibliothek saß und nichts Besseres zu tun hatte.

Dann wurde Conrad ermordet.

Sie hörte es eine Woche nach der Party bei Peter am Sonntagnachmittag in den Nachrichten. Die nächsten zwei Tage kursierten im Studentenpub, der Bibliothek und den Hörsälen wilde Gerüchte. Con war erstochen, erschlagen, erschossen worden. Der Täter war ein ehemaliger Liebhaber, ein neuer Liebhaber, ein völlig Fremder. In den Zeitungen stand nicht viel, abgesehen von der Bestätigung des amtlichen Leichenbeschauers, daß der Tod auf einen Schlag mit einem stumpfen Gegenstand auf den Kopf zurückzuführen war und daß die Polizei in der Homosexuellenszene Ermittlungen anstellte.

Ardeth stellte zu ihrer eigenen Überraschung fest, daß sie um Con mehr weinte, als sie damals um Tony geweint hatte. Weinte und versuchte, die eiskalte Last in ihrer Magengrube zu ignorieren, den schrecklichen, irrationalen Verdacht, daß irgendwie sie die Verantwortung für seinen Tod trug — daß ihr innerer Friede sich um den Preis von Conrads Leben eingestellt hatte. Hinter diesen unlogischen Schuldgefühlen versteckte sich der beängstigende Zwang, sich wieder um die Zusammenhänge zu kümmern, die Conrad so elegant abgetan hatte. Das Verschwinden von Armitage, das in Brand gesteckte Lagerhaus, Tonys ›Unfall‹, der Mord an Conrad, das Echo von

Schritten hinter ihr in der Nacht. Sie fragte sich, ob es wohl besser war, verrückt oder wirklich in Gefahr zu sein.

Die Routine bot ein gewisses Maß der Erleichterung vor Leid und qualvollen Gedanken, und deshalb hielt sie sich, so gut es ging, an den etablierten Tagesrhythmus. Ein Ritual, an das sie sich klammerte, war ihr Spaziergang am frühen Morgen. Um halb sieben war es ringsum still, und die Sonne fing gerade an, sich in die leeren Straßen hineinzutasten. Sie ging immer denselben Weg, und deshalb vertraute sie darauf, daß ihre Füße sie von alleine trugen und sie ihren Geist wandern lassen konnte, von einer Passage in ihrer Doktorarbeit, die ihr immer noch Probleme bereitete, zum Begräbnis Conrads, zu Carlas bevorstehender Abendeinladung und wieder zurück zu ihrer Doktorarbeit.

Am Fuße der kleinen Anhöhe, die zum Casa Loma hinaufführte, blieb sie kurz stehen. Sie konnte hier nach links abbiegen und der Straße folgen und die Anhöhe hinaufgehen oder die steile Treppe nehmen, die in die Hügelflanke hineingeschnitten war. Über den Bäumen konnte sie die Türme und Zinnen des Schlosses aufragen sehen, jenes kunstvollen Prachtbaus eines wohlhabenden Kaufmanns als Tribut an die Frau, die seine Fertigstellung nie erlebt hatte. Jetzt war es ein Anziehungspunkt für Touristen und ein Ort, an dem extravagante Hochzeitsfeiern oder geschmackvolle Weihnachtsparties großer Firmen stattfanden.

Etwas Bewegung schadet dir nicht, sagte sie sich. Und die Treppe hinaufzuklettern war harte Arbeit, wenigstens hart genug, um ihre Gedanken von Dingen abzuhalten, über die sie an diesem Morgen lieber nicht nachdenken wollte.

Sie hatte die Hälfte des Weges zurückgelegt und rastete an einem Treppenabsatz aus, als sie hinter sich Schritte hörte. Sie blickte sich um und sah einen blonden

Mann, der hinter ihr die Stufen heraufkam. Er bewegte sich schnell, sah sie aber nicht an. Ardeth kletterte weiter, sie kam sich auf der langen Treppe verletzbar vor und allen Unbilden ausgesetzt. Sie blieb kein zweitesmal stehen, obwohl ihre Schenkelmuskeln protestierten und sie anfing, Seitenstechen zu bekommen. Aber die Schritte hinter ihr wurden ständig lauter.

Die letzten Stufen nahm sie jeweils zwei auf einmal und hielt sich am Geländer fest, um schneller voranzukommen. Auf halbem Weg zu ihrem Ziel wagte sie einen Blick zurück und sah, daß der Mann schon beinahe den Absatz unter ihr erreicht hatte. Da war wieder dieses eisige Gefühl in ihrem Magen, und sie drehte sich um, um die letzten Stufen hinaufzurennen.

Da stand jemand oben.

Da war ein flüchtiger Eindruck von dunklem Haar, dunkler Kleidung. Lauf weg, drängte sie die eisige Kälte, die jetzt ihren ganzen Körper erfaßt hatte. Sei kein Narr, widersprach ihre Vernunft. Das ist nur ein Jogger oder jemand, der einen Spaziergang macht. Er wartet nicht auf dich. Ardeth sah wieder nach oben und entdeckte das Lächeln, das er zu verbergen suchte.

Sie wußte, daß ihre sich weitenden Augen sie verrieten. Er bewegte sich bereits auf die erste Stufe zu, als sie sich unter dem Geländer wegduckte und bemühte, auf dem fast senkrecht verlaufenden Hügel das Gleichgewicht zu bewahren. Sie glitt auf dem taufeuchten Gras aus und fing an, auf allen Vieren links von der Treppe nach oben zu kriechen, in der Hoffnung, ihm zuvorzukommen. Wenn er die Treppe verließ, würde er genauso schwer vorankommen wie sie, und vielleicht schaffte sie es dann, vor ihm nach oben zu kommen. Wenn er nur nicht wieder zur Treppe zurückging . . .

Ein schneller Blick nach rechts ließ sie erkennen, daß er genau das getan hatte und jetzt oben entlangrannte, um ihr den Weg abzuschneiden. Was hier geschieht, ist nicht die Wirklichkeit, flüsterte ein Teil ihres Bewußtseins in stumpfer Panik, das kann einfach nicht die Wirklichkeit sein. Wieder glitt sie aus, stöhnte auf, als sie zu Boden fiel und anfing rückwärts hinunterzurutschen. Das Stechen in ihrer Seite war zu einem messerscharfen Schmerz geworden.

Sie drehte sich halb herum und sah, daß der blonde Mann die Treppe verlassen hatte und jetzt unter ihr auf allen Vierern quer über das Gras kroch, um ihr den Weg zu versperren, falls sie versuchen sollte, einfach den Abhang hinunterzurutschen. Es gab keinen anderen Weg für sie als quer über den Abhang.

Sie wollte um Hilfe schreien, schaffte es aber nicht, ihre Stimme an dem Band des Schreckens vorbei zu bekommen, das sich, wie es schien, um ihren Hals gelegt hatte. Sie konnte nur auf ihren eigenen keuchenden Atem lauschen, als sie sich über das steile Gelände mühte, sich immer wieder an einzelnen Schößlingen festhielt, um nicht noch weiter nach unten zu rutschen, auf den Mann zu, der dort auf sie lauerte. Ein Blick nach oben ließ sie erkennen, daß der dunkel gekleidete Mann sich jetzt durch das niedrige Buschwerk auf sie zu bewegte. Es gab kein Entkommen, nichts was die beiden hindern würde, sie zu erwischen. Laß nicht zu, daß sie mich kriegen, betete Ardeth und krallte sich mit den Händen ins Gras, bemühte sich, weiterzukommen und mußte doch spüren, daß ihre Füße immer wieder ausglitten.

Der Dunkle erwischte sie, als sie den Rand eines Gebüschs erreichte; eine Hand packte ihre Schulter und zog sie herum, die andere schlug ihr ins Gesicht und ließ sie zu Boden taumeln. Sie rutschte ein Stück den Hügel hinunter, mühte sich ab, sich ihm zu entwinden, und dann ließ er sich einfach auf sie fallen, daß ihr die Luft aus den Lungen gequetscht wurde.

Einen Augenblick lang hüllte Dunkelheit sie ein, als sie um Atem rang. Als dann wieder Sauerstoff in ihre

Lungen strömte, konnte sie klarer sehen und erkannte, daß der Mann über ihr kauerte. Ein langes Messer mit einer gezähnten Klinge bewegte sich in hypnotischem Rhythmus vor ihren Augen. »Noch ein Laut, noch eine Bewegung, und ich schlitz dir den Bauch auf, daß die Vögel deine Gedärme fressen können. Verstanden?« flüsterte er.

Ardeth' Kopf fuhr wieder herum, aber dann merkte sie, daß sie, ohne darüber nachzudenken, genickt hatte. Sie empfand eine Art Erleichterung darüber, daß ein Teil von ihr es immerhin geschafft hatte, den Instinkt für die Selbsterhaltung zu bewahren. Sie spürte das kalte Metall auf ihrer Haut, als er die Messerschneide unter ihr Kinn legte. »So ist's brav. Und jetzt aufsetzen, hübsch langsam.« Sie schaffte es, die Hände aufzustemmen und hochzukommen, die ganze Zeit das Messer unter dem Kinn spürend.

Jetzt tauchte der blonde Mann hinter dem dunklen auf. Sein Atem ging schwer, und seine Augen funkelten zornig. »Du könntest sie hier in den Büschen liegen lassen. Hier wird sie wochenlang keiner finden. Das wär noch besser als die Schlucht, in der wir diesen anderen Burschen liegen gelassen haben«, empfahl er hilfreich.

»Nein. Wir nehmen sie mit. Zieh sie in die Höhe«, befahl der Dunkle, und der Blonde zuckte die Achsel, trat hinter Ardeth, packte sie an den Schultern und zog sie in die Hände. Sie hielten sie fest, während sie sich den Abhang hinaufmühten. »Wir gehen zu dem Lieferwagen dort drüben. Wenn du brav mitkommst und keinen Ärger machst, Alexander, dann schneid ich dir die Kehle nicht durch.«

Mein Name, er kennt meinen Namen, dachte Ardeth benommen, während sie sich von ihnen zu dem Lieferwagen führen ließ, der am Randstein wartete. Der Blonde ging voraus, um die Türen hinten am Wagen zu öffnen.

Das wärs, letzte Chance, dachte Ardeth, als sie ins Innere des Lieferwagens gestoßen wurde. Ich sollte schreien, ich sollte etwas tun. Jemand könnte es hören, jemand könnte mich retten. Aber es war zu spät, die Hände schlossen sich wieder um ihre Arme, zerrten ihre Hände nach hinten, um sie festzubinden, und zwängten ihr einen schmierigen Lappen zwischen die Lippen.

Die Hintertüren des Lieferwagens knallten zu, dann hörte sie, wie die beiden vorderen Türen wie ein Echo darauf zugeschlagen wurden. Der Motor erwachte knatternd zum Leben, und der Lieferwagen setzte sich in Bewegung.

»Wo willst du sie abladen?« fragte eine entfernte Stimme.

»Zum Stützpunkt zurückfahren.«

»Dort willst du es machen?«

Ardeth sah nicht, wie die Binde über ihre Augen kam, dann war alles Licht verschwunden. Schmerz blitzte kurz hinter ihren Augen auf, als ihr Haar sich in dem Knoten verfing und dieser festgezogen wurde. Als der dunkle Mann mit ihr fertig war, antwortete er: »Wir werden sie nicht kalt machen, Wilkens. Unser Gast braucht sie.«

Gelächter hallte plötzlich auf, fand sein Echo in der Dunkelheit, die ihr Bewußtsein erfüllte. »Schon kapiert . . . zwei Fliegen mit einer Klappe schlagen.«

»Sozusagen.« Wieder ein Lachen, das das Dröhnen in Ardeth's Schädel übertönte. Ich werde ohnmächtig werden, dachte sie wie aus weiter Ferne, ehe die Angst in ihr Herz schlich.

3.

Du darfst nicht in Panik geraten, sagte Ardeth sich, als sie feststellte, daß sie wieder erwacht war, um keinen Preis in Panik geraten.

Wenn du dich freilich für Panik entscheiden solltest,

riet eine winzige Stimme in den Tiefen ihres Bewußtseins, nur wenn, damit wir uns richtig verstehen, dann könnte man dir das nicht übel nehmen, du hättest allen Grund dazu. Schließlich liegst du gefesselt, geknebelt und mit einer Binde um die Augen in einem Lieferwagen, den zwei Wahnsinnige steuern, die bereits jemand anderen umgebracht haben. Jemanden, den sie in einer Schlucht zurückgelassen haben. Jemand, der vielleicht Tony war. Und sie kennen deinen Namen. Sie haben gewußt, wo sie dich finden konnten. Sie haben dir aufgelauert.

Aber sie hatten sie nicht getötet. Sie hatten sogar gesagt, daß sie nicht vorhatten, sie ›kalt zu machen‹. Ardeth versuchte, sich mit dem Gedanken zu trösten, aber die winzige Stimme lachte nur spöttisch und bemerkte, daß sie sie nur deshalb nicht schon getötet hatten, weil sie sie noch für etwas anderes brauchten. Und was mag das wohl sein, sinnierte die Stimme. Vielleicht wollen sie, daß du Unterricht an einer Sonntagsschule gibst. Vielleicht sollst du irgendwelche Recherchen für sie durchführen. Aber vielleicht wollen sie dir auch nur Gewalt antun und dich dann umbringen.

Die Vision dieses Schicksals war so überwältigend, daß Ardeth' Bewußtsein protestierend aufschrie. Erst als sie ihr würgendes Wimmern hörte, wurde ihr bewußt, daß sie auch laut aufgeschrien hatte.

»Verdammt, halt's Maul dort hinten«, schrie eine Stimme aus der Ferne, und Ardeth vergrub ihren Kopf in dem schmutzigen Teppich, der in dem Lieferwagen lag, und zwang sich, still zu sein.

Richtig. Keine Panik. Du darfst nicht wieder ohnmächtig werden. Sie biß auf den Knebel, um nicht wieder aufzuschreien. Sie mußte nachdenken. Okay, Ardeth, denk nach, sagte sie sich. Wie lange würde es dauern, bis jemand sie vermißte? Ein, zwei Tage, vielleicht sogar eine Woche, bis jemand sich genügend darüber sorgte, daß sie nicht zur Vorlesung erschien, und ihr Telefon endlos klingelte, um dann schließlich die Polizei anzurufen. Vielleicht weniger, wenn jemand sich genügend Sorgen um ihren Gemütszustand nach Conrads Tod machte (vielleicht Carla, o bitte, Carla, mach dir Sorgen, mach dir bald Sorgen!).

Und dann . . . wenn sie versuchten, sie zu finden, was würden sie dann finden? Nichts. Sie konnte sich nicht erinnern, auf ihrem Spaziergang jemandem begegnet zu sein. Wie lang würde die Polizei dazu brauchen, ihre Bewegungen zu rekonstruieren? Tage? Wochen? Monate?

Also gut dann, also gut. Sie ertappte sich dabei, wie ihr Atem anfing, schneller zu gehen, und zwang sich zur Ruhe. Von draußen würde also tagelang keine Hilfe kommen, wenn überhaupt. Sie würde damit also alleine fertig werden müssen.

Warum gerade ich . . . o Gott . . . warum ausgerechnet ich? Ich habe nichts Böses getan . . . verdiene das nicht . . . werde damit nicht fertig, ich kann nicht, ich kann nicht, ich kann nicht!

Du hast keine Wahl.

Der Gedanke verlieh ihr etwas Kraft. Sie war feige, daran gab es keinen Zweifel, und physisch schwach. Aber sie war intelligent, ganz sicher intelligenter als diese Gangster. Und ganz gleich, was sie mit ihr auch angestellt hatten, es kam einzig allein darauf an, daß sie so lange am Leben blieb, bis Hilfe kam. Einfach am Leben bleiben.

Also schön, dachte Ardeth und klammerte sich an den klaren, endgültigen Klang der Worte in ihrem Bewußtsein. Sie mußte es also alleine schaffen. Denk also nach. Wo brachten sie sie hin? Sie hatte die Treppe den Hügel hinauf um 6:45 Uhr betreten. Wie lange war sie im hinteren Abteil des Lieferwagens bewußtlos gewesen? Sie mußte daran denken, auf die Uhr zu sehen, wenn sie eintrafen . . . wo auch immer das war. Ja, das würde ganz einfach sein. Sie trug ja nur eine Binde über den Augen, und man hatte ihr die Hände am Rücken gefesselt. Trotzdem mußte sie es versuchen.

Und jetzt der Lieferwagen. Sie hatte ihn nur flüchtig zu sehen bekommen, aber selbst wenn sie ihn deutlich gesehen hätte, würde sie nicht mehr als die Farbe wissen. Schade, daß du bei Tonys Vorträgen über Autos nicht besser zugehört hast, sagte sich Ardeth. Und dann kämpfte sie gegen das hysterische Gelächter an, das sie in ihrer Kehle aufsteigen spürte. Der Teppich in dem Lieferwagen roch nach verschüttetem Bier und Benzin. Sicherlich ein einmaliger Geruch. Sie konnte die Schlagzeilen förmlich vor sich sehen: »Entführte Frau identifiziert Täter nach Geruch.«

Die Männer. Richtig, sagte sie sich, versuche dich an die Männer zu erinnern. Wie heißt es immer in den Polizeifilmen? Männlich, weiß, Anfang dreißig, einer dunkelhaarig, der andere blond, Augen . . . Sie schauderte als sie an ihre Augen dachte. Nein, denk nicht an die Männer.

Denk nur an den Lieferwagen, die Bewegung. Wie weit fahren wir? Das gleichmäßige Dröhnen des Motors und das Vibrieren des Bodens unter ihr schienen ihre Sinne abzustumpfen. Sie ließ zu, daß ihre Gedanken sich in dem Geräusch und der Bewegung auflösten. Selbst wenn sie nicht wieder ohnmächtig würde, war es leichter, viel leichter, im Schockzustand zu bleiben. Sie fragte sich nur, wie lange dieser Zustand andauern würde.

Sie ließ ihn anhalten, bis der Lieferwagen plötzlich schlingerte, was dazu führte, daß sie zur Wand rollte und sich die Hüfte am Radkasten anstieß. Sie hatte sich in einer Art Schwebezusand befunden, friedlicher grauer Nebel hatte ihr Bewußtsein erfüllt. Wie aus weiter Ferne hatte sie die Männer reden hören, eine fremde Sprache, die sich mit Geschäftsabschlüssen und Baseballergebnissen befaßte und die ihr nicht genügend Anreiz bot, als daß sie versucht hätte, sie zu verstehen. Das einzige, was für sie Sinn abgab, war der Name des dunklen Mannes – Roias.

Wieder ruckte der Lieferwagen. Einer der Männer fluchte, und Ardeth unterdrückte ihr Wimmern, als sie mit dem Rücken gegen die Wand geschleudert wurde. Sie mußten jetzt auf dem Lande sein, auf nicht asphaltierten Straßen.

Endlich rollte der Lieferwagen aus und blieb stehen. »So, du Schlampe, wir sind da«, sagte einer der Männer vergnügt. Das war Wilkens, vermutete sie.

»Mach die Tür auf und hol sie raus«, befahl Roias. Ardeth hörte, wie die Türen vorn zugeschlagen wurden. Die Schiebetür an der Seite glitt nach hinten.

»Allright, ich werd' dich jetzt rausholen. Und du wirst hübsch mitkommen und tun, was wir dir sagen, sonst fang ich gleich hier an, dich in kleine Stückchen zu zerlegen.«

»Dann paß nur auf, daß du einen Eimer bereit hast. Ich will nichts davon vergeuden«, bemerkte Roias, was den anderen zu widerlichem Gelächter veranlaßte und Ardeth' Wirbelsäule zu Eis erstarren ließ. Was vergeuden? fragte sie innerlich und scheute dann vor den schrecklichen Möglichkeiten zurück, die sich ihr beharrlich präsentierten. Die wollen dich lebend und unverletzt, sagte sie sich. Das ist etwas, woran du dich festklammern mußt.

Als Wilkens sie in die Höhe zog, mühte sie sich, gehorsam neben ihm herzutrotten und strengte sich gleichzeitig an, möglichst viele Geräusche aufzunehmen. Es war seltsam still, kein Straßenlärm. Sie befanden sich ganz sicher auf dem Lande.

Als sie eine Treppe erreichten, stolperte sie, und Wilkens fluchte, zerrte sie an den gefesselten Armen hinauf. Sie zählte die Stufen, um ihren Verstand zu beschäftigen. Es waren fünfzehn. Drinnen angelangt, spürte sie, wie die Luft sich veränderte und wie ihre Füße auf dem Boden ein anderes Geräusch verursachten. Sie wurde durch einen langen, hallenden Korridor mit Holzdielen geführt.

Dann trat eine Pause ein, und Ardeth hörte das Schnappen von Riegeln und dann ein schweres, mahlendes Geräusch, als eine Metalltür geöffnet wurde.

»Weiter«, herrscht Wilkens sie an und gab ihr einen Stoß. Sie taumelte in einen Schwall kalter, muffiger Luft hinein. Ein Keller, dachte sie, als Wilkens anfing, sie eine lange, gewundene Treppe hinunter zu bugsieren. Die Stufen waren schmal, und sie konnte spüren, wie Leere an ihr zerrte. Ein Fehltritt oder ein übereifriger Stoß von Wilkens, und sie würde in die Tiefe stürzen und ihr Hirn über dem Boden verspritzen. Vielleicht wäre es so besser. Das könnte deine letzte Chance sein, flüsterte die bösartige leise Stimme in ihr. Das könnte es sein, räumte sie ein, aber sie wußte zugleich, daß sie weder tapfer noch verzweifelt genug war, um den Ausweg zu suchen. Noch nicht.

Sie hatten jetzt den Fuß der Treppe erreicht und gingen weiter.

»Aufwachen, Euer Hoheit, Din-din ist da«, rief Roias irgendwo ein Stück vor ihr. »Ich weiß, es ist früh, oder ist das spät für Sie? Aber wenn Sie es jetzt nicht nehmen, kriegen Sie keines mehr.« Wilkens lachte und beschleunigte seine Schritte und zerrte Ardeth neben sich her.

Sie hörte das Klappern von Metall auf Metall und dann das lange, protestierende Ächzen einer sich öffnenden rostigen Tür. »Bring sie hier rein«, befahl Roias, und Wilkens stieß sie plötzlich nach vorne. Sie stolperte und fiel auf die Knie und blieb dann auf dem Boden kauern, hatte Angst, sich zu bewegen. Wilkens' Hand schloß sich um ihren Arm, dann spürte sie die kalte Klinge eines Messers zwischen ihren Handgelenken. Sie schrie kurz auf, wobei der Knebel das Geräusch barmherzig dämpfte, ehe sie begriff, daß er nur das Seil durchschnitt, das ihre Hände fesselte. Befreit fielen ihr die Hände schlaff herunter. Sie konnte ihre Finger kaum spüren.

»Die Handgelenke gehen nicht, da ist kein Blutkreislauf mehr da. Wir müssen den Arm nehmen«, sagte Wilkens und stieß sie wieder nach vorne. Ardeth fiel auf den Steinboden, konnte ihren Sturz mit den leblosen Händen nicht abbremsen. Hände packten ihr Haar und zerrten sie wieder in die Höhe, stießen sie nach vorn, bis ihr Körper gegen kalte Metallstäbe stieß. Eine Zelle, dachte sie wie aus weiter Ferne. Ich bin in einer Zelle. Oder einem Käfig.

»Steck den Arm durch die Stangen«, befahl Roias, und sie versuchte, den Arm zu heben. Orientierungslos konnte sie die Öffnung zwischen den Gitterstangen nicht finden. Jemand packte ihren Arm und stieß ihn durch. Wilkens hielt sie immer noch an den Haaren fest. »Und jetzt streck den Arm geradeaus. Und beweg ihn nicht, ganz gleich, was passiert.«

Ardeth nickte, soweit Wilkens' Griff und die Gitterstangen, die sich an ihre Wange preßten, das zuließen. »So, Euer Hoheit. Jetzt sind Sie dran«, sagte Roias spöttisch. In der plötzlichen Stille, die eintrat, hörte Ardeth das schwache Klirren sich bewegender Ketten und das noch leisere Rascheln von Stoff auf Stein. Das Geräusch rückte näher, und sie versuchte instinktiv, sich davor zurückzuziehen. Wilkens' Hand rammte ihren Kopf hart gegen die Gitterstangen, und er zischte ihr eine Warnung ins Ohr.

Sie streckte ihren zitternden Arm aus und wartete, bemerkte plötzlich, daß sie weinte.

Etwas wischte über ihr Handgelenk, und sie zuckte zusammen, wollte den Arm wegziehen. Aber Wilkens' Warnung hinderte sie daran, und dann spürte sie, wie etwas Glattes, Kühles ihre Hand berührte und dann am Arm entlang wanderte, als suche es etwas. Schließlich kam die Kühle in ihrer Armbeuge zum Stillstand. Wärme trat an die Stelle der Kühle, und Ardeth erkannte plötzlich, was das war, was sie berührte. Es war ein Mund. Er saugte einen Augenblick lang an ihrer Haut, eine warme Zunge tastete über ihre pulsierenden Venen.

Sie mühte sich verzweifelt ab zu begreifen, was hier vor sich ging, was dieses seltsame Ritual mit all dem zu tun hatte, was sie sich nach ihrer Entführung in ihrer Angst ausgemalt hatte. Wilkens' Griff, der ihr Haar und ihre Schulter festhielt, verstärkte sich plötzlich, und sie hatte nur kurz Zeit, sich zu fragen, warum das so war, bevor zwei Nadelspitzen des Schmerzes durch ihren Arm schossen. Der Schmerz ließ gleich wieder nach, aber sie konnte dort, wo sie ihn soeben verspürt hatte, unter dem warmem Mund, einen seltsamen Druck verspüren.

In der hallenden, schwarzen Stille hörte sie ein weiches, fast sinnliches saugendes Geräusch.

Fast hätte sie aufgeschrien, als ihr klar wurde, was hier vor sich ging. Jemand – oder etwas – auf der anderen Seite der Gitterstangen saugte ihr Blut.

Wilkens' Hand lockerte ihren Knebel. Sie spuckte ihn aus.

»Nur zu, schrei, wenn du magst. Wahrscheinlich erwartet das Seine Hoheit jetzt sogar.« Roias' Stimme klang beinahe vergnügt, und Ardeth biß sich auf die Lippen, um der Aufforderung nicht nachzukommen. Es tut nicht weh, sagte sie sich, ganz gleich, was sonst ist. Weh tut es nicht. Ich werde nicht schreien. Die Freude werde ich ihnen nicht machen.

Sie spürte, wie ihr Tränen über die Wangen rannen, und preßte ihr Gesicht gegen die Gitterstangen. Wie lange konnte das dauern? Ihr Arm fühlte sich bereits bleischwer an, und ihre Panik hatte angefangen, sich in eine fast willkommene Schlaffheit aufzulösen. Nach einem weiteren Augenblick hörte sie Roias sagen: »Das reicht für den Augenblick.« Der Mund bewegte sich nicht; der gleichmäßige Druck ließ nicht nach. »Ich habe gesagt, das reicht. Wir haben morgen Arbeit für Sie, und wir alle wissen, daß Sie besser arbeiten, wenn Sie hungrig sind.«

Er hört nicht auf, dachte Ardeth benommen, er wird einfach weitermachen, bis kein Blut mehr in mir ist. Dann hörte sie Wilkens fluchen und gleich darauf ein plötzliches Stöhnen von der anderen Seite der Gitterstangen. Der Mund ließ ihren Arm los. Jemand zog ihren Arm zurück und löste die Binde von ihren Augen.

Ardeth schlug vorsichtig die Augen auf, kniff sie gleich wieder zusammen, um sie vor dem schwachen Licht zu schützen. Roias kauerte lächelnd neben ihr. Wilkens stand hinter ihm, eine lange Stange in der Hand, die er durch das Gitter geschoben hatte. Ein Stachelstock, wie man ihn in Viehpferchen benutzt, dachte Ardeth, irgendwie über ihr Wissen befriedigt. Damit dirigieren sie . . .

»Nur zu«, sagte Roias, als könnte er ihre Gedanken lesen. »Es ist Zeit, daß du Seine Hoheit, den Grafen, kennenlernst.« Er nahm ihr Kinn in die Hand und zwang sie, den Kopf herumzudrehen, so daß sie in die Zelle neben der ihren sehen konnte.

Sie würgte ihren Schrei hinunter, so daß nur ein halblautes Stöhnen daraus wurde. Sie starrte in Augen, die so hell wie die Hölle leuchteten, Augen, die in einem totenschädelartigen Gesicht brannten, das von wirrem grauem Haar überschattet wurde. Unter der zerfetzten Kleidung sah die Gestalt wie die eines Mannes aus, aber in jenem heißen Blick schien nichts Menschliches zu sein.

»Das ist unser Gast, der Graf. Graf, das ist für die nächste Zeit Ihr Abendessen. Ich bin sicher, Sie beide werden gut miteinander auskommen.« Roias ließ ihr Kinn los, aber sie konnte den Blick einfach nicht von der Kreatur abwenden, die vor ihr kauerte. Sie ertrank förmlich in jenem weißglühendem Blick, gefangen von dem irren Hunger, der darin brannte.

Aus weiter Ferne hörte Ardeth das Gelächter, das Ächzen der sich schließenden Zellentür, Schritte auf den

Treppenstufen. Die eiserne Tür oben an der Treppe knallte, ein Geräusch, das plötzlich so laut war, daß es weh tat, und dann schlug das Echo über ihr zusammen.

Der Kopf der Kreatur drehte sich, hob sich der Tür entgegen. Lippen zogen sich zurück, und sie sah das Blitzen von Eckzähnen, wie in Eis getauchte Knochenmesser. Sie schloß die Augen.

Das ist nicht die Wirklichkeit, das geschieht in Wirklichkeit nicht mit mir. Bitte, lieber Gott, laß mich aufwachen und erkennen, daß alles ein böser Traum war.

Zitternd schlug sie die Augen auf, um zu entdecken, daß ihre Gebete, so wie es immer war, nicht erhört worden waren.

Das einzige Ding, das strahlt

Only say that word and I will
pour myself like wine
. . .
And you are
The only thing that shines.

Du brauchst das Wort nur zu sagen,
dann schenke ich mich aus wie Wein
. . .
Und du bist
das einzige Ding, das strahlt.

Aus dem Tagebuch des Ambrose Delaney Dale
4. April 1898

Erfolg! Auch wenn noch nicht vollkommen, dann doch so nah, daß ich seinen Nektar kosten kann . . .

Collins hat heute abend die Frau ins Haus gebracht, sie mit Bedacht durch den Hintereingang ins Haus geführt, mit einer Binde um die Augen, damit sie später das Haus nicht wieder erkennen kann. Ein irisches Frauenzimmer mit dunklem Haar und strahlend blauen Augen. Die erste Jugend hatte sie schon hinter sich, und eine ganze Anzahl ihrer Zähne fehlten aus ihrem Mund. Der Geruch nach Rauch und Alkohol hing an ihren schäbigen Kleidern. Collins setzte sie auf den Sessel und nahm ihr die Augenbinde ab. Sie blinzelte ein paarmal, blickte um sich. Ich hatte das Feuer bewußt niedrig gelassen und auch keine Kerzen angezündet, aber wenn sie außerdem noch schlecht sah, würde das nur um so besser sein.

»Hier ist der Gentleman, von dem ich dir erzählt habe, Maud«, sagte Collins und wandte sich dann mir zu. »Das ist Maud.« Er war so vorsichtig, meinen Namen nicht zu benutzen.

»Schön, daß du gekommen bist, Maud«, sagte ich, um sie zu beruhigen, denn dies würde besser gehen, wenn sie entspannt war und keinen Widerstand leistete.

»'s ist mir 'n Vergnügen und Ihr Geld«, erwiderte sie. »Ihr Mann hier hat gesagt, daß Sie Information wollten und sonst nichts.«

»Das ist sehr richtig. Ein bestimmter Kunde hat dich besucht, dessen Identität mich interessiert.«

»Die sagen ihre Namen nur selten, Sir. Nicht ihre wahren Namen.«

»Dennoch kannst du dich vielleicht an Einzelheiten erinnern, die mir nützlich sind. Erzähl also deine Geschichte, und ich werde dir dann Fragen stellen.«

Ihre Geschichte war mir nach dem, was ich von Collins schon gehört hatte, nicht neu: Ein Mann in mittleren Jahren, mit einem Akzent vom europäischen Festland, der auf ihr Zimmer kam, ihr das Übliche bezahlte und dann auch allem Anschein nach ihre üblichen Dienste in Anspruch nahm. »Aber ich erinner' mich nicht genau d'ran, wenn Sie verstehen, was ich meine, Sir. Ich erinner' mich, daß er mir mein Kleid ausgezogen hat und dann wird alles 'n wenig neblig, und ich muß eingeschlafen sein. Als ich aufwachte, war er weg. Zuerst dachte ich, er müßt' 'ne Art Dieb sein, einer von dem Gesindel, die wo hart arbeitende Frauen wie mich ausbeuten. Aber dann hat aus mein'm Zimmer nichts gefehlt. Und er hat mir sogar 'n wenig mehr gegeben, ein oder zwei Münzen, die hat er auf 'n Tisch gelegt.«

Abgesehen von seinem fremden Akzent und seinem grauen Haar konnte sie sich an keine Einzelheiten in bezug auf seine Person erinnern. ›Alles durchschnittlich‹, so schilderte sie ihn – groß, mittelschwer, von mittelmäßigem Aussehen. Seine Kleider beschrieb sie als ›Sachen eines Gentleman, aber nicht auffällig‹.

Als ich die Absicht äußerte, sie zu mesmerisieren, protestierte sie, sagte, sie hätte Angst, man könne sie dazu bringen, sich wie ein Huhn aufzuführen, wie sie es bei einem Jahrmarkt einmal von einem Zauberer auf der Bühne gesehen hatte. Aber von Geld geht große Überzeugungskraft aus, und bei der Aussicht, das Haus vielleicht ohne eine einzige Münze verlassen zu müssen, erklärte sie sich schließlich einverstanden. Trotz ihres ursprünglichen Widerstandes fielen ihr die Augen bald zu, und ihr Wille versank. Ich schickte Collins hinaus und befahl ihm, neben dem Arbeitszimmer im Salon auf mich zu warten.

»Also, Maud«, sagte ich leise und trat zum erstenmal ins Licht. »Es ist die Nacht, in der der Fremde in dein Zimmer kam. Du hast gerade die Tür geschlossen. Sag mir, was geschieht.«

»Er nimmt seinen Hut ab und legt ihn auf den Stuhl. Ich sehe zum erstenmal sein Gesicht klar und deutlich.« Ihre Stimme war langsam und klar, aber ich muß gestehen, daß ich mich erwartungsvoll näher zu ihr beugte.

»Beschreib es mir.«

»Oh, er sieht gut aus, viel besser als ich gedacht hatte. Sein Haar ist grau, aber er ist auch jünger als ich gedacht habe. Sein Gesicht ist ganz scharf und rein. Seine Augen . . .« sie runzelt die Stirn, konzentriert sich, »seine Augen sind auch grau.«

»Und was geschieht dann?«

»Er nimmt das Geld aus der Tasche. ›Üblicherweise wird im voraus bezahlt, wie ich höre‹, sagt er, und ich nicke, und er legt das Geld auf den Tisch. Ich gehe und setze mich aufs Bett, um meinen Hut und meine Handschuhe auszuziehen. Er sieht mich mit seinen grauen

Augen an.« Ihre Stimme stockt einen Augenblick lang, und ich dränge sie fortzufahren. »Als ich anfange, mein Kleid aufzuhaken, setzt er sich neben mich. ›Laß mich‹, sagt er, und ich lache und schüttle mein Haar aus, so daß es ihm über die Hände fällt, als er mich berührt. Als mein Kleid aufgehakt ist, zieht er es mir bis auf die Hüfte herunter. Dann sieht er mich an. Ich . . . ich . . . ich fange an, etwas zu sagen, aber . . .«

»Aber was? Was geschieht dann, Mädchen?« Meine Stimme klingt schärfer, als ich das vorhabe, und sie zuckt zurück, drückt sich in den Sessel.

»Seine Augen . . . Mir dreht sich der Kopf, wie wenn ich zuviel getrunken hätte. Da ist eine Stimme in meinem Kopf, die sagt . . . daß ich schlafen soll. Das tue ich . . . Aber ich sitze immer noch mit offenen Augen da. Aber ich kann nichts sehen und nichts hören, also muß ich schlafen. Er nimmt mein Haar in die Hand und zieht meinen Kopf zur Seite, nicht hart, nicht so, daß es weh tut. Dann beugt er sich über mich und küßt mich auf den Hals.« Im Licht des Kaminfeuers sind ihre Augen geweitet und starr, ihr Mund zuckt beim Reden. Sie atmet tief, gequält. »Ah, das tut, weh. Es tut weh. Aber dann . . . dann tut es plötzlich nicht mehr weh.«

»Was tut er mit dir?«

Sie schüttelt den Kopf. »Weiß nicht, kann's nicht sagen. Dann ist die Stimme wieder da, in meinem Kopf, nur daß es jetzt wie ein Traum ist, als könnt ich fühlen, daß etwas mit mir geschieht, aber in Wirklichkeit geschieht es gar nicht.«

»Was träumst du?«

»Daß er mir das Kleid auszieht und mich nimmt, wie alle es tun. Dann sagt mir die Stimme, daß ich schlafen soll, die Augen zumachen, schlafen . . .« Ihre Stimme wurde leiser, und sie sank tiefer in den Stuhl, als wäre sie von der Erinnerung an die Hypnose hypnotisiert, denn ich bin sicher, daß es das ist, was mit ihr geschehen war.

Es brauchte einen scharfen Schlag, um sie wieder so weit zur Besinnung zu bringen, wie sie vorher gewesen war.

»Was geschah dann?«

»Ich schlief ein. Er ging weg.«

Mehr kriege ich nicht aus ihr heraus, und deshalb erteilte ich ihr hypnotisch meine eigenen Anweisungen, um ihre lose Zunge daran zu hindern, meine Sache auszuplaudern, wecke sie, bezahle sie und schicke sie mit Collins in die Stadt zurück. Es konnte mir gar nicht schnell genug gehen, um jetzt hier in der Stille dasitzen zu können und dies aufzuschreiben.

Für mich gibt es jetzt keinerlei Zweifel mehr. Es gibt hier einen Vampir. Die Hure hat mir einige Hinweise bezüglich seines Äußeren und seines Auftretens gegeben, und ich werde noch mehr erfahren, und wenn ich dazu jedes leichte Mädchen in jedem Bordell der Stadt mesmerisieren muß. *Ich werde ihn finden.*

4.

Ein Vampir, du lieber Gott, es ist ein Vampir. Ardeth legte den Kopf auf die schmutzige Decke und versuchte, klar zu denken. In der Zelle allein gelassen, vom Blutverlust und Schock benommen, war sie auf die Pritsche an der Wand gekrochen und hatte den Blick resolut von dem Insassen der Nachbarzelle abgewandt gehalten. Auch ihre Gedanken von ihm abzuwenden, war ihr nicht so gut gelungen. Es ist kein Vampir, sagte ihre Vernunft. Es ist ein Verrückter, der denkt, er sei ein Vampir.

Es gibt keine Vampire, das ist nur eine Redewendung. Die Stimme des Professors in ihrem Kurs über Viktorianische Prosa hallte in ihren Ohren nach. Sie erinnerte sich daran, wie sie seine Sätze für das Examen wiedergekäut hatte: »Vampire repräsentieren den Ausbruch der unterdrückten Libido, die Unheil anrichtet, was den Tod und zügellose Sexualität veranlaßt.« Sie hatte nie von dunkelhaarigen, gut aussehenden mitternächtlichen Liebhabern geträumt (bist du sicher? Ganz sicher? fragte die leise Stimme in ihrem Bewußtsein), obwohl sie sich daran erinnerte, wie sie einmal an einem Kinoplakat vorübergegangen war und Sara lachend gesagt hatte, der ›verlorene Junge‹ mit dem schwarzen Haar könnte sie jederzeit in den Hals beißen, wenn ihm danach war. Wir sagen alle solche Dinge, dachte sie plötzlich, weil wir wissen, daß sie nie Realität werden. Weil es nur eine Projektion unseres eigenen Unterbewußtseins ist. Weil es so etwas wie Vampire nicht gibt.

Und Menschen, auch wenn sie verrückt waren, hatten keine Zähne, die die Haut durchbohren konnten, ohne sie aufzureißen, oder Augen, die das rote Licht brachen.

Damit war sie wieder dort, wo sie angefangen hatte, gefangen zwischen dem Unmöglichen und dem Unvorstellbaren.

Ihr Verstand kapitulierte, war nicht fähig, das Chaos zu organisieren oder alle Facetten ihrer Furcht in Kategorien einzuteilen. Sie schloß die Augen und ließ zu, daß die sie umgebenden dunklen Schatten sie einhüllten.

Viel später schwebte sie in eine Art Wachzustand, blinzelte in dem schwachen Licht, das in der Mitte des Raums leuchtete. Sie hatte gerade angefangen, darüber nachzudenken, wo sie sich befand, als eine Bewegung zu ihrer Linken ihre Aufmerksamkeit auf sich zog.

Der Vampir stand in der Mitte seiner Zelle und starrte nach oben, auf die Tür zum Keller. Als Ardeth' benommenes, desorientiertes Bewußtsein den Versuch unternahm, für ihn eine Erklärung zu finden, warf er den Kopf in den Nacken und schloß die Augen, und sein Mund öffnete sich zu einem langen, tonlosen Heulen.

Dies ist ein Traum, dachte Ardeth, immer noch halb benommen. Ich bin sicher, daß all dies in dem Traum seinen Sinn hat. Dann schlief sie wieder ein.

Als sie wieder erwachte, konnte sie die Realität nicht länger leugnen. Ihr Magen hatte sich vom Hunger verkrampft, ihre Blase schmerzte, und der Arm, auf dem sie im Schlaf gelegen hatte, war taub.

Sie setzte sich langsam, rollte die Schultern, um die Steife in ihrem Nacken zu mildern. Wie spät ist es? fragte sie sich und sah auf ihre Uhr. Irgendwann in dem Handgemenge der vergangenen Nacht war der Stundenzeiger abgebrochen, es war zwanzig nach irgend etwas. Es mußte Nachmittag sein, sonst wäre sie nicht so hungrig gewesen.

Der Gedanke an Hunger erinnerte sie an die stumme Präsenz in der Zelle nebenan. Vorsichtig blickte sie nach links. Ein absurder Gedanke kam in ihr hoch. Komisch, dachte sie, ich dachte immer, die würden in ihren Särgen schlafen, flach auf dem Rücken, mit gefalteten Händen. Der Vampir (du kannst ihn ruhig so nennen, sagte sie sich, das bedeutet ja nicht, daß du es glaubst) schlief auf der Pritsche, das Gesicht zur Wand, halb eingerollt, beinahe wie ein Embryo. Sie stand vorsichtig auf, den Blick argwöhnisch auf die schlafende Gestalt gerichtet. Das Fußeisen, das sie an einem Knöchel sah, beruhigte sie überhaupt nicht. Sie wußte, daß die Kette lang genug für ihn war, um den Rand ihrer Zelle zu erreichen. Ihre Beine fühlten sich schwer und steif an, und sie stand ein paar Augenblicke reglos da, ehe sie den Mut aufbrachte, einen Schritt nach vorne zu tun. Ihre Knie versagten ihr nicht den Dienst, und der Vampir regte sich nicht. Ardeth ging an die Grenze ihrer Zelle und sah sich in ihrem Gefängnis um.

Wände und Boden bestanden aus unregelmäßig behauenem Stein. Im Licht der einen nackten Glühbirne, die von der Decke hing, sah es so aus, als wären sie früher einmal weiß getüncht gewesen. Jetzt konnte man nur noch weiße Spuren sehen, die das Grau und der Schmutz fast verschluckten. An der Wand hinter der Pritsche, auf der der Vampir lag, glaubte sie, die Andeutung von dunklen Flecken sehen zu können. Sie sahen alt aus; sie hoffte, daß sie das waren.

Die Treppe war nicht ganz so gefährlich, wie sie sich letzte Nacht angefühlt hatte, aber es gab kein Geländer. In dem Alkoven darunter konnte sie undeutlich irgendwelche Maschinen und Möbelstücke sehen, einige davon waren nicht nur vom Schatten, sondern auch von Tüchern verhüllt.

Insgesamt gab es acht Zellen, fünf in ihrer Reihe und drei an der anderen Wand, sie fingen gleich hinter dem Alkoven an. Alle, mit Ausnahme der ihren und der daneben, waren leer. Auf den mit der Wand verschraubten Stahlpritschen lagen keine Matratzen.

Was ist das hier? überlegte Ardeth. Ein verlassenes Gefängnis vielleicht, irgendwo außerhalb der Stadt. Sie inspizierte das Schloß an der Tür. Es war neu, das Metall glänzte spöttisch vor den verrosteten Gitterstangen.

Sie drehte sich um, lehnte sich an die Tür und starrte in ihre Zelle. Unter der Pritsche standen ein zugedeckter Plastikeimer und eine Rolle Toilettenpapier. Sie ging neugierig durch die Zelle und kauerte sich nieder, um den Eimer herauszuziehen. Sie hob vorsichtig den Deckel ab. Der Eimer war leer, aber ihr schlug unverkennbarer Uringeruch entgegen.

Herrlich, dachte Ardeth. Ich habe keinen Nachttopf mehr benutzt, seit ich drei Jahre alt war, auf Opas Farm. Sie starrte die Papierrolle einen Augenblick lang an. Das letzte Blatt war unregelmäßig abgerissen worden, so daß der verbliebene Rand zackig war.

Sie glaubte nicht, daß Wilkens oder Rojas den Kübel und das Papier mitgebracht hatten, also mußten die bereits vorher unter der Pritsche gewesen sein. Offenbar war der Eimer schon mehr als einmal als Nachttopf benutzt worden. Und das bedeutete, daß sie nicht die erste Person war, die in dieser Zelle festgehalten wurde. Es war schon jemand hier gefangen gehalten worden, und man hatte ihr (irgendwie wußte sie, daß es eine Frau war) wahrscheinlich auch den Arm durch die Gitterstangen geschoben, damit der Vampir sich an ihr vollsaugen konnte. Jemand, der jetzt nicht mehr hier war.

Plötzlich überlief Ardeth ein Zittern, und sie stieß den Kübel und das Papier zurück und kroch auf die Pritsche. Sie zog die Knie an die Brust, schlang die Arme um die Beine und wünschte sich verzweifelt, wieder in Ohnmacht fallen zu können. Sie begnügte sich mit der kurzzeitigen Erleichterung, die die Tränen ihr boten.

Sie saß immer noch da, wenn auch wieder mit trockenen Augen, als die Tür an der Treppe aufging. Wilkens tauchte unter der Tür auf, und als er die Treppe herunterstieg, sah Ardeth, daß er ein Tablett trug. »Wenn du essen willst, komm her«, herrschte er sie an und blieb vor ihrer Zelle stehen. Ardeth stand auf und ging vorsichtig zur Tür, beobachtete ihn unruhig.

Wilkens stieß das Tablett durch den waagrechten Schlitz in den Gitterstangen. Sie hatte kaum Zeit, es zu packen, ehe er losließ und sich wieder zurückzog. Als er sich umdrehte, machte Ardeth den Mund auf. Aber sie hatte keine Ahnung, was sie sagen sollte, also ließ sie ihn gehen.

Die Tür oben knallte hinter ihm zu, und sie glaubte, das Einschnappen eines Schlosses hören zu können.

Sie ging zu ihrem Bett zurück und musterte das Tablett. Wenigstens werde ich nicht verhungern, dachte sie bedrückt und schaute auf das Schinkensandwich und den Krug mit Wasser auf dem Tablett. Ihr Magen verkrampfte sich und protestierte, aber sie aß so langsam sie konnte, weil sie nicht darauf vertraute, daß die Großzügigkeit ihrer Kerkermeister andauern würde.

Als sie fertig war, wußte sie, daß sie den stechenden Schmerz in ihrer Blase nicht länger ignorieren konnte. Ardeth sah zur Zelle nebenan hinüber. Wenigstens schläft es ... er ... tief, versuchte sie sich zu trösten. Aber natürlich wird er wahrscheinlich im ungünstigsten Augenblick aufwachen.

Trotzdem, es gab keinen Ausweg. Es war unangenehm, aber sie schaffte es. Der Vampir schlief weiter.

Tatsächlich schlief er diesen ganzen längsten Tag in Ardeth' Leben. Nachdem sie gegessen und ihre Umgebung erforscht hatte, wurde schnell klar, daß es in der Zelle nichts zu tun gab. Eine Weile ertappte sie sich dabei, wie sie alle paar Minuten zwanghaft auf die Uhr sah. Aber ohne Stundenzeiger, um den Übergang von einer Stunde zur nächsten zu markieren, schien sie in einem endlosen Zyklus sich wiederholender Minuten gefangen. Und dann stellten sich immer wieder Weinkrämpfe ein, und dann erfaßte sie wieder Panik und ließ sie an die Zellentür taumeln, wo sie die Gitterstangen packte und an ihnen rüttelte, als hätte das Schloß irgendwie ihr stummes Gebet erhört und sich seit ihrem letzten wirkungslosen Versuch selbst aufgesperrt. Sie ging die kurze Strecke diagonal durch die Zelle auf und ab, versuchte zu schlafen, gab sich verzweifelt Mühe, die Angst von sich fernzuhalten, die sie fast körperlich an den Rändern ihres Bewußtseins spüren konnte. Mehr als einmal dachte sie, daß sie sogar freiwillig den Arm in die nächste Zelle strecken könnte, wenn ihr nur jemand ein Buch zu lesen bringen würde.

Als ihre Uhr zehn vor etwas anzeigte, tauchte Wilkens mit einem weiteren Tablett auf. Er nahm das alte stumm zurück, und wieder wagte sie nicht, ihn anzusprechen.

Er blieb vor der Zelle des Vampirs stehen. »Die Sonne ist untergegangen, Monstrum, ich weiß also, daß Sie wach sind. Zeit, aufzustehen. Wir haben bald Arbeit für Sie.«

Der Vampir drehte sich um und setzte sich langsam auf. Sein Blick erfaßte Wilkens kurz, dann wanderten seine Augen zu Ardeth hinüber. Sie erstarrte, klammerte mit zitternden Fingern das Tablett fest. Dann senkte sich der tote Blick und starrte zu Boden.

»Jesus«, murmelte Wilkens und stampfte die Treppe hinauf. Ardeth zog sich in den entferntesten Winkel der Pritsche zurück und verzehrte ihr Abendessen, schmeckte die Dosenspaghetti und den verpackten Kuchen kaum. Als sie fertig gegessen hatte, setzte sie das Tablett langsam ab und preßte sich an die Wand.

Wenn du dich ruhig hältst, dich nicht bewegst, wird er dich vielleicht nicht bemerken, dachte sie verzweifelt. Sie fürchtete sich vor dem Gewicht seines Blicks, vor der Erinnerung an den Heißhunger, den sie in der Nacht zuvor dort gesehen hatte. Trotzdem konnte sie sich nicht von den vorsichtigen Blicken abhalten, die sie ihm immer wieder zuwarf. Eine angsterregende Faszination ging von ihm aus, vergleichbar mit dem perversen menschlichen Drang, den Tod anzustarren, der sich bei Verkehrsunfällen manifestiert.

Er war nicht so unmenschlich, wie er ihr in der vergangenen Nacht erschienen war. Das Gesicht, das ihr wie ein Totenschädel vorgekommen war, wirkte im Profil fein gemeißelt, mit blasser, durchscheinender Haut, die sich über slawischen Backenknochen spannte, einer geraden Nase und einem schmalen Kinn ohne einen Bartschatten. Sein Haar hing ihm lang über den Hals, die Ohren und in die Stirn und war von einem seltsamem Grauton, nicht etwa der Farbe des Alters, oder vielleicht von so einem großen Alter, daß man es nicht mehr berechnen konnte. Er trug ein weißes Hemd und dunkle Hosen, aber der Stoff war abgewetzt und zerfallen. Seine Füße waren nackt, aber der kalte Steinboden schien ihm nichts auszumachen.

Der Vampir schob sich etwas zur Seite, und sein Kopf kam in die Höhe, und Ardeth sah schnell weg, voll Angst, sein heißer Blick könne sie erfassen und bannen wie die Schlange das Kaninchen. Sie schloß die Augen und zwang sich, ihn nicht wieder anzusehen.

Einen Augenblick lang war sie beinahe erleichtert, als die Tür sich öffnete und Roias die Treppe heruntereilte. Sein Eintreten brach wenigstens die schwere Stille und riß sie aus ihrem schmerzhaften Bewußtsein des Dings, das sie zu ignorieren versuchte. Dann sah sie die Erwartung in seinem plötzlichen Grinsen, und ihr Magen verkrampfte sich, während die Angst sich hungrig näher heranschlich.

»Los geht's, Alexander«, rief er. »Zeit für die Show.«

5.

»Welche Show?« fragte sie und trat einen Schritt zurück und warf dem stummen Vampir einen nervösen Blick zu. Roias öffnete ihre Zellentür und trat ein.

»Wirst schon sehen. Jetzt dreh dich um.« Als sie gehorchte, riß er ihre Arme nach hinten, und sie spürte das kalte Metall von Handschellen, die um ihre Handgelenke zuschnappten.

»Gehen wir.« Er packte sie am Arm und stieß sie vor sich aus der Zelle. Diesmal, wo sie keine Augenbinde trug, bereitete ihr die Treppe weniger Schwierigkeiten. Auf der anderen Seite der Eisentür vollführte er das Ritual, sie wieder abzusperren, zwei Schlösser, zwei Schlüssel. Ardeth stellte fest, daß er sie in die vordere Hosentasche steckte. Das sind bis jetzt drei Schlösser, stellte die zynische leise Stimme fest. Denkst du, Wilkens oder Roias werden diese Schlüssel eines Tages zufällig in deiner Zelle fallen lassen?

Roias führte sie den langen Korridor hinunter, auf die Mitte des Gebäudes zu. Kleine Räume mit vergitterten Türen säumten den Gang. »Was ist das hier? Ein Gefängnis?« wagte Ardeth zu fragen.

»Eine Irrenanstalt. Nicht daß das dich etwas anginge«, antwortete er mit einem warnenden Blick. Ardeth senkte die Augen und hoffte, gebührend eingeschüchtert zu wirken. So fühlte sie sich auch. Kurz darauf packte Roias sie wieder am Arm und brachte sie vor einer schweren Tür zum Stehen. Er schloß die Tür ebenfalls auf und stieß sie hinein, ins Dunkle.

Sie blinzelte ein paarmal, bis ihre Augen sich an die schwache Beleuchtung angepaßt hatten. Sie befanden sich in einem langen, schmalen Raum, der von einem riesigen Fenster beherrscht wurde. Die hintere Wand war mit elektronischen Geräten aller Art auf Regalen vollgestellt: Fernseher, Videorecorder, Kameras und andere Gerätschaften, deren Sinn ihr fremd war. Einige waren eingeschaltet, rote Lichter blitzten rhythmisch. Das Fenster blickte nicht ins Freie, sondern bot den Ausblick auf einen großen Saal. Vielleicht der Gemeinschaftsraum der Anstalt, dachte Ardeth, denn der Saal war fast zwei Stockwerke hoch und wenigstens ebenso lang. Im Augenblick war dort eine seltsame Ansammlung von Vorhängen, Scheinwerfern und Menschen zu sehen. In der Mitte des Saals war ein Podest aufgebaut. Männer waren damit beschäftigt, verhängte Scheinwerfer davor aufzubauen, die auf einen weiß drapierten Tisch auf dem Podest gerichtet waren.

Eine Filmkulisse, erkannte Ardeth plötzlich. Und die Glasscheibe vor ihr war in Wirklichkeit kein Fenster, sondern ein einseitig durchsichtiger Spiegel. Von diesem Raum aus konnte Roias betrachten, was in dem Saal geschah, ohne selbst gesehen zu werden. Er registrierte ihr plötzliches Begreifen und lächelte. »Setzen Sie sich.« Er wies auf einen der Stühle, die vor dem Spiegel aufgebaut waren. Sie setzte sich, was einige Mühe bereitete, weil ihre Hände immer noch hinter ihrem Rücken von Handschellen festgehalten waren. »Ist ja nicht gerade Hollywood, aber es erfüllt seinen Zweck. Wollten Sie je ins Showbusiness?«

»Nein«, sagte Ardeth automatisch, voll Mißtrauen gegen die Selbstgefälligkeit, die aus seiner Stimme klang. Was auch immer sie sich hier oben ansehen mußte, würde nicht angenehm sein, das wußte sie. Roias genoß es, Leuten dabei zuzusehen, wie sie litten, vermutete sie und erinnerte sich an seine Reaktion auf ihre Angst vor dem Vampir.

»Das ist unser Regisseur. Er ist ein Genie, wenigstens behauptet er das.« Roias deutete auf einen schmächtigen, hasengesichtigen Mann, der gerade die Kulisse musterte. »Hält sich für diesen Scheiß Steven Spielberg oder so etwas.« Roias schien diese Bemerkung ungeheuer spaßig zu finden und lachte eine Weile. Ardeth entschied für sich, daß es weniger gefährlich war, nichts zu sagen.

Sie sah wieder auf die Kulisse. Trotz der hellen Scheinwerfer ging von allem der Eindruck von Verfall aus. Die Tischtücher waren unten ausgefranst und angeschimmelt. Neben den acht Gedecken, die auf dem Tisch angeordnet waren, standen mit einer blassen Flüssigkeit gefüllte Kristallgläser, und sie konnte Spinnweben erkennen, die vom Tischtuch zu den Gläsern führten. Die müssen unecht sein, dachte sie, obwohl der Staub und der Schmutz an den Wänden hinter dem Tisch zweifellos echt waren. Wer auch immer diese Irrenanstalt gebaut hatte, war nicht nur an reiner Funktion interessiert gewesen. Die Wände waren vertäfelt und mit schweren Schnitzereien verziert, und ein schwerer Lüster hing zwanzig Fuß von der Decke herunter. Auch die religiöse Erbauung der geistesgestörten Patienten war nicht dem Zufall überlassen geblieben. Ein verstaubtes Wandgemälde bedeckte die Wand hinter dem Podest. Es handelte sich um eine schlechte Kopie von Michelangelos Abendmahl. Die Proportionen stimmten nicht ganz, so daß der Eindruck vermittelt wurde, daß die Köpfe Christi und der Apostel für ihre Körper zu groß waren.

Einer der Männer, die in der Kulisse herumrannten,

kam mit einer großen, zweistöckigen Hochzeitstorte hinter einem Vorhang hervor und stellte sie auf den Tisch. Plötzlich erinnerte die Szene Ardeth an Dickens' *Große Erwartungen.* Sie warte darauf, daß die verrückte alte Frau, Miss Havisham, in ihrem fadenscheinigen Hochzeitskleid auftauchte.

Das Kleid war alt, das war nicht zu übersehen, die Seide vergilbt, die Schleppe jetzt von Motten zerfressen, aber das Mädchen in dem Kleid war keine alte, mit Rouge herausgeputzte Hexe. Sie war jung, wesentlich jünger als sie selbst, argwöhnte Ardeth, und hübsch. Ihr blondes Haar hing ihr frei bis zu den Schultern, von denen eine von dem zu großen Ausschnitt des Kleides freigelassen war. Sie war nervös und sichtlich bemüht, es sich nicht anmerken zu lassen, obwohl an der Art, wie ihre Hände herumhuschten, immer wieder an ihrem Kleid zupften und mit ihrem Haar spielten, etwas unheilverkündend Fieberhaftes war.

Weitere Schauspieler hatten die Kulisse betreten, allem Anschein nach der Rest der Hochzeitsparty. Ebenso wie das Kleid der Braut wirkte auch ihre Kleidung seltsam, wie eine Karikatur der Tradition. Die Brautjungfer trug ein blutrotes Kleid, rote, bis zu den Ellbogen reichende Handschuhe und einen schwarzen Spitzenhut mit Schleier. Hohe schwarze Lederstiefel reichten ihr bis über die Knie, die ihr Rüschenkleid verdeckte. Die männlichen Teilnehmer trugen Smoking oder Frack, aber einer trug kein Hemd, ein anderer Lederhosen. Alle trugen schwarze oder rote, mit Juwelen und Federn besetzte Halbmasken.

Ein Mann trat vor die Braut, redete beruhigend auf sie ein. Er war jung, mit blondem, pomadisiertem Haar und einem grauen Anzug, von dem Ardeth vermutete, daß er in einem der exklusiven Geschäfte von Yorkville Tausende gekostet haben mußte. Das Mädchen lächelte nervös, und er küßte sie langsam, und seine Hand schob sich unter die Falten ihres Seidenkleides zwischen ihre Schenkel. Als er zurücktrat, hatte ihr Gesicht sich gerötet, aber sie lachte.

»Das ist Greg. Unser Talent-Scout«, sagte Roias im Gesprächston und beugte sich dann zur Seite, um einen Schalter auf dem Armaturenbrett vor seinem Sessel umzulegen. Ein Lautsprecher über ihnen erwachte knisternd zum Leben. Das Summen von Gesprächen erfüllte den Raum. »In diesem Film gibt es nicht viel Dialog, aber es kommen ein paar gute Klangeffekte«, erklärte ihr Roias mit einem breiten Grinsen, das, nachdem er sich abgewandt hatte, wie das Grinsen einer Cheshirekatze vor ihrem geistigen Auge hängen blieb.

»Auf die Plätze alle, wir fangen an. Ihr kennt die Regeln. Nicht auf die Kameras achten, wir werden euch nicht unterbrechen«, sagte Leseur von unter ihnen und winkte dann die zwei Kameraleute auf ihre Positionen. Sie trugen Handkameras als Ergänzung zu der stationären Hauptkamera, die auf den Tisch gerichtet war. Es gab noch ein paar letzte Veränderungen an den Scheinwerfern, während die Schauspieler ihre Positionen einnahmen.

»Augenblick. Wo ist der Bräutigam? Schafft ihn her!« schrie Leseur, und ein Mann kam aus einer der Nebentüren gerannt. Wie die anderen trug auch er eine schwarze Ledermaske. Er war mit einem antiquierten Abendanzug und einen langen Umhang um die Schultern bekleidet. Im Gegensatz zu den anderen war an seiner Kleidung nichts, was den Gesamteindruck störte. Er entschuldigte sich mit einer kleinen Handbewegung bei Leseur und nahm seinen Platz neben der Braut ein.

»Schön, dann wollen wir anfangen. Action!« rief der Regisseur, und auf den Kameras blühten rote Lichter auf. Einen Augenblick lang regte sich die Gruppe am Tisch nicht, ein Tableau seltsamer Eleganz, dann neigte der Bräutigam den Kopf. Ob das ein nicht hörbares Kommando bestätigen sollte oder selbst ein Kommando war, konnte Ardeth nicht feststellen.

Der Mann zu seiner Rechten, der mit der roten, federbesetzen Maske, stand auf und trat hinter den Bräutigam, so daß er jetzt neben der Braut stand. Er hielt ihr die Hand hin, und sie ergriff sie langsam. Er zog sie in die Höhe und führte sie vor den Tisch. Dann verbeugte er sich kurz vor dem Bräutigam, griff der Braut mit beiden Händen an den Ausschnitt und riß ihr das Kleid vorne auf. Das Zerreißen des Stoffes ließ Ardeth in ihrem Stuhl zusammenzucken, und ihre Augen weiteten sich.

»Nun, was für Filme haben Sie denn geglaubt, daß wir machen?« fragte Roias mit einem bösartigen Lachen. Ardeth schüttelte benommen den Kopf und senkte den Blick. »Sehen Sie nur weiter zu. Es kommt noch besser.«

Die Braut hatte das zerfetzte Kleid an sich gedrückt, aber als der Mann mit der roten Maske ihr Kinn in die Hand nahm, ließ sie es los, so daß es wie eine Kaskade aus brüchiger Spitze und Seide herunterfiel und vor ihren Füßen liegenblieb. Darunter trug sie einen winzigen weißen Spitzen-BH, einen weißen Slip, Strapsgürtel und Strümpfe. Die Hand des Mannes glitt über ihren Hals, verweilte einen Augenblick lang in der Höhlung zwischen ihren Brüsten, als wollte er ihr den BH ebenfalls herunterreißen, zog sich dann aber zurück. Er trat einen Schritt zurück, und Ardeth sah, daß er unter seinem Abendrock Lederhosen mit einem speziellen ledernen Hosenbeutel trug. Als er sich anschickte, den Hosenbeutel abzunehmen, sank die Braut auf die Knie.

»Es sind alles Amateure, wissen Sie«, bemerkte Roias. »Eine Gruppe von Leuten mit bestimmtem . . . Geschmack, . . . der normalerweise nicht auf so interessante Weise befriedigt wird.«

»Und das Mädchen?« fragte Ardeth, deren Stimme

nicht über ein schwaches Flüstern hinauskam, während sie zusah, wie der blonde Kopf sich vor dem Leder bewegte.

»Eine aus Gregs . . . Stall.« Der Mann mit der roten Maske war fertig und ließ die Braut auf dem Boden kauernd zurück. Als nächster kam der Mann ohne Hemd, der jetzt dem Mädchen den BH mit einem Messer aufschnitt, ehe er sie flach auf den Boden legte und sich ihren nackten Brüsten zuwandte. Er hielt die ganze Zeit das Messer gegen ihren Hals gedrückt, und als er sich erhob, glaubte Ardeth einen schreckerfüllten Augenblick lang, sie könne die Spuren seiner Zähne auf der Haut des Mädchens sehen.

So ging es eine Stunde weiter. Jeder Teilnehmer kam an die Reihe, und am Ende war die Braut nackt und ihr Körper glänzte von Schweiß und Samen. Roias beobachtete Ardeth so, wie er das Schauspiel beobachtete, und jedesmal, wenn ihr Blick sich senkte, ließ sein warnendes Zischen ihren Kopf wieder in die Höhe rucken. Sie wußte nicht, was schlimmer war — zuzusehen, wie das Mädchen endlos mißbraucht wurde, den Geräuschen zu lauschen, den Schreien, dem Knallen der Peitschen, dem Klatschen von Fleisch auf Fleisch — oder darüber nachzudenken, was Roias als nächstes mit *ihr* vorhatte. Vielleicht war es auch die schuldbewußte Erinnerung an ihre erotischen Träume, an die sie sich nur schemenhaft erinnerte, und in denen sie irgendeine Kraft nahm und überwältigte, die stark genug war, Angst, Zweifel, ja sogar die rationalen Gedanken selbst zu verdrängen. Aber in den dunklen, geheimen Tiefen ihrer Phantasien war sie eine Göttin, selbst in Ketten. Sie hatte ihre eigene Unterwerfung völlig unter Kontrolle und verfügte über die Macht, ihre eigene Ekstase zum höchsten Ziel dessen zu machen, der sie unterwarf. Hier würde sie nichts als das nächste Opfer sein, das Gefäß für die Träume anderer. Und an all dem war nichts Erotisches. Bitte, lieber Gott, ich weiß, daß ich nicht an dich glaube, aber bitte, Gott, laß nicht zu, daß sie mir das antun, betete sie hilflos, während vier der Erwählten sich zu einem letzten Angriff um die Braut versammelten.

Als sie fertig waren, hoben sie ihren von Schluchzen geschüttelten Körper und legten sie vor den Bräutigam auf den Tisch. »Schnitt!« schrie Leseur, und Ardeth atmete in einem langen Schaudern aus. Sie waren fertig, es war vorbei, dachte sie erleichtert.

»Eine Szene noch. Die beste von allen«, sagte Roias, als könne er ihre Gedanken lesen. In der Kulisse scheuchte Leseur die Gäste und den Bräutigam weg. Greg hatte der Braut einen Umhang gebracht und sie eingehüllt, half ihr, auf einem der Stühle Platz zu nehmen.

»Du warst großartig, Baby, wunderbar«, sagte er und wischte ihre Tränen weg. Ardeth konnte ihre Stimmen schwach vor dem Treiben in der Kulisse hören.

»Kann ich jetzt welches haben, Greg?« fragte sie mit zitternder Stimme.

»Hör zu, Honey, wir haben einen Deal gemacht. Du erledigst diesen Job für mich, und ich geb dir allen Stoff, den du haben willst. Du hast nur noch eine Szene.«

»Bitte, Greg. Ich . . . ich brauchs. Ich hab das alles für dich getan, bitte . . . nur ein klein wenig«, flehte das Mädchen.

»Suzy«, der Name klang wie eine Warnung. »Wenn alles vorbei ist, wie ich versprochen habe.« Er küßte sie kurz auf die Stirn. »Nur noch eine Szene. Für mich.« Suzy starrte ihn einen Augenblick an, und ihr Mund arbeitete, als wollte sie noch einmal betteln. Dann biß sie sich auf die Lippen und nickte langsam. »Das ist mein braves Mädchen. Du bringst diese Szene jetzt zu Ende, und dann kriegst du soviel du willst.« Sie beugte den Kopf an seine Schulter, und Ardeth wandte den Blick ab, zwischen Wut und Mitleid hin- und hergerissen.

Die Kulisse war jetzt mit Ausnahme von Leseur, einem

der Kameraleute, Suzy und Greg völlig leer. Leseur bewegte die Hauptkamera näher ans Podest und gab dem verbliebenen Kameramann Anweisungen bezüglich der besten Aufnahmeposition. Als der Schauspieler-Bräutigam, dicht gefolgt von Wilkens, wieder auftauchte, verabschiedete Greg Suzy mit einem schnellem Kuß auf ihren übel zugerichteten Mund und verschwand durch die Tür. Ardeth sah zu, wie der Bräutigam auf seinen Platz zurückkehrte. Etwas an seiner Haltung unter dem schwarzen Umhang, die Art, wie er den blassen Kopf hinter der Ledermaske geneigt hielt, machte sie unruhig. Sie spürte, wie ihre Handflächen kalt und feucht wurden, und preßte sich so tief in ihren Sessel, wie sie das wagte.

»Endlich«, schnaubte Leseur mit einem Blick auf Wilkens. »Also gut, meine Liebe, bitte nimm deinen Platz ein.« Suzy ließ ihren Mantel fallen und ging etwas schwankend zur Vorderseite des Tisches. Sie fröstelte, und Ardeth erwartete, daß Leseur sagen würde, sie solle sich zusammenreißen. Aber der Regisseur sagte nichts, als das Mädchen sich auf dem Tisch drapierte. Die Spuren der vorangegangenen Szene waren noch rot in ihre Haut eingeätzt.

Wilkens wimmelte hinter dem Bräutigam herum und beugte sich dann vor, um ihm hinter seiner Maske etwas zuzuflüstern. Der Mann nickte langsam. Mit einem letzten warnenden Blick entfernte Wilkens sich von dem Podest. »Fertig?« rief Leseur, und der Kameramann nickte leicht. »Go!«

Die Hand des Schauspielers ging in die Höhe und griff in Suzys zerzaustes blondes Haar. Sie wimmerte leise, als er sie vom Tisch zerrte und neben sich stellte. Ardeth wußte, daß sie Schmerz und Furcht nicht spielte.

Die andere schmale, langfingrige Hand schob sich langsam an der Seite des Mädchens nach oben, von der Hüfte bis zur Brust, verweilte dort einen Augenblick. Suzys Augen schlossen sich unter der Liebkosung, und Leseur schrie: »Die Augen auf!«

Sie gehorchte, und Ardeth brauchte das Gesicht gar nicht zu sehen, um zu wissen, daß in den blauen Tiefen Tränen standen. Die Hand des Bräutigams verstärkte den Griff an ihrem Haar und zog den Kopf nach hinten, so daß der Hals deutlich hervortrat.

So posierten sie einen Augenblick lang. Dann nahm der Schauspieler mit eleganter Theatralik die Maske ab.

»O mein Gott«, wisperte Ardeth, als die schwarze Maske fiel und sie die bleichen, feingemeißelten Züge und das lange, rauchig graue Haar sah. Der Kameramann war jetzt ganz nahe, hatte die Kamera in Großaufnahme auf das freigelegte Gesicht gerichtet. Unfähig, den Blick abzuwenden, sah Ardeth zu, wie der Vampir lächelte.

Suzys Schrei kam eine Sekunde nach Roias' Gelächter.

Ardeth sah, wie der Kopf des Vampirs herunterzuckte, so wie eine graue Schlange, die zustößt, und schloß die Augen so dicht sie konnte. Roias war im nächsten Augenblick über ihr, zwang sie an die Spiegelwand. »Die Augen auf!« befahl er und riß ihre mit Handschellen gefesselten Hände hinter ihr hoch. »Die Augen auf und zusehen, du Schlampe, sonst bis du als nächste dort oben!« Hilflos öffnete Ardeth die Augen.

Der Vampir war hungrig und nicht sonderlich reinlich. Als er fertig war, ließ er Suzys Körper auf den Tisch fallen. Blut war über ihre Brüste und Schultern geschmiert, überzog ihr Gesicht in Streifen wie eine Kriegsbemalung. Ihr blondes Haar war dunkelrot vom Blut, aber nicht so dunkel wie das gähnende Loch in ihrer Kehle. Als er sie fallen ließ, fiel einer ihrer Arme schlaff über die Hochzeitstorte und schmückte ihre Überreste mit roter Glasur.

Der Vampir richtete sich langsam auf und blickte einen Augenblick lang auf den schlaffen Körper herunter. Dann hob er die Hand und wischte sich das Blut vom Mund. Ardeth sah zu, wie seine Schultern sich in einem langen

Atemzug hoben und wieder senkten, dann wandte er sich vom Tisch ab. Roias hatte den Griff, der ihren Kopf festhielt, gelockert, und sie fuhr von dem kalten Glas zurück. Aber sie war unfähig, den Blick von dem in den Umhang gehüllten Rücken und dem grauen Kopf abzuwenden, der sich ein wenig über den dunklen Kragen des Umhangs nach vorne beugte.

Als Wilkens wieder auftauchte, den Stock mit der Spitze wie eine Lanze in der Hand, trat der Vampir von dem Podest und ging zur Tür hinaus.

Roias ließ sie los, und die Knie versagten ihr den Dienst. Sie glitt an der Glaswand herunter und lag wie ein Häufchen zu seinen Füßen. »Da siehst du, was passiert, wenn du uns Ärger machst. Mag sein, daß du nicht so hübsch bist, wie diese verkiffte Junkiebraut, aber die werden trotzdem ihren Spaß mit dir haben. Und dann sorgen wir dafür, daß Seine Hoheit besonders hungrig ist. Du wirst also brav sein, ja?«

Ardeth nickte und wünschte, ihr Atem klänge nicht wie ein Wimmern, wünschte, die Tränen würden nicht Spuren in den Staub auf ihrem Gesicht graben. »Du wirst doch brav sein, oder?« wiederholte Roias.

»Ja«, brachte sie schließlich mit einiger Mühe keuchend zuwege, »ja.«

»Also gut. Steh auf, dann gehn wir zurück in den Keller.«

Sie stand auf.

6.

Bis sie zurückkamen, hatte Wilkens den Vampir bereits wieder in seine Zelle getrieben. Er stand in der Mitte der Zelle und sah nicht zu ihnen herüber, als Roias Ardeth in ihr eigenes Gefängnis zurückbrachte. »Ziehen Sie den Anzug aus, Euer Hoheit. Für eine Weile gehen Sie auf keine Parties mehr«, befahl Wilkens spöttisch. Der Vampir bewegte sich einen Augenblick lang nicht, dann hob sich hölzern eine Hand, um den Umhang zu lösen.

Ardeth zwang sich, nicht hinzusehen, nicht in Anwesenheit Wilkens' und Roias', aber ihre Neugierde war übermenschlich, und so riskierte sie unter den gesenkten Wimpern einen verstohlenen Blick. Die Haut des Vampirs schimmerte im schwachen Schein der Deckenlampe matt. Sie sah dünne Narbenspuren an seinem Oberkörper und am Bauch. Er sah wie ein Mann aus; Arme, Brust, Beine, alles gut proportioniert, Muskeln, die sich im silbernen Licht spannten, wenn er sich bewegte. Selbst seine Genitalien sahen menschlich aus. Was hast du denn erwartet, Mädchen? fragte sie sich und blickte starr zu Boden. Daß sie eingeschrumpft und abgefallen sind, als er zum Vampir wurde? Aber sie hatte nicht erwartet, daß er so menschlich, so verletzbar aussehen würde, wenn er auch durch nichts erkennen ließ, daß seine Nacktheit ihm Unbehagen bereitete.

Sie hielt die Augen gesenkt, bis das Rascheln von Stoff andeutete, daß er wieder die Hosen und das zerrissene Hemd trug, die er vorher getragen hatte. Wilkens hielt dem Vampir den Stachel vor die Brust, und Roias befestigte die Fußschelle an seinem Knöchel. »Sie waren heute sehr gut, Euer Hoheit. Dafür bekommen Sie heute auch keine Dosis von dem alten Ultraschall«, sagte Roias beiläufig und lehnte sich an die Zellentür des Vampirs. Der Vampir ließ durch nichts erkennen, daß er ihn gehört hatte. Er ging zu der Pritsche zurück, setzte sich und starrte auf eine Stelle hinter Roias' Kopf.

»Sehen Sie«, sagte Roias zu Ardeth, »wir können ihn dazu bringen, daß er alles tut, was wir wollen. Und *Sie* können wir auch dazu bringen, daß Sie alles tun, was wir wollen. Vergessen Sie das nicht.« Ardeth wünschte, sie wäre imstande, die völlige Gleichgültigkeit des Vampirs nachzuahmen, aber sie wagte es nicht. Statt dessen nickte sie so schnell sie konnte. Wilkens lachte und Roias klopfte ihm leicht auf die Schulter. Sie konnte ihr Gelächter noch von den Wänden hallen hören, als sie die Treppe hinaufstiegen.

Sie saßen im Halbdunkel, Ardeth auf ihrer Pritsche, der Vampir auf der seinen. Als ihr stockender Atem sich langsam wieder normalisierte, glaubte Ardeth, das schwache Krächzen zu hören, mit dem der Vampir atmete. Sie atmete tief ein, um das Geräusch zu vergessen. Aber die Bilder, die von dem Film in ihr zurückgeblieben waren, konnte sie damit nicht verdrängen. Wahrscheinlich würden diese Bilder immer in Ihrem Bewußtsein ablaufen, eine endlose Bandspule des Schreckens. Sie sah das letzte Bild auf die Innenseite ihrer Augenlider projiziert: Suzy auf dem Tisch liegend, nur mit ihrer Haut und ihrem Blut bekleidet, das rot beschmierte Tischtuch, die blutigen Rosen auf der Torte. Und der Vampir, wie er sich müde den roten Mund wischte.

Ardeth blickte vorsichtig zu dem Vampir hinüber. Er saß reglos da, den Kopf etwas gebeugt. Erst als sie seine Hände sah, die er so fest zusammengeballt hatte, daß die Knöchel weiß wie ausgebleichte Knochen waren, ahnte sie, daß er bei Bewußtsein sein mußte. Sie konnte sich jetzt nicht mehr einreden, daß er ein entwichener Irrer war, jetzt nicht mehr. Die greifbare, unleugbare Realität, die er repräsentierte, jagte ihr Schrecken ein. Ihr Universum war sehr geordnet gewesen, mit einer klar definierten Grenze zwischen Realität und Phantasie. Jetzt war diese Grenze verschoben, nein, für immer zerschlagen, und sie fand sich in einer Welt ohne feste Fundamente.

Dies alles wäre ja noch erträglich, dachte sie plötzlich, wenn ich es nur *verstehen* könnte. Ihr ganzes Leben lang hatte sie geglaubt, so lange sie etwas nur verstehen konnte, angefangen bei historischen Fakten bis hin zu ihren eigenen Gefühlen, würde ihr dies auch eine gewisse Herrschaft darüber vermitteln. In ihrer Verzweiflung hatte sie sich den letzteren einfach geweigert, über ihre Situation nachzudenken, so als würde sie das irgendwie ändern. Aber wenn sie es jetzt vielleicht schaffte, einen Sinn in dem Wahnsinn zu finden, in dem sie gefangen war, vielleicht gelang es ihr dann, wieder so etwas wie eine persönliche Orientierung in der Welt zu finden.

Aber hier, in der Dunkelheit ihres Kerkers gab es nur Fragen. Hatte der Mord an Conrad etwas mit ihrer Lage zu tun? Wer war der ›andere Mann‹, von dem sie geredet hatten – und konnte es sein, daß es Tony war? Wer waren Roias und Wilkens, hatten sie etwas mit Armitage zu tun? Und wenn ja, was? Wer war der Vampir, und welche Verbindung bestand zwischen ihm und den Antworten auf die anderen Fragen?

Ardeth schlang die Arme um die Knie und starrte in die Dunkelheit hinaus. Wenn sie nachdachte, dann schien das wenigstens für den Augenblick ihre schmerzhafte, fast körperlich spürbare Wahrnehmung des Geschöpfes in der Zelle neben ihr zu überlagern. Vielleicht würde dies sie schützen, ihr Zuflucht bieten. Vielleicht konnte sie sich damit abschirmen, sich vor dem fleischgewordenen Tod schützen, der ihr so nahe war.

Sie fing mit Roias an. Ganz sicher wurden hier auch ganz normale Pornofilme gedreht, die per Post, in Videoläden und durch private Vertriebe verkauft wurden.

Sie konnte nicht glauben, daß es irgendeine direkte Verbindung zwischen Roias und Armitage gab. Aber warum sollten Männer, die Pornofilme herstellten, sie entführen wollen? Es war klar, daß sie sie verfolgt hatten. Wie sonst hätten sie ihren Namen wissen können? Sie zu entführen, war ja offenbar eine Entscheidung gewesen, die sie erst an Ort und Stelle getroffen hatten. Sie hatten ganz offensichtlich vorgehabt, sie zu töten, wie ›den anderen Burschen‹. Plötzlich schauderte sie bei der Erinnerung an ihre Flucht an der Hügelflanke entlang, und den kalten Stahl der Messerklinge an ihrer Haut. Aber wenn

Roias und Wilkens keinen Grund hatten, sie zu töten, dann vielleicht jemand anderer. Jemand, der sie dafür engagiert hatte, die Tat zu begehen, weil das ihr Handwerk war, eines, worauf sie sich gut verstanden.

Und wenn ihr Verdacht bezüglich ihres Todes zutraf, warum waren dann Tony und Conrad getötet worden? Die naheliegende Antwort war, daß sie etwas wußten, was sie nicht wissen sollten. Aber was in aller Welt konnten die beiden über Pornofilme wissen? Es sei denn, es hatte überhaupt nichts mit Pornografie zu tun – sondern mit etwas anderem, irgendeinem anderen Geheimnis, das sie wußten. Oder das sie wissen *könnten.* Und es mußte irgendeine Verbindung zwischen den beiden Morden und ihrer eigenen mißlichen Lage geben – wie sonst hätten Roias und Wilkens ihren Namen kennen können? Und jener Gedanke führte auf geradem Wege zu der einzigen Verbindung zurück, die es zwischen ihr, Tony und Conrad außerhalb der Tatsache gab, daß sie alle Studenten waren – die Arbeit, die sie für Armitage geleistet hatten.

Trotzdem schien es ihr gefährlich, drei Leute zu engagieren und sie dann zu töten oder zu kidnappen. Die Polizei würde doch ganz sicherlich Argwohn schöpfen, wenn plötzlich ausgerechnet drei Studenten der historischen Fakultät, alle im letzten Semester, in Unfälle verwickelt oder ermordet wurden oder einfach verschwanden. Wenn Armitage etwas zu verbergen hatte, dann wäre es doch sicherlich vernünftiger gewesen, nur eine Person für die Recherchen zu engagieren und dann auch nur einen Mord zu riskieren.

Es sei denn, dachte sie plötzlich, die Morde waren nicht von Anfang an geplant gewesen. Vielleicht hatte ursprünglich nur die Absicht bestanden, ihnen ihre Honorare zu bezahlen und dann darauf zu bauen, daß sie allmählich die im wesentlichen langweilige Recherchenarbeit vergaßen, die sie geleistet hatten. Und dann war etwas geschehen – etwas, das ihr Wissen für die Firma gefährlich machen konnte.

Ardeth verlagerte ihre Position auf der Pritsche, den Blick immer noch auf die Gitterstangen gerichtet, ohne sie klar sehen zu können. Sie war ihrem Ziel näher, das spürte sie, und ihr Herz schlug schneller.

Wenn sie recht hatte, dann gab es zwischen den Recherchen, die sie, Conrad und Tony durchgeführt hatten, entgegen allem äußeren Anschein doch eine Verbindung. Und wenn es ihr gelang, dieses Bindeglied zu finden, dann würde das Rätsel auch in ihrem Bewußtsein Gestalt annehmen. Aber welche Verbindung konnte man sich zwischen Zaubergelehrten aus dem sechzehnten Jahrhundert, einer russischen Dynastie und den Besitzverhältnissen von Gebäuden im Toronto des neunzehnten Jahrhunderts vorstellen?

Ein Thema stammte aus dem Mittelalter, eines war relativ modern und eines ohne Zeitbezug. Zwei befaßten sich mit Europa, eines mit Nordamerika. Ardeth überdachte die Vergleiche sorgfältig. Zwei Themen befaßten sich mit Menschen oder Familien, eines mit Gebäuden. Nein, korrigierte sie sich langsam, nicht Gebäuden, sondern den Menschen, die sie besaßen. Trotzdem waren auf der Liste, die sie aufgestellt hatte, mehr als fünfundvierzig Namen gewesen, fünfundvierzig Besitzer von mehr als fünfundzwanzig Gebäuden. Die meisten dieser Leute waren schon lange tot und viele von den Gebäuden bereits vor Jahren abgerissen.

Aber nur eines jener Gebäude war in jüngster Zeit von einer namenlosen Firma gekauft worden. Nur eines jener Gebäude war niedergebrannt, mit drei Menschen. Nur ein Gebäude war vor langer Zeit in Besitz eines Mannes gewesen, dessen Name in Conrads Recherchen aufgetaucht war.

Als die Lösung gleichsam vor ihr aufblitzte, richtete sie sich auf und hielt den Atem an. Sie wälzte die Lösung ein paar Augenblicke lang in ihrem Bewußtsein herum, tastete sie nach Defekten und Schwächen ab. Aber sie blieb bestehen, solid und unwiderlegbar. Der Anlaß für die Recherche, den Brand und das gegen sie alle verhängte Todesurteil. Armitage hatte den Namen eines lang vergessenen russischen Wollhändlers gesucht, der vor hundert Jahren aus der Stadt verschwunden war und ein leeres, von niemandem beanspruchtes Lagerhaus an der River Street hinterlassen hatte.

Sie blickte vorsichtig zu dem Vampir hinüber. »Sie sind Rossokow. Dimitri Rossokow.«

Sein Kopf hob sich langsam, wie ein lebendes Wesen, das man aus dem Schlaf geweckt hat. Im schwachen Licht konnte sie seine Augen nicht sehen, nur die dünne Linie seines Profils unter der zur Asche verbrannten Seide seines Haars. »Der sind Sie doch, oder?« Sie drehte sich auf ihrer Pritsche herum und sah ihn an, und die Freude über ihre Erkenntnis wischte plötzlich die Furcht weg.

»Ja.« Seine Stimme war schwach, ein rostiges Scharren, so trocken, daß es sie selbst in der Kehle schmerzte. »Ich bin Rossokow.«

»Die haben Sie in dem Lagerhaus gefunden. Und dann haben sie es niedergebrannt, um die Spuren zu verwischen.« Keine Antwort, nur das langsame Wispern seines Atems. »Was ist dort passiert . . . in dem Lagerhaus?«

»Ich habe einen getötet«, sagte Rossokow langsam, als erinnere er sich an etwas, das Jahrhunderte zurücklag. »Ich bin aufgewacht . . . so hungrig . . . Es waren Männer dort, und ich habe einen davon getötet. Der andere hatte eine Maschine . . . der Schmerz.« Plötzlich beugte sich sein Kopf, und seine Schultern zuckten wie unter einem unsichtbaren Peitschenschlag.

»Wer hat Sie gefunden? War es Roias?« fragte sie, aber er hatte sie wieder verlassen, seine Augen waren ausdruckslos und seine Gesichtszüge starr, wie aus Marmor gehauen. Sie sagte seinen Namen noch einmal, aber er reagierte nicht. Ehe sie sich abwandte, sagte sie mit leiser Stimme: »Mein Name ist Ardeth«, weil es plötzlich wichtig war, daß er es wußte.

7.

Der zweite Tag war noch länger als der erste. Ardeth schritt unruhig in ihrer Zelle auf und ab. Die Bewegung half ihr, ruhig zu bleiben, wenn auch nur durch die Illusion, tätig zu sein. Und sie hielt sie auch warm; die kühle Feuchtigkeit des Kellers drang ihr in die Knochen.

Zwei Tage. Ihr kamen sie wie eine Ewigkeit vor. Eine endlose Zeit der Dunkelheit und der Kälte, nur von der grellen Hitze der Angst unterbrochen. Aber außerhalb der Zelle waren zwei Tage nichts. Es war erst Montag, sie hatte am Montag keine Vorlesungen, man würde sie nirgends vermissen, niemand würde erfahren, daß sie aus der Sicherheit ihrer Tagesroutine verschwunden war. Wieviele Tage noch, bis jemand sie vermißte . . . und wie lange danach, bis sie etwas unternehmen würden?

Wie lange noch, bis sie dich wieder zwingen, deinen Arm zwischen den Gitterstäben durchzuschieben? fragte die grausame Stimme ganz hinten in ihrem Bewußtsein. Sie drehte sich um, um den Gedanken von sich zu schieben, schaffte es aber nicht. Sie blieb stehen, schloß die Augen gegen die Wellen der Panik, die in ihrem Bewußtsein aufwallten, und atmete tief durch. Der Augenblick der Angst verstrich, wie das immer der Fall war, weil die Angst einfach die endlosen Stunden nicht überstehen konnte, und sie fing wieder an, auf und ab zu gehen.

Der Vampir (Rossokow, erinnerte sie sich) schlief mit dem Gesicht zur Wand. Unbewußt hielt sie in ihrer rastlosen Bewegung inne, um ihn anzusehen. Die intellektuelle Freude, die sie bei der Entdeckung seiner Identität empfunden hatte, hatte sich gelegt, war abgestumpft durch seinen hartnäckigen Rückzug vor der Welt während der restlichen Stunden der letzten Nacht. Jetzt kennst du also seinen Namen, na und? spottete die zynische Stimme in ihrem Bewußtsein. Ihr beiden könnt jetzt Artigkeiten austauschen, nachdem er dein Blut getrunken hat. Es ist wichtig, redete sie sich entschlossen ein. Es macht einen Unterschied. Zum einen war es etwas, das Roias anscheinend nicht wußte — oder von dem er nicht wollte, daß *sie* es wußte.

Sie setzte sich auf ihre Pritsche und nahm sich einen Apfel von dem Frühstückstablett, das Wilkens ihr gebracht hatte. Sie hatte endlich ihren ganzen Mut zusammengenommen und ihn angesprochen. Und das war völlig sinnlos gewesen, überlegte sie. Sie hatte ihn gefragt, wie spät es sei, und er hatte geknurrt: »Ich wüßte nicht, warum das für Sie wichtig sein sollte.« Sie hatte darauf keine Antwort gewußt und stumm zugesehen, wie er wieder die Treppe hinauf ins Licht gestiegen war.

Später am Nachmittag war ein anderer Mann die Treppe heruntergekommen. Er war jünger als Roias und Wilkens, fast noch ein Teenager, und wirkte irgendwie unsicher und nervös. Sein langes braunes Haar und sein ausgebleichtes T-Shirt mit dem Namen irgendeiner Heavy-Metal-Band ließ ihn wie einen der Highschool Kids aus den Vororten aussehen, die sich auf der Yonge Street herumtrieben und den Nervenkitzel der Großstadt suchten. Das skelettartige Maskottchen der Band grinste Ardeth von seiner Brust her an.

Er hatte sich unter den Treppenschacht geduckt und zwischen den dort aufbewahrten Gerätschaften herumgesucht. Dabei hatte er sorgfältig darauf geachtet, den Vampir nicht anzusehen, aber Ardeth hatte ihn beobachtet und bemerkt, wie er ihr ein paarmal seltsam schuldbewußte Blicke zuwarf. Als er endlich mit einer Handvoll

Kabel wieder aus der Nische herausgekommen und die Treppe hinaufgestiegen war, hatte sie geglaubt, aus seinen Schritten kaum verhohlene Erleichterung heraushören zu können. Die Entdeckung, daß auch jemand anderer Angst vor dem Vampir hatte, hatte sie seltsam erleichtert.

Aus der nächsten Zelle war ein raschelndes Geräusch zu vernehmen, als der Vampir sich regte und aufzuwachen begann. Die Sonne mußte untergegangen sein, dachte Ardeth. So erfuhr man es wenigstens aus all den Büchern und Filmen; Vampire können erst nach Sonnenuntergang aufstehen. Natürlich machten einem dieselben Bücher und Filme auch weis, daß Vampire in Särgen schliefen, Angst vor Kreuzen und Knoblauch hatten und sich in Fledermäuse oder Nebel verwandeln konnten. Das erste und das letzte waren ganz offenkundig Märchen; Rossokow hatte keinen Sarg, und wenn er imstande gewesen wäre, sich zu verwandeln, dann hätte er das ohne Zweifel bereits getan und wäre entkommen. Irgendwie bezweifelte sie auch, daß Kreuze und Knoblauch viel Wirkung haben würden.

Sie sah verstohlen zu, wie er aufstand und so weit ging, wie die Kette ihm das erlaubte. Einen Augenblick lang starrte er zur Tür hinauf, dann drehte er sich um und ging auf ihre Zelle zu. Ardeth kämpfte gegen den Drang an, sich an die Wand zu pressen. Statt dessen saß sie ganz ruhig da und beobachtete ihn.

Er starrte sie einen Augenblick lang mit fahlen, verwirrten Augen an. In seinem Blick war jetzt nichts von dem rotglühenden Hunger, den sie fürchtete. Sprich ihn an, dachte sie. Wenn du ihn dazu bringen kannst, mit dir zu reden, wird wenigstens die Zeit hier unten schneller vergehen.

»Rossokow«, sagte sie leise, weil ihr nichts anderes einfallen wollte. Etwas bewegte sich unter seinem Blick, flackerte wie ein Fisch unter dem Eis eines zugefrorenen

Stroms. Sie tastete verzweifelt nach etwas, das sie sagen konnte, irgendeiner Leine, die sie werfen konnte, um jenen Schatten des Bewußtseins an die Oberfläche zu ziehen. Etwas, das ihn betraf . . . etwas, das ihn erinnern lassen würde . . . Dann hörte sie Tonys Stimme, sie erzählte ihr mehr als sie hatte wissen wollen über die Zaubergelehrten der Renaissance. Der Zufall, daß sie beide einen Sponsor gefunden hatten, hatte sie damals viel mehr interessiert als die Einzelheiten seiner Arbeit, aber zugleich war sie von der Tatsache fasziniert gewesen, daß Zauberei und Wissenschaft sich in der Vergangenheit, die er studierte, so miteinander vermischten, und in dem Zeitraum, mit dem sie sich befaßte, so völlig voneinander getrennt waren. »Waren Sie Astronom?«

Die Linien um seine Augen vertieften sich, als er die Stirn runzelte. »Ich . . .« Das Wort war nicht mehr als ein Wispern, nur ein ganz schwaches Zupfen an der Leine, die sie ausgeworfen hatte.

»Ist es das, was Sie vor langer Zeit waren? Ein Gelehrter? Ein Zauberer?« insistierte Ardeth, immer noch mit leiser Stimme. Plötzlich wurde ihr bewußt, wie stark die Hände waren, die ihm jetzt lose an der Seite herunterhingen. Sie erinnerte sich an den wilden, raubtierhaften Hunger, der vor zwei Nächten in ihm gebrannt hatte. Sie spürte, wie sich ihr Bein, auf dem sie saß, verkrampfte, und sie rutschte etwas zur Seite.

Die Bewegung schien den Vampir abzulenken, und sein Blick wanderte von ihrem Gesicht zu ihrer Kehle. Sie kämpfte gegen den Drang an, die Hände hochzureißen, um sich vor seinen Augen zu schützen. Der Hunger kehrte wie ein fernes Feuer in die grauen Tiefen seines Blicks zurück.

Ardeth erstarrte, hin- und hergerissen zwischen dem Bestreben, das brüchige Band zwischen ihnen zu bewahren, und ihrer Angst vor seinem schrecklichen, fremdartigen Bedürfnis. »Haben Sie die Geheimnisse der Sterne entdeckt? Haben Sie je Blei in Gold verwandelt?« fragte sie. Die Fragen lenkten seine Augen von dem Puls an ihrer Kehle ab, und sie mühte sich ab, die Empfindungen zu identifizieren, die unter seinem eisigen Blick schlummerten.

»Nein.« Als er sich abwandte, hörte sie ein Echo seiner Empfindungen in seiner Stimme und wußte, daß es Sorge war.

Das Rasseln seiner Kette, als er anfing auf und ab zu gehen, signalisierte das Ende des Gesprächs.

Der junge Mann, dessen Namen sie nicht kannte, brachte das Abendessen. Er war nervös, blickte beunruhigt auf den Vampir, der weiterhin auf und ab ging. Ardeth war überrascht, als er, statt ihr das Tablett durch die Tür zu reichen, sich in ihre Zelle zwängte, wobei er so weit von dem angrenzenden Käfig entfernt blieb, als sein Stolz das zuließ. Er sperrte die Tür hinter sich ab.

»Abendessen«, verkündete er brüsk und stellte das Tablett neben ihre Pritsche auf den Boden.

»Wo ist Wilkens?« fragte sie beiläufig, davon ermutigt, daß er ihre Zelle betreten hatte.

»Der hat zu tun.«

»Wie heißen Sie?«

»Peterson.«

»Danke für das Abendessen, Peterson.« Er zuckte unsicher die Achseln und zog sich vor ihr zurück. Er war an der Tür und schob den Hügel zurück, als Ardeth aufstand. Sie hatte immer noch keine Vorstellung davon, was hier eigentlich geschah, und Peterson war der einzige von ihren Bewachern, der überhaupt Neigung gezeigt hatte, mit ihr zu reden. »Warten Sie . . .« Er hielt inne, sah sie an. »Könnten Sie nur eine Minute mit mir reden. Es ist einsam hier unten, bloß mit *ihm.*« Herrgott, Mädchen, du bist so leicht zu durchschauen, dachte Ardeth, aber Petersons Nervosität schmolz in unruhiges Interesse. Er musterte sie nervös, als würde er abschätzen, wie gefährlich sie ihm werden könnte.

»Also schön, aber daß Sie mir ja nichts versuchen«, warnte er.

»Was sollte ich denn versuchen?« fragte Ardeth. »Ich werde doch hier unten doch bloß einsam. Es ist ziemlich unheimlich.«

»Ja«, hauchte Peterson, und seine Augen huschten, fast gegen seinen Willen, zu dem Vampir hinüber, der ihn offenbar überhaupt nicht zur Kenntnis genommen hatte.

»Ich denke, *er*«, sie deutete mit einer Kopfbewegung zu dem Vampir hinüber, »muß ziemlich wertvoll sein.«

Peterson holte Luft, um ihr zu antworten, aber dann ließ ihn das Geräusch der sich öffnenden Tür oben an der Treppe durch die Zellentür nach draußen eilen. Er war damit beschäftigt, das Vorhängeschloß abzusperren, und Ardeth hatte sich wieder auf die Pritsche gesetzt, als Roi-as die Stufen herunterkam.

»Nun, guten Abend, Miss Alexander. Guten Abend, Euer Hoheit.« Er sah den auf und ab gehenden Vampir an, der gerade eine tigerhafte Runde durch den Kopf vollendet hatte, ohne aufzublicken. »Ich denke, er ist hungrig. Was meinen Sie?«

Ardeth schüttelte unruhig den Kopf und fürchtete das fiebernde Glitzern in seinen Augen. Selbst Peterson war vor ihm zurückgeschreckt und zog sich jetzt in die Schatten zurück, die den Treppensockel umgaben.

»Nun, ich denke, er ist hungrig. Und ich denke, das wird er noch eine Weile bleiben. Ich glaube, er wird dort drinnen ein bißchen zu energisch. Vielleicht würde ihm eine kleine Portion Ultraschall gut tun.« Das Auf- und Abgehen hörte auf, und das Klirren der Kette verstummte. »Oh, das verstehen Sie wohl, wie?«

Roias' strahlendes, hektisches Lächeln paßte zu dem Glitzern in seinen Augen. Er ist von irgend etwas aufgeputscht, erkannte Ardeth, irgendeinem Rauschgift, das seine sadistischen Impulse verstärkte. »Komm her, Schlampe!« herrschte er sie plötzlich an. Sie stand auf. »Komm her.« Ardeth zwang sich, durch die Zelle zu gehen und an die Tür zu treten. »Her mit der Hand.« Er packte sie am Handgelenk und riß sie brutal nach vorne, daß sie gegen die Gitterstangen prallte.

Als Roias das Messer aus der Tasche holte, fing sie unwillkürlich an, sich zu wehren. Er wird mich nicht schneiden, redete sie sich in ihrer Verzweiflung ein. Mein Blut ist zu wertvoll. Er wird es nicht tun, er wird es nicht . . .

Als er es tat, spürte sie es kaum, den schnellen, leichten Schnitt, der ein paar rubinrote Tröpfchen auf ihren Fingerspitzen erscheinen ließ. »Oh, Euer Hoheit«, schmachtete Roias, als er ihre blutende Hand hoch hob.

Ardeth sah zu, wie Rossokows Kopf sich langsam herumdrehte. Seine Augen funkelten, spiegelten das Blut wider. Er schluckte konvulsivisch. »Wollen Sie welches haben? Natürlich wollen Sie das. Aber im Augenblick werde ich mir den Spaß gönnen.« Ardeth keuchte überrascht, als Roias ihre Finger in den Mund nahm und das Blut wegsaugte. Die Berührung jagte ihr eine Gänsehaut über den Rücken und ließ ihre Seele auf eine Art einschrumpfen, wie sie das selbst da, als der Vampir seine Nahrung zu sich genommen hatte, nicht verspürt hatte.

Rossokow sah hilflos zu, und Ardeth nahm wahr, wie seine langen Finger sich verbogen. Roias hob den Kopf und lachte, quetschte Ardeth' Hand, damit wieder Blut hervortrat. Dann ließ er ihre Hand fallen und winkte dem stummen Peterson. »Den Ultraschall!« Peterson zuckte nervös zusammen und kroch unter die Treppe, um den Apparat herauszuholen, als Roias den Kopf halb herumdrehte. Seine vom Rauschgift geweiteten Augen erfaßten wieder Ardeth. »Stecken Sie die Hand in seine Zelle.«

Sie erinnerte sich an das unverständliche Murmeln des

Vampirs über »eine Maschine« und Schmerz und begriff plötzlich, was Roias beabsichtigte. Er würde Rossokow foltern und ihr Blut als Lockmittel benutzen. »Los!« herrschte Roias sie an, und sie trat langsam vor, spürte Rossokows Blick. Sie schob zitternd die Hand durch die Gitterstangen. Die Kette um den Knöchel des Vampirs würde ihn nicht daran hindern, ihre ausgestreckte Hand zu erreichen, und Roias wußte das.

»Da ist es, Euer Hoheit. Alles süße Blut, das Sie wollen. Wer weiß, ich könnte sogar erlauben, daß Sie sie trockensaugen. Oder ich könnte den Ultraschall einschalten«, dabei gestikulierte er mit dem dünnen, stabähnlichen Gerät, das er in der Hand hielt.

Ardeth sah zu, wie Rossokows Augen sich an ihre Hand hefteten. Die Zunge trat ihm zwischen den Lippen hervor. »Nicht«, hauchte sie atemlos und wußte nicht, ob die Bitte Roias oder dem Vampir galt. Sein Sehnen war in jeder Linie von Rossokows hagerem Körper ebenso zu erkennen wie in seinem angsterfüllten Blick.

Schließlich bewegte er sich. Es war nur ein Schritt, eher ein Schlurfen, aber es reichte. Roias lachte und schaltete die Maschine ein.

Rossokow schrie fast im gleichen Augenblick auf, ein qualvolles, gepeinigtes Heulen, das Ardeth von den Gitterstangen wegjagte und zu Boden stürzen ließ. Der Vampir war ebenfalls gestürzt, die Arme um den Kopf geschlungen, das Gesicht auf dem Boden, als versuche er, seine Schreie mit den Steinplatten zu ersticken.

Ardeth zwang sich, nicht ebenfalls zu schreien, aber am Ende weinte sie, die Hände über die Ohren gepreßt, um die Qual des Vampirs zu übertönen.

Roias schaltete die Maschine ab, und Rossokows Schreie endeten ebenso plötzlich, wie sie begonnen hatten. In der jetzt herrschenden Stille war das einzige Geräusch Rossokows Schluchzen. »Tut er Ihnen leid?« erkundigte sich Roias. »Wie rührend. Er wird Sie trotzdem töten. Vergessen Sie das nicht.«

Die kalten Worte hallten. Sie wischte sich das Gesicht und setzte sich auf, sah Roias an. Ich hätte nicht weinen sollen, dachte Ardeth. Er darf nicht ahnen, daß ich mit Rossokow gesprochen habe, daß ich weiß, wer er ist. Sie richtete sich taumelnd auf und ging zur Zellentür. »Lassen Sie mich nicht hier unten. Bitte, lassen Sie mich nicht hier . . .« Plötzlich war sie für die Tränen dankbar, die sie nicht vorzutäuschen brauchte. Roias lachte und wandte sich ab, bedeutete Peterson, ihm die Treppe hinauf zu folgen. »Nein, bitte, lassen Sie mich nicht hier zurück! Lassen Sie mich nicht hier bei ihm!« rief Ardeth den beiden nach, bis das laute Dröhnen der zugeschlagenen Tür das letzte Echo ihres spöttischen Gelächters abschnitt.

Sie spürte, wie ihre Muskeln ihr den Dienst versagten, wie ihr vor Erleichterung die Knie versagten und sie in der Ecke ihrer Zelle zu Boden glitt. Dort kauerte sie zitternd, während das Echo der Schreie in ihren Ohren verhallte. Roias war gegangen, war weggegangen ohne zu argwöhnen, daß . . . daß was? Daß er dir mehr Angst macht als das Monstrum in der Zelle nebenan? Daß Rossokow vielleicht gar nicht das unbeseelte Geschöpf ist, wie sie das vermutet haben? Daß sie, wenn auch ungeschickt, versucht hatte, von Peterson Informationen zu bekommen? Laß ihn nicht zurückkommen, betete sie zu der Dunkelheit. Laß ihn einen anderen Ort finden, wo er seinen sadistischen Trieben nachgehen kann.

Aus der Nachbarzelle war ein schwaches Geräusch zu hören. Sie drehte sich um und sah den Vampir immer noch zusammengekrümmt auf dem Boden liegen. Nach einer Weile kroch sie schwerfällig an die Gitterstangen und kauerte sich dort nieder. »Rossokow«, sie flüsterte seinen Namen wie einen Talismann, die einzige Verbindung, die sie zu den kurzen Augenblicken besaß, als sie das Licht der Vernunft in seinen Augen gesehen hatte. »Rossokow. Sie sind weg. Es ist schon gut, sie sind weg.«

Langsam bewegte er sich, und seine Arme lösten sich von seinem grauen Schädel. Sie sah, wie seine Schultern zuckten, hörte seinen gequälten Atem. »Ihn töten . . . ich werde ihn töten«, murmelte er endlich, und seine Stimme brannte wie vorher das hungrige Licht in seinen Augen.

Die Wildheit seiner Stimme machte ihr angst, aber Ardeth blieb, wo sie war, und wartete den Racheschwur des Vampirs ab. Endlich hob Rossokow den Kopf. Er hatte sich an einem seiner Wangenknochen die Haut auf dem Steinboden aufgeschürft. Sein Gesicht wirkte alt und hager, die Haut war straff über seine Schädelknochen gespannt. Ardeth schauderte, und die Eiseskälte der Angst hüllte ihr Rückgrat ein.

»Wie . . .« begann er und hustete dann, als hätten die Worte sich in seiner Kehle verfangen. »Wie heißen Sie?«

»Ardeth.«

»Ardeth . . . das dachte ich mir.« Sein rot reflektierenden Augen begegneten den ihren. Das Feuer in ihnen war verblaßt und hatte nur toten grauen Marmor hinterlassen. Er versuchte, sich auf die Knie aufzurichten, schaffte es aber nicht, der Ultraschall mußte sein Gleichgewicht gestört haben. Ardeth sah ihm zu, hin- und hergerissen zwischen der Erinnerung an Suzys brutal mißhandelten Hals und das Echo seines Schmerzes in der Ohren. Sie halten ihn mit Folter und Hunger in seinem Wahnsinn fest, dachte sie langsam. Im wahnsinnigen Zustand würde er sie sicherlich töten. Aber wenn er zurechnungsfähig war . . . konnte man ihn dann dazu überreden, es nicht zu tun? Was die Folter anging, konnte sie nichts tun, aber der Hunger . . .

Ardeth erkannte, daß sie ihre verwundete Hand schützend an den Leib gepreßt hielt. Der Schnitt brannte noch etwas, aber das Blut war bereits zu einem dünnen Strich eingetrocknet. Sie sollte die Wunde auswaschen, damit keine Infektion entstand. Aber . . . sie sah Rossokow wieder an. Seine Augen ruhten auf ihr, musterten sie mit stumpfer Neugierde. Er ist schwach, dachte sie plötzlich. Ich könnte ihn aufhalten.

Zögernd streckte sie die Hand aus. Sie stockte fast automatisch an den Gitterstangen, aber dann zwang sich Ardeth, sie durchzuschieben. Der Blick des Vampirs erfaßte ihre verschmierten Finger, und sie hörte, wie sein Atem stockte. »Schon gut. Die würden mich am Ende doch dazu zwingen«, sagte sie langsam, mehr um sich selbst zu beruhigen, als zu ihm gewandt.

Er kroch über den Boden an den Rand der Zelle, und die Kette klirrte dabei hinter ihm. Ardeth zwang sich, still zuhalten, aber ihre Hand zitterte, und sie mußte sich auf die Unterlippe beißen, um nicht aufzuschreien, als er anfing, ihre Finger abzulecken.

Es war nicht viel Blut übrig, und nach einer Weile hob er den Kopf. Das blasse Gesicht wirkte gequält und angespannt, und der Hunger leuchtete wie ein Licht in seinen Augen. Aber er machte keine Anstalten, mehr zu nehmen, als sie angeboten hatte, sah ihr einfach mit verzweifelten Augen ins Gesicht.

Als sie den Arm herumdrehte, um das Handgelenk für ihn freizumachen, atmete er tief und beugte sich wieder über ihren Arm. Sie wußte, daß er sich zurückhielt, als er ihre Venen an die Oberfläche sog. Der Schmerz war ein kurzes Stechen, das sie zusammenzucken ließ, aber dann war nur der gleichmäßige Druck zu spüren, als er seine Nahrung aufnahm.

Es fühlt sich so seltsam an, dachte Ardeth. Ich gebe ihm Leben. Ist es das, was Mütter empfinden, wenn sie ihre Babies stillen, diese seltsame Kombination aus Mutterinstinkt und sexuellem Begehren? Die Erkenntnis, daß sein Hunger sie erregte, machte ihr plötzlich angst, und sie schickte sich an, den Arm zurückzuziehen. Lange Finger schlossen sich um ihren Arm und hielten sie fest.

Zitternd, bereits unter dem Eindruck der schwindelerregendenden Schlaffheit, den der Blutverlust mit sich brachte, lehnte Ardeth gegen die Gitterstangen und beobachtete ihn. Es war leichter so, ihm ihr Blut freiwillig zu geben. Sie hatte nicht einmal mehr Angst, gab sich ganz den Wellen des Wohlbehagens und der Emotionen hin, die sie im Rhythmus seines Saugens durchpulsten. Selbst Roias konnte ihnen jetzt nichts anhaben.

Der Gedanke an Roias riß sie aus ihrer Benommenheit, und ihr Herz raste bei dem Gedanken an die Ungeheuerlichkeit dessen, was sie fast zugelassen hätte. »Rossokow, halt«, zischte sie und fing an, ihm ihren Arm zu entziehen, preßte sich gegen die Stangen, um den eisernen Griff seiner Finger zu lösen. »Halt!« Er hob knurrend den Kopf, und seine Finger klammerten sich brutal um ihr Handgelenk. In seinen grauen Augen glühte der Hunger nach Blut, und seine Oberlippe zog sich von den Eckzähnen zurück, die scharf wie Nadeln waren. Er hatte Blut am Mund. »Rossokow«, flüsterte Ardeth, von plötzlichem Schrecken erfüllt.

Nach einem Augenblick begann sich der Wahnsinn zu lösen, und sie sah, daß die scharfen Kanten seines Gesichts ein wenig weicher geworden waren. Er wirkte jetzt näher an dreißig als an sechzig. »Ardeth.« Ihr Name war nicht viel mehr als ein Hauch. Der Griff um ihren Arm lockerte sich, wenn er sie auch nicht losließ. Seine Augen suchten einen Moment lang ihr Gesicht ab, als wollte er es sich einprägen. Dann beugte er den Kopf wieder. Sie hielt ängstlich den Atem an, aber diesmal berührte sie nur seine Zunge, strich sanft über die Wunden an ihrem Handgelenk. Seine Zunge glitt über ihre verletzten Finger, und sie verspürte ein entferntes Pulsieren widerstrebenden Begehrens in sich aufwallen.

Rossokow hob den Kopf und umschloß ihre Finger

kurz mit den seinen. »So wird es schneller heilen«, sagte er langsam und schob dann ihren schlaffen Arm durch die Gitterstangen zu ihr zurück.

»Danke«, sagte sie automatisch. »Sind Sie . . . sind Sie jetzt in Ordnung?« Sie blinzelte, als die Welt vor ihren Augen zu kreisen begann.

»Sie müssen essen. Ich war . . .« er hielt inne, war plötzlich verlegen, »unvorsichtig.« Er zog sich abrupt zurück, das Gespenst eines Schattens, der über sein Gesicht huschte. Dann ging er auf die Pritsche zu. Ardeth beobachtete ihn einen Augenblick lang und versuchte dann aufzustehen. Sie schaffte es kaum, sich auf die Knie zu erheben. Rossokow hatte recht, sie mußte essen. Sie kroch schwerfällig zu dem Tablett und verschlang heißhungrig das kalte Steak, spülte es mit dem Orangensaft hinunter. Sie aß langsam den Schokoladeriegel, die dünne Decke über den Schultern, und wartete, daß das Frösteln aufhörte.

8.

Sie mußte eingeschlafen sein. Als sie aufwachte, saß sie immer noch aufrecht im Bett, ihr Hals war von dem unnatürlichen Winkel, mit dem sie ihn an die Wand gestützt hatte, steif. Das leere Tablett stand neben ihr auf der Pritsche; sie beugte sich vor, um es auf den Boden zu stellen, und bedauerte ihren Entschluß sofort, als ihr davon schwindlig wurde. »Verdammt«, murmelte sie und streckte sich auf der Pritsche aus und versuchte, den hämmernden Schmerz an ihren Schläfen durch schiere Willenskraft zu verdrängen.

Aber der Schlaf wollte sich nicht einstellen und sich nicht der relativen Bequemlichkeit ihrer jetzt liegenden Haltung zugesellen. Von dem Steak und dem Fruchtsaft mit neuer Energie versorgt, hatte ihr Körper die Kraft, die er mit ihrem Blut verloren hatte, wieder zurückgewonnen. Die Erkenntnis führte unvermeidbar zu der Erinnerung an das, was sie vorher getan hatte. In der schwachen Beleuchtung sah Ardeth mit unruhiger Neugierde auf ihre Hand. Die Linien an ihren Fingern hatten bereits zu heilen begonnen, und die Spuren an ihrem Handgelenk waren nur noch Nadelstiche.

Es war schierer Wahnsinn gewesen, die Hand in jene Zelle zu stecken. Selbst im geschwächten Zustand wäre der Vampir durchaus imstande gewesen, sie so lange festzuhalten, bis er jeden Tropfen ihres Blutes aus ihr herausgesaugt hatte. Aber das hatte er nicht getan. Rossokow hatte gewartet, bis sie sich ihm angeboten hatte und war dann sorgfältig darauf bedacht gewesen, sie nicht zu verletzen. Sie erinnerte sich an Suzys verwüstete Kehle und betastete die Spuren an ihrem Handgelenk erneut. Nein, es tat nicht weh, dachte sie, ohne es zu wollen. Ein paar Augenblicke lang hatte sie es sogar genossen. Vielleicht litt sie an einer Variante des sogenannten Stockholm-Syndroms, und ihre Loyalität hatte sich verlagert, galt jetzt ihrem . . . ihrem was? Ihrem Killer? Eher ihm als denen, die sie gefangen genommen hatten.

Was auch immer die Gründe sein mochten, daß sie ihre anfängliche blinde Angst vor dem Vampir hinter sich gelassen hatte, war jedenfalls nicht zu leugnen. Jetzt, wo sie seinen Namen kannte, wo sie wußte, daß er einmal ein erfolgreicher Geschäftsmann gewesen war, wußte sie auch, daß dieser wilde, in sich zurückgezogene Zustand nicht normal sein *konnte,* daß sein Wahnsinn nur vorübergehender Natur sein konnte. Natürlich war es durchaus möglich, daß er auch im normalen, zurechnungsfähigen Zustand dem unseligen Ruf seiner Artgenossen aus dem Reich der Phantasie gerecht wurde. Aber wenn sie es schaffte, die Wand niederzureißen, mit der er sich umgeben hatte, würde sie ihn vielleicht davon überzeugen können, daß sie *beide* Gefangene waren, und ihm helfen können. Ihm wobei helfen? Bei der Flucht? Warum nicht? dachte Ardeth und starrte zur Decke. In den endlosen Stunden der letzten Tage waren ihr hundert verzweifelte und völlig unmögliche Pläne durch den Kopf gezogen. Sie waren alle so unwahrscheinlich, daß sie sie in ihrem Unterbewußtsein als aussichtslos abgetan hatte, weil es doch so viel bequemer war, sich nach Rettung zu sehnen, nach dem Zauberkünstler, der sie irgendwie aus dieser Tragödie herausholen würde. Aber wenn der Vampir ihr half, waren ihre Pläne dann immer noch so unmöglich? Sie fügte Rossokow in die Szenarien ein und überdachte einige davon noch einmal. Es half nicht viel. Keiner der Männer, die sie gefangen hatten, war in ihrer Umgebung unvorsichtig, geschweige denn, wenn er sich in Rossokows Nähe begab. Sie waren sorgsam darauf bedacht, sich außer Reichweite des Vampirs zu halten, wenn sie nicht mit Viehstachel oder Ultraschall gut bewaffnet waren. Aber er war so lange passiv und in sich gekehrt gewesen, daß sie vielleicht nichts anderes von ihm erwarteten. Vielleicht, wenn er ›normal‹ wäre und Wilkens auch nur einen Augenblick lang unvorsichtig wäre . . .

Ardeth seufzte und schloß die Augen, entmutigt von den minimalen Chancen, die sie sich ausmalte. Selbst *wenn* Rossokow sich erholte, selbst *wenn* man ihn überreden könnte, die Männer anzugreifen und nicht sie, selbst *wenn* einer der Wächter wirklich unvorsichtig sein sollte,— würde *sie* dann die Chance erkennen, wenn sie sich bot, und würde *sie* imstande sein, sie zu nutzen? Würde sie den Mut haben, die geringe Sicherheit, die sie hatte, aufs Spiel zu setzen? Die Lähmung, die sie schon früher erfaßt hatte, stellte sich aufs Neue ein. Sie fühlte, wie sie am Rande der Verzweiflung schwebte, fühlte die heißen Tränen hinter ihren Augen. Sie zwang sich zu ihren ursprünglichen Überlegungen zurück. Flucht oder nicht, sie mußte den Versuch machen, den Vampir davon zu überzeugen, daß ihr Wert über den eines Nahrungspenders hinausging.

Ardeth wälzte sich auf den Bauch und sah zu Rossokow

hinüber. Er hatte seine übliche Haltung wieder eingenommen, saß auf der Pritsche, die Arme auf die Knie gestützt, und starrte zu Boden. Sein Gesicht war so starr, daß es wie das in Stein gehauene Bild einer fremden Gottheit aussah, gnadenlos, und seiner Umwelt entrückt. Die Angst, die sie vor ihm empfand, drängte sich in ihr Bewußtsein zurück, eisiger Schauder überlief sie.

Was, zum Teufel, dachte sie schließlich. Was hatte sie denn *sonst* noch zu verlieren? Wenn sie mit ihm redete, hatte sie wenigstens etwas zu tun.

Sie zog sich die Decke über die Schultern und stand auf, einen Augenblick lang unsicher, von Zweifeln gepeinigt, und trat dann, ehe der Mut sie ganz verließ, an die Gitterstangen. Sie setzte sich ein oder zwei Fuß vom Rand der Zelle entfernt auf den Boden, so daß Rossokow sie sehen konnte, wenn er den Kopf hob.

»Rossokow.« Keine Reaktion. »Ich weiß, Sie können mich hören. Vor denen können Sie sich verstecken . . . Ich weiß, daß Sie das tun. Aber vor mir brauchen Sie sich nicht zu verstecken.« Sie hielt inne, wartete, aber er regte sich nicht. »Also gut, Sie brauchen nicht zu reden. Ich nehme an, es ist eine Weile her, daß Sie zuletzt geredet haben. Sie brauchen nur zuzuhören. Mein Name, für den Fall, daß Sie das schon wieder vergessen haben, ist Ardeth Alexander . . .« Und dann redete sie weiter. Sie erzählte ihm von sich, ihrer Doktorarbeit, Sara, Tonys Tod, ihrem Verdacht bezüglich Armitage, dem Mord an Con, ihrer Entführung. »So, da wären wir also. Wie viele waren denn vor mir hier, würde ich gerne wissen?« Das war eine rhetorische Frage, sie hatte aufgehört, von ihm eine Reaktion zu erwarten.

»Ich weiß nicht.« Seine Stimme war ruhig und leise. Er blickte nicht auf.

»Zu wievielen Filmen haben die Sie gezwungen?«

Nach einem Augenblick kam: »Zwei.«

»Man hat mich gezwungen zuzusehen.« Er nickte langsam.

»Diesmal ging es schnell.«

»Die haben Sie gezwungen, ich weiß das.«

»Ich hatte keine Wahl. Ihr Herzschlag . . . das Blut . . .« Sein Kopf senkte sich wieder, seine Augen schlossen sich, und sie sah, wie seine Finger sich zu Fäusten ballten. Ardeth' Muskeln spannten sich, sie war bereit, aus der gefährlichen Nähe der Gitterstangen zu ihrer Pritsche zu fliehen. Er holte tief Atem und schlug die Augen auf. »Ich mußte.« Sie wußte, daß er nicht an den Viehstachel und den Ultraschall dachte. Er wird es mit dir auch tun ›müssen‹, dachte sie verzweifelt, wagte es aber nicht, sein so mühsam gewonnenes Interesse aufs Spiel zu setzen.

»Was wollen die von Ihnen? Was haben sie vor?« fragte sie. Jemand, der einen Vampir in seiner Gewalt hatte, würde sich doch ganz sicher nicht damit begnügen, mit ihm Pornofilme zu drehen. Sein graues Haar flog, als er den Kopf schüttelte, und glättete sich dann wieder. »Haben die je gesagt, wer sie bezahlt? Wer an Ihnen interessiert war?« Die Befragung schien ihn nicht zu interessieren, sie spürte, daß seine Aufmerksamkeit nachließ. »Fühlen Sie sich jetzt besser, nach dem was Roias getan hat?«

Zum erstenmal seit das Gespräch begonnen hatte, sah er sie an. »Ja.«

»Tut er das oft?«

»Es reicht.« Sie glaubte, einen Anflug von Sarkasmus in seiner Stimme wahrzunehmen.

»Rossokow, wie ist mein Name?«

Sein Kopf drehte sich herum und seine kühlen grauen Augen sahen sie gerade an.

»Ihr Name ist Ardeth Alexander.« Am liebsten hätte sie gelacht. Er hatte gehört, hatte wirklich zugehört, hatte sich den langen Monolog ihres Lebens angehört. »Warum haben Sie es getan?« fragte er plötzlich.

»Was getan?«

»Mir Ihr Blut gegeben.«

»Oh«, sie hielt inne, überlegte, was sie sagen sollte. »Sie sind hier genauso ein Gefangener wie ich. Und über kurz oder lang hätten die mich ohnehin dazu gezwungen. Auf die Weise hatte ich wenigstens etwas Kontrolle darüber.« Sie zuckte die Achseln und sah ihm die Augen. »Sie haben mir leid getan.«

Er sah sie einen Augenblick mit einem Anflug von Verblüffung an. »Leid getan«, murmelte er schließlich und schloß die Augen. Eine plötzliche Last prägte ihm Linien der Pein und der Müdigkeit ins Gesicht.

»Rossokow«, setzte sie an.

»Lassen Sie mich!« herrschte er sie plötzlich an und stand auf und funkelte sie mit vor Wut und Qual blitzenden Augen an. Die Wildheit seiner Stimme traf sie wie ein Schlag ins Gesicht, ließ sie von den Gitterstangen zurücktaumeln. Rossokow trat vor und packte die Stangen, und seine Knöchel waren weißer als die aschfarbenen Haarsträhnen, die seinen fieberhaften Blick überschatteten. Er kann nicht so stark sein, dachte sie, von plötzlichem Schrecken erfüllt. Nicht stark genug, um die Stangen zu verbiegen, um die eiserne Mauer niederzureißen, die ihr plötzlich mehr als Schutz denn als Gefängnis erschien. »Lassen Sie mich«, wiederholte er, stieß die Worte zwischen zusammengebissenen Zähnen hervor und fuhr dann herum und begann auf und ab zu gehen.

Siehst du, du kannst ihm nicht vertrauen, du kannst nie aufhören, vor ihm Angst zu haben, warnte die Stimme in ihr, und ihr wie wild schlagendes Herz und ihre zitternden Glieder widersprachen nicht. Ardeth schlich zu ihrer Pritsche zurück und rollte sich unter der Decke wie ein Embryo. Und dann fiel sie endlich in dem klirrenden Wiegenlied der Kette in den Schlaf.

Es wurde immer leichter, den größten Teil des Tages

schlafend zu verbringen, stellte Ardeth fest. Sie verbrachte den dritten Tag ihrer Gefangenschaft in einem unruhigen Dämmerzustand und erwachte nur, um zu essen und, voll Angst, es tun zu müssen, so lange Rossokow wach war, sich zu erleichtern.

Sie versuchte, die Zeit nach den Mahlzeiten zu messen, obwohl sie argwöhnte, daß man ihr das Essen immer dann brachte, wenn es gerade bequem war, und nicht weil die Stunde mit den üblichen Mahlzeiten zusammenfiel. Manchmal war der Vampir wach, wenn das Essen kam; jetzt abends lag er noch wie eine dünne, angespannte Linie auf seiner Pritsche ausgestreckt da.

Nach dem Essen spülte Ardeth sich den Mund mit Wasser aus und spuckte es in die leere Zelle neben der ihren. Sie hatte einen sauren Geschmack im Mund, und als sie sich mit den Händen über ihr Haar strich, fühlte es sich schmutzig und verklebt an. Was würde ich nicht für eine lange, heiße Dusche geben, dachte sie und sah sehnsüchtig auf den Wasserkrug. Wenn sie bereit war, eine durstige Nacht zu verbringen, würde das Wasser vielleicht ausreichen, um den schlimmsten Schmutz abzuwaschen.

Das war es wert, entschied sie, und goß sich etwas Wasser in die hohlen Handflächen und rieb sich damit Hals und Gesicht. Dann kauerte sie sich nieder, beugte den Kopf und goß so viel Wasser, wie sie wagte, über ihr Haar. Ohne Seife konnte sie nur das kalte Wasser durch die wirren Strähnen drücken, aber allein schon die Illusion der Sauberkeit machte ihr frischen Mut.

Als sie fertig war, betrachtete sie den gesunkenen Wasserstand im Krug und warf dann einen schnellen Blick über die Schulter auf den schlafenden Vampir. Was zum Teufel, dachte Ardeth und knöpfte ihr Hemd auf. Mit dem restlichen Wasser wusch sie sich Arme, Oberkörper und Schultern und wünschte, sie hätte den Mut, auch ihren BH abzulegen.

In der kühlen Luft fröstelnd, aber nicht willens, die jetzt frisch gesäuberte Haut mit dem schmutzigen Stoff ihres Hemds zu bedecken, saß sie da und kämmte sich mit den Fingern das Haar. Sie war ganz darauf konzentriert, einen hartnäckigen Knoten zu lösen, als sie hinter sich ein schwaches Geräusch hörte. Sie drehte sich um und sah, daß Rossokow mit aufgestütztem Ellbogen auf seiner Pritsche lag und sie beobachtete.

Ardeth erstarrte, nur ihre Hände fuhren fort, ihr Haar über die Schultern zu verteilen. Sein graues Haar überschattete seine Augen, aber sie glaubte, dort doch einen roten Funken zu sehen. Einen Augenblick lang saß sie reglos da, die Hände im feuchten Haar, und spürte, wie ihr Magen sich verkrampfte und der Krampf ihren ganzen Körper überzog. Dann löste sie mit Mühe den Blick von ihm und griff nach ihrem Hemd. Ihre Finger zitterten, als sie die Knöpfe schloß. Dann atmete sie tief, um den säuerlichen Rest der Angst aus ihren Gliedern zu drängen.

Wieder einigermaßen im Gleichgewicht, strich sie sich das Haar noch einmal zurück und stand auf. »Sie sind also wach«, sagte sie und drehte sich zu ihm herum. »Reden Sie wieder mit mir?« Er schwang die Beine über den Pritschenrand und setzte sich auf. Jetzt lösten sich seine Augen von ihr. »Das sollten Sie ruhig, wissen Sie. Wir stecken beide hier unten miteinander fest. Und ich für meine Person würde lieber reden, selbst wenn ich keine Reaktion bekomme, als hier sitzen und den Wänden beim Schwitzen zusehen.« Sie ließ sich auf derselben Stelle am Boden nieder, wo sie am vergangenen Abend gesessen hatte. »Wenn Sie nicht mit mir reden, könnte ich mich sogar gezwungen sehen, Ihnen meine Doktorarbeit vorzutragen.« Du plapperst, dachte sie, und trotzdem spürte sie, daß der Klang ihrer eigenen Stimme ihr gut tat.

»Welches Jahr haben wir?« fragte Rossokow plötzlich, ohne sie anzusehen.

»Jahr? Oh, wir schreiben 1991. Welches Jahr war ... das letzte, woran Sie sich erinnern?«

»1898. Es war 1898 ... im Sommer.«

»Jetzt ist April, der achte, glaube ich. Dann waren Sie mehr als neunzig Jahre in diesem Gebäude.«

»Neunzig Jahre«, wiederholte er leise. »Länger als ich dachte.«

»Was haben Sie dort gemacht?«

»Jemand verdächtigte mich. Sie waren mir zu nahe ... Es war keine Zeit zu entkommen.« Er hielt inne, sein Ausdruck wirkte immer noch ungläubig. »Neunzig Jahre. Das erklärt einiges.« Seine Stimme schien ihr jetzt kräftiger, stellte sie fest, und seine Sätze vollständiger.

»Was für Dinge?«

»Die Maschinen, die Männer, diese ›Filme‹. Sie.«

»Ich?« wiederholte Ardeth überrascht und lachte dann, malte sich die raffinierten, damenhaften Frauen aus, an die er sich erinnern mußte, wohlerzogene Bürgerinnen des braven Toronto. »In der Welt hat sich eine ganze Menge verändert.«

»Erzählen Sie«, drängte er plötzlich und drehte sich ein Stück herum, um sie besser sehen zu können.

»Was soll ich erzählen?«

»Alles, was geschehen ist. Alles, was ich verpaßt habe.« Ardeth dachte an die langen Stunden, die vor ihr lagen, an die Dunkelheit, die sie erwartete, jenseits des Lichtkreises über ihr.

»Also gut. Das wird für Sie ohnehin interessanter sein als meine Doktorarbeit.«

Sie versuchte gerade, ihm die Gegenkultur der sechziger Jahre zu erklären, als sie oben an der Treppe, hinter der Tür, ein Geräusch hörte. Ehe sie sich dessen bewußt geworden war, war sie zu ihrer Pritsche zurückgehuscht. Ein Blick auf Rossokow ließ sie erkennen, daß er seine übliche Haltung eingenommen hatte.

Ardeth zog auf der Pritsche die Beine unter sich und

lehnte sich an die Wand, beobachtete die Tür unterhalb gesenkten Lidern. Ein kurzer Lichtstrahl verkündete die Ankunft von Roias und Peterson.

»Aufstehen, Euer Hoheit«, rief Roias seinen üblichen spöttischen Gruß. »Zeit zum Abendessen.« Er schloß Ardeth' Zelle auf. »Was meinen Sie, Peterson? Ich meine, der Graf muß jetzt ziemlich hungrig sein. Sollen wir uns die Schlampe einfach schnappen und ihm hinwerfen?« Peterson gab keine Antwort, das erwartete man nicht von ihm. Roias' Attacke kam so gemächlich, wie die des Vampirs blitzschnell gewesen war – er wußte, daß sein Opfer keinen Ausweg hatte. Er schlenderte gelassen auf Ardeth' Pritsche zu und ließ ihr genügend Zeit, darüber nachzudenken, was er vorhatte. »Sollten wir das tun, was, Alexander?« Seine Hand schloß sich um ihren Arm, zog sie mühelos in die Höhe. »Sie einfach hinwerfen und Seiner Hoheit ein kleines Fest geben? Ich würde gern wissen, wie lange Sie das aushalten würden.« Er quetschte ihren Oberarm, als wollte er die Qualität ihres Fleisches prüfen, und sie biß die Zähne zusammen, um nicht vor Schmerz zu schreien. »Sie haben immer noch ein wenig Fleisch auf den Knochen. Ich wette, Sie würden die ganze Nacht überdauern.« Er blufft nur, dachte Ardeth, er will mich nur zuerst leiden lassen, er kann sich gar nicht leisten, sie Rossokow zu früh zu geben. Das hast du letzte Nacht auch gedacht, spottete die Stimme in ihrem Kopf. Sie versuchte, nicht darüber nachzudenken, was geschehen würde, wenn Roias sie *wirklich* in die Zelle zu dem Vampir steckte.

Er riß sie herum, so daß ihr Gesicht auf die andere Zelle gerichtet war und preßte sie an seine Brust. »Oh, kommen Sie nur, Euer Hoheit. Ich weiß, daß Sie es wollen. Sie wollten es schon letzte Nacht«, höhnte Roias und zog die Worte in die Länge, damit dem anderen der Doppelsinn ja nicht entging. »Sehen Sie doch, was ich hier drüben für Sie habe.« Seine Hand, die Ardeth' Haar gepackt hielt, riß ihren Kopf so hart nach hinten, daß sie, ohne es zu wollen, aufstöhnen mußte. Sie konnte Rossokow nicht mehr sehen, konnte nur hilflos zur Decke starren, während Roias ihren Kopf nach hinten zwang.

Plötzlich klirrte die Kette, und Roias fing zu lachen an. Ein stechender Schmerz schoß durch Ardeth' Kopfhaut und Hals, als er noch einmal brutal an ihrem Haar zerrte, dann löste er seinen Griff plötzlich, und sie prallte hilflos gegen die Gitterstangen. Sie hielt sich daran fest, um nicht zu stürzen, und hinter ihren Augen ging ein Funkenregen hoch, als sie mit der Stirn gegen das Metall stieß.

Dann hatte sie wieder einen klaren Kopf, und der Vampir füllte ihr ganzes Gesichtsfeld. Er war ganz nahe, das wilde Lächeln, die blitzenden, eisigen Fänge, die Augen, die in Blut zu schwimmen schienen. Da war nichts von der traurigen, bedrückten Kreatur, die sie gebeten hatte, ihr von der Welt zu erzählen. Sie hatte aufgeschrien, ehe es ihr bewußt geworden war, hatte versucht, von den Stangen zurückzuweichen. Aber harte Hände auf ihren Schultern preßten sie unwiderstehlich nach vorne. Rossokows Finger schlossen sich über die ihren und lösten langsam ihren Griff von den Gitterstangen. Er zog ihren Arm zu sich hin. Ardeth biß sich auf die Lippen, um gegen den Schmerz in ihrer Hand, in ihrem ganzen Körper, der gegen das kalte Metall gepreßt wurde, und am allermeisten gegen den Drang anzukämpfen, ihn jetzt anzubetteln, daß er aufhören sollte, und damit alles zu verraten, nur um sich diesen plötzlichen Angriff zu ersparen.

Wenn du es tust, dann gewinnt Roias, sagte sie sich und spürte eine Aufwallung von so wildem Haß, daß ihr dabei fast schwindlig wurde, während sich ihre Kehle verschloß und den Schmerzensschrei erstickte.

Sie hörte Roias' leises Lachen, als Rossokow ihren Arm herumdrehte und ihr Handgelenk freilegte. Aber obwohl er den Arm mit grausamer Härte festhielt, war der Mund, der sich auf ihre Vene senkte, sanft, fast liebkosend.

Das Siegel über ihren Lippen brach nur einmal. Ardeth betete darum, daß Roias es für ein Geräusch des Schmerzes hielt.

Als Roias Rossokow befahl aufzuhören, hielt der Ardeth' Handgelenk noch einen Augenblick fest und ließ es dann so schnell fallen, daß ihr Arm leblos herunterfiel und dabei schmerzhaft an eine Querstange stieß. Er wandte ihnen beiden den Rücken. Roias' Griff wanderte zu ihren Schultern, und dann riß er sie herum, drückte sie gegen die Stangen. Sein Gesicht war ganz nahe bei dem ihren, und seine kalten, toten Augen hielten die ihren fest. »Hat das nicht Spaß gemacht, Alexander? Hat es dir nicht gefallen?«

Ardeth verschloß die Augen und schüttelte den Kopf. Dies war mehr, als ihm den Triumph zu verweigern – sie verweigerte sich damit auch den Augenblick weißglühenden Entzückens, das sie erfüllt hatte, schärfer als die Zähne des Vampirs, als sie Rossokows Mund auf ihrer Haut verspürt hatte.

»Nun, *mir* hats gefallen. Mir wird unser Graf hier fehlen, wenn er sich größeren und besseren Dingen zuwendet«, sagte Roias und lachte, als er von ihr abließ.

Ardeth versagten die Knie den Dienst und sie wäre beinahe gestürzt, konnte sich aber noch an den Gitterstangen festhalten. »Ja«, fuhr Roias im Gesprächston fort. »Seine Hoheit hat schon viele zum Lachen gebracht – auf recht lukrative Weise sogar. Und er arbeitet für billiges Geld.« Er grinste sie an. »Man braucht ihm nur die erste Darstellerin zu überlassen.« Er lachte immer noch, als er die Tür abschloß und Peterson die Treppe hinaufführte. »Gute Nacht, Kinders.«

Ardeth schloß die Augen und hielt sich an den Gitterstangen fest, bis das letzte Echo der ins Schloß fallenden

Tür verhallt war. Sie hatte das Gefühl, als würde sie in Stücke gehen, wenn sie sich bewegte, oder als würde der Boden sich unter ihr auftun und sie in eine beängstigend einladende Schwärze verschlingen.

»Es tut mir leid, wenn ich Ihnen weh getan habe. Ich habe mich bemüht, es nicht zu tun . . .« sagte eine leise Stimme zu dicht hinter ihr, und sie fand die Kraft, sich, immer noch an die Gitterstangen geklammert, umzudrehen. Rossokow stand einen Schritt von ihr entfernt, die Hände mit nach oben gewandten Handflächen etwa in Augenhöhe. Da war jetzt kein Wahnsinn in seinen Augen, nur kalte, uralte Sorge.

»Ich dachte, Sie wären . . .« Sie hielt inne, suchte nach dem richtigen Wort.

»Auf Ihr Blut verrückt. Nicht ganz verrückt, nicht diesmal. Aber ich brauchte es, und die brauchten Ihre Angst.«

»Sie haben mir nicht weh getan. Bei weitem nicht so sehr wie Roias.« Sie spürte jetzt den Schmerz an ihrem Kopf und die Prellungen, die sie sich beim Aufprall auf die Gitterstangen zugezogen hatte.

»Ich kannte Ihren Namen. Die anderen habe ich nicht gekannt.« In seiner Stimme war eine schreckliche Distanz, eine kurze Bewegung zurück in die grelle, schützende Hitze des Wahnsinns. »So war es einfacher.« Jetzt begriff sie den Grund seiner Wut in der letzten Nacht. Er kannte ihren Namen und die Sympathie, die sie für ihn empfand — und wußte, daß er dennoch ihr Blut würde nehmen müssen. Selbst in ihrer plötzlichen Aufwallung von Hoffnung spürte sie den scharfen Rand der Traurigkeit; der Schmerz jenes Wissens war der Preis, den er dafür bezahlte, sich seine Zurechnungsfähigkeit zu bewahren. Aber die bloße Tatsache, daß ihn das bekümmerte, daß er unter normalen Umständen nicht brutalen Mord als Werkzeug für sein Überleben einsetzte, bedeutete, daß ihr erst halb ausgedachter, verzweifelter Plan vielleicht doch funktionieren könnte.

Er begann zu entgleiten, erkannte sie, schwebte zwischen der Sorge des Bewußtseins und dem lockenden Balsam geistigen und moralischen Vergessens. »Lassen Sie mich sehen, wo waren wir? O ja, die sechziger Jahre. 1969 ist das erste bemannte Weltraumschiff auf dem Mond gelandet, habe ich Ihnen das gesagt?« fragte sie schnell und zwang sich, die Gitterstangen loszulassen.

Rossokow sah sie überrascht und verblüfft an, und dann zog die Erinnerung wie Schatten unter dem Eis in seinen Augen hin. »Nein«, sagte er schließlich, »das hatten Sie mir noch nicht gesagt.«

Ardeth ließ sich auf den Boden herunter, schlug die Beine übereinander, um das Zittern ihrer Knie zu verbergen, und begann zu reden. Kurz darauf machte Rossokow es sich auf seiner Pritsche bequem und lehnte sich an die Wand, um zuzuhören.

9.

In der darauf folgenden Nacht war Roias zu sehr mit anderen Dingen befaßt, um sein quälerisches Spiel zu spielen. Er und Wilkens kamen später als gewöhnlich und machten sich nicht die Mühe, ihre Zelle aufzusperren.

»Da hinüber, Schlampe, wie immer«, herrschte Roias sie an. Ardeth stand auf, und ihr Blick wanderte langsam von den Männern an der Tür zu dem stummen Vampir hinüber. Als Roias die Hand auf ihre Zellentür legte, kauerte sie sich neben die Gitterstangen. Rossokow trat mit hölzernen Schritten auf die andere Seite und wartete, bis sie den Arm durchschob. Er trank aus ihrer Armbeuge. Ardeth wandte das Gesicht von Roias ab, preßte es gegen die kalten Eisenstangen und schloß die Augen. Der Akt hatte etwas erschreckend Unpersönliches an sich, als wäre sie nicht mehr als ein Gefäß, das Blut enthielt, ein Glas, das zu leeren war. Sie hätte selbst das erschütternde Entzücken der letzten Nacht diesem stummen, schrecklichen sich Nähern vorgezogen.

Roias beendete es weit früher als gewöhnlich, ohne ein Wort zu sagen. Der Viehstachel traf Rossokow seitlich am Kopf und ließ ihn knurrend von den Gitterstangen zurückfallen. Roias lachte und stieß noch einmal nach ihm und trieb ihn ans andere Ende der Zelle, wo er außer Reichweite der Stange dastand und Roias mit brennenden Augen musterte.

Ardeth sank zurück und preßte ihren Arm an sich. Sie hielt den Kopf gesenkt. »Herrgott«, schimpfte Roias, angewidert oder verärgert, und sie hörte es klappern, als er den Viehstachel von sich warf. Sie wartete, bis die Tür oben sich geschlossen hatte, ehe sie den Kopf hob. Rossokow war aufgestanden und starrte zur Tür hinauf, angespannt und schrecklich still. Ardeth griff nach den Stangen, um sich wieder hochzuziehen, und er sah sie an. Fast hätte sie die Hand weggerissen, als sie den Haß in seinen Augen sah. »Sind Sie in Ordnung?« erkundigte sie sich vorsichtig.

»Fragen Sie mich das nicht!« herrschte Rossokow sie an. »Ich bin nicht ›in Ordnung‹. Ich kann hier nicht ›in Ordnung‹ sein.« Seine Stimme klang eisig vor Verachtung.

»Wer kann das?« fragte sie, und ihre eigene Stimme wurde lauter, als der Zorn die Übermacht über die Angst gewann, die sie vor ihm empfand, und die ruhige Rationalität zu überspülen drohte, mit der sie die zerbrechliche Brücke zwischen ihnen aufrecht erhielt. »Meinen Sie, daß ich in Ordnung bin? Die Antwort darauf sollten Sie am besten kennen.«

»Ich kann nichts dafür, daß ich das bin, was ich bin, auch nicht für das, was ich zum Überleben brauche. Ich habe nicht vierhundert Jahre gelebt, damit die mich hier unten verhungern lassen.« Sein Ton ließ keine Spur einer Rechtfertigung oder Entschuldigung erkennen.

»Wahrscheinlich ist Ihnen noch nicht in den Sinn gekommen, daß *ich* auch überleben will. Man wird Sie nicht zu Tode hungern lassen. Wenn Sie zu hungrig werden, dann geben die Ihnen einfach wieder irgendein Junkie, die sie für die Kamera umbringen können«, sagte sie bitter. »Was denken Sie, daß die mit mir vorhaben, heh? Was werden sie mit *mir* tun?«

Sie weinte, ehe sie es merkte, zerschmettert von dem plötzlichen Ansturm all des Schmerzes und der Angst, die sie in den letzten Tagen mit so viel Mühe unter Kontrolle gehalten hatte. Ardeth lehnte den Kopf an die Gitterstangen und ließ ihrem Schluchzen freien Lauf. Es schien so viel leichter nachzugeben, als weiter gegen die Dunkelheit zu kämpfen, die sie von allen Seiten umgab.

Als seine Hand über ihr Haar strich, war sie zu müde, um sich ihm zu entziehen, obwohl sie wußte, daß sie das sollte. Er könnte dich töten, warnte die Stimme in ihr. Laß ihn, dachte sie, und für den Augenblick schien das der beste Ausweg.

Die Hand legte sich auf ihren Kopf und glättete sanft ihr Haar. »Kind.« Ein Wispern. »Es tut mir leid. Ich bin selbstsüchtig — das ist mein Wesen — aber es tut mir leid. Sie sind freundlich zu mir gewesen, viel freundlicher als ich es verdiene.«

»Ich bin nicht freundlich«, murmelte Ardeth, hob den Kopf dabei aber nicht. Er hörte nicht auf, ihr übers Haar zu streichen.

»Ich weiß, Sie glauben, daß Sie geschickt sind, daß Sie mich zu einem Verbündeten gegen diese Leute machen.« Ihr Kopf bewegte sich unter seiner Hand, das einzige Zeichen ihrer Überraschung. »Ich hätte dasselbe getan, wenn meine Vernunft dazu ausgereicht hätte. Jetzt bin ich . . . fast wieder der, der ich einmal war. Aber ich fürchte, ich bin ein armseliger Verbündeter. Die haben mich zu schwach gemacht, als daß ich etwas gegen sie unternehmen könnte.«

Einen Augenblick lang fragte sie sich, ob das alles Lüge war, seine Reue, seine Sanftheit, alles nur Vorwand, um sie dazu zu überreden, ihm das zu geben, was er in Wahrheit wollte. Aber es war ihr gleichgültig; seine Sorge, ob nun geheuchelt oder nicht, bewegte sie, und seine Berührung war das einzig Warme in der Kälte ihres Kerkers. »Sie brauchen mehr.« Das war keine Frage, aber als sie den Kopf hob, nahm sie sein Nicken wahr. »Sie könnten es nehmen, ich könnte Sie nicht daran hindern.«

»Das könnte ich. Möglicherweise würde ich es sogar tun. Aber jetzt . . .« Er hielt inne, beobachtete sie, die Hand immer noch auf ihrem Haar, ein paar Finger breit von ihrer Wange entfernt.

»Also gut.« Sie ließ die Stangen los und schob den rechten Arm durch. Rossokow nahm ihre Hand, strich ihre Finger glatt, beugtet den Kopf und küßte ihre Handfläche. Die plötzliche, unerwartete Sinnlichkeit dieser Geste nahm ihr den Atem. Sie spürte, wie ihre Finger sich wieder krümmten, über seine hohen Wangenknochen strichen und die lockeren Strähnen aus seidiggrauem Haar berührten, die sein Gesicht verdeckten.

»Wie fühlt es sich an?« fragte Ardeth atemlos, mühte sich ab, distanziert und analytisch zu sein. Um sicher zu sein.

»Es ist wie Nahrung«, sagte er und hielt inne, um zu ihr aufzublicken, »oder wie Liebe. Manche Mahlzeiten sind nicht mehr als die Versorgung mit Lebensmitteln, manche ein Festmahl.« Er beugte sich vor und legte die Lippen auf ihr Handgelenk, ließ die Zunge über ihre Vene gleiten. »Manche Liebesakte sind bloße Biologie, manche ein Sakrament.« Sie fühlte seinen Atem auf ihrer Haut, als er sprach.

»Und was ist das?«

»Was immer Sie wollen, daß es ist«, erwiderte er, ehe

sein Mund sich an der weichen inneren Rundung ihres Arms festsog. Ardeth schloß die Augen über die Ironie seiner Antwort. Ich *will* nicht, daß es so gut ist, dachte sie verzweifelt. Aber das ist es, o Gott, das ist es.

Ardeth wachte auf ihrer Pritsche auf, ohne Erinnerung daran, wie sie dort hingekommen war. Sie drehte sich benommen zur Seite und schlug die Augen auf. Das schwache Licht über ihr schien durch dichten Nebel zu glühen, und sie hatte Mühe, die Benommenheit aus ihrem Bewußtsein zu verdrängen.

Was war geschehen? fragte sie sich. Da waren jene Augenblicke schrecklichen Entzückens gewesen, als Rossokow ihr Blut trank. Selbst jetzt hinterließ die Erinnerung daran tief in ihrem Inneren ein ekelhaftes Gefühl der Erregung (dann seine Stimme, die sie drängte zu schlafen). Sie mußte zu ihrer Pritsche zurückgekrochen sein, obwohl die Erinnerung daran nebelhaft war.

Sie schloß wieder die Augen und gab sich ganz der Schlaffheit hin, die sie wie ein Kokon umhüllte. Alles schien sehr weit entfernt; die harsche Kälte ihres Kerkers, ihr Leben draußen, ihre Freunde, ihre Arbeit. Sie alle schienen Lichtjahre fern in ihrer Vergangenheit, schnell in dem Tunnel verblassend, durch den sie sich auf die Zukunft zubewegte. Aber an seinem Ende war kein Licht.

Nach einer Weile setzte sie sich auf, wischte sich das Haar aus den Augen und sah in die Nachbarzelle. Rossokow war auf seiner Pritsche, er lehnte an der Wand, das eine Bein oben, den Ellbogen aufs Knie gestützt. Zum erstenmal war diese steife Distanziertheit verschwunden, er wirkte auf eine träge Art graziös. Als er zu ihr herübersah, sah sie, daß die Falten in seinem Gesicht sich geglättet hatten.

»Wie lange habe ich geschlafen?« fragte Ardeth und wunderte sich dann über sich selbst, daß sie annahm, er würde hier unten die Zeit besser als sie kennen.

»Ein paar Stunden. Wie fühlen Sie sich?«

»Ich habe mich schon besser gefühlt«, gab sie mit einem etwas gequälten Lächeln zu. Sie nahm eine etwas bequemere Position ein und versuchte nicht wahrzunehmen, daß die simple Bewegung alles zum Drehen brachte. Als sie aufblickte, beobachtete er sie immer noch. Sie konnte die Dankesworte spüren, die auf seinen Lippen warteten. Sag es nicht, dachte sie plötzlich, ich will es nicht hören. Ich will mich nicht daran erinnern, wie es war.

»Also«, begann sie verlegen, um ihn abzulenken und fröstelte dann in der Stille, als ihr Gedankengang abriß und sie nichts hatte, womit sie die Lücke füllen konnte. Sie fing eine Frage auf und warf sie ihm hin, um ihn abzulenken. »Wie sind Sie zum Vampir geworden? Ich nehme an, Sie sind nicht so zur Welt gekommen.«

»Das wäre ein schwerer Schock für meine Mutter gewesen«, pflichtete Rossokow ihr ernsthaft bei und stand auf, um an die Gitterstangen zu schlendern. Er lehnte sich dagegen und blickte an ihr vorbei in die Dunkelheit. »Nein. Ich war, soweit ich mich erinnere, ein völlig normales Kind. Ich bin im Jahre 1459 geboren, an einem Ort in dem Land, das Sie heute Rußland nennen. Ich ging nach Deutschland, um zu studieren, und blieb dort in den Bergen, wo ich meiner Arbeit nachgehen konnte. Tatsächlich war ich mehr Dilletant als Gelehrter. Astronomie, Philosophie, Medizin. Alle habe ich sie ausprobiert.« Er lachte leise, aber es war kein freudiger Laut. »Wir waren damals so unschuldig, so eifrig bereit zu glauben, daß die ganze Welt vor unserem hungrigen Verstand für uns bereit lag. Ich befaßte mich auch manchmal mit der Nekromantik, aber ohne großen Erfolg. Und dann rief ich eines Nachts, und etwas kam. Sie klopfte an meine Tür und stand im Schnee wie ein Schatten. Und als sie hereinkam, war es, als wäre ein Splitter der Nacht eingetreten, so wie die Sonne in der großen Halle manchmal durch die hohen Fenster hereinfiel.« Seine Augen blickten in weite Ferne, und über dem Eis lag Nebel. »Ich wußte nicht, was sie war, bis sie lächelte, aber da war es schon zu spät. Ich erwachte mit der nächsten Abenddämmerung, und zwei Nächte lang rannten wir wie Wölfe über die Hügel. Dann sagte ich dem Ortspfarrer, wo ihr Sarg lag. Er trieb einen spitzen Pfahl durch ihr Herz und schnitt ihr den Kopf ab und füllte dann ihren Mund mit Knoblauch.«

»Warum haben Sie das getan?« Sein Achselzucken war auf beredte, elegante Weise zynisch.

»Ich war ihrer müde geworden. Und . . .« er hielt kurz inne, »in mir war noch genug vom Menschen, um das zu hassen, was sie getan hatte. Vielleicht war es auch die erste unmenschliche Tat, die ich beging.« Bitterkeit säumte die ruhige Stimme, die Schatten einer dunkleren und, wie sie vermutete, aus viel jüngerer Zeit stammenden Sorge.

»Was haben Sie dann getan?«

»Ich floh. Eine ganze Welt erwartete mich, wenigstens des Nachts, und in diese Welt hinein floh ich. Das war das erste Gesetz meines neuen Zustandes — in Bewegung bleiben oder sterben. Ich wagte es nicht, lang genug an einem Ort zu bleiben, um meine Umgebung erkennen zu lassen, daß ich nicht alterte. Natürlich lernte ich allmählich, welche Lügen ich verbreiten mußte, welche Höhlen der Realität ich erschaffen mußte, um zuerst ich selbst, dann mein Vetter und dann mein Neffe zu sein, und so weiter, über die Jahre hinweg. Wahrscheinlich gibt es heute noch Orte, die darauf warten, daß ein Rossokow zurückkehrt. Aber nach dem zu schließen, was Sie mir von der Welt erzählt haben, könnte es sein, daß ich sie gar nicht mehr erkennen würde.«

»Man würde Sie möglicherweise auch nicht wiedererkennen. Die Dinge sind heutzutage viel — viel organisierter. Sie brauchen eine Sozialversicherungsnummer und dreierlei Ausweispapiere, um ein Bankkonto zu eröffnen. Sie brauchen einen Paß, um zu reisen. Fast alles, was Sie heute tun, hinterläßt eine Spur aus Papier – oder eine Computerspur. Was für die Historiker in zweihundert Jahren sehr bequem sein wird, aber ich kann mir vorstellen, daß es das Leben für Vampire ziemlich erschweren dürfte.«

Er zögerte einen Augenblick, ob sie ihn vielleicht mit dem Schwall fremdartiger Worte und Begriffe verwirrt hatte? Aber wenn er Fragen hatte, stellte er sie nicht. Er sagte nur: »So scheint es. Mir scheint, daß jetzt mehr denn je alles viel einfacher wäre, wenn alle Mythen über mich und meinen Zustand zuträfen.«

»Ja. Ich stellte schon fest, daß Sie sich bis jetzt noch nicht in eine Fledermaus verwandelt haben und weggeflogen sind.«

»Ich kann mich auch nicht in Nebel verwandeln, leider. Trotzdem sollte ich wohl dankbar dafür sein, daß ich keinen Sarg brauche, um darin zu schlafen. Sie hatten einen hier, haben ihn mir in die Zelle gestellt. Als ich ihn ignorierte, schafften sie ihn wieder weg.«

Ardeth lachte. »Wahrscheinlich war er ein Stück aus der Requisite. Für die Filme.« Der Gedanke ließ die Bilder aus dem schrecklichen Film wieder durch ihr Bewußtsein ziehen, und sie zwang sich, an etwas anderes zu denken. »Stimmt irgend etwas davon? Die Geschichten von wegen Sonnenlicht und Knoblauch und Kruzifixen.«

»Wie es mit den meisten Mythen der Fall ist, gibt es unter all dem erfundenen Unsinn ein kleines Körnchen der Wahrheit. Das Licht der Sonne wird mich nicht mit einem einzigen Strahl wegschmelzen, aber ich ziehe es vor, mich ihr nicht auszusetzen. Knoblauch ist unangenehm, aber keineswegs etwas, das mich verjagen kann. Was Kruzifixe angeht, so bin ich kein Dämon, oder wenigstens einer, der so weit unter der Wahrnehmungsschwelle Gottes existiert, daß er sich nicht um mich kümmert. Ich habe in der Kathedrale von Notre Dame gebetet und bin durch den Vatikan gegangen, ohne daß mir ein Leid widerfahren wäre. Ein Pfahl durchs Herz würde mich wahrscheinlich töten, ebenso wie Feuer, oder wenn man mir den Kopf abschlägt. Aber unter normalen Umständen bin ich einfach nur viel stärker und beweglicher als ein sterblicher Mensch.«

»Unter normalen Umständen«, begann Ardeth zögernd und wog ab, wie sehr sie eine Antwort auf die nächste Frage wirklich hören wollte. Aber die Neugierde obsiegte, und sie fuhr fort: »Wie oft müssen Sie . . .«

»Wie oft ich Nahrung aufnehmen muß? Nach meinem langen Schlaf brauchte ich verzweifelt Nahrung, deshalb konnten die dieses Bedürfnis gegen mich verwenden. Normalerweise brauche ich ein- oder zweimal die Woche Nahrung. Es kann auch weniger sein, aber dann«, er hielt einen Augenblick lang inne, als suche er nach einem Wort, »dann muß ich nachhaltigen Schaden zufügen. Und das würde eine Spur von Leichen hinterlassen.«

»Darüber hatte ich mir schon den Kopf zerbrochen«, gestand sie ein.

»Als sich der Wandel ursprünglich in mir vollzog, war der Hunger so, wie er jetzt ist. Wenn ich nicht großes Glück gehabt hätte, hätte man mich wahrscheinlich erwischt und vernichtet. Darin wurzeln ohne Zweifel all die Geschichten, die in meiner alten Heimat so weit verbreitet sind. Ein neu geschaffener Vampir schlägt auf der Suche nach Blut alle Vorsicht in den Wind, kehrt oft in blinder Sucht zu seiner eigenen Familie zurück. Die meisten hat man kurz nach dem Erwachen erwischt und getötet.«

»Gibt es viele Vampire?«

»Meines Wissen nicht. Ich habe nur zwei gekannt — die, die mich geschaffen hat und . . . einen anderen. Aber vielleicht gibt es mehr.«

»Können Sie jemanden zum Vampir machen? Oder geschieht das automatisch?«

»Das ist ein bewußter Vorgang. Er bedarf einer klaren Entscheidung, wenigstens meinerseits. Ich habe es nie getan.«

»Warum nicht?«

»Es ist nichts, das man leichtfertig tut. Jeder neue Vampir würde für mich die Gefahr der Entdeckung vergrößern, und ich würde es vorziehen, nicht wegen der Unachtsamkeit eines anderen sterben zu müssen. Und diejenigen, denen ich begegnet bin und die sich nach mir sehnten, waren alles andere als die Art von Personen, mit denen ich gerne die Ewigkeit teilen würde. In Wahrheit sind wir ein einsames Grüppchen. Es ziemt sich nicht für uns, das zu vergessen.« Sie hörte die Ironie in seinem Tonfall und den bitteren Schmerz, der wie ein Haifisch darunter hinwegglitt. Ardeth verspürte den plötzlichen Schmerz mitfühlender Besorgnis, fragte sich zum erstenmal, wie es wohl sein mochte, wenn ein ganzes Jahrhundert verstrich, während man nur einen Augenblick ausruhte, wie es war, sich einem Leben ausgesetzt zu sehen, das ewig dauern konnte, wenn auch nur unter dem fahlen Licht des Mondes. Aber es immer alleine leben zu müssen. Sie hatte sich immer für einem dem Alleinsein zugetanen Menschen gehalten, jemanden, der die Stille der Bibliothek, den Frieden der eigenen Wohnung genoß. Aber sie hatte auch immer Freunde gehabt, und Sara, und die Erwartung, eines Tages zu lieben und geliebt zu werden.

»Was hat Sie nach Toronto verschlagen? War es einfach der nächste Ort auf der Landkarte?« fragte sie, um die Sorgen fernzuhalten, die sie sonst beide quälen würden.

»Ich denke schon. Ich war noch nie in Nordamerika gewesen . . . Eine Seereise, die einen Monat dauerte, war nichts, was man leichtfertig ins Auge faßte. Aber Europa war anders geworden . . . Für mich schwer zu ertragen . . . Und ich hatte das Bedürfnis, es weit hinter mir zu lassen.«

»Ich kann mir vorstellen, daß Toronto Ihnen sehr provinziell erschienen sein mußte.«

»O ja. Aber ich brauchte seine Routine, seine Einfachheit. Es war sehr leicht, hier zu überleben. Es war ein guter Ort für vorsichtige Männer — es brachte sie hervor, belohnte sie. Die Stadt und ich paßten gut zusammen.«

»Das brave Toronto. Wir nennen es immer noch so, mit etwas verlegenem Stolz, glaube ich. Alle unsere Politiker wünschten, wir wären New York, aber ohne all das Verbrechen und den Müll«, sagte Ardeth und fing etwas von seinem halben Lächeln auf.

»New York. Ich bin nie dort gewesen. Ich erinnere mich aber daran, wie die Holländer es den Indianern abkauften.« In dem Augenblick wurde ihr die ganze Realität seines Alters bewußt, die Tatsache, daß er all die Dinge, von denen sie gelesen und die sie studiert hatte, berührt und empfunden hatte, daß die Welten, die sie so sorgsam für Aufsätze und Prüfungen rekonstruiert hatten, Welten gewesen waren, in denen er gelebt und geatmet hatte.

»Sagen Sie«, sagte sie plötzlich voll Eifer, so verzweifelt wie er ihr einmal befohlen hatte. Rossokow sah sie neugierig an. »Sagen Sie mir, wie die Welt war, was Sie gesehen haben. Herrgott, ist Ihnen eigentlich klar, daß die Hälfte aller Historiker der Welt einen Mord dafür begehen würde, mit Ihnen zu reden.« Sie hielt plötzlich inne, und ein harter Kloß bildete sich in ihrem Magen, als ihr klar wurde, was sie gerade gesagt hatte. Würden sie wirklich dafür sterben? Würdest du das? fragte eine Stimme spöttisch ganz hinten in ihrem Bewußtsein. Wirst du?

»Ardeth . . .« Rossokows Stimme erfaßte sie, zerrte sie in die Realität zurück und zwang sie, ihn anzusehen.

»Augenzeugenberichte von Vampiren haben keinen großen akademischen Wert, leider. Ich habe mehr als einen Vortrag von einem gelehrten Professor anhören müssen, weil ich es wagte, seine Version der Wahrheit in Frage zu stellen.«

»Das ist nicht wichtig. Ich will es nur wissen«, sagte sie, und die plötzliche Anwandlung von Angst und Schecken war vorbei. Ich will es wissen, redete sie sich ein, um dem Verdacht zu entkommen, daß sie sich an den irrationalen Glauben klammerte, das, was sie sich gegenseitig aus der Geschichte erzählten, könnte irgendwie die Zukunft fernhalten, so wie Scheherezade die Axt des Henkers ferngehalten hatte.

Bewußt tauchte sie in seine Erzählungen von den Orten ein, die er gesehen hatte – Europa, den Orient, Afrika. Er war ein beredter Erzähler und ließ sich geduldig von ihr unterbrechen, wenn sie ›aber das ist doch nicht, was . . .‹ und ›sind Sie sicher?‹ sagte. Es gab Dinge, über die er nicht reden wollte, Zeiträume und Orte, die er auf eine Art und Weise abtat, daß sie daraus nur erkennen konnte, wie weh ihm diese Erinnerungen taten. Gelegentlich war er um Haaresbreite entkommen, so wie damals, als er im Spanien der Inquisition strandete. Und dann wieder hatte er großartige Freuden erlebt, wie jene, als er Bachs B-Moll-Messe zum erstenmal hörte.

»War es leichter im sechzehnten Jahrhundert Vampir zu sein oder in der Viktorianischen Zeit?« fragte Ardeth neugierig.

»Jede Zeit hat ihre eigenen Gefahren. Die Welt war in meiner Jugend größer, unbekannter. Aber dafür glaubte sie an mich und meinesgleichen. Im neunzehnten Jahrhundert war die Welt weit organisierter, aber der Glaube an die rationale Wissenschaft war so stark, daß ich mich wahrscheinlich in eine Fledermaus hätte verwandeln müssen, um irgend jemanden davon zu überzeugen, daß ich nicht bloß irgendein Verrückter war, der sich für einen

Vampir hielt. Natürlich«, sinnierte er mit einem schwachen Lächeln, »gab es eine kurze, schwierige Zeit, wo Vampire in Groschenromanen und dergleichen der letzte Schrei waren. Jenes infernalische Buch von diesem irischen Autor war das Schlimmste.«

»Sie meinen *Dracula*?«

»Genau. Plötzlich reichte es aus, Osteuropäer von adeliger Herkunft zu sein, um zum Gegenstand beträchtlichen Argwohns oder zumindest beträchtlichen Interesses zu werden.«

»Es ist immer noch sehr populär. Ich habe es in meinem Seminar über viktorianische Romane gelesen. Der Professor erklärte damals, Vampirismus sei eine Metapher«, sagte Ardeth mit einem impulsiven Lächeln.

»Eine Metapher«, wiederholte Rossokow amüsiert.

»Ja, für . . . nun, ›gefährliche, zügellose Sexualität‹«, erklärte sie und bedauerte es dann gleich, weil es das Bild seines Kopfes über ihrem ausgestreckten Arm heraufbeschwor und die Erinnerung seines Mundes auf ihrer Handfläche.«

»Ah.« Eine lange Pause. »Dann scheint mir, daß ich mich in diesem neuen Zeitalter zu Hause fühlen sollte. Nach Ihrer Beschreibung scheint es mir wesentlich liberaler zu sein als die letzte Epoche, in der ich lebte.«

»Nun, das war es wohl, denke ich. Aids hat daran sehr viel verändert.« Auf seinen fragenden Blick hin fuhr sie fort: »Das ist eine Krankheit, die durch die Körperflüssigkeiten übertragen wird, gewöhnlich durch Geschlechtsverkehr oder mit Nadeln und Spritzen. Sie ist tödlich.«

»Ich bin gegen die meisten Krankheit immun. Aber ich werde daran denken«, sagte Rossokow ernsthaft, und Ardeth musterte ihn einen Augenblick lang, überzeugt, daß er sich auf irgendeine Weise über sie lustig machte, obwohl sein Gesicht ernsthaft blieb. Sie setzte zum Gähnen an, versuchte dann aber, es zu tarnen. »Sie sollten schlafen«, sagte er.

Sie wollte widersprechen, wollte sagen, sie sei noch nicht müde, gähnte dann aber wieder und gab den Gedanken auf. Es war einfacher, sich einfach hinzulegen und die Augen zu schließen, sich der bis auf die Knochen gehenden Müdigkeit hinzugeben, die sie erfaßt hatte. Die Dunkelheit war warm und sanft und hüllte sie weich ein, daß sie es kaum bemerkte, als sie alle Gedanken aus ihrem Bewußtsein wegwischte.

10.

Ardeth kauerte neben ihrer Pritsche und wusch sich Gesicht und Haare mit Wasser aus dem Krug, das sie von ihrem Frühstück übrig behalten hatte. Sie schlüpfte aus ihrem Hemd und sah an sich herab. Der nächtliche Blutverlust begann sichtbar zu werden; ihre Arme waren dünner und ihre Rippen zeichneten sich reliefartig unter ihren Brüsten ab. Auch eine Methode abzunehmen, dachte sie in jenem absurden, distanzierten Humor, der ihr jeden Tag leichter fiel.

Sie bespritzte die Arme mit Wasser. War er jetzt aufgewacht und beobachtete sie, fragte sie sich, sah aber nicht hin, nicht einmal bevor sie hinter sich griff, um ihren BH auszuhaken und ihn fallen zu lassen. Es war nicht mehr wichtig, all ihre frühere Scheu und ihre Verlegenheit bezüglich ihres Körpers. Sie hatte das Gefühl, als wären all die Schichten von Konventionen der Welt außerhalb, die Regeln, die sie so gehorsam, ja sogar sklavisch befolgt hatte, von ihr abgeschält. Und wohin hatte sie auch ihr sorgsamer Konformismus gebracht. In diesen Zustand, halbnackt in einem Verlies kauernd, ihre ganze Welt reduziert auf zwei tägliche Mahlzeiten und das Ritual, einem Vampir ihr Blut anzubieten.

Ardeth schrubbte an ihren Schultern und Brüsten und versuchte, das leichte Jucken zwischen ihren Schulterblättern zu ignorieren, das ihr das Gefühl vermittelte, beobachtet zu werden. Sie hatte nicht gehört, daß der Vampir sich bewegte; sie dachte, daß er noch schlief. Vor einer Stunde hatte Wilkens ihn aus seiner Starre geweckt und eine kurze, fast geschäftsmäßige Nahrungsaufnahme überwacht. Als es vorbei war, war Rossokow zu seiner Pritsche zurückgekehrt und wieder in bleiernen Schlaf gesunken.

Von der Tür war ein Geräusch zu hören, und sie erstarrte, gerade als ihre Hände Wasser aus dem Krug schöpfen wollten. Als die Tür sich zu öffnen begann, packte sie ihr Hemd und zog es sich über, wandte den Rücken zur Zellentür, während ihre Finger an den Knöpfen fummelten. Ihren BH stopfte sie unter die Matratze, um ihn vor demjenigen zu verbergen, der jetzt die Treppe herunterkam.

Als sie sich umdrehte, stand Peterson vor ihrer Zellentür und hielt das Tablett mit ihrem Abendessen in der Hand.

Ardeth trat vor, um das Tablett durch den Schlitz in der Tür entgegenzunehmen, blieb aber stehen, als Peterson die Tür öffnete und zu ihr in die Zelle trat. »Hier ist Ihr Abendessen«, sagte er und stellte das Tablett dann auf den Boden. Seine Augen ließen sie dabei die ganze Zeit nicht los.

Er will dich. Der Gedanke durchblitzte sie, und plötzlich wußte sie mit blendender Klarheit, daß dies der Augenblick war, von dem sie nicht geglaubt hatte, daß er kommen würde, die Chance, von der sie befürchtet hatte, daß sie sie nicht erkennen würde.

»Danke.« Das Lächeln fühlte sich wie eine groteske Maske an, aber sie hielt es fest. Sie sah auf das Tablett herab. Steak diesesmal und ein paar Pillen daneben. »Was sind das für Pillen?«

»Vitamine.« Als sie ihn zweifelnd ansah, sagte er grausam: »Schauen Sie, es sind Vitamine. Roias sagt, daß Sie wenigstens noch ein paar Tage durchhalten müssen.«

Ardeth spürte, wie ihr bei seinen Worten das Blut aus dem Gesicht schoß. Sie wußte, hatte es von der ersten Nacht an gewußt, daß sie nicht überleben sollte. Aber dies war das erstemal, daß einer von ihnen es so deutlich aussprach.

Sie war sich der Tatsache bewußt, daß Peterson noch in der Zelle war, daß der Augenblick noch nicht verstrichen war, daß die Chance immer noch bestand. Sie beugte die Knie, als hätte sie plötzlich ein Schwächeanfall erfaßt, und ließ sich neben dem Tablett nieder. Das Besteck war aus Plastik, aber das Tablett selbst war aus Metall, hart genug, um weh zu tun. Sie blickte zu ihm auf. »Wieviele andere waren schon hier?«

»Vier, die letzte mitgezählt – die von neulich nachts.«

»Was ...« begann sie und atmete dann tief, um das Zittern aus ihrer Stimme zu verdrängen, »ist mit ihnen geschehen ... nachher?«

»Wir haben sie in den Wald gebracht und ihnen Pfähle durchs Herz gestoßen und sie begraben.«

»Pfähle?«

»Ja. Das hat Roias uns aufgetragen«, sagte er und sah sie mit Augen an, die fast so leuchteten wie die Rossokows. »Ich hab die letzten beiden genommen. Komisch, wissen Sie, daß sie am Ende schöner geworden sind. Wie Sie.« Ardeth spürte, wie ihr Herz sich zusammenzog, konnte aber den Blick nicht von seinem Gesicht wenden. »Ich habe Sie beobachtet, wie Sie immer schöner und schöner werden«, wisperte Peterson und kauerte sich neben ihr nieder. »Ihre Haut ist kühl.« Es war alles eine Maske, jene jugendliche Freundlichkeit, die ihn weniger angsterregend als die anderen hatte erscheinen lassen. Es war eine Schale der Normalität, die nur im Vergleich zu Roias' finsterem, subtilem Sadismus und

Wilkens' fröhlicher Brutalität normal erschien. Aber Peterson war der Finsterste, der Subtilste von ihnen allen.

»Sie sind jetzt fast hinüber, nur noch ein oder zwei Nächte. Dann werde ich *Ihren* Körper hinaustragen und auf den Boden legen. Und dann werde ich Ihnen das Hemd ausziehen«, seine Finger fummelten an den Knöpfen, »und den Pfahl genau hier hineinstoßen . . .«

»Nein«, wisperte Ardeth, und das Tablett fuhr in ihrer Hand in die Höhe, zielte auf seinen Kopf. Die schmale Metallkante traf ihn an der Wange und warf ihn nach hinten. Sie schlug noch einmal zu, ehe er das Gleichgewicht wiedergefunden hatte, und der von Panik getriebene Schlag schien ihn zu lähmen. Die Schlüssel, sieh zu, daß du seine Schlüssel bekommst, flüsterte die kalte Stimme der Vernunft hinter ihrer Angst. Sie suchte in seiner Tasche herum, fand das kühle, klappernde Metall und taumelte in die Höhe, stolperte auf die Tür zu.

Hände packten sie, ehe sie sie erreichte, rissen sie herum, und dann traf sie ein Schlag, der sie gegen ihre Pritsche taumeln ließ. Ihr Kopf prallte gegen die Mauer, und die Welt schien aus einem Funkenregen und Dunkelheit zu bestehen. Als ihre Sinne wieder klar wurden, spürte sie Petersons Gewicht auf sich. Er zerrte an ihren Kleidern, küßte sie verzweifelt auf den unbewegten Mund.

Ardeth drehte angewidert den Kopf zur Seite und begann, sich zu wehren. Das Geräusch ihres Atems hallte durch das Verlies, dröhnte in ihren Ohren. Selbst wenn sie gesund gewesen wäre, hätte sie ihre ganze Kraft und einiges Glück gebraucht, um ihn abzuwehren. Aber der Blutverlust hatte sie geschwächt, und so dauerte es nur einen Augenblick, bis er ihr Hemd aufgerissen und ihre Jeans und ihren Slip bis zu den Knöcheln heruntergezerrt hatte.

Ein paar Augenblicke lang begnügte sich Peterson damit, ihren nackten Körper zu erforschen, wobei er murmelnd ihr kühles Fleisch und die Rippen unter ihren

Brüsten bewunderte. Als er schließlich an sich heruntergriff, um seine eigenen Jeans zu öffnen, machte Ardeth einen letzten Versuch, ihn von sich zu stoßen. Er fluchte und ein Schlag mit der offenen Hand ließ sie erneut taumeln.

Aus weiter Ferne spürte sie, wie er ihre Schenkel auseinander zwang, hörte seinen keuchenden Atem und ihr eigenes schwaches Wimmern. Dann hörte sie, als würde in der Ferne Donner rollen, den Vampir knurren.

Peterson erstarrte über sie gebeugt, und als ihr Blick langsam klarer wurde, sah sie, wie er sich abmühte, nicht in die andere Zelle zu blicken. Ardeth versuchte, den Kopf zur Seite zu drehen, um hinzusehen, aber Petersons Hand packte sie im Haar und hielt sie fest. »Nein«, flüsterte er eindringlich und preßte sie wieder herunter. Ardeth schrie auf, als sein hartes Fleisch gegen sie anstürmte, jedoch nicht in sie eindringen konnte.

Der Vampir sagte mit scharfer Stimme etwas, in einer kehlig knurrenden Sprache, und Peterson hob den Blick, sah zur Nachbarzelle hinüber, ohne daß er sich selbst daran hindern konnte.

Ardeth lag reglos da, unfähig, den Kopf zu bewegen, weil Peterson sie immer noch festhielt, und sah wie alles Blut aus seinem Gesicht schoß. Seine Erektion erschlaffte an ihren Schenkeln. Dann riß er sich fluchend und zugleich schluchzend von ihr los und hastete aus der Zelle, sperrte sie eilig hinter sich ab. Seine Jeans knöpfte er erst zu, als er schon auf der Treppe war.

Zitternd drehte Ardeth sich um, um Rossokow anzusehen. Er starrte Peterson nach, und seine Augen glühten wild und rot. Seine Lippen schoben sich von den glänzenden Fängen zurück. War es das, was Peterson gesehen hatte, diese urtümliche Wildheit, die seine eigene Perversion mit zynischer Verachtung betrachtete?

Hatte jener uralte wissende Blick seine Erektion schrumpfen lassen und ihn, von Schrecken erfüllt, aus der Zelle getrieben?

Mit einem unterdrückten Schrei wandte sie sich, kauerte sich auf ihre Pritsche und preßte sich die Arme über die Brüste. »Ardeth.« Ihr Name war ein Flüstern, die Stimme des Vampirs tastend, fast ähnlich. »Kind, es tut mir leid. Ich wußte nicht, was ich tun sollte, um ihn aufzuhalten.« Wovon redete er eigentlich, fragte sich Ardeth. Er *hatte* ihn doch aufgehalten. Die Stimme war wie ein Eindringling in die sichere, lautlose Welt, in die sie sich zurückgezogen hatte, und sie ärgerte sie. Sie preßte das Gesicht gegen die Pritsche, wie um die Stimme auszusperren. Sie fröstelte, die eisige Kälte des Verlieses sickerte in ihre nackte Haut, aber sie gewann dem Schmerz perverses Vergnügen ab und ließ das Frösteln der Kälte an die Stelle des Luxus' treten, das ein Schluchzen gewesen wäre.

»Ardeth?« kam die Stimme erneut. »Sind Sie verletzt?« Sie nahm an, daß sie das war. Ihre Wange brannte, wo Peterson sie getroffen hatte. Ihre Kopfhaut schmerzte von dem Zerren am Haar. Vielleicht waren da auch noch andere Stelle, aber wenn sie sich nicht bewegte, würde er sie vielleicht in Ruhe lassen.

Dann trat Stille ein, bis sie spürte, daß sie etwas oben am Kopf berührte. Das beschwor die Erinnerung an die anderen Hände herauf, die ihren Körper berührt hatten, und sie ruckte in die Höhe, weg von dem, was sie berührt hatte. Rossokow kauerte in der Ecke seiner Zelle, den Körper gegen die Gitterstangen gepreßt, den Arm so weit ausgestreckt, wie er reichen konnte. Seine Hand ruhte auf dem Ende ihrer Pritsche. Als sie seinem Blick begegnete, zog er die Hand zurück und löste sich von den Eisenstangen.

»Ardeth.«

Sie schüttelte den Kopf, um seine Stimme nicht in ihr Bewußtsein zu lassen. »Lassen Sie mich.«

»Nein.«

»Warum nicht?« Sie hielt das Gesicht abgewandt, starrte in die verlassene Zelle neben der ihren und wußte, daß sie ihn nicht zur Kenntnis nehmen sollte, daß Fragen nur zu Antworten führen würden, und daß sie am Ende wieder die Realität würde zur Kenntnis nehmen müssen.

»Weil ich weiß, was Sie jetzt empfinden. Sich in sich selbst zurückziehen, ist leicht; so wie die Verzweiflung. Aber es hat keinen Sinn. Das haben *Sie* mir gezeigt.«

»Vielleicht hatte ich unrecht. Was gibt es denn sonst noch?«

»Es ändert überhaupt nichts.«

»Wird die Hoffnung das? Das habe ich bereits versucht.« Jetzt sah sie ihn an, ein kurzer, bitterer Blick.

»Sicher ist Hoffnung leichter zu ertragen als Leid.«

»Was soll das denn? ›Zen und die Kunst, elegant zu sterben‹? Mich hat gerade ein Nekrophiler überfallen. Soll ich darin Hoffnung finden?«

»Nein. Aber andere Dinge könnten Sie finden. Wut. Haß.«

»Ist es das, was Sie bei Verstand gehalten hat?« Sie verabscheute die bittere Grausamkeit in ihrer Stimme, aber sie konnte einfach nicht anders. Rossokow schüttelte den Kopf, war nicht verletzt.

»Nein. Aber am Leben hat es mich gehalten. Bis Sie gekommen sind und mir meine Zurechnungsfähigkeit zurückgegeben haben.«

»Und dafür danken Sie mir? Vielleicht wäre das hier leichter zu ertragen, wenn wir beide verrückt wären.«

»Vielleicht wäre es das. Aber es ist noch nicht vorbei. Möglicherweise hat der Wahnsinn mich zu einem Zweck am Leben gehalten, den mein klarer Verstand finden wird.« Seine Stimme klang so ernst, daß Ardeth unwillkürlich lachen mußte.

»Ich glaube das einfach nicht. Da sitze ich halb nackt,

beinahe vergewaltigt und diskutiere mit einem Vampir über Philosophie.«

»Wenigstens hat es Sie zum Lachen gebracht.« Sie sah zu ihm hinüber. Rossokow hatte ein schwaches Lächeln um die Lippen, wirkte amüsiert geduldig.

»Dann hat es das eben. Natürlich habe ich Sie nie lachen sehen.«

»Ich hatte im letzten Monat nichts, worüber ich hätte lachen können. Aber wir lachen schon, glauben Sie mir das. Am Ende sind wir nicht weniger menschlich als wir zu sein wagen. Was immer wir als Sterbliche in uns hatten, besitzen wir auch als Vampire. Was sich manchmal ändert, ist nur die Proportion und die Art und Weise, wie diese Dinge sich ausdrücken.«

»Dann ist es vielleicht gar nicht so schlecht, Vampir zu sein«, sagte Ardeth langsam und griff nach unten, um ihre Unterwäsche wieder hochzuziehen.

»Ein leichtes Leben ist es nicht.« In seinem Tonfall war keine Spur von Ironie zu bemerken, nur die Andeutung einer Warnung.

»Aber es ist ein Leben.«

»Das ist es«, räumte Rossokow ein.

Ardeth versuchte, ihre Bluse zuzuknöpfen. Die meisten Knöpfe waren abgesprungen, und die wenigen, die noch zurückgeblieben waren, konnten sie kaum geschlossen halten. Aber sie war zu müde, sich darum zu kümmern. Sie lehnte den Kopf an die Wand. Sie würden sie töten, so wie sie die anderen getötet hatten. Wie Tony und Conrad. Sie würden ihren Arm ein letztesmal durch die Gitterstangen stecken, und Rossokow, ganz gleich, wie sanft er das tat oder wieviel Vergnügen er ihr damit bereitete, würde sie trockensaugen.

Es war unmöglich, jetzt an Flucht zu glauben. Peterson würde vielleicht das Geheimnis ihres Fluchtversuchs zusammen mit dem seiner eigenen Perversion für sich behalten, aber der Augenblick, der die Zukunft hätte ändern können, war dahin. Sie hatte es versucht und war gescheitert, und jetzt würde sich nie wieder eine Chance bieten.

Sie hatte keine andere Wahl, als hier zu sitzen und auf den Tod zu warten, so wie sie es die ganze Zeit getan hatte, trotz der Illusionen, die sie sich bewahrt hatte. Hier sitzen, bis zuviel Blut aus ihr herausgesaugt sein würde und Peterson kam, um ihren Körper wie einen Preis wegzutragen. Er würde sie zu den anderen werfen . . . Und die Vision eines Haufens nackter, geschändeter Körper, jeder mit einem Pfahl durch die Brust, erfüllte ihr Bewußtsein.

Und ein anderes Opfer würde ihre Stelle einnehmen, würde den Arm durch die Gitterstangen strecken, den Zähnen des Vampirs entgegen.

Der Haß war weißglühend, flammte so plötzlich in ihren kalten, betäubten Nerven auf, daß es ihr beinahe den Atem nahm. Es war mehr als Wut über die Verkettung von Umständen, die sie hierher gebracht hatte. Mehr als Zorn über die Menschen, die mit solcher Gleichgültigkeit Leben beendeten. Sie wollte, daß sie dafür *bezahlten.* Und sie wollte das mehr, als sie je irgend etwas in ihrem Leben gewollt hatte. Oh, Roias so quälen zu können, wie er sie so gleichgültig gequält hatte. Sie malte ihn sich auf den Knien aus, wie er um Gnade flehte (wie sie das nie getan hatte), sah ihn vor sich, wie er sich angsterfüllt unter ihrem wilden, triumphierenden Lächeln wand, der grausamen Glut in ihren Augen . . .

Und dann wußte sie es.

Ardeth richtete sich auf und saß einen Augenblick lang völlig reglos da. Es war Wahnsinn — und die Tatsache, daß sie es so einfach akzeptierte, war noch wahnsinniger. War es jetzt passiert, und sie hatte es gar nicht bemerkt, war jener Augenblick gekommen, wo sie über die Grenze des Wahnsinns gerutscht war? Aber wahnsinnig oder nicht, es war der einzige Ausweg, der jetzt noch blieb.

Sie schlug die Augen auf und sah Rossokow an. Er beobachtete sie von seiner Pritsche aus, und langsam trat die Neugierde in seinen Augen an die Stelle der Sorge. »Würden diese anderen Mädchen . . .« begann sie vorsichtig, »zurückgekommen sein?«

»Nein. Wenn man bloß von der . . . Zuwendung eines Vampirs stirbt, . . . macht einen das noch nicht zum Vampir. Wenn das so wäre, würde es viel zu viele von uns geben. Man muß dazu das Blut miteinander teilen und«, er hielt kurz inne, »kurz darauf sterben. Warum wollen Sie es wissen?«

»Weil ich nicht lebend hier herauskommen werde.« In die Stille hinein gesprochen waren die Worte eine Erleichterung. Sie fühlte sich, als wäre eine große Last von ihr genommen worden, jetzt wo das Gewicht der Entscheidung weg war.

»Ardeth«, begann Rossokow und hielt dann inne, weil es keine Lüge gab, die er ihr anbieten konnte.

»Wenn ich nicht an Blutverlust sterbe, werden sie mich erschießen.«

»Ja.«

»Sie würden nicht damit rechnen, daß ich zurückkomme?«

»Sie pfählen die Leichen«, gab Rossokow langsam zu bedenken.

»Ich weiß. Wenn es nur eine Möglichkeit gäbe, um sicherzustellen, daß das nicht geschieht . . . »

»Und wenn es eine Möglichkeit gäbe?« In seiner Stimme war ein Widerstreben, eine Distanziertheit, die sie nicht ganz verstehen konnte.

»Dann könnten Sie . . .« Sie hielt inne, die Worte wollten sich nicht so leicht einstellen, wie sie gedacht hatte. Es war viel einfacher, um die Dinge herumzureden, viel schwerer, es deutlich auszusprechen. »Sie könnten mich zum Vampir machen. Ich könnte zurückkommen.«

»Ardeth . . .«

»Es ist der einzige Weg«, sagte sie hartnäckig und sah ihn an. In den nach vorne gesunkenen Schultern, dem gebeugten Kopf war Verzweiflung.

»Ich weiß. Ich weiß das schon eine ganze Weile.«

»Warum haben Sie es mir dann nicht gesagt?«

»Ihnen was gesagt? Daß der einzige Weg für mich, aus diesem Kerker zu entkommen, darin besteht, Sie zu töten und Sie in ein Geschöpf zu verwandeln wie ich eines bin und abwarten, bis Sie aus einem Haufen Leichen aufstehen, um zu mir zurückzukommen? Ardeth, so etwas würde ich Ihnen niemals antun. Man hat mich dazu gebracht, hier schreckliche Dinge zu tun, aber so etwas werde ich nicht aus eigenem freien Willen tun.«

»Jetzt ist es mein Wille. Mir macht es nichts mehr aus zu sterben. Aber ich möchte, daß diese Leute dafür bezahlen«, sagte Ardeth, und ihre Stimme klang plötzlich heiß und schneidend. »Ich möchte diesen Bau hier einreißen für das, was die mir, Ihnen und all diesen Mädchen angetan haben. Ich glaube nicht, daß ich leichter ruhen werde, wenn ich weiß, daß ich auch nur ein hilfloses Opfer war.«

»Ardeth, das ist keine einfache Entscheidung«, fing Rossokow an.

»Doch, das ist es. Es ist die einfachste Entscheidung, die ich je treffen mußte. Ich sterbe oder ich überlebe . . . wir *beide* überleben.«

»Dieses Überleben hat einen Preis. Einen Preis, den man nicht ohne Bedauern zahlt.«

»Werden Sie oder ich es weniger bedauern, wenn ich endgültig sterbe?« forderte sie ihn heraus, und er starrte einen Augenblick zu Boden.

»Nein.« Er hob den Kopf und lächelte sie an. »Überlassen Sie das mit den Pfählen mir. Dieses Problem werde ich irgendwie lösen. Wann möchten Sie, daß es geschieht?«

»Jetzt, noch heute nacht.«

»So bald?«

»Wie lange werde ich denn noch aushalten?« Sie mußte es jetzt tun, so lange sie jenseits der Furcht war, die sie passiv gemacht hatte, oder der Hoffnung, die sie dazu bringen konnte, sich zu lang ans Leben zu klammern.

»Also gut, dann jetzt«, stimmte Rossokow schnell zu und erhob sich von seiner Pritsche und trat auf das Gitter zu. Ardeth ging ihm auf zitternden Beinen entgegen, stolperte über die Jeans, die immer noch um ihre Knöchel hingen, ehe sie sie wegtrat, und sank dann zu Boden. Er hob einen Augenblick lang das Handgelenk an den Mund. Als er ihr den Arm hinstreckte, war ein Blutfaden auf der blassen Haut erblüht. Ardeth starrte ihn fasziniert und benommen an, und ihre Hände krampften sich um die Stangen.

Zwei Schritte brachten ihn an den Rand seiner Zelle. Langsam streckte er den Arm aus, bis Unterarm und Handgelenk die Grenze zwischen seinem Kerker und dem ihren passiert hatten. Auf dem kalten Steinboden kauernd, starrte sie die marmorne Hand, die langen, leicht gekrümmten Finger und den blassen Arm mit dem roten, schweren Blut darauf an.

Wenn du es tust, gibt es kein Zurück, dachte sie. Zurück zu was? Jede andere Wahl, die sie getroffen haben könnte, schien jetzt weit entfernt. Das einzig Reale in der Welt war jene rote Linie vor ihr. Ardeth leckte sich die Lippen, wagte nicht, woanders hinzusehen, ganz besonders nicht nach oben, in die Augen des Vampirs.

Sie beugte sich langsam auf den Knien nach vorne, streckte eine Hand aus und verschränkte ihre Finger mit den seinen. Als sie ihre zitternden Lippen über die Wunde legte, hörte sie sein Seufzen wie aus weiter Ferne. Sie brauchte einen Augenblick, um den Rhythmus zu beherrschen, aber dann floß das Blut leicht, warm und seltsam süß. Es füllte ihren Mund, und seine Hitze lief wie Feuer durch ihre Venen. Irgendwo tief in ihrem Inneren spürte sie, wie die letzten Grenzen zerbröckelten.

Als er versuchte, den Arm zurückzuziehen, klammerte sie sich an seinem Handgelenk fest, so wie er das einmal an dem ihren getan hatte. Seine Hand berührte ihr Haar, schien ihren Mund einen Augenblick lang gegen seine offene Vene zu pressen, dann zog er sie sanft weg und flüsterte ihren Namen.

Ardeth hielt den Kopf gesenkt, erschreckt von der völligen Hingabe, mit der sie sich an ihn geklammert hatte. Als Rossokow sprach, merkte sie, daß er sich auf der anderen Seite der Gitterstangen niedergekauert hatte. »Geben Sie mir Ihr Handgelenk.«

»Nein«, wisperte sie, ehe sie sich daran hindern konnte.

»Es ist jetzt zu spät, es sich anders zu überlegen.«

»Das habe ich auch nicht. Aber . . .« Jetzt wagte sie es, zu dem schmalen, umschatteten Gesicht aufzublicken. Sie erinnerte sich daran, wie sein Mund ihre Haut berührt hatte, Fieber und Eis, und der Atem stockte ihr vor Begehren. »Ich will es richtig.«

»Richtig?« wiederholte Rossokow leicht verwirrt. Seine Augen huschten zu den Gitterstangen, die sie trennten, und dann wieder zu ihrem Gesicht. Plötzlich lächelte er, ein etwas überraschtes Lächeln, das die kantigen Linien seines Gesichts weicher machte. Er schob eine Hand durch die Stangen und strich ihr das Haar aus dem Gesicht. Dann verhielten seine langen Finger kurz an ihrem Kinn.

Sie spannten sich um ihre Kinnlade, zogen sie sanft vor, bis sie an den Stangen lehnte. Er drehte sich etwas zur Seite und preßte sich auf seiner Seite der Zelle dagegen. Ein Arm schlang sich um ihre Hüfte. Seinen Körper so nahe zu spüren und zu wissen, nicht noch näher an ihn heranzukönnen, machte sie halb verrückt.

Ardeth schloß die Augen, als Rossokow sie auf den Mundwinkel küßte. Sein Kuß, wie sein Blut, war warm und süß, aber er bedrängte sie nicht, und schließlich war sie es, die ihren Mund unter dem seinen öffnete. Als ihre Zunge seine scharfen Eckzähne berührten, zog er sich ein wenig zurück und lächelte.

Rossokows fing an, ihr Hemd aufzuknöpfen, es über ihre Schultern zurückzuschieben. Am Anfang war das mit den Stangen dazwischen ziemlich mühsam, aber am Ende preßte sie sich dankbar gegen die Stangen, als selbst ihre Knochen unter der Liebkosung seiner kühlen Finger und seines brennenden Mundes zu schmelzen schienen.

Als er den Kopf hob, um sie wieder auf den Mund zu küssen, griffen ihre zitternden Finger durch die Stangen, um sein zerfetztes Hemd zu öffnen. Sein Fleisch war glatt und kühl, aber sie konnte unter ihrer Hand warm und stark sein Herz fühlen. Er sah mit neugierigem Blick zu, wie sie sein Hemd herunterzog und die silbernen Narben erforschte, die seine fahle Haut überzogen wie eine Landkarte der Gefahren, die er in seinem langen Leben überstanden hatte. Sie beugte den Kopf und folgte denselben Linien mit den Lippen, bis sie zur Höhlung seiner Kehle führten. Als sie ihn biß, ging sein weiches Lachen in ein schmachtendes Entzücken über.

Rossokow griff mit einer Hand in ihr Haar und zog ihr den Kopf nach hinten, daß ihr Hals an der Öffnung zwischen den Stangen lag. Ardeth stockte der Atem, als er mit einem Finger über ihren Hals und ihr Schlüsselbein strich. Ein dünner Faden der Angst glitt über ihre Wirbelsäule, eingewebt in den Teppich ihres Begehrens. Aber er sah den unwillkürlichen Zweifel in ihren Augen, und seine Hand wanderte weiter, strich über ihre Brüste, ihre Hüften, ihre Schenkel. Als er sie dann wieder nach vorne zog und den Mund an ihren Hals preßte, zitterte sie vor Entzücken, nicht Angst.

Ich habe keine Angst, dachte Ardeth in plötzlicher Klarheit. Zum erstenmal in meinem Leben habe ich keine Angst. Der Vampir küßte sie, seine Lippen wanderten von ihrer Schulter zu dem weichen geheimen Punkt hinter ihrem Ohr. Plötzlich wollte sie den endgültigen Kuß, das süße, perverse Eindringen, wünschte ihn sich mehr als sie je einen sterblichen Liebhaber begehrt hatte. »Jetzt. Tu es jetzt.«

Er stöhnte und seine Zähne glitten in ihr Fleisch. Ardeth schrie auf, Entzücken und Schmerz mischten sich so einander, daß sie nicht hätte sagen können, wo das eine endete und das andere anfing. Sie zersprang in seinen Armen, immer wieder, ihre Sinne zerbrachen und sortierten sich neu und zerflossen gleich darauf wieder in der Ekstase der Auflösung. Aber jeder Höhepunkt war schwächer als der letzte, bis sie in einer schwindelnden Unterwelt des Entzückens schwebte.

Rossokow hielt sie so fest, daß die Gitterstangen sich hart in ihr Fleisch preßten, aber sie spürte sie kaum. Ich sollte kalt sein, dachte sie, wie aus weiter Ferne, und doch spürte sie nichts als das schwere Gewicht ihrer Glieder. Dann wurde ihr bewußt, daß Rossokow über ihr Haar streichelte, ihr etwas ins Ohr flüsterte. Sie dachte, daß sie versuchen sollte, auf ihn zu hören, aber etwas winkte ihr aus der Dunkelheit zu, rief nach ihr, rief sie von jenseits der Grenzen der Vernunft und des Bewußtseins. Und zum erstenmal in ihrem Leben folgte sie dem Ruf.

11.

Peterson stand vor der Tür und balancierte das Tablett auf der Hand. Er wollte nicht wieder dort hinuntergehen – nicht so lange dieses Ungeheuer dort war.

Es war nicht seine Schuld gewesen. Er hatte nichts dagegen unternehmen können. Sie war so schön gewesen, mit dem aus dem Gesicht gestrichenen Haar und dem Hemd, das an ihrem feuchten Körper klebte. Sie war die erste, die er noch lebend berührt hatte. Es war unglaublich gewesen, ihre kühle Haut, der noch weiche, geschmeidige Körper – so viel erregender als die eisige Starre der anderen. Und dafür, daß sie versucht hatte, ihm so weh zu tun, gebührte ihr nicht anders.

Der Gedanke an sie machte ihn schwankend, kämpfte mit seiner Erinnerung an den schrecklichen, wissenden Blick des Monstrums. Du denkst wohl, daß sie dir gehört, wie? Nun, am Ende wird sie mein sein. Von dieser Erkenntnis beschwingt, öffnete er die Tür.

Als er die halbe Treppe hinter sich gebracht hatte, erkannte er, daß etwas nicht stimmte. Er nahm die nächsten Stufen so schnell er das wagte, verschüttete dabei einen Teil des Orangensafts über das Tablett. An der Tür vor ihrer Zelle blieb er stehen.

Sie lag auf dem Boden, bei den Gitterstangen, die ihre Zelle von der des Ungeheuers trennten. Sie lag auf dem Rücken, trug nur einen weißen Schlüpfer, und ihr Hemd hatte sich geöffnet, so daß man die Kurven ihrer Brüste und die scharfen Ränder ihrer Rippen sehen konnte. Eine Hand, die Finger etwas gekrümmt, lag in der Zelle des Vampirs. Ihre Augen waren geschlossen, aber er wußte, daß sie nicht schlief. Dafür war ihre Haut zu bleich, leuchtete zu weiß, und ihre nackten Brüste bewegten sich nicht.

Peterson stellte das Tablett ab und schloß die Tür auf. Das Verlies rings um ihn verschwamm, ihr auf dem Steinboden ausgestreckter weißer Körper verdrängte alles andere aus seinem Bewußtsein. Er trat neben sie und kauerte sich nieder. Er berührte ihr Gesicht, liebkoste die starren Augenlider und ihre schlaffen Lippen. Seine Hand glitt unter ihren Kopf, und er beugte sich vor, sehnte sich danach, ihre eisigen Lippen zu berühren.

»Peterson.« Einen Augenblick dachte er, es wäre ihre Stimme, die seinen Namen schmachtete. Dann erkannte er, daß sie von der anderen Seite der Gitterstangen kam. Blick jetzt nicht auf, dachte er, aber es war zu spät. Er stürzte in die graue Leere, und das Wispern verschlang ihn.

Er trug ihre Leiche durch den Wald. Sie kam ihm leichter vor als die anderen, ihr Körper war noch weich und biegsam. Der Arm, den er sich über die Schulter gelegt hatte, bewegte sich beim Gehen nicht.

Roias war bei weitem nicht so wütend gewesen, wie Peterson das erwartet hatte. »Dann werden wir eben für heute nacht eins von Ricks Mädchen kaufen. Wir brauchen Seine Hoheit ja nur noch ein paar Nächte bei Stimmung zu halten, dann sind wir ihn für immer los.« Er stand in der Steuerzelle und blickte auf das leere, improvisierte Studio hinaus. »Nun, worauf wartest du? Du weißt doch, was zu tun ist. Und vergiß den Pfahl nicht.«

Der Pfahl und die Schaufel steckten in einem Sack, den er über der Schulter trug. Keine Sorge, du Arschloch, dachte Peterson ärgerlich. Ich werd deinen verdammten Pfahl nicht vergessen. Der kommt nur ganz am Ende, das ist alles.«

Er verlagerte ihr Gewicht auf seinem Rücken, und ihr Kopf rollte ihm auf die Schulter, fast so, als würde sie sich an ihn kuscheln. Sie war die letzte, wurde ihm klar. Jetzt würde Schluß sein müssen, gerade als es anfing, einfach und perfekt zu werden. So sehr er auch das Ungeheuer in dem Verlies haßte, wenn der Vampir ging, war auch mit den Frauen Schluß. Ohne den Vampir würde Roias einfach wieder seine Pornofilme machen, und die Frauen, die darin auftraten, interessierten Peterson überhaupt nicht. Das Ungeheuer besaß Macht — und deshalb haßten ihn sowohl Peterson wie Roias. Die Leute, die über Roias standen, brauchten den Vampir viel dringender als sie Roias brauchten, und das gab dem Monstrum Macht. Das machte Roias zornig, brachte ihn dazu, seine dummen Spielchen mit dem Ultraschall und den Mädchen zu treiben.

Aber das war es, was Peterson mit Neid erfüllte. Der Vampir war alles andere als der glatte Verführer, wie er ihn aus den Filmen in Erinnerung hatte, aber er verfügte dennoch über Macht. Macht über die anonymen Nutten, die Roias in Toronto vom Strich wegschnappte und in die Zelle nebenan steckte, bis sie blaß, durchscheinend und schön wurden. Macht über die verzweifelten Junkies, die in Leseurs Filmen ›Stars‹ waren und sich dann der Umarmung des Vampirs hingaben.

Er hatte es in allen ihren Augen gesehen, in den letzten Momenten; die Sehnsucht nach jenem hageren, grauen Ungeheuer, das schwindelerregende Sehnen nach dem Tod selbst. Die Totenköpfe in Neonfarben, die er auf der Brust trug, schienen sie weder anzuziehen noch ihnen Angst zu machen. Aber in jenen grauen Tod gingen sie alle mit offenen Armen.

Wenn es der Tod war, den sie alle liebten, konnte dann nicht er dieser Tod für sie sein? fragte er sich. Er war besser, er liebte sie mehr als jenes Monstrum, das doch nur ihr Blut haben wollte, um sich an seinem eigenen widerwärtigen Leben festzuklammern. Er wollte *sie,* wollte ihre kühlen Gliedmaßen und ihre reglosen Lippen anbeten.

Er erinnerte sich an die heißen, verächtlichen Augen und hielt die Leiche fester. *Du* wirst verschwinden, dachte er bei der Erinnerung. Roias wird dich wegbringen, und seine Bosse werden mit dir machen, was sie wollen. *Ich* werde immer noch hier sein. *Ich* werde immer noch frei sein. Ich weiß, was jetzt zu tun ist. Und ich weiß, wie ich es anstellen muß.

Er war fast enttäuscht, als er die improvisierte Begräbnisstelle erreichte und sie auf den Boden legen mußte, um ein flaches Grab auszuschaufeln. Sie befanden sich tief im

Wald, der die Anstalt umgab. Der Himmel war bedeckt, und das wenige Licht, das zwischen den Blättern der überhängenden Bäume durchdrang, wirkte kalt und grau. Peterson fröstelte und zuckte dann zusammen, als ein Eichhörnchen vorbeihuschte und die Blätter raschelten. Er haßte den Wald, fürchtete ihn mit dem typischen Mißtrauen des Städters für die scheinbar täuschende Stille, die ihn erfüllte.

Er schaufelte das Grab und mußte dabei ein- oder zweimal die Richtung etwas ändern, als seine Schaufel auf eine der anderen dort vergrabenen Leichen stieß. Als er fertig war, trat er ein paar Schritte zurück, um sein Werk zu betrachten. Es war ein seltsam geformtes Loch, aber er würde sie so verbiegen, daß sie hineinpaßte.

Peterson ging zurück, um sie in die Arme zu nehmen und trug sie zu ihrem neuen Bett. Er legte sie sacht in die flache Grube und wischte ihr die Blätter aus dem Haar. Dann breitete er ihr Hemd aus und betrachtete sie einen Augenblick lang. Ihre schimmernde Haut war von Prellungen verunziert, eine verlief von ihrer Brust bis zum Hüftknochen. Und dann war da ein großer, dunkler Fleck an ihrem Hals, und er drehte ihren Kopf zur Seite, um ihn zu verbergen.

»Ardeth«, flüsterte er, das erstemal, daß er ihren Namen laut ausgesprochen hatte. Sie war die Schönste von allen, selbst wenn man die mitrechnete, die Roias für die Filme gekauft hatte. Ein Leuchten umgab sie, ein silberner Schein, den all die anderen nicht besessen hatten. So schön, daß er ihr alles vergeben konnte, selbst daß sie mit dem Tablett nach ihm geschlagen hatte.

Er legte eine Hand auf die weiche Rundung ihres Bauches und strich dann über ihre Seite, hielt inne, als er ihren Brustkasten erreichte. Eine Brise berührte ihr Haar, ließ es ihr übers Gesicht flattern, daß es so aussah, als hätte ihr Kopf sich bewegt. Petersons Hand erstarrte einen Augenblick lang und legte sich dann über ihre Brust.

Plötzlich konnte er den Gedanken nicht ertragen, das weiche Fleisch, das jetzt seine Hand füllte, mit dem Pfahl zu durchbohren, der in dem Sack an seiner Seite wartete. Roias hat gesagt, das mußt du, erinnerte er sich. Roias braucht es nicht zu wissen, murmelte eine kühle, graue Stimme in den Tiefen seines Bewußtseins.

»Vielleicht«, wisperte er dem von ihm abgewandten Gesicht zu. »Vielleicht, wenn du besonders nett zu mir bist . . .« Er beugte sich vor, um sie zu beobachten, auf das zu warten, was er hinter ihrer entrückten Miene erwartete.

Die Kälte kam plötzlich, wie ein Wind, den er nicht fühlen konnte, und die Schatten der Bäume schienen dichter zu werden, länger, ihr Haar zu liebkosen. Peterson fröstelte und griff nach ihren Schultern, um sie in seine Arme zu ziehen, um sich an ihrem kühlen Fleisch zu wärmen.

Und was ist mit uns? zischte eine Stimme in seinem Bewußtsein, und dann eine andere, wie ein Echo. *Verräter . . . Betrüger . . . du hast gesagt, daß du uns liebst . . . wir haben dich geliebt . . . leg dich hin, und wir werden dich wieder lieben . . .*

Er erstarrte, als das über die Gräber ausgebreitete Laub zu rascheln begann, so als regte sich unter den Blättern etwas.

Komm und liebe uns . . . leg dich zu uns und berühre unsere kalte Haut wieder . . .

Er sah Ardeth an, suchte verzweifelt nach dem Willkommensgruß, den er beinahe wahrgenommen hatte. Er dachte, er könnte ihre Lider zucken sehen, und dann schloß sich eine andere, stärkere Stimme denen der anderen an.

Komm und liebe mich . . . komm und liebe uns in Ewigkeit . . . in alle Ewigkeit . . . ewig . . .

Plötzlich sah er eine Vision vor sich, sah verfaulende Körper, die sich unter den Blättern regten, sah Skeletthände, die ihn herunterzogen und ihn in einer erschrekkenden Parodie seiner geheimsten Träume umarmten.

»NEIN!« schrie er, griff in die Erde, die er neben dem Grab aufgehäuft hatte, und warf sie hinein, um ihre lokkenden Arme und ihr reglos wartendes Gesicht zu bedecken. »Nein. Ich will dich nicht . . . nicht so. Laß mich in Frieden!«

Als sie bedeckt war, griff er sich hastig den Sack und die Schaufel und rannte davon, verfolgt von weiblichem Gelächter, das zwischen den Blättern flüsterte.

Auf halbem Weg zu der Anstalt fiel ihm ein, daß er immer noch den Pfahl bei sich trug. Er wurde langsamer, aber nur bis er ihn in eine schmale Bodensenke geworfen hatte, dann rannte er wieder weiter.

12.

Ardeth erwachte vom Klang ihres geflüsterten Namens.

Sie regte sich ein paar Augenblicke nicht, ließ das Geräusch durch ihr Bewußtsein hallen. Sie dachte nicht daran, wo sie war oder wie sie dorthin gelangt war, lauschte nur der Kadenz ihres Namens; dem sinnlichen Rollen der ersten Silbe und dem abrupten Schluß der zweiten.

Allmählich, während der Ruf verklang, wurde sie sich wieder ihres Körpers bewußt. Sie lag ausgestreckt da, und eine leichte Decke aus . . . etwas . . . bedeckte sie. Aus einem Grund, den sie nicht zu definieren vermochte, wollte sie die Augen nicht öffnen. Sie versuchte zögernd, sich daran zu erinnern, wie sie eingeschlafen war, konnte es aber nicht.

Einen Augenblick später bewegte sie ihre Hand ein wenig und fühlte, wie die kühle Decke, die auf ihr lag, sich auflöste und über ihre Haut glitt. Von dem Gefühl fasziniert, bewegte sie wieder die Hand. Plötzlich durchdrang sie die Decke, und ihre Hand prickelte, als warme Luft sie umgab.

Ich bin unter der Erde, dachte Ardeth, leicht überrascht. Sie bog prüfend die Finger und spürte die schwache Liebkosung der Brise. Ich sollte mich wohl aufsetzen. Als sie es tat, glitten Erde und bereits von einsetzender Fäulnis erfaßtes Laub des vergangenen Herbst mit einem Geräusch von ihr ab, das an das Prasseln von Regen erinnerte.

Die Luft auf ihrer Haut war warm, und sie beugte unbewußt den Kopf nach hinten, so als wolle sie das Gesicht der Sonne entgegen heben. Sie hörte das Rascheln von Blättern und in der Ferne das Zirpen von Grillen. Irgendwo war der klagende Ruf einer Eule zu vernehmen.

Ardeth schlug die Augen auf und starrte nach oben in die überhängenden Äste der Bäume und das silberne Leuchten des Mondes. Es kam ihr überhaupt nicht seltsam vor, daß sie hier in den Tiefen eines Waldes unter einer Decke aus Erde und Blättern lag. Das fleckige Licht war kühl und behaglich. Ich sollte hier bleiben, dachte sie. Ich könnte mich in meine Höhle kuscheln und immer schlafen.

Aber ihr war nicht nach schlafen. Etwas nagte an ihr, die unbestimmte Erinnerung an etwas, das sie tun sollte. In ihr war ein hohles Gefühl, so wie Hunger. Aber wonach sie hungerte, war ihr nicht ganz klar.

Ardeth hob die Hand und wischte geistesabwesend die Erdkrumen weg, die an ihren Wangen und Wimpern klebten. Sie drehte sich etwas zur Seite und spürte unter sich etwas Hartes, Unbequemes. Als sie sich etwas schwerfällig auf Hände und Knie aufrichtete und sich umdrehte, um nachzusehen, was es war, sah sie, daß es eine Hand war.

Die Hand hatte unter ihr in der Vertiefung gelegen, der Arm verschwand unter der Erde. Es war die Hand einer Frau, denn die Nägel waren rot und waren einmal lang gewesen. Jetzt waren sie ausgefranst und kurz, als ob jemand sie gebissen oder damit an einer Wand gekratzt hätte. Das Fleisch war angeschwollen und leuchtete im Mondlicht gespenstisch grün.

Ardeth starrte die Hand einen Augenblick an. Sie hatte keine Angst. Die Hand war tot, und was hatte der Tod mit ihr zu tun? Wessen Hand war das, überlegte sie mit dem oberflächlichen bewußten Teil ihres Verstandes. Eine der anderen, kam die Antwort aus der Tiefe in ihr. Was für andere? fragte sie sich unruhig. Warum hatten sie sie hierher gebracht mit einer toten Hand?

Sie runzelte die Stirn und betrachtete die Hand unruhig, als würde sie eine Antwort signalisieren. Die anderen, diese ›sie‹, an die ihr Unterbewußtsein gedacht hatte, hatten etwas mit dem geflüsterten Ruf zu tun, den ihr Bewußtsein gerade wieder wahrnahm. Sie hob den Kopf etwas und lauschte der weit entfernten Stimme.

Er wollte sie, er rief sie. Sie war noch nicht sicher, wer er war, aber an dem Wispern war etwas verlockend Vertrautes. Fast konnte sie Augen sehen, die sie betrachteten, und ihre Haut prickelte in Erinnerung einer Liebkosung. Warte auf mich, dachte sie in die sie umgebende Dunkelheit hinein, ich komme.

Der Wald war vom Mondlicht und ihrer wachsenden Erregung hell, nur das Knistern trockener Zweige erinnerte sie daran, daß ihre Füße den Boden berührten, als sie sich bewegte. Ardeth blickte nach unten und sah zu, wie ihre Füße, ihre Beine sich bewegten. Sie trug nur ein Hemd und ihren Slip. Das Hemd war beschmutzt und schien vor dem beinahe phosphoreszierenden Leuchten ihrer Haut stumpf. Plötzlich blieb sie, neugierig geworden, stehen und griff sich mit der Hand ans Gesicht. Sie fühlte sich wie immer an – Lippen, Nasen, Augen, Brauen. Ihr Haar war verwirrt, und sie spürte das brüchige Knistern von Blättern, als sie mit der Hand darüber strich. Sie hatte angefangen, an den schlimmsten Knoten zu ziehen, um ihr Haar zu entwirren, als der Ruf in ihr Bewußtsein drang, diesmal eindringlicher. Als sie ihren Namen hörte, ließ sie die Hände sinken und setzte sich wieder in Bewegung, verfiel automatisch in einen gleichmäßigen, federnden Laufschritt.

Dann war plötzlich das Gebäude vor ihr, ließ sie am Waldrand taumelnd anhalten. Im Mondlicht wirkte es riesig groß, die zwei langen Flügel zu beiden Seiten erweckten in ihr den Eindruck von Armen, die sich ihr entgegenstreckten. Reihen blinder Fenster sahen sie an. Sie war dort gewesen, das wußte Ardeth, aber sie konnte sich nicht daran erinnern, es so gesehen zu haben. Wenn ich dort war, warum erinnere ich mich dann nicht an diesen Anblick, wunderte sie sich. Weil du eine Binde über den Augen getragen hast, als die dich gebracht haben.

Plötzlich erinnerte sie sich, die Treppe die grausamen Hände, ihre gefesselten Arme. Bei dem Gedanken daran überkam sie Wut, tauchte das Bild in Rot. *Sie* waren dort drinnen, die mit den harten Händen und den spöttischen Worten. Die, die ihr weh getan hatten. Und ihm.

Ardeth blieb einen Augenblick stehen, ihr Atem ging ruckartig, ihre Zähne waren gefletscht. *Er* war noch in dem Gebäude, eingeschlossen, rief nach ihr. Langsam kam die Erinnerung zurück. Sie erinnerte sich an ein Gesicht, kantig elegant, an hungrige Augen und einen warmen, süßen Mund. Erinnerte sich an die scharfen Küsse und die Dunkelheit, die sie eingehüllt hatte. »Ich komme«, flüsterte sie, und ihre Stimme tönte wie ein heiseres Krächzen.

Sie rannte quer über den Hof auf das Gebäude zu, als sie die Nase des Lieferwagens aus dem Schuppen auf der einen Seite der Rasenfläche hervor ragen sah. Wieder überflutete sie eine Erinnerung, die Erinnerung an den Geruch von Bier und Benzin und eine lange, finstere, von Schrecken erfüllte Reise. Ardeth wechselte plötzlich die Richtung und rannte über die Einfahrt. Ihre Füße waren nackt, aber der scharfe Kies hinterließ keine Spuren. Sie fühlte keinen Schmerz.

In dem dunklen Schuppen starrte sie den Wagen an. Es war wichtig, daß keiner von *ihnen* entkam. Nicht Roias, nicht Wilkens und nicht Peterson. Die Namen hallten in ihrem Bewußtsein und beschworen neue Erinnerungen herauf. Sie sah Wilkens die lange Treppe herunterkommen, sah Roias, wie er sich über ihre blutende Hand beugte. Nein, ganz besonders Roias nicht, dachte Ardeth und griff dann unter die Motorhaube des Lieferwagens und klappte sie auf, so daß der Motor frei vor ihr dalag. Sie zerrte daran, riß wie wild an Drähten und Teilen. Als sie fertig war, wischte sie sich die ölbeschmierten Hände am Hemd ab und trat zurück, um den verstümmelten Motor anzusehen. Es war so einfach gewesen, daß ihr die Vorstellung Mühe bereitete, sie sei einmal nicht imstande gewesen, mit solcher Leichtigkeit Metall zu verbiegen.

Berauscht von dem Gefühl ihrer Kraft, ging sie auf die Treppe zu, die ins Innere des Gebäudes führte. Der Irrenanstalt, erinnerte sie sich. Und mit der Erinnerung stellte sich Vorsicht ein, und sie ging leise die Stufen zur Tür hinauf. Die Tür war nicht abgesperrt, ächzte aber, als sie sie öffnete. Ardeth zwängte sich hinein und rannte, barfuß und lautlos, auf die Treppe zu und kauerte sich in ihren Schatten. In der leeren Stille konnte sie ferne Herzschläge spüren, die sich zu einem gleichmäßigen Dröhnen vereinten. Das Geräusch sank unter ihre eigenen Rippen und weckte aufs neue den hohlen Hunger, der dort lauerte.

Niemand schien ihr Eindringen bemerkt zu haben, und deshalb verließ sie ihr Versteck und trat in das abgedunkelte Foyer. Am Ende des langen Korridors konnte sie eine rostige mit schweren Schlössern versperrte Tür sehen. Durch diese Tür hatten sie sie geschleppt und dann über die Treppe nach unten, erinnerte sie sich. Hatten sie in die Finsternis hinuntergeschleppt, wo er wartete. Er wartete immer noch, und sie eilte auf lautlosen Katzenpfoten die Halle hinunter. Sie zerrte an den Metallriegeln, hantierte an den schweren Schlössern herum, aber selbst mit ihrer neugewonnene Stärke war sie nicht imstande, die Tür zu öffnen.

Roias hatte die Schlüssel, erinnerte sich Ardeth. Und Wilkens und Peterson. Einer von ihnen würde bald vorbeikommen, um die Gefangenen in ihren obszönen Spielen auszulachen, zu quälen oder zu mißbrauchen. Sie drängte die Wut zurück, die sie empfand, indem sie sich auf die Unterlippe biß. Sie mußte ruhig bleiben, mußte sorgfältig und vernünftig planen. Sie verfügten über Waffen, die sie gegen sie einsetzen konnten, Messer, Pistolen. Sie hatten sogar Waffen, mit denen sie *ihm* weh tun konnten. Sie durften keine Chance bekommen, an diese Waffen zu gelangen.

Weit entfernt, jenseits der Reichweite der Gangbeleuchtung, hörte Ardeth einen Schritt. Sie erstarrte, hob den Kopf, um Witterung aufzunehmen, als in der Stille das gleichmäßige doppelte Klopfen eines Herzschlags zu vernehmen war. Es war einer von *ihnen,* und er kam, um nach dem Gefangenen zu sehen. Sie huschte in eine der Türnischen, die den Korridor säumten, und preßte sich in den Schatten, den das schwache, unregelmäßige Licht warf.

Er summte vor sich hin, das nervöse, unruhige Geräusch, mit dem ein Mensch nach uraltem Brauch die Dunkelheit und ihre Schrecken zu verdrängen sucht. Als er an Ardeth' Versteck vorbeikam, sah sie, daß es Peterson war. Er wühlte in seinen Taschen nach dem Schlüssel.

Einen Augenblick lang war Ardeth so verwirrt, daß sie erstarrte. Was mache ich? überlegte sie benommen. Was ist mit mir geschehen? Sie griff sich an den Mund, um nicht aufzuschreien, und schloß verzweifelt die Augen. Was ist mit mir passiert? jammerte ihr Bewußtsein erneut.

Plötzlich war ein fast musikalisches Klirren zu hören, und sie schlug die Augen wieder auf. Peterson hatte die Schlüssel fallen lassen und kauerte jetzt, ihr den Rücken zuwendend, auf dem Boden, um sie aufzuheben. Jetzt, schrie eine Stimme in ihrem Bewußtsein, sie war nicht sicher, ob es ihre oder die des anderen war, und sie bewegte sich, ohne zu denken. Ihr Körper verfügte über eigenen Instinkt und tat, was nötig war. Ein Arm schlang sich um Petersons Schultern und riß ihn zurück, der andere hob sich und preßte ihm die Hand über den Mund.

Er wehrte sich, seine Hände packten sie am Unterarm und versuchten, sich zu befreien, aber sie war stärker, als sie beide ahnten. Wie sie so mit ihm kämpfte, spürte Ardeth, wie wieder die rote Wut in ihr aufstieg. Dieser Mann hatte sie gefangen gehalten, hatte versucht, sie zu vergewaltigen, hatte von dem Geruch des Todes, den sie an sich hatte, sein krankhaftes erotisches Vergnügen bezogen. Sie haßte ihn so, wie sie noch nie im Leben irgend etwas gehaßt hatte, und wollte ihm weh tun, wollte ihn wenigstens einen Bruchteil der Pein spüren lassen, die sie empfunden hatte.

Sie hatte keine Waffen, und ihre beiden Hände waren damit beschäftigt, den um sich schlagenden Mann festzuhalten. So schien es ihr in ihrer bitteren Wut die natürlichste Sache der Welt, ihre Zähne in den Hals zu graben, der sich vor ihrem Gesicht darbot.

Das Blut überraschte sie, als es ihr in einem kräftigen Strahl in den Mund schoß. Fast wäre sie zurückgefahren, aber dann erfaßte sie seine berauschende Süße, fuhr ihr wie ein elektrischer Strom durch alle Nerven. Benommen schluckte sie, und die Wärme erfüllte sie. Petersons erstickten Schrei hörte sie kaum, noch spürte sie seine verzweifelte Gegenwehr. Sie ertrank förmlich in dem Blut, das ihre Wut überspülte und sie nährte und zugleich die Leere füllte, die sie empfand.

Langsam hörten Petersons Zuckungen auf, seine Füße

beruhigten sich. Ardeth hob den Kopf und atmete in tiefen Zügen. Der Geschmack des Blutes verweilte süß in ihrem Mund. Was hab ich getan? fragte sie sich, kannte aber die Antwort. Sie hätte erschreckt sein müssen. Die Person, die sie einmal war, wäre das gewesen. Aber sie verspürte keinen Schrecken und kein Bedauern. Sie fühlte nur Befriedigung und die Wärme der gestillten Feuer in ihr.

Sie mußte den Körper bewegen. Sie fand die Schlüssel unter ihm und sperrte die Eisentür zum Keller auf. Mit ihrer neu gewonnen Kraft kostete es sie keine Mühe, seinen Körper durch die Tür zu wuchten. Sie warf ihn über den Treppenrand und wartete auf das schwere, befriedigende Plumpsen, als er unten auftraf. Dann blieb sie stehen, zog die Tür hinter sich zu und blickte nach unten.

Er war da, stand in seiner Zelle, wartete auf sie. Er hatte jetzt in ihrem Bewußtsein einen Namen, und sie erinnerte sich, was er war. Was sie war. Ardeth ging langsam die Treppe hinunter, spürte Rossokows argwöhnischen Blick. Sie ging auf die Zelle zu, in der er wartete und beugte sich dann vor, um den Schlüssel ins Schloß zu schieben. Als die Tür aufschwang, blickte sie zu ihm auf.

»Ardeth.« Ihr Name war nicht mehr als ein Flüstern, und doch fühlte er sich wie ein Schrei der Bekräftigung an.

»Ich bin zurückgekommen«, sagte sie langsam. Er nickte und trat auf sie zu. Sie konnte ihn immer noch in ihrem Bewußtsein fühlen, wie die Erinnerung an einen Duft, der in der Luft hing.

Als er sie küßte, fühlte sie nichts von dem Begehren, das sie in der vergangenen Nacht fast umgeworfen hätte, sondern vielmehr eine tiefere, süßere Befriedigung. Sie klammerte sich an dem Kuß fest. Als er von ihr ließ, sah sie etwas von Petersons Blut auf seinen Lippen. Die Erinnerung daran, wie es ihren Mund gefüllt hatte, ließ sie die Lippen zu einem kalten, tigerhaften Lächeln verziehen. Rossokows Grinsen folgte dem ihren, aber langsam, als wäre es das Symptom einer Krankheit, die mit Petersons Blut übertragen wurde, und als beginne er gerade erst, die Wirkung des Fiebers zu spüren, das in ihren Venen brannte.

»Die anderen«, sagte er.

»Die anderen . . .« kam es wie ein Echo von ihr, und dann lächelte sie wieder, entzückt von dem Gefühl, wie ihre Lippen sich von ihren scharfen Zähnen zurückschoben.

13.

Roias war in der Zelle, seiner ganz persönlichen Zuflucht. Draußen im Studio wanden sich zwei Frauen auf dem mit roten Laken bezogenen Bett, während Kameraleute sie wie gierige Haie umkreisten. Roias nahm die Szene kaum wahr. Die alltägliche Kost der Firma hatte jeglichen Reiz für ihn verloren, seit er seine ›Spezialitäten‹ entdeckt hatte.

Aber das neigte sich dem Ende zu. Rookes Anruf in jener Nacht hatte daran keinen Zweifel gelassen. Sie würden ›die Ware‹ in zwei Tagen abholen. Das bedeutete, daß er gut daran tat, den Grafen zu füttern. Er sah zu den Frauen hinaus. Er würde wieder einen Riesen ausspukken müssen, um Greg eines der Mädchen abzukaufen, aber das war ein kleiner Preis, wenn er damit verhindern konnte, daß Rooke zornig wurde. Zum Teufel, schließlich war es Rookes Geld.

Wenigstens war dieses Miststück Alexander tot. Wenn Rooke gekommen wäre, so lange sie noch am Leben war . . . Roias schob den Gedanken beiseite. Seine Anweisungen hatten eindeutig darauf gelautet; das Mädchen sofort töten. Aber es wäre wirklich jammerschade gewesen, auf diese Chance zu verzichten. Es war einfacher gewesen, sie zu benutzten, statt Greg wieder Geld in den Rachen zu stopfen oder sich irgendeine Hure von den Straßen zu schnappen. Rooke war ein gemeiner Saukerl — und das alte Miststück, für das er arbeitete, sollte angeblich sogar noch schlimmer sein. Aber was er nicht wußte, tat ihm auch nicht weh. Jetzt war sie tot und konnte keinen Schaden mehr anrichten, und ihm war sogar die Mühe erspart geblieben, ihr eine Kugel durch den Kopf zu jagen.

Trotzdem war an ihrem Tod etwas Beunruhigendes gewesen. Das Bild des blassen, beinahe nackten Körpers, wie er auf dem dunklen Steinboden lag, schien über sein Spiegelbild im Fenster zu huschen. Der Vampir hatte sie getötet, daran gab es keinen Zweifel. Sie hatte ein deutliches Wundmal am Hals gehabt und andere an den Brüsten und den Hüften. Das Monstrum selbst hatte auf seinem Bett gesessen, die eisigen Augen so glasig und desinteressiert wie eh und je. Aber Roias hatte hinter der gletscherhaften Oberfläche jenes Blicks etwas gespürt, irgendeine Erwartung, die ihn beunruhigte. Warum hatte Alexander zugelassen, daß der Vampir sie nahm? fragte er sich. Hatte sie am Ende begriffen, daß sie sie in jedem Fall töten würden, und sich für ein schnelles Ende entschieden? War sie einfach zu einem Zeitpunkt, wo Seine Hoheit in besonders wilder Stimmung war, zu nahe an die Gitterstangen gekommen? Was auch immer der Grund gewesen sein mochte, der Graf hatte ihr den Tod nicht leicht gemacht. Er dachte an die Spuren auf der weißen Haut und verspürte ein pochendes Begehren. Zu schade, daß er dort unten keine Kameras installiert hatte. Das hätte einen ganz besonderen ›Spezialitäten‹-Film gegeben. Nicht daß er mit den dreien, die er gemacht hatte, nicht gut verdient hätte. Natürlich war der Markt für so etwas beschränkt, aber bei dem Preis, den er für ein einziges Band erzielte, war das kein Problem. Und es war reiner Profit; er hatte den Kameramann und Leseur mit Firmengeld bezahlt und die Einnahmen der Filme persönlich eingesteckt.

Er zündete sich eine weitere Zigarette an und sog den Rauch genüßlich ein. Rooke würde dieses Projekt bald abschließen, das stand für ihn fest. Keiner dieser Jobs dauerte je lang. In ein paar Wochen würde er einen neuen Standort ausfindig machen, neue Beschaffungskanäle für das Rohmaterial (sein Blick fiel wieder auf die verschlungenen Glieder auf dem Bett). Dieser Ort hatte seinen Zweck erfüllt, und er war seiner verdammt müde. Die lange Fahrt von der Stadt, dann die Tage, die er praktisch als Gefangener in den leeren Korridoren verbrachte, das alles hatte seine Wirkung auf ihn nicht verfehlt. Der nächste Standort würde in der Stadt liegen, wo er die Welt wieder hören konnte. Er vermißte die rauchigen Nächte in den Bars, vermißte die Freiheit, nach Belieben kommen und gehen zu können, vermißte die Gelegenheit, andere Gesichter als die von Peterson, Leseur und den anderen sehen zu können, die ihm zunehmend lästig wurden.

Roias lehnte sich in seinen Sessel zurück und versuchte, sich Leseurs letztes Machwerk anzusehen. Es konnte ihn immer noch nicht erregen, und nach einer Weile stand er unruhig auf und ging an die Tür und fragte sich, ob in der Küche wohl noch Bier war. Er kostete die angenehme Kühle des Alkohols bereits auf der Zunge, als ihm klar wurde, daß sich der Türknopf in seiner Hand zwar gedreht, die Tür aber nicht geöffnet hatte. Er zog noch einmal daran, aber sie bewegte sie nicht. Es gab kein Außenschloß, was hielt die Tür also geschlossen? Und was noch wichtiger war, wer hatte das getan? Nicht Wilkens. Vielleicht Peterson. Der Junge war den ganzen Tag so komisch gewesen, fand er, jetzt, wo er daran dachte. Er hatte versucht, die Kratzer in seinem Gesicht abzudecken, als er totenbleich und zittrig von der Begräbnisstelle zurückgekommen war. Vielleicht war das die Vorstellung, die dieser kleine Idiot von Spaß hatte. Verdammt komisch, aber sobald hier Schluß war, würde das der kleine Scheißer gar nicht mehr so komisch finden.

Nachdem er ein paar Augenblicke lang an der Tür gerüttelt hatte, entschied er, daß er Leseur bitten mußte, ihm jemanden heraufzuschicken. Er kehrte an die Steuerkonsole zurück und schaltete die Sprechanlage ein. »Leseur«, rief er und schaltete das Gerät dann auf Empfang. Und hörte die Schreie.

Einen Augenblick dachte er, es sei der Film, dachte, Leseur hätte in letzter Minute beschlossen, ein wenig S&M einzufügen. Dann erkannte Roias, daß da mehr als eine Stimme schrie und einige davon waren Männerstimmen.

Er war mit einem Sprung am Fenster und konnte noch sehen, wie Leseur über und über blutig die Treppe heruntertaumelte, die zu dem erhöhten Bett führte. Auf der obersten Stufe stand der Vampir. »Verdammte Scheiße«, flüsterte Roias, als die hagere Gestalt sich blitzschnell herumdrehte und die Blondine schnappte, die von dem Bett herunterkriechen wollte. Der Vampir zerrte sie auf die roten Seidenlaken zurück, und sie schrie so lang, bis der Schlag des Vampirs den Ton abstellte.

Eine Bewegung in der anderen Ecke des Raums fiel Roias auf. Fernandez rannte auf die Tür zu. Er hatte sie fast erreicht, als eine Gestalt aus der Ecke hervorkam und ihn ansprang. Roias hatte ganz kurz den Eindruck von einem gemusterten Hemd und einer blonden Mähne, ehe Angreifer und Angegriffener zusammen zu Boden stürzten. Einen Augenblick lang dachte Roias, Fernandez könnte es schaffen, während er sich über den anderen Mann wälzte. Dann warf der Kameramann den Kopf in den Nacken und heulte, ein schriller Schrei, der in gurgelndem Stöhnen endete. Sein Körper wurde beiseite geschleudert, und der Angreifer erhob sich unter ihm. Das

Hemd war nicht gemustert, es war weiß. Die roten Flekken waren Blut. Die Gestalt in diesem widerwärtigen Kleidungsstück war unleugbar weiblichen Geschlechts; er konnte dort, wo das Hemd zerrissen war, ihren Busen sehen, und ihre Beine waren lang und wohlgeformt. Er zwang sich, seinen Blick nach oben zu ihrem Gesicht zu heben. Unter dem schweren Make-up aus Blut und Schmutz gab es keinen Zweifel an ihrer Identität.

»O Gott«, stöhnte er und rannte zur Tür zurück. Alexander. Es war dieses verdammte Alexander-Miststück. Peterson hatte sie nicht gepfählt. »Wilkens!« Er drückte mit beiden Händen gegen die Metalltür. »Peterson! Verdammte Scheiße, man soll mich hier rauslassen!« Er hämmerte immer noch gegen die Tür, als die Schreie aus der Sprechanlage verstummten. Hilflos ging Roias ans Fenster zurück.

Sie waren alle tot – Leseur, die zwei Schauspieler, die zwei Kameramänner. Ihre Leichen waren wie Marionetten im Studio herumgeschleudert worden. Um Fernandez, Leseur und die Brünette hatten sich Blutpfützen gebildet. Der Kopf der Blondine hing in einem unmöglichen Winkel über die Bettkante herunter. Die beiden Vampire waren nirgends zu sehen.

Vielleicht wissen sie nicht, daß ich hier bin, dachte Roias verzweifelt, aber die verklemmte Tür strafte seine Hoffnung Lügen. Hatten sie Wilkens und Peterson bereits getötet? Er mußte davon ausgehen. Er mußte davon ausgehen, daß er mit diesen zwei Ungeheuern alleine hier war. Er ging zur Tür zurück und schob den Riegel des Innenschlosses vor; er konnte sie ebensogut aussperren, wie sie ihn einsperren konnten.

So, und was benutzte man, um Vampire zu töten? Pfähle, Kreuze, Knoblauch? Ja, wo war sein Kruzifix, wenn er es brauchte? Abgelegt, vor langer Zeit, mit jedem Anschein des Glaubens seiner Kindheit. Zu schade, daß er das Ultraschallgerät nicht hatte. Damit würde er die Biester schnell stoppen können. Roias erstarrte, sah auf die Monitore und die Konsole. Vielleicht konnte er etwas tun . . .

Er stand über die Konsole gebeugt und versuchte verzweifelt, sich an irgend etwas zu erinnern, das er vielleicht auf der Oberschule gelernt hatte, als die Tür zu klappern begann. Er hielt den Atem an . . . aber sie blieb geschlossen. Er hatte also noch ein paar Augenblicke, ein paar Augenblicke, seinen Plan in die Tat umzusetzen.

Er war fast mit seiner Überlegung fertig, erinnerte sich ungefähr daran, welche Knöpfe er drücken mußte, um die Maschinerie dazu zu bringen, ein ohrenbetäubendes Heulen von sich zu geben, als das Fenster vor ihm zerbarst Splitter prasselten wie ein glitzernder Regen auf ihn herab, und er taumelte nach rückwärts, die Arme in die Höhe gerissen. Als er sie wieder senkte, konnte er sie durchs Fenster steigen sehen. Er hörte die Scherben unter ihren Füßen knirschen, als sie auf dem Boden der Zelle landete, aber sie zuckte nicht einmal. Wie hatte sie das geschafft? fragte er sich. Und dann erinnerte er sich an das Gerüst unter dem Fenster.

»Hallo, Roias«, sagte sie und lächelte mit roten Lippen. Er sah die scharfen Dolche ihrer Zähne und spürte, wie seine Eingeweide sich vor Angst umdrehten. »Sie haben wohl nicht geglaubt, daß ich zurückkommen würde, oder? Wo Sie doch ein so bezaubernder Gastgeber waren.«

»Hören Sie, ich . . .« Er verstummte. Was konnte er zu ihr sagen? Daß es nicht seine Schuld war? Sag ihr irgend etwas, dachte er verzweifelt, sag ihr alles, was du mußt.

»Richtig, Roias, ich werde zuhören. Sie werden mir alles sagen.«

»Ich weiß überhaupt nichts.«

»Wer hat Sie engagiert?«

»Ich weiß nicht«, beharrte Roias und wünschte, er könnte sich davon abhalten, vor ihr zurückzuzucken, als sie ihm näher trat, ihn immer weiter von der Konsole wegtrieb und damit auch von seiner verblassenden Hoffnung, eine Waffe gegen sie zu finden. Ihre Augen leuchteten hell und gierig, und ihre Lippen öffneten sich, um die Zunge über den blutigen Mund huschen zu lassen.

»Wozu wollte er Rossokow?«

»Rossokow?«

»Wer ist . . . oh, ich weiß nicht. Ich schwöre, ich weiß es nicht.«

»Sie mögen doch Blut, nicht wahr, Roias?« fragte sie wie beiläufig und rückte wieder näher. Er spürte, wie seine Knie ihm den Dienst versagten, und brach zusammen. Die Glasscherben auf dem Boden schnitten ihm ins Fleisch, durch den Stoff seiner Jeans hindurch, aber er spürte es kaum. »So lange es das Blut eines anderen ist. Ihre Arbeit macht Ihnen Spaß. Diese Filme haben Ihnen gefallen. Es hat Ihnen doch Spaß gemacht, ihn zu foltern, oder?«

»Ich habe ihm Nahrung gegeben«, sagte er verzweifelt. Sie stand über ihm, aber er brachte es einfach nicht fertig, zu ihr aufzublicken. Statt dessen starrte er ihren blutbeschmierten Schenkel an.

»Wie freundlich von Ihnen. Ich mag natürlich jetzt auch Blut. Ganz besonders, wenn es das Blut eines anderen ist. Werden Sie mich mit Nahrung versorgen, *mich,* Roias?« Ihre Stimme war ein verführerisches Schnurren, halb Drohung, halb Versprechen. Er hörte seine letzte Chance. Ein Boß war schließlich genauso gut wie der andere. Er konnte beiden gleich gut dienen. Er schloß die Augen und traf seine Wahl.

»Ja«, flüsterte er. »Ich werde Sie nähren. Ich werde alles tun, was Sie wollen.« Er beugte sich vor, küßte sie auf den blutigen Schenkel, zwang sich, nicht daran zu denken, wessen Blut er von ihrer kühlen Haut leckte. Sie ließ ihn eine Weile gewähren, bis er nach dem dünnen Streifen seidigen Stoff griff, der ihm den Weg versperrte.

Dann packten ihre Hände sein Haar und zerrten ihn auf die Füße. »Das würde dir gefallen, wie?« sagte sie wild und ihre Augen glitzerten rot. »Du könntest Blut für mich finden, wenn ich deines nicht mehr mag. Ich könnte dich vielleicht sogar zusehen lassen. Nun, kommt nicht in Frage, du gottverdammter Saukerl, kommt gar nicht in Frage.«

Sie schwang ihn an seinem Haar herum, und er schrie immer noch vor Schmerz, als sie ihn auf die zackigen Spitzen des zerschlagenen Fensters stieß. Der neue Schmerz war tiefer, schärfer, als er je für möglich gehalten hätte, und sein Atem reichte nicht aus, um aufzuschreien, als die Dunkelheit durch seine Augen schlitzte.

14.

Ardeth kletterte ohne Mühe an dem Gerüst herunter und sah sich nicht nach Roias' Leiche um, die aufgespießt in den Überresten des Fensters hing. Sie hatte darauf verzichtet, sein Blut zu kosten; der Gedanke daran bereitete ihr Übelkeit.

Einen kurzen Augenblick lang erfaßte sie Bedauern darüber, daß ihre Wut sie davon abgehalten hatte, ihn weiter zu befragen — aber ihn zu töten war um ein Vielfaches befriedigender gewesen als seine widerwärtige Berührung zu erdulden.

Rossokow wartete auf sie; er stand neben dem Bett. Sie hielt inne und sah auf die ringsum verstreuten Leichen. »Sind noch mehr da?« fragte sie und vertraute auf seine geübtere Wahrnehmung. Er schüttelte den Kopf. Er war sehr ruhig, aber sie spürte, daß er am Rande des Wahnsinns zitterte, daß der Tod ihrer Peiniger seinen Blutrausch nur teilweise gestillt hatte.

Aber in ihr war eine Wildheit, die sie mit einer Kraft und Selbstsicherheit erfüllte, die schwindelerregend berauschend war. Sie streifte das blutgetränkte Hemd ab und warf es auf den Boden. Da war immer noch Blut auf ihrer Haut und in ihrem Haar, aber das machte ihr nichts aus.

Rossokows Augen glänzten, heller, als sie die Sonne in Erinnerung hatte, während sie neben ihn auf das Podest stieg. Er streckte ihr die Hände entgegen, ließ sie über ihre Schultern an ihren Hals wandern und umfaßte dann ihr Gesicht. Sie drehte sich um und küßte seine vom Blut dunklen Finger.

Auf dem Bett neben der Leiche der Blonden gaben sie sich ihrer Liebe hin, ekstatisch, wie Wölfe, die sich nach dem Töten paaren.

Ardeth schlug die Augen auf, sah sich im Blick einer toten Frau widergespiegelt. Einen schrecklichen Augenblick lang war sie von den glasigen schwarzen Marmoraugen und der stumpfweißen Haut hypnotisiert. Das bin ich, dachte sie, das ist es, was aus mir geworden ist. Sie sah sich in einer plötzlichen Vision durch die Augen der toten Hure, zwei leblose Netzhautpaare, die den Tod hin und her spiegelten.

Dann regte sich etwas hinter ihr, und sie spürte, wie etwas Warmes gegen ihren Rücken drückte, verspürte das Gewicht des Armes, der über ihrer Hüfte lag. Sie drehte sich um und blickte in ein anderes Augenpaar, diesmal grau und unleugbar lebendig. Erstaunt legte sie die Hand auf die blasse, von Narben überzogene Brust und spürte den Doppelschlag seines Herzens. Er ahmte die Bewegung nach und drückte, bis sie den Schlag ihres eigenen Herzens an seiner Hand ebenso deutlich verspürte, wie sie das seine wahrnahm.

»Ardeth . . .«, sagte er leise, mit einer Stimme, die ruhig und gelassen war, obwohl seine Augen wachsam blickten. Ardeth erinnerte sich, rief sich all das, was geschehen war, und alles, was sie jetzt war, ins Gedächtnis zurück. Sie lächelte und lag in seinem Arm, räkelte sich auf der roten Seide des Bettes. Seine Hand liebkoste sie und fiel dann widerstrebend herunter. »Wir müssen hier weg, ehe andere kommen.«

Ardeth blickte auf die Leiche am Fußende des Bettes und sah sich dann im Saal um. Ihr Blick blieb an Roias' Leiche hängen, die auf der zackigen Zinne des Fensters aufgespießt war. »Laß sie.«

Rossokow nahm ihr Gesicht in die Hände und zwang sie, seinem ernsten Blick zu begegnen. »Junge Frau, wir sind nicht unverletzbar. Ganz besonders jetzt nicht. Wir müssen sehr vorsichtig und geschickt sein. Hast du von Roias irgend etwas Wichtiges erfahren können?«

»Nein, ich habe ihn bloß getötet.« Das war ein Fehler gewesen und das wußte sie, aber das Wissen reichte nicht aus, um den Trotz aus ihrer Stimme zu verbannen.

»Wer meinst du, wird das hier finden?« fragte Rossokow nach einem langen Schweigen, das seine Mißbilligung beredter zum Ausdruck brachte als das Worte vermocht hätten.

Ardeth runzelte die Stirn, versuchte, über das triumphierende Gemetzel hinauszudenken, das hier stattgefunden hatte. »Ihre Bosse oder Komplizen.«

»Werden sie das den Behörden melden?«

»Das ist unwahrscheinlich. Dann würden sie es ja erklären müssen.«

»Gut. Und was ist mit den Filmen?«

»Die haben sie wahrscheinlich bereits verkauft. Aber es wird ihnen ohnehin niemand glauben.« Sie entzog sich seinem Griff und sprang vom Bett, entzückt von der Kraft und dem Selbstvertrauen, das sie empfand. »Worüber machst du dir Sorgen? Sie sind alle tot.« Sie drehte sich im Kreis, um die im Raum verstreuten Leichen alle in ihre weit ausholende Armbewegung einzuschließen.

»Ardeth«, begann Rossokow geduldig. »Es gibt vieles, was du über dieses Leben lernen mußt. Aber das Allerwichtigste ist Vorsicht. Die Folgen auch nur eines einzigen Fehlers können fatal sein.«

Sie seufzte. Er hatte natürlich recht, aber Vorsicht schien ihr jetzt etwas völlig Fremdartiges, ein ungewolltes Überbleibsel aus einem Leben, das sie in einem flachen Grab im Wald begraben zurückgelassen hatte.

»Wahrscheinlich gibt es hier irgendwo Originalbänder«, räumte sie ein, »die sollten wir löschen.«

»Dann müssen wir sie finden. Aber zuerst«, plötzlich lächelte Rossokow amüsiert, »solltest du Kleider für dich finden. So wie du bist, lenkst du mich zu sehr ab.«

Sie lachte und drehte sich um, um ihn anzusehen. Er saß auf dem zerwühlten Bettlaken und schlüpfte gerade in seine Hosen. Das war eine so alltägliche Geste, so menschlich, daß ihr plötzlich das Herz von einem undefinierten Sehnen schmerzte. »Ich hatte nicht geglaubt, daß Vampire sich von anderen Vampiren angezogen fühlen«, sagte sie schnoddrig, um der Intensität ihrer Gefühle entgegenzuwirken.

»Das ist eine Theorie, die wir vor einer Weile widerlegt haben. Ich muß gestehen, *das* hatte ich nicht erwartet.« Unter dem lockeren Humor in seiner Stimme konnte sie einen Hauch von Unsicherheit hören. Bis vor einem Augenblick hatte Ardeth nicht über den Hunger nachgedacht, den sie für ihn empfand; sie hatte ihn begehrt, als sie gelebt hatte, und deshalb schien es nur natürlich, daß sie ihn auch noch wollte, nachdem . . . obwohl der Genuß von ganz anderer Art gewesen war, war es seltsam befriedigend gewesen. »So, und jetzt geh und such dir saubere Kleider. Komm dann wieder hierher, dann suchen wir diese Originalbänder.«

Sie verharrte kurz am Rand des Podests, wollte ihn nicht verlassen, stieg dann aber über den ausgestreckten Körper der toten Schauspielerin und strebte auf die Tür zu.

In der Schauspielergarderobe fand sie eine schwarze Hose, die ihr nur ein wenig zu weit war, und ein Paar einigermaßen bequem sitzende, kurze schwarze Stiefel. Sie musterte einen Augenblick lang die zwei Tops, die über den Stuhl drapiert dalagen, tat sie dann aber amüsiert ab, denn weder das schwarze Bustier noch der BH-Top im Leopardenmuster würden ihr passen. Schließlich entschied sie sich für ein weißes Hemd, das sie in einem der anderen Räume fand. Es mußte Petersons Zimmer gewesen sein, nach dem Durcheinander von Heavy-Metal-Cassetten auf dem Boden zuschließen. Ein Totenschädel mit wirrem grünen Haar starrte sie an. Er hatte ein solches T-Shirt besessen, erinnerte sie sich, und wieder durchflutete sie heiße, weißglühende Wut. Sie trat wild nach dem Haufen Tonbandcassetten, daß die einzelnen Schachteln über den Boden glitten. Das stillte ihre Wut etwas, und dann stand sie mitten im Raum und atmete tief, bis sie sich ganz gelegt hatte.

Es war Zeit, zu Rossokow zurückzukehren, den obszönen Beweis seiner Existenz auf Videoband zu finden und zu zerstören. Nicht daß jemand es wirklich glauben würde, dachte sie, sie würden das alle für einen Spezialeffekt halten. Aber er hatte recht, das Band war zu gefährlich, als daß sie es zurücklassen durften, wo der Rest der Bande oder die Polizei es finden konnte. Sie würden auch den Film in den Kameras im Studio zerstören müssen, für den Fall, daß auch etwas von dem Gemetzel dort aufgezeichnet worden war.

Rossokow war im Studio. Er hatte auch neue Kleidung gefunden, ein teures weißes Hemd, das in starkem Kontrast zu einer abgewetzten schwarzen Jeans stand. An die Kameras hatte er bereits gedacht — sie lagen inmitten eines Haufens herausgerissener Filme zertrümmert auf dem Boden.

»Reicht das, um diese Filme zu zerstören — oder sollten wir sie verbrennen?« erkundigte er sich und Ardeth lächelte.

»Ich denke, das wird reichen. Jetzt müssen wir noch die Originalbänder finden und irgendwelche Kopien, falls es die gibt. Lieber würde ich freilich den ganzen Bau in Brand stecken.« Der Gedanke an die brennende Irrenanstalt vor dem Nachthimmel ließ sie wieder lächeln, wenn auch nicht besonders freundlich.

»Das würde mir auch Freude machen, aber es würde zu viel Aufmerksamkeit erwecken; also — wie sehen diese Originalbänder aus?«

Sie fand sie in dem Raum neben Roias' Allerheiligstem. Vier Regale mit Videobändern säumten über den Kopiergeräten eine Wand. ›Geständnisse eines Schulmädchens‹, ›Robohure‹. ›Heiße Betten‹. Dann gab es drei Bänder, die nur mit ›V1‹, ›V2‹ und ›V3‹ gekennzeichnet waren. Ardeth nahm sich ›V1‹ und schob die Cassette in einen der Videorecorder und schaltete den Fernsehmonitor ein.

Im schnellen Vorlauf wirkte die Folterung des dunkelhaarigen Opfers fast komisch, aber trotzdem verdeckte der schnelle Ablauf der Szene den Schrecken nicht ganz, und Ardeth spürte, wie schwarze, tief befriedigende, drückende Wut in ihr aufstieg.

Wie in dem Film, den man sie anzusehen gezwungen hatte, kam Rossokow erst am Ende heraus. Sie schaltete den Recorder auf Normalgeschwindigkeit und starrte die skelettartigen Züge und die heißen, brennenden Augen an. Vor ihrem Auge sah sie ihn so wie bei der ersten Begegnung, und sie spürte den distanzierten Schauder erinnerter Angst. Rossokow beugte sich über sie und drückte auf ›Stop‹. »Genug«, sagte er mit brüchiger, leiser Stimme. »Zerstöre sie.«

Ardeth stellte das Gerät auf Rücklauf und starrte die verschwommenen Bilder auf dem Bildschirm an. Sie könnten die Bänder löschen, aber das würde Zeit in Anspruch nehmen. Es mußte einen einfacheren Weg geben. Sie sah sich im Raum um, und ihr Blick fiel auf eine weitere Maschine, die mit ›Videotape Löscher‹ beschriftet war. Sie ging zu dem Gerät und entdeckte ein Schild mit der Warnung, das Gerät nicht zu nahe bei Videobändern aufzustellen.

Sie ging zu dem Recorder zurück, nahm das zurückgespulte Band heraus und versuchte, es über das Löschgerät zu ziehen. Dann schob sie es wieder in den Recorder und sah auf dem Bildschirm nur Rauschen, unterbrochen von einigen wenigen verschwommenen Bildern und Tonfetzen. Sie lächelte in den Bildschirm, der ihr Spiegelbild wiedergab. »Das sollte genügen«, erklärte sie und zog die beiden anderen V-Bänder über das Gerät. Nach kurzer Überlegung ließ sie den restlichen Bändern die gleiche Behandlung angedeihen.

»Willst du sie alle vernichten?« fragte Rossokow, der sie interessiert beobachtete.

»Ja, ich denke, das sollten wir tun. Sonst machen diese Dreckskerle bloß noch mehr Geld damit.« Als sie fertig war, prüfte sie die Vampirbänder noch einmal. Sie waren alle leer. »Wir sollten für alle Fälle auch noch im Regieraum nachsehen.«

Ihren vereinten Kräften hielt das Schloß an der Tür zu Roias' letztem, Zufluchtsort nicht stand. Ardeth trat in die Zelle. Während unter ihren Füßen Glas knirschte, stöberte sie herum und überprüfte die einzelnen Maschinen und Schränke, ob noch weiteres Material vorhanden war. Als sie sich überzeugt hatte, daß es dort keine Aufzeichnung von Rossokows Existenz gab, wandte sie sich zum Gehen und bemerkte plötzlich eine schwarze Lederjacke, die über einer Stuhllehne hing. Sie warf dem leblos im Fensterrahmen hängenden Körper einen Blick zu, lächelte und schlüpfte dann in die Jacke.

Ardeth schickte sich gerade an, in den Korridor hinauszugehen, als sie Stimmen hörte. Sie trat unter die Tür, bis sie Rossokow sehen konnte, der in den Korridor blickte. »Ich habe gefragt«, hallte eine Stimme außerhalb ihrer Sichtweite, »wer zum Teufel Sie sind? Wo ist Roias?«

»Roias ist unerwartet abberufen worden. Ich vertrete ihn jetzt.«

»So? Na schön, ich bin gekommen, um mein Honorar abzuholen.« Ardeth erkannte die Stimme, erinnerte sie sich daran, wie sie aalglatt eine verzweifelte junge Frau belog.

»Ihr Honorar?«

»Ja, für die Mädchen. Sie behalten sie beide, oder wie?«

»Ich verstehe. Auf welches Honorar haben Sie sich mit Roias geeinigt?«

»Zehntausend Dollar für die beiden. Das heißt, wenn Sie sie behalten. Sonst je tausend Dollar für den Film – aber dann will ich sie zurück haben.«

»Ah, dann sind Sie der Kuppler. Ich verstehe.« Rossokows Stimme klang weich und gefährlich. »Sagen Sie, wissen Sie, was Roias mit denen macht, die er behält?«

»Er setzt sie in seinen Filmen ein, denke ich. Hören Sie, mir ist scheißegal, was er mit ihnen macht. Ich muß weiter. Also geben Sie mir das Geld, oder geben Sie mir die Mädchen«, brauste Greg auf, aber unter dem drohenden Tonfall konnte Ardeth einen Hauch von Unsicherheit wahrnehmen.

»Ich muß Ihnen leider sagen, daß es einen Unfall gegeben hat. Die Frauen sind tot.«

»Dann will ich mein Geld.« Rossokow trat einen Schritt nach vorn und entzog sich damit Ardeth' Blick. Ihre Muskeln spannten sich, und sie trat weiter in den Korridor hinauf.

»Sie haben den Tod nicht verdient. Aber *Sie* verdienen ihn.« Ein schlurfendes Geräusch war zu hören, dann Gregs Schrei. Ein Schuß knallte und ließ Ardeth in den

Korridor rennen. Die schrille Wut in ihrem Bewußtsein übertönte das verhallende Echo des Schusses.

Rossokow stand über Greg und starrte auf die Leiche herab, deren Kopf in einem unnatürlichen Winkel verdreht war. Die tote Hand hielt immer noch den Revolver. Ardeth blieb stehen, und Rossokow blickte auf. »Alles in Ordnung«, beruhigte er sie, ehe die Frage über ihre Lippen gekommen war. Sein Hemd hatte an der Schulter ein Loch, das ein dünner, roter Rand umgab. »Das heilt in wenigen Augenblicken.« Die rote Flut in ihr ging zurück, und Ardeth sah einen Augenblick lang in Gregs verzerrtes Gesicht. »Nun«, meinte sie schließlich, »das löst ein anderes Problem.«

»Oh?«

»Er muß einen Wagen haben. Ich fürchte, all die anderen, die schon hier waren, habe ich ruiniert.« Er sah sie erwartungsvoll an. »Ich wollte nicht, daß sie fliehen konnten«, erklärte sie verlegen und zog die rationale Erklärung der Realität ihrer blinden Wut vor, die jeden logischen Gedanken ausgeschaltet hätte.

»Ein Wagen . . . weißt du, wie man fährt?«

»Ich bin eine Weile nicht mehr gefahren, aber ich bin sicher, daß ich uns damit zur Stadt zurückbringen kann. Sobald ich herausgekriegt habe, wo wir sind, heißt das.« Sie beugte sich vor und durchsuchte Gregs Taschen und holte seine Wagenschlüssel und die Brieftasche heraus, die fast tausend Dollar in Bargeld enthielt. Ardeth zögerte einen Augenblick, das Gespenst einer schon lange toten Moral zupfte an ihr, bis ihr klar wurde, wie absurd ihr Widerstreben war. Mit einem schwachen Lächeln stopfte sie sich die Geldscheine in die Vordertasche ihrer Jeans. Auch seine Uhr nahm sie sich und ersetzte die zerbrochene Hongkongkopie an ihrem Handgelenk durch seine schwere Rolex. Sie sah sich in dem dunklen Korridor um und spürte einen Druck hinter ihren Augen, so als glühten sie. »Sehen wir zu, daß wir aus diesem verdammten Bau herauskommen.«

15.

Gregs Wagen parkte mitten in der Einfahrt, eine letzte Trotzgeste gegenüber Roias. »Das sieht ja aus wie etwas aus einer Geschichte von Wells oder Jules Verne«, meinte Rossokow, und Ardeth erinnerte sich, daß die einzigen Autos, die er je zu Gesicht bekommen haben konnte, allerersten Prototypen gewesen sein mußten.

»Nun, sie sehen nicht alle so aus«, sagte sie nach einem Blick auf den silbergrauen BMW. Sie hatte angenommen, daß Greg einen ausgefalleneren Wagen fahren würde, etwas teures Europäisches; einen Porsche oder Ferrari etwa. Dann erinnerte sie sich an die zwei Frauen, die tot im Studio lagen, und bedachte, daß ein Zuhälter Passagierraum nötiger hatte als Image.

Als sie dann in den grauen Plüschpolstern Platz genommen hatten, strich sie zögernd mit der Hand über das Steuer. Es lag wenigstens fünf Jahre zurück, seit sie zuletzt ein Automobil gesteuert hatte. Das war im Haus ihrer Eltern in Ottawa gewesen. Gott sei dank war der BMW mit einem Automatikgetriebe ausgestattet. Sie hätte keine Ahnung gehabt, wie sie mit einer Schaltung umgehen mußte. Aber bald stellte sie fest, daß die alten Reflexe noch da waren, und verspürte ein geradezu sinnliches Vergnügen, als sie den Wagen über die kreisförmige Zufahrt steuerte.

Sie schaltete die Scheinwerfer ein und fuhr durch die lange, von hohen Bäumen gesäumte Zufahrt. Das konnte nicht die Straße gewesen sein, die Roias und Wilkens auf der endlosen Fahrt zu der Anstalt benutzt hatten; dazu war sie zu glatt. Als sie das Ende der Zufahrt erreichte, bestätigte sich ihr Verdacht. Vor ihr ragten zwei rostbedeckte eiserne Torflügel auf, die mit einer Kette und einem Vorhängeschloß zusammengehalten wurden. Hohe Steinmauern flankierten sie.

Ardeth fluchte und legte den Rückwärtsgang ein und schaute zurück, um sich im Licht der Rückfahrscheinwerfer zu orientieren. »Du fährst zurück?« fragte Rossokow, der sich ebenfalls umgedreht hatte.

»Eigentlich hatte ich vor, durchzubrechen«, erwiderte sie und drehte sich dabei wieder um und fing etwas von ihrem irren Grinsen im Rückspiegel auf. Sie ließ ihm keine Zeit, Widerspruch einzulegen, sondern trat das Gaspedal durch und zielte mit dem Wagen auf das Tor, spürte, wie Adrenalin in ihr aufstieg. Es spülte die Stimme weg, die ihr Warnungen zuflüsterte und sie daran erinnerte, daß so etwas nur im Film funktionierte.

Der Wagen erfaßte erfaßte das Tor mit beinahe sechzig Meilen die Stunde, und wenn auch die Wucht nicht ausreichte, um die Kette zu sprengen, so genügte sie immerhin, um die verrosteten Angeln zu zerbrechen. Einen Augenblick lang war Ardeth' Bewußtsein vom Knirschen von Metall und dem Anblick schwarzer Gitterstangen erfüllt, die über den Wagen flogen. Dann war der BMW frei, und sie riß das Steuer wie wild herum, um nicht in den Graben zu fahren.

Sie bremste scharf, daß der Kies aufspritzte, und brachte den Wagen quer zur Fahrbahn zum Stehen. Sie atmete tief durch und blickte auf ihre Hände, die das Steuer hielten. Sie waren ganz ruhig. Ihr Herz schlug wie wild, aber dann erkannte sie,in schnell verfliegender Überraschung, daß das Erregung, nicht Angst war. Sie hatte keine Angst gehabt. Einen Augenblick lang gab sie sich genüßlich dieser Erkenntnis hin und sah dann zu Rossokow hinüber.

Er saß ganz still auf dem Beifahrersitz, hielt sich mit einer Hand am Türgriff fest. Das Weiße verblaßte von seinen Knöcheln. »Nun«, sagte er nach einer Weile, »das war *tatsächlich* schneller als umzukehren.« Er warf einen Blick auf das Tor, das wie ein zerbrochener Flügel über die Einfahrt hing. »Wir sollten das wieder gradestellen, so gut es geht.«

»In Ordnung.« Als sie aus dem Wagen gestiegen war, warf Ardeth einen Blick auf die vordere Stoßstange und entschied, daß die Beulen nicht zu auffällig waren.

»Ich nehme an, das war etwas, wofür diese Fahrzeuge nicht konstruiert sind«, bemerkte Rossokow vorsichtig.

»Wahrscheinlich nicht«, räumte sie ein und verspürte einen Anflug von Belustigung darüber, wie beiläufig er ihr bestätigte, daß seine weißen Knöchel gerechtfertigt gewesen waren.

Nach ein paar Augenblicken des Manövrierens schafften sie es, das Tor wieder in die richtige Stellung zu den Steinmauern zu bringen und so festzuklemmen, daß es auf einen flüchtigen Blick unversehrt erschien. Ardeth trat ein paar Schritte zurück und musterte ihr Werk kritisch. Vermutlich war der Verkehr auf dieser Straße unbedeutend und beschränkte sich hauptsächlich auf Ortsansässige. Und die würdigten das Tor wahrscheinlich keines Blickes, für sie war es Teil der Umgebung. Roias' Komplizen hatten nur die hintere Zufahrt benutzt. Es würde also wahrscheinlich Wochen dauern, bis jemand den Schaden bemerkte.

Ardeth blickte wieder auf den Wagen. Wahrscheinlich sollten sie einsteigen und einfach losfahren, darauf vertrauend, daß sie irgendeine Ortschaft oder ein Straßenschild erkannten und damit ihre Orientierung zurückgewinnen würden. Sie blickte zum Himmel auf und bedauerte, daß sie nie irgendwelche Astronomiekurse belegt hatte. Sie wußte nicht einmal mehr, wo der Große Wagen zu finden war.

Rossokow folgte ihrem Blick und erkannte sofort die Ursache ihres unzufriedenen Blicks. »Dort ist Norden«, sagte er und deutete auf die Anstalt, die hinter ihnen lag. »Nützt dir das bei der Lösung deines Dilemmas?«

»Nun, ich weiß zwar immer noch nicht, wo wir sind, aber wenn wir nach Süden fahren, werden wir über kurz oder lang auf etwas stoßen, das ich erkenne, und wenn es nur der See ist.«

»Du willst also immer noch zur Stadt zurück?«

»Du nicht?« konterte sie. »Willst du nicht herausfinden, wer über dich Bescheid weiß und wieviel?« Sie hielt inne, trat einen Schritt auf ihn zu. »Willst du nicht, daß sie bezahlen?« Er schüttelte leicht den Kopf und sah dann noch einmal zum Himmel. »Dann fahr uns nach Süden, Kind«, sagte er und lächelte, aber sie konnte bei der herrschenden Dunkelheit erkennen, daß sein Lächeln an den Rändern etwas ausgefranst war, »und versuche, dabei weiteren versperrten Toren aus dem Wege zu gehen.«

Ardeth zwang sich, sein Lächeln zu sehen und nicht seine Traurigkeit, und ging zum Wagen zurück.

Sie fuhren schweigend über die finsteren Nebenstraßen. Sie bog nach links, einfach, weil der Wagen in die Richtung zeigte, und nahm dann die erste asphaltierte Straße, die sie fand, nach Süden. Die Scheinwerferbalken des BMW waren das einzige, was sich in der Landschaft bewegte, und auch fast das einzige Licht. Hier und da konnte man auf den Feldern ein Terrassenlicht erkennen, und einmal passierten sie ein Haus, dessen sämtliche Fenster beleuchtet waren, und das vor dem dunklen Hintergrund der Nacht wie ein beleuchtetes Puppenhäuschen wirkte.

Und dann tauchte unter den Schildern mit Straßenbezeichnungen, Entfernungen und Bevölkerungszahlen eines auf, das ihr hilfreich war: Toronto, 100 Kilometer. Sie bog nach rechts in eine vierspurige Straße, fand dann eine Ausfahrt und jagte den BMW auf einen fast verlassenen Highway. Im Westen leuchtete der Himmel wie von der Morgendämmerung. »Was ist das?« fragte Rossokow.

»Die Stadt.« Als sich wieder Schweigen über sie legte, ahnte sie den Abgrund der Jahre, vor dem er stand. Die Stadt mit Gasbeleuchtung war zu einer von Kernkraft versorgten Metropole geworden, deren Lichter man vom Weltraum aus sehen konnte und die die Reinheit der Nacht verdrängten.

Erschüttert griff sie nach dem Radioknopf und füllte die Leere zuerst mit Rauschen und dann mit dem Radau einer Heavy-Metal-Band. »Ich hoffe, das ist nicht das, was dieses Zeitalter als Musik bezeichnet«, sagte Rossokow in nur teilweise vorgetäuschtem Schrecken, und sie lachte.

»Manche Leute tun das. Gewöhnlich langhaarige, pickelgesichtige heranwachsende Jungs.« Die Beschreibung rief die Erinnerung an Peterson und seine T-Shirts mit den Totenschädeln herauf. Ardeth drehte schnell weiter, vorbei an Rock 'n' Roll-Klängen und Werbespots, bis sie die vergleichsweise Behaglichkeit von Mozart fand. »Ist das besser?«

Er nickte, wandte aber den Kopf zur Seite und starrte zum Fenster hinaus, und das Schweigen, von dem jetzt der Zauber genommen war, lastete doppelt so schwer. Die Musik endete irgendwo in den Vororten, und die Stimme des Ansagers meldete sich mit den Nachrichten und verkündete, daß es zwei Uhr morgens sei. Ardeth ließ die letzten Neuigkeiten aus Osteuropa, dem Nahen Osten und dem Parlament an sich vorbeiziehen. Für sie schien ein ganzes Leben verstrichen zu sein, aber in der Welt waren es nur ein paar Tage gewesen. Sehr wenig hatte sich verändert.

»Die Polizei erbittet weiterhin die Hilfe der Öffentlichkeit auf der Suche nach Ardeth Alexander, die seit Dienstag abend als vermißt gemeldet ist. Wer die achtundzwanzigjährige Studentin seit letztem Dienstag gesehen hat, sollte die Polizei unter 555-3636 anrufen.«

Kein großer Nachruf. ›Eine achtundzwanzigjährige Studentin.‹ Sie überlegte, wer sie wohl als vermißt gemeldet hatte. Carla? Sara? Aber eigentlich war es nicht wichtig. Sie ahnten weder, was ihr widerfahren, noch wann sie verschwunden war. Leichte Bitterkeit überkam sie bei dem Gedanken an ihre großartigen und doch so hoffnungslosen Rettungspläne. Zu denken, daß sie sich daran geklammert hatte, wo ihre Retter doch nicht einmal gewußt hatten, daß sie Rettung brauchte.

Rossokow hatte seine Aufmerksamkeit von den dunklen Lkws und Trucks abgewandt, die draußen an ihnen vorbeihuschten. »Ardeth«, fing er an und sie zuckte die Achseln, als wollte sie eine Hand abschütteln, die sich auf ihre Schulter gelegt hatte.

»Das ist nicht wichtig. Ich bin nicht verschwunden.«

»Du kannst nicht nachhause gehen. Das weißt du. Wo immer uns du heute hinbringst, es kann nicht dein Zuhause sein.«

»Ich *will* nicht nachhause«, sagte sie, die Hände fest um das Steuer verkrampft. »Sollen die doch weiter nach Ardeth Alexander suchen. Ardeth Alexander ist tot.«

»Lang lebe Ardeth Alexander«, sagte Rossokow mit einem Lächeln, aber sie konnte hinter seinem Humor den leichten Spott fühlen. Und die Warnung.

»Lang lebe Ardeth Alexander«, wiederholte sie und sah dann die Abzweigung zum Don Valley Parkway. Der BMW überquerte drei leere Fahrspuren und bog in den Parkway ein.

Ein Stück nördlich der Bloor Street hielt sie an. Hier war die ausgebrannte Ruine einer verlassenen Ziegelei, die wegen den Bäumen und des Unkrautes nicht eingesehen werden konnte. Hinter den verrostenden Überresten irgendwelcher alten Maschinen schaltete sie den Motor ab. Über den tickenden Lauten, mit denen er abkühlte, glaubte sie das leise Zischen des spärlichen Verkehrs auf dem Highway hören zu können und dahinter das noch schwächere Flüstern des Flusses, der sich langsam und träge seinen schlammigen Weg zum See bahnte.

Über kurz oder lang würde man den Wagen finden und eine Verbindung zu Greg herstellen. Würde man je die Verbindung zu ihnen erkennen? Sie blickte auf ihre Hände, die bleichen Finger, die auf dem ledernen Steuerrad ruhten. »Fingerabdrücke . . . wir müssen meine Fingerabdrücke beseitigen.«

Rossokow nickte und suchte in seinen Taschen herum, suchte, wie ihr plötzlich klar wurde, nach dem Taschentuch, das Männer in seiner Vergangenheit immer bei sich getragen hatten. Es überraschte sie nicht, daß er in den Tiefen seiner gestohlenen Kleidung nur ein zerfetztes Papiertaschentuch ausfindig machte. Ardeth schlüpfte aus ihrer Jacke, nahm einen Ärmel ihres Hemds und riß ihn mit Zähnen und Nägeln am Ellbogen ab. Sorgfältig rieb sie mit dem Tuch über das Steuerrad, die Blinkerhebel und Lichtschalter sowie die Schnalle ihres Sitzgurts. Als sie den Wagen verließ, behandelte sie die Türgriffe, Schlösser und Fensterrändern auf dieselbe Weise.

Dann schlüpfte sie wieder in ihr Jackett und sah zu Rossokow hinüber, der auf der anderen Seite des Wagens stand. »Was machen wir jetzt?«

»Wir müssen irgendeinen Ort finden, wo wir den Tag verbringen können; in ein paar Stunden setzt die Dämmerung ein.«

»Was für einen Ort?«

»Ein verlassenes Gebäude, einen Tunnel. Zu allermindest einen Ort tief zwischen den Bäumen, wo keiner hinkommt.«

»Ich weiß nicht, was in dieser Senke ist.« Sie runzelte die Stirn und versuchte, sich zu erinnern, was sie von der Untergrundbahn aus gesehen hatte, die hier unter der Brücke nach Süden verlief. »Weiter hinten sind verlassene Häuser und Läden. Wenn wir jetzt losgehen, wird es nicht lange dauern.«

»Dann geh.« Sie sah ihn scharf an. »Wir können nicht zusammen bleiben.«

»Warum nicht?«

»Das wäre für dich gefährlich. Du hast recht. Dies war nicht Roias Plan. Jemand anderes hat all das geplant. Die wissen von meiner Existenz. Du . . . sie glauben ohne Zweifel, daß du in der Anstalt eines normalen Todes gestorben bist. Nach dir werden sie nicht suchen.«

»Wenn sie noch hinter dir her sind, ist das ein Grund mehr für uns, zusammen zu bleiben. Du kennst diese Stadt nicht mehr. Nicht einmal dieses Jahrhundert kennst du.« Die Worte kamen grausamer und brutaler heraus, als sie es vorgehabt hatte, von der Furcht geschärft.

»Ich werde schon zurechtkommen«, erwiderte er trocken. »Wenn du dich erinnerst, habe ich in diesen Dingen einige Jahre Erfahrung.«

»Und was ist mit mir?«

»Du wirst auch zurechtkommen. Du mußt nur vorsichtig sein. Geh nicht nachhause; geh nirgends hin, wo die Leute dich erkennen könnten. Niemand darf wissen, daß du noch lebst.«

»Und was ist, wenn ich nicht gehe? Du kannst mich nicht daran hindern, dir zu folgen«, meinte sie.

»Doch, das kann ich. Du bist sehr jung, und du bist mein Blut. Ich kann dich zwingen – und das werde ich, wenn ich muß.« Seine Stimme war hart, und die grauen Augen blickten kalt und fern. »Wir sind Einzelkreaturen. Es ist gut für uns, das nicht zu vergessen.«

»Daran erinnerst du dich jetzt, wo du bekommen hast, was du wolltest«, sagte Ardeth bitter.

»Es war deine Entscheidung. Und ich habe nichts versprochen.«

»Nein.« Einen Augenblick lang herrschte Stille, so als warte er darauf, daß sie noch etwas sagte. Sie biß die Zähne zusammen, um die Worte in sich festzuhalten. Dann wandte er sich schließlich ab und ging auf die Bäume zu.

»Verdammt soll er sein«, flüsterte sie, »verdammt, verdammt, verdammt.« Er hatte die ganze Zeit gewußt, daß er sie verlassen würde. Du wirst sehen, du wirst sehen, daß es nicht so einfach ist, wie du glaubst. Du wirst dir wünschen, daß ich bei dir wäre. Sie fragte sich, ob er ihre giftigen Gedanken hören konnte, aber die sich entfernende Gestalt blieb nicht stehen. Es wird dir leid tun, daß du mich verlassen hast.

Plötzlich erinnerte sie sich an das gestohlene Geld, das in ihrer Tasche steckte. Einen Augenblick lang erwog sie, alles zu behalten; die Vorstellung, wie Rossokow ohne irgendwelche Mittel in dem Labyrinth der modernen Welt herumtappte, bereitete ihr bitteres Vergnügen. Dann erinnerte sie sich an das kalte, gnadenlose Verlies, die noch kältere,unversöhnliche Zukunft, die sie dort gesehen hatte, und das Vergnügen zerschmolz in Schmerz.

»Warte«, rief sie leise und rannte ihm nach. Er hielt inne und drehte sich um, wartete, bis sie ihn eingeholt hatte. »Roias' Geld – nimm es.« Sie drückte ihm die Scheine in die Hand, und er strich sie glatt, starrte die farbigen Scheine mit dem Gesicht einer Königin, die er nicht erkannte, neugierig an.

»Und was ist mit dir?« Für einen Augenblick lang glaubte sie Bedauern in seiner Stimme hören zu können.

»Ich werd schon wieder welches kriegen.«

Rossokow schüttelte den Kopf und zählte sorgsam fünfhundert Dollar ab. Das war der letzte Schnitt, und sie protestierte, nahm aber schließlich die Scheine und stopfte sie sich in die Jackentasche. Er trat zurück, tauchte in den dunklen Wald. »Dimitri . . .« Ihre Stimme glitt vom Flüstern in einen Schrei und blieb ihr dann in der Kehle stecken.

Nichts ist für immer, flüsterte etwas in ihrem Bewußtsein, so leise, daß sie nicht sicher war, ob es ihr Gedanke oder seiner war. Nicht einmal für Vampire.

»Dies wird nicht für immer sein«, sagte sie zu der Dunkelheit. »Du wirst sehen.«

Wie ein Hai

She's hungry all the time
— she do the Shark Walk.

Sie ist immer hungrig
— sie bewegt sich wie ein Hai

Aus dem Tagebuch von Ambrose Delaney Dale
15. Mai 1898

Ich bin ein wenig vorangekommen, aber es geht sehr langsam. Man möchte nicht glauben, daß es so viele Europäer in der Stadt gibt. Trotzdem habe ich die Suche etwas präzisieren können — von ein paar hundert Männern weiß ich bereits, daß sie nicht in Frage kommen. Collins' Leute haben nichts gefunden, trotz der vielen Nächte, die sie die Tavernen und Straßen ausgekundschaftet haben. Keiner hat den Mann, den ich suche, gesehen, oder sie erinnern sich nicht daran.

Meine eigenen Recherchen haben nur zu qualvoll obskuren Hinweisen geführt. Es gibt nur wenig verläßliche Literatur über das Thema und, selbstverständlich, keinerlei wissenschaftliche Studien. Die Bücher von Summers und Calvert enthalten nichts Substantielles, was mir bei meiner Suche helfen könnte. Aber in älteren Werken habe ich ein paar Fäden gefunden, die es wert sind, daß man sie weiterverfolgt. Es gibt Berichte von unsterblichen Alchimisten, wie den berüchtigten St. Germain, und deshalb habe ich eine Untersuchung der Frachtbriefe unserer Zug- und Schiffahrtslinien eingeleitet, um nach jenen Ingredienzen zu suchen, die für solche Arbeit importiert werden müssen. Gewisse Vorgänge in Paris, die zwanzig Jahre zurückliegen, deuten auf einen russischen Adeligen, und meine Agenten auf dem Kontinent sind dort gemeinsam mit den Behörden darum bemüht, die Wahrheit ans Licht zu bringen.

Henry macht sich darüber natürlich lustig und bezeichnet als törichte Vergeudung unserer Mittel. Er bedrängt mich nach wie vor, unsere Mühlen und Schiffahrtslinien auszuweiten und drängt mich, eine der in Not geratenen Finanzgesellschaften in der City zu erwerben. Er glaubt natürlich, daß ich nichts über seine anderen Machenschaften weiß – und über die ›Anlagen‹, die er sowohl an die Amerikaner als auch an die Spanier zum Einsatz in ihrem Krieg verkauft. Wir geben vor, über die Geschäfte des anderen jeweils nicht Bescheid zu wissen – und so ist es auch besser.

Carstairs hat mir gerade einen Brief meines Berliner Agenten vorgelegt. Er enthielt eine Liste mit Namen von Männern, die dort mit Zauberei und Mord in Verbindung gebracht wurden, und dazu historische Hinweise auf Vampirismus, soweit er sie hat in Erfahrung bringen können. Vierzig Namen – aber das ist besser als vierhundert. Ich werde Collins kommen lassen und dafür sorgen, daß seine Männer in Toronto die Suche nach Trägern dieser Namen aufnehmen.

Carstairs ist wieder da – der Arzt wartet im Salon. Wenn er sich wieder über meinen unregelmäßigen Herzrhythmus äußert, wie er das immer tut, werde ich mir Mühe geben müssen, nicht zu lachen. Wessen Herz würde schließlich nicht schneller schlagen, wenn das, wonach es sich sehnt, in greifbare Nähe gerückt ist?

16.

Sie ging nach Hause. Sie wußte nicht, was sie sonst hätte tun sollen.

Die Wohnung war dunkel und still, so wie sie sie vor einer Woche verlassen hatte. Ardeth schaltete die Gangbeleuchtung an und sah sich um. Alles wirkte vertraut, ihre Bücher, ihre Möbel, die im Flur verstreuten Schuhe. Aber nichts fühlte sich mehr so an, als gehöre es ihr. Es war, als stünde sie in einer der Musterwohnungen, wie sie häufig eingerichtet werden, um Möbel auszustellen und zugleich die Vorstellung irgendeines Innenarchitekten von persönlichem Wohnstil zu publizieren. Alle Möbelstücke standen dort, wo sie hingehörten, aber es lebte niemand dort.

Sie ging ins Schlafzimmer und sah einen Augenblick auf ihr ungemachtes Bett. Sollte sie versuchen, hier zu schlafen, wenn es dämmerte? Geh nicht nach Hause, hatte Rossokow gesagt. Sie spürte, wie der Zorn in ihr aufwallte und ein bitterer Geschmack in ihren Mund trat. Du hast mich allein gelassen, dachte sie anklagend in die Dunkelheit hinein, die sie umgab. Du hast mich verlassen. Er hatte Gründe dafür, das wußte sie, und sie waren alle korrekt. Aber der Zorn fühlte sich besser an als die verlorene Leere, und sie klammerte sich daran fest und ließ zu, daß er sich wohltuend um ihr Herz legte.

Sie konnte nicht hier bleiben. In einem hatte Rossokow recht gehabt — wer immer hinter all dem stand, durfte nie erfahren, daß sie nicht an jenem Ort gestorben war. Sie mußte jeder Spur ihres früheren Ichs hinter sich lassen. Das würde nicht schwer sein. »Wir sind, wer wir waren«, hatte Rossokow gesagt. Aber ich brauche das nicht zu sein, dachte sie trotzig. Ich kann alles sein, was ich will — und ich will nicht länger *sie* sein.

Sie sah sich in dem schwach beleuchteten Zimmer um und erblickte ein Stück ihres Spiegelbilds im Spiegel. Diese Geschichte war also, wie es schien, auch nur eine Legende. Sie trat vor, um ihr Bild zu betrachten. Ihr Haar war wirr und schmutzig, und am Kragen ihres gestohlenen Hemds war ein dunkler Blutfleck. Ihr Gesicht wirkte dünner, und ihre Backenknochen zeichneten sich jetzt ganz deutlich ab, wo sie früher nur ihr Profil unterstrichen hatten. Ihre Augen waren immer noch braun, aber der Rotanteil war dunkler geworden. Sie würden das Rot brechen, so wie die Rossokows es getan hatten.

Aber sie sah immer noch wie Ardeth aus. Sie würde ihr Haar schneiden müssen, es auch färben. Sie griff sich an die formlos herunterhängenden Strähnen. Sie mußte dringend duschen. Ihr neuer Vampirkörper schien nicht zu schwitzen, aber ihr alter menschlicher Körper hatte jetzt tagelang ohne ordentliches Bad auskommen müssen. Sie sah auf den Radiowecker auf dem Nachttisch. Es war vier Uhr dreißig morgens — ob wohl jemand in dem Gebäude wach sein würde oder das Geräusch wahrnehmen, das aus ihrem angeblich verlassenen Appartement drang? Sie überlegte einen Augenblick und entschied dann, daß das Risiko gering war. Sie ging ins Badezimmer und schloß leise die Tür hinter sich. Sie zog sich unter dem hellen Licht der Deckenlampe aus und starrte ihren Körper dann einen Augenblick lang an. Die Prellungen und Kratzwunden waren alle verblaßt, waren gleichzeitig mit ihrer Verjüngung geheilt. Aber sie wirkte immer noch bleich und abgekämpft. Selbst das Blut, das sie während des Gemetzels in der Irrenanstalt in sich aufgenommen hatte, hatte nicht ausgereicht, um die Tage der Strapazen auszugleichen.

Sie wandte sich vom Spiegel ab und beugte sich über die Badewanne. Sie drehte die Wasserhähne auf und hielt zögernd einen Finger in den Wasserstrahl. Wieder eine Legende widerlegt; das Wasser war allenfalls ein wenig zu warm.

Sie trat mit einem wohligen Seufzer unter die Dusche und genoß das warme Wasser auf ihrer Haut. Sie schrubbte den Schweiß, den Schmutz und die Angst weg, wusch das Öl und die Verzweiflung aus ihrem wirren Haar. Sie verbrachte viel mehr Zeit, als nötig gewesen wäre, unter dem Behagen verbreitenden Wasserstrahl, säuberte aber das Badezimmer anschließend gründlich, wischte Dusche und Wände ab und faltete das Handtuch dann zusammen und legte es wieder in den Schrank. Wenn nicht jemand in der nächsten Stunde das Zimmer gründlich inspizierte, würde niemand sagen können, daß sie da gewesen war.

Ardeth hob die Kleider auf, die sie weggelegt hatte, und tappte ins Schlafzimmer, ohne sich die Mühe zu machen, das Licht einzuschalten. Jetzt, wo sie sauber war, verspürte sie keine Lust, die gestohlenen Kleider wieder anzuziehen. Andererseits, wieviel durfte sie wagen, aus ihrem eigenen Kleiderschrank zu nehmen? Wieviel wollte sie überhaupt? Die Kleider waren die Haut der alten Ardeth, und die hatte sie mit dem Schmutz abgelegt, der ihren untoten Körper bedeckt hatte. Am Ende entschied sie sich für saubere Unterwäsche, ein Black-Sun-T-Shirt, das Sara der untersten Schublade gestiftet hatte, und ihre alten schwarzen Laufschuhe. Sie schlüpfte wieder in die gestohlenen Jeans und behielt Roias' Lederjacke. Die anderen schmutzigen Kleider ließ sie neben der Tür, um sie später, wenn sie das Gebäude verließ, in eine Mülltonne zu werfen.

Sie überlegte, ob da sonst noch etwas war, das sie mitnehmen konnte. Dies würde schließlich das letztemal sein, daß sie sich hier aufhielt. Die meisten Sachen, die ihr vor einer Woche noch etwas bedeutet hatten, waren ihr jetzt gleichgültig. Aber es gab ein oder zwei Dinge, die sie bei der Erschaffung ihrer neuen Identität nutzen konnte. Sie suchte im Kleiderschrank und den Schubladen herum (sie hatte schon fast aufgehört, sie als ihr Eigentum zu betrachten) und fand eine schwarze Sonnenbrille, die fast bis zur Schläfe reichte (ein albernes Geschenk von einem Freund, sie wußte nicht einmal mehr, wer es gewesen war) und ein Paar Ohrringe. Die Ohrringe waren ein Geschenk von Sara gewesen, eine Art Herausforderung – Sara hatte gesagt, du wirst sie nie tragen. Das hatte sie auch nie. Sie waren zu groß, für die Person, die sie damals gewesen war, zu ungewöhnlich. Jetzt übten der barbarische Blick in den Gesichtern und die ausgebreiteten Schwingen und die blutroten Steine, die von den Engeln aus Metall baumelten, fast ironische Anziehung auf sie aus. Sie stopfte sie in die Tasche ihrer Lederjacke.

Das letzte, was sie an sich nahm, war der Geldvorrat, den ihr früheres Ich in einem ihrer Bücher verwahrt hatte. Es waren beinahe dreihundert Dollar, und Ardeth stopfte sich die Scheine in die Hüfttasche. Selbst Vampire brauchten Geld, dachte sie; schließlich hatte sie noch keine Ahnung, wie sie an neues kommen sollte. Ob sie arbeiten konnte? Die Vorstellung, eine vampirische Nachtschichtarbeiterin zu sein, ließ sie lächeln, während sie den Gedanken abtat. Die alte Ardeth wäre pflichtschuldig losgezogen und hätte sich einen Job in einem Nachtcafé besorgt, die neue tote Ardeth würde das meiste aus der Wiedergeburt machen, die ihr angeboten worden war.

Sie schaltete das Licht aus, schlüpfte durch die Appartementtür nach draußen und sperrte sie hinter sich ab. Auf der Straße ging sie in südlicher Richtung auf den hellen Schein der Innenstadt zu. Dort lebte die Stadt in der Nacht. Und sie würde das auch tun.

Am Rande von Chinatown fand sie ein verlassenes Haus. Ardeth verweilte einen Augenblick lang auf dem Bürgersteig und musterte die dunklen Häuser, die es umgaben, dann zwängte sie sich zwischen den überwucherten Hecken durch und ging auf das Haus zu. Sämtliche Fenster waren mit Brettern vernagelt, und auf einigen der Bretter konnte sie geheimnisvolle Graffiti erkennen. Sie ging den schmalen Gang zwischen zwei Häusern hindurch, stieg über zerbrochene Dachziegel und auf dem Boden herumliegenden Müll. Ahornbäume hingen über den ebenfalls unkrautübersäten Garten, und am hinteren Teil des Hauses drängten sich beschützend Fliederbüsche.

Sie schob die Büsche auseinander und fand das Fenster mit Brettern vernagelt, wie die anderen auch. Du hast wohl geglaubt, sie würden es für dich offenlassen? fragte sie sich sarkastisch. Sie strich mit den Fingerspitzen über das Holz und fand den kühlen Eisenkopf eines Nagels. Der Fensterrahmen muß aus Holz sein, dachte sie und fand einen schmalen Spalt zwischen dem Mauerwerk, das das Fenster umgab, und den Brettern. Sie schob die Finger in den Spalt und zerrte an dem Holz, lehnte sich nach hinten in die Büsche, bis sie spürte, daß das Brett unter ihren Fingern nachgab.

»Scheiße«, zischte Ardeth, als ihr dabei ein Fingernagel abbrach. Sie steckte den schmerzenden Finger einen Augenblick in den Mund und riß dann das nächste Brett ab. Schließlich hatte sie ein Loch, das groß genug war, um sich durchzuzwängen. Sie nahm die zersplitterten Bretter mit und lehnte sie von innen ans Fenster, um damit das Loch, das sie aufgerissen hatte, etwas zu kaschieren.

Nachdem sie ihre Tarnung inspiziert hatte, richtete sie sich auf und sah sich um. Sie hatte erwartet, das Haus leer zu finden, aber in dem Raum waren eine Couch und ein Sessel, beide verstaubt und verlassen. Im Zimmer nebenan fand sie einen Tisch und vier Stühle, so als erwarteten sie, daß die Besitzer jeden Augenblick zurückkamen. Einer stand etwas schief, als hätte jemand ihn vom Tisch weggestoßen, um aufzustehen. Einen Augenblick lang erstarrte Ardeth, fürchtete, daß da noch jemand im Haus wäre. Sie lauschte, setzte tastend die neuen Sinne ein, die sie noch kaum beherrschte. Aber da war nichts, nur Stille und Staub.

Sie fröstelte und ging ins nächste Zimmer. Ich könnte nach oben gehen, dachte sie. Da waren vielleicht Betten, warteten wie in einem Märchen. Aber die Vorstellung, in muffige, verstaubte Laken zu sinken, widerte sie an, und die oberen Stockwerke schienen ihr irgendwie gefährlich.

Der Keller hingegen schien ihr sicher. Er war nicht ganz fertiggestellt und hatte eine niedrige Decke, aber die feuchte Kühle dort schien nicht durch ihre neue Haut zu dringen, und das Gewicht des Hauses über ihr wirkte eigenartig behaglich. Niemand wird hierherkommen, sagte sie sich. Selbst wenn jemand anderer, Kinder oder Hausbesetzer, in das Haus einbrechen würden, wird niemand nach hier unten kommen.

Sie fand eine enge Nische hinter der toten Heizungsanlage und ringelte sich dort ein, legte sich Roias' Jackett als Kissen unter den Kopf. Sie fragte sich, wo Rossokow sein mochte, wo er Unterschlupf gefunden hatte. »Du wirst sehen«, flüsterte sie trotzig in die Finsternis und preßte sich die Arme über die Brust, um die plötzliche Leere festzuhalten, die sie erfüllte.

17.

Die eisernen Torflügel schwangen vor ihm auf, als wäre der Name, den er in den Monitor gesprochen hatte, ein geheimes Losungswort. Martin Rooke lenkte den Mercedes auf die Straße, die in das Tal des Dale-Anwesens hinunterführte. Seine Hände lagen ruhig auf dem Steuer; das Zittern hatte aufgehört, als er den Highway erreicht hatte.

Der Wagen glitt unter den mächtigen Ästen der überhängenden Bäume dahin und rollte schließlich ins helle Sonnenlicht. Einmal müssen das Rasenflächen gewesen sein, dachte er und zuckte zusammen, als der Zweig eines Dornbusches an der Wagenflanke entlangkratzte. Und Gärten. Plötzlich drängte sich ihm eine Vision von weißgekleideten Gestalten auf, die Krocket spielten und an ihren Teetassen nippten, eine Vision, die sich gespenstisch über das dicht wuchernde Unkraut und Buschwerk legte.

Er fluchte leise. Gespenster ... Herrgott! So durfte man diese Sache nicht angehen. Er hatte den ganzen verrückten Plan von Anfang an als ein ganz gewöhnliches Geschäftsproblem betrachtet. Ob er nun daran glaubte oder nicht, war ohne Belang – Althea Dale glaubte daran. Und die erste Lektion, die er sich eingeprägt hatte, als er Leiter der Abteilung Sonderprojekte bei Havendale geworden war, war, daß das, was Althea Dale glaubte, die Wirklichkeit war.

Sonderprojekte war ganz oben, knapp unter der Präsidentschaft oder dem Aufsichtsrat. Höher konnte man in der Firmenstruktur praktisch nicht kommen. Und was den Status anging, so schien es keinem etwas auszumachen, daß niemand genau wußte, was Sonderprojekte eigentlich machte.

Niemand in den normalen Bereichen der Firma.

Für die schattenhafte Untergrundhierarchie von Havendale war Sonderprojekte ebenfalls ganz oben. Wer auch immer den Bereich Sonderprojekte leitete, erhielt seine Anweisungen von Althea Dale persönlich. Wer immer Sonderprojekte leitete, erteilte die Anweisungen, die das Rauschgift, die Waffen und das Geld bewegten, die Havendales anderes Geschäft darstellten. Und seit einem

Jahr war der Mann, der Sonderprojekte leitete, Martin Rooke gewesen.

Natürlich war es durchaus möglich, daß er das nach dem heutigen Tage nicht mehr sein würde.

Er hielt auf der kreisförmigen Zufahrt vor der Natursteintreppe an. Von hier aus war nur das rote Ziegeldach des Familiensitzes der Dale zu sehen; wie eine Schlange mit blutigen Schuppen lag es über der flachen Hügelkuppe. Rooke stieg die Treppe hinauf und machte sich wieder einmal klar, wie still es hier war. Der Wald, der das Anwesen umgab, verschluckte jeglichen Straßenlärm, alle Stimmen, alle Geräusche, die verraten könnten, daß die Villa aus dem neunzehnten Jahrhundert von Reihenhausanlagen aus dem zwanzigsten Jahrhundert umgeben war.

Die grauen Steinmauern und die lange, flache Bauweise ließen das Haus wie ein altes Steingehege erscheinen, das sich über die Anhöhe erstreckte, als würde es etwas bewachen. Aber Rooke wußte, daß es hinter dem Haus nur einen alten, leeren Swimmingpool und einen unbenutzten Tennisplatz gab. Vielleicht befand sich das, was das Gehege bewachte, auch im Inneren des Hauses, dachte er. Die Dales verfügten über eine ganze Anzahl Geheimnisse.

Als er den schweren schmiedeeisernen Klopfer zum zweitenmal betätigte, öffnete die ältliche Hausdame. »Miss Dale wartet im Büro«, sagte sie langsam und drehte sich dann um, um ihn durch den dunklen Flur zu führen. Er schluckte seine Bemerkung hinunter, daß er den Weg kenne; er wußte, daß sie sie überhaupt nicht zur Kenntnis nehmen würde. Er war in dem Dale-Haus noch nie unbegleitet irgendwohin gegangen.

Das Innere des Hauses war wie ein Echo der Außenansicht — die moderne Welt war hier kaum zugegen. Die Beleuchtung im Flur war elektrisch, aber schwere gelbe Lampenschirme filterten den Lichtschein, den die dunkle

Vertäfelung und die Tapeten förmlich in sich aufsaugten. Portraits säumten die Wände. Fünf Generationen von Dales blickten auf ihn herab, angefangen bei dem alten bakkenbärtigen Archer bis hin zu Arthur im konservativen Straßenanzug. Rooke unterdrückte ein Grinsen, als er das letzte Portrait passierte. Man sah es ihm nicht an, daß der alte Arthur dem Gerücht nach sein Erdenleben auf Art von Howard Hughes beendet hatte, ein paranoider Einsiedler mit fünf Zoll langen Fingernägeln und eigenwilligen Vorstellungen von persönlicher Hygiene, dafür aber einem Ruf für geschäftliche Schlauheit, die dafür sorgte, daß niemand einen Gedanken an seine Exzentrizität verschwendete. Auch andere Gerüchte gab es; man wisperte von Frauen, die in dunklen Limousinen auf das Anwesen gebracht und gut dafür bezahlt wurden, daß sie nicht darüber redeten, und noch ältere Geschichten berichteten über mysteriöse Unfälle von Leuten, die sich Arthur Dales Wünschen widersetzt hatten.

Von Althea Dale gab es noch kein Portrait. Sie sollte bald eines anfertigen lassen, dachte Rooke sarkastisch, ehe sie noch verrückter als ihr Daddy wird. In geschäftlichen Dingen mochte sie so verrückt wie ein Fuchs sein – die Ergebnisse der vier Jahre seit Arthurs Tod konnten das bestätigen – aber diese letzte Verrücktheit konnte alles zunichte machen, Havendale, den Namen der Familie, eben alles.

Der Gedanke ernüchterte ihn und rief die Erinnerungen an die Irrenanstalt und die gereizte Stimmung zurück, die seine Begegnungen mit Althea Dale immer begleitete. Und das war schon so gewesen, als die Dinge noch gut liefen.

Die Hausdame blieb vor der Bürotür stehen und klopfte verängstigt an das dunkle Holz. Eine gedämpfte Stimme war zu vernehmen, dann öffnete die Frau ihm die Tür und bat ihn einzutreten. »Mr. Rooke«, flüsterte ihre Stimme, dann hörte er, wie die Tür sich hinter ihm schloß.

Althea Dale saß an dem mächtigen alten Schreibtisch, der so aussah, als hätte er ursprünglich Archer gehört. Wieder faszinierte Rooke der Kontrast der verblassenden Pracht des Raums mit seinen von Büchern gesäumten Wänden, den alten hölzernen Aktenschränken und der glatten Leere jenes Schreibtischs, die nur das stumpfe Grau des Computerterminals auf der einen und das kompakte schwarze Telefon auf der anderen Seite beeinträchtigte.

Diese beiden Dinge waren es, die ihn mit seiner Arbeitgeberin verbanden; ihre Stimme am Telefon und ihre Worte auf dem Bildschirm seines Computers. Er hatte sie bisher nur zweimal persönlich zu Gesicht bekommen. Einmal vor seiner Ernennung zum Leiter des Bereichs Sonderprojekte und einmal, als sie ihn zu sich gerufen hatte, um ihm die wahre Natur ihrer augenblicklichen Zwangsvorstellung zu erklären.

Gleich ihrem Vater verließ Althea Dale das Haus nie.

»Rooke.« Ihre Stimme war ruhig und kontrolliert.

»Miss Dale.« Er nahm in dem Stuhl vor ihrem Schreibtisch Platz und wartete.

»Wie ist es geschehen?«

»Das wissen wir nicht genau. Das Schloß seiner Zelle ist unversehrt, also muß jemand einen Schlüssel benutzt haben. Es könnte einer von Roias' Männern gewesen sein, Peterson. Wir haben seine Leiche im Keller gefunden. Die anderen, auch die Schauspieler und die Kameramänner, sind alle in der Nähe des Studios getötet worden. Die Filme waren alle belichtet oder gelöscht.« Er achtete darauf, daß seine Stimme ruhig blieb und ließ durch nichts erkennen, wie es wirklich gewesen war, durch das mit drei Tage alten Leichen übersäte Studio zu gehen.

»Wie ist er entkommen?«

»Das weiß ich nicht genau. Die Fahrzeuge in der Garage waren alle beschädigt. Aber der Wald ist dort ziemlich dicht. Es ...«. Er stockte plötzlich und erinnerte sich daran, daß sie darauf bestand, daß das männliche Pronomen benutzt wurde. »Er könnte immer noch dort sein.«

»Er wird nicht dort bleiben. Er wird zu guter Letzt in die Stadt kommen.« Sie verstummte einen Augenblick lang. Rooke beobachtete sie sorgfältig. Sie war im letzten Jahr dünner geworden, ihr Gesicht fing an, knochig und hager zu werden, was sie älter als ihre zweiundvierzig Jahre aussehen ließ. Das lange, ergrauende braune Haar war wie üblich hinten zum Zopf geflochten, und sie trug ein weißes Hemd und dunkle Hosen. Er fragte sich, ob es wohl dieselben waren, die sie die letzten beiden Male getragen hatte, als er sie gesehen hatte.

Sie stand ruckartig auf und ging mit über der Brust verschränkten Armen im Zimmer auf und ab, wobei ihre Hände die Ellbogen umfaßten. Rooke spürte ein Prikkeln im Nacken, als sie hinter ihm vorbeiging, so als würde sich ihre Spannung auf ihn übertragen. Unbewußt wartete er darauf, daß sie sich eine Zigarette anzündete. Soweit ihm bekannt war, rauchte sie nicht, aber ihre kantige Reizbarkeit schien immer darauf hinzudeuten, daß sie das eigentlich sollte, daß ihre langen, dünnen Finger sich krümmten, um nicht nur Luft zu halten.

»Was haben Sie mit den Leichen gemacht?« fragte sie schließlich.

»Ich habe die Leute, die sauber machen, gerufen, damit sie sie im Wald begraben konnten, so wie Roias das mit den Frauen gemacht hat.«

»Kann man ihnen vertrauen?«

»Dafür bezahlen wir sie.« Er fing den schnellen Blick, mit dem ihre tiefliegenden Augen zur Seite huschten, auf. »Möglicherweise müssen wir sie später eliminieren.«

»Warum nicht jetzt?«

»Weil es zu bald nach den anderen wäre, diesen Studenten.«

»Da kann man aber keine Verbindung zu uns herstellen.«

»Wahrscheinlich nicht. Aber wenn die Polizei zu viele ungelöste Morde bekommt, werden sie nervös und argwöhnisch. Warten Sie ein, zwei Monate.« Sie runzelte einen Augenblick die Stirn und wischte dann das Problem mit einer knappen Handbewegung weg. Das bedeutete, daß man sie töten mußte, entschied Rooke. Für Althea war das die einzige narrensichere Methode, ein Problem aus der Welt zu schaffen.

»Sie werden ihn zurückholen.« Das war keine Frage.

»Selbstverständlich. Aber er könnte überall hingegangen sein.«

»Nein, das könnte er nicht. Er hat keinen Paß. Er hat kein Geld. Er kann nicht fahren. Er wird in die Stadt zurückkehren, weil das der einzige Ort ist, wo er etwas findet, das er kennt.«

»Toronto ist groß«, begann er vorsichtig und sah ihr dabei zu, wie sie zu dem Fenster zu seiner Linken ging. Sie blieb dort einen Augenblick stehen und blickte starr auf etwas hinaus, das er nicht sehen konnte.

»Er muß töten, um zu überleben. Er wird eine Spur hinterlassen, wenn Sie an der richtigen Stelle nachsehen.« Rooke hörte die Ungeduld in ihrer Stimme.

»Ich werde mit unseren Leuten bei der Polizei Verbindung aufnehmen. Sie werden uns Bescheid sagen, wenn irgendwelche ungewöhnlichen Todesfälle oder Berichte auftauchen. Und wenn man den richtigen Organisationen eine Belohnung verspricht, dann werden die ihre Leute dazu einsetzen, für uns nach ihm Ausschau zu halten. Ich kann einen Abzug von diesem Film von Roias machen.« Sie nickte, ohne den Blick vom Fenster zu wenden.

»Holen Sie die restlichen Kopien dieser Filme zurück, wenn Sie sie finden können.«

»Soll ich sie zurückkaufen?«

»Was auch immer.« Sie tat die Frage mit einem Achselzucken ab. »Ich möchte, daß die Labors hierher verlegt werden.«

»Hier?« Rooke konnte dieses erstaunte Echo nicht vermeiden.

»Hier.« Sie sah ihn an. »Sie haben mit Roias einen Fehler gemacht. Und mein Fehler war es, daß ich das zugelassen habe. Sobald Sie ihn gefunden haben, möchte ich ihn an einem Ort wissen, wo ich ihn sehen kann. Vielleicht hindert das andere Wissenschaftler daran, sich aufzuhängen.« Er hätte wissen müssen, daß das kommen würde, räumte Rooke ein. Wenn seine Fehler jetzt einzeln aufgezählt werden sollten, dann gehörte Goodmans Selbstmord mit dazu. Daß er Havendales Mittel und die internationalen Verbindungen des Unternehmens zur Unterwelt eingesetzt hatte und fünf der führenden Wissenschaftler Nordamerikas mit Geld, Bestechung und Erpressung hatte verpflichten können, ohne daß es in der Welt der Wissenschaft zu irgendwelchen Gerüchten gekommen war, war jetzt unwichtig . . .
»Auf der Diskette im Computer ist eine Datei. Darin ist festgehalten, wie ich den linken Flügel für das Labor umgestaltet haben möchte. Sorgen Sie dafür, daß die Arbeit morgen beginnt.«

Da sie offensichtlich nicht vorhatte, sich zu bewegen, stand er auf und ging um ihren Schreibtisch herum, um die Diskette zu entnehmen. Während er sie in die Tasche steckte, blickte er auf und sah an ihr vorbei zum Fenster hinaus. Hinter dem leeren Schwimmbekken und dem zersprungenen Asphalt des Tennisplatzes konnte er vor den Bäumen etwas schwach glitzern sehen.

»Das Grab meines Vaters«, sagte Althea plötzlich, als könnte sie seinen Blick durch ihren Rücken hindurch spüren. »Ich habe ihn dort begraben lassen. Draußen.«

Das Wort kam von ihrer Zunge, als wäre es in Stacheldraht gewickelt.

Das schien eine Entlassung zu sein. Rooke ging auf die Tür zu. Ihre Stimme hielt ihn fest. »Holen Sie ihn zurück, Rooke. Dafür, daß ich das Labor hierher bringen muß, hier drinnen«, sie hielt angewidert inne, »im *Inneren*, ziehe ich Ihnen die Kosten für die Umbauarbeiten von ihrem Gehalt ab.«

Rooke stieß innerlich eine Verwünschung aus. So wie er ihre Paranoia kannte, konnte dieser Umbau mehr als zweihundert Riesen kosten. Aber er nickte bloß und schloß die Tür hinter sich.

Die Hausdame wartete, um ihn zum Ausgang zu bringen. Diesmal sah er die Portraits nicht an. Sie hatten die Antworten nicht, die er brauchte, es sei denn, eines von ihnen hatte sich auf wundersame Weise in ein Bild von Althea Dales Seele verwandelt. Die war ihm nach wie vor unbegreiflich, ganz gleich, wie sehr er sich auch bemühte. Dabei hätte es leicht sein sollen, sie zu durchschauen, bei all ihren Neurosen und Spannungen und den vielen Geheimnissen, die hinter jeder verschlossenen Tür lauerten und wie der Pesthauch von Krankheit in der Luft hingen. Er hätte imstande sein müssen, die Knöpfe zu finden, die man drücken mußte, die Schwächen, die er ausnutzen konnte, um sie unter seine Kontrolle zu bringen. Jedesmal, wenn er glaubte, einen Weg gefunden zu haben, ihre Paranoia zu seinem Vorteil zu nutzen, dann ging irgend etwas schief, und er erhaschte einen Blick auf einen brutalen Wahnsinn ohne jegliche Moral, der so weit jenseits irgendeines ihm begreiflichen Motivs war, daß er seine Pläne wieder aufgab.

Arthur Dale war nicht der einzige, über den es Gerüchte gab.

Erst als er sich in der Sicherheit seines Wagen befand, gestattete er sich, sich zu entspannen. Zweihunderttausend Dollar waren ein geringer Preis . . . und es gab immer Mittel und Wege, um den Betrag zu reduzieren. Wenn man alles in Betracht zog, war er sogar erstaunlich billig davongekommen.

Schließlich war der Preis dafür, bei Havendale zu versagen, kein goldener Fallschirm. Es war ein langer, langer Sturz ohne jeden Fallschirm.

18.

Sie schlief tief und traumlos und erwachte in derselben Lage, in der sie sich schlafen gelegt hatte, eingerollt wie ein Fötus, hinter der Heizung.

Ardeth lag einen Augenblick lang reglos da und kostete ihr neues Bewußtsein. Sie fühlte die Leere des Hauses und jenseits seiner Mauern den schweren Herzschlag der Stadt. Sie verspürte tief in sich die schwachen Regungen von Hunger. Am Anfang ist es am stärksten, hatte Rossokow gesagt. Sie erinnerte sich an den ersten Geschmack von Petersons Blut, seine schwindelerregende Süße, und setzte sich auf. Sie fröstelte plötzlich, hin- und hergerissen zwischen freudiger Erwartung und Abscheu tief in ihrer Seele. Aber *das* würde warten müsse, dachte sie erleichtert. Zuerst gab es andere Dinge zu tun.

Sie sah auf die gestohlene Rolex und stellte fest, daß sie zwei Tage lang geschlafen hatte. Die lange Nacht ihrer Wiedergeburt mußte sie stärker strapaziert haben als sie geglaubt hatte. Wieder regte sich der Hunger, eindringlicher diesmal, streckte sich in ihren Eingeweiden wie eine erwachende Katze.

Sie schüttelte sich den Staub aus dem Haar und von der Jacke, verließ das Haus auf demselben Weg, auf dem sie eingedrungen war, und begann in südlicher Richtung zu gehen, auf die Queen Street zu. Die Nebenstraßen waren ruhig, aber auf der Hauptstraße vor sich konnte sie Gestalten hin und her gehen sehen.

Queen Street. Saras Straße, dachte sie plötzlich und erinnerte sich an ihren alten, nur halb wahrgenommenen Neid, den sie für die Leichtigkeit empfunden hatte, mit der ihre Schwester sich hier bewegte.

Aber jetzt . . . Jetzt besaß Ardeth eine Kraft, von der ihre Schwester nie geträumt hatte. Jetzt konnte die Straße ihr gehören. Jeder ihrer schwarz gekleideten Bewohner in all ihrer Kraft, ihrem Lebensstil und dem, was sie zu sein vorgaben, konnte ihr gehören.

Sei vernünftig, sagte ihr ihre Vernunft, halt dich hier ferne – Sara könnte dich sehen. Aber der Geschmack von Petersons Blut in ihrem Mund, an den sie sich erinnerte, und das Gefühl von Roias' Mund an ihrem Schenkel widersprachen der Warnung.

Es war früher Abend, und obwohl es Montag war, hatte das warme Wetter dafür gesorgt, daß die Straße voller Menschen war. So wie die Stadt sorgsam ihre Viertel aufteilte, war dies das Heim des Künstlervölkchens und des linken Flügels, wo man mit seinem Aussehen eine Aussage über seine Ziele machte, und wo die Graffiti eindeutig eine politische Botschaft vermittelten. Hier waren auch einige der coolsten Clubs der Stadt und eine große Zahl von Musikern, Künstlern und Designern zu Hause. Oder solche, die sich dazu berufen fühlten oder es behaupteten.

Ardeth erinnerte sich daran, wie Sara sich beklagt hatte, daß die Second-Hand-Kleidergeschäfte zusehends verschwanden und teuren Designern Platz machten (wenn auch solchen, für die Schwarz nie aus der Mode kam). Die Geschäfte, die gebrauchte Bücher anboten, waren verschwunden, den steigenden Mieten zum Opfer gefallen. Und die Restaurants zogen jetzt ebensosehr Yuppies an, die das Erlebnis der Slums suchten, wie echte Avantgarde. Ardeth hatte bewußt darauf verzichtet, ihre Schwester zu fragen, wie man echte Avantgarde von denjenigen unterschied, die nur die richtige Kleidung trugen.

Sie lächelte bei der Erinnerung daran, als sie die Straße hinunterblickte. Der Unterschied zwischen Pose und Person, zwischen Künstlern und Künstlichem interessierte sie jetzt kaum mehr. Für sie kam es auf die sich dauernd verändernde Bevölkerung der Straße an, die ihrem Wesen nach vergänglich war, auf die laute Dunkelheit der Clubs, wo Leute mit blassen Gesichtern, schwarz geränderten Augen und sorgfältig kultivierter Langeweile den Zustand vortäuschten, in dem sie sich jetzt selbst befand. Versteck dich, hatte Rossokow ihr gesagt. Und konnte es einen besseren Ort geben, um sich zu verstecken, als inmitten einer Schar von Möchtegernvampiren?

Und . . . wisperte eine geheime Stimme, sie sind diejenigen, die in deinem sicheren, langweiligen kleinen Leben durch dich hindurchzusehen pflegten. Werden sie jetzt auch durch dich durchsehen, jetzt, wo du ihre finstersten Träume verkörperst?

Das ferne Heulen einer Sirene riß sie aus ihren Träumen. Sie war noch nicht bereit für die Straße. Es gab noch ein paar wichtige Schritte in ihrer Verwandlung, um sicherzustellen, daß niemand sie ansehen und auf einen Blick die langen Stunden des Studiums in den Bibliotheken erkennen konnte.

Sie gab einen Teil ihres gehorteten Geldes aus. Das trug ihr zwei schwarze Miniröcke, ein Paar flache schwarze Schuhe und ein Cocktailkleid mit schmalen Trägern aus einem der noch verbliebenen Second-Hand-Geschäfte ein. Anschließend suchte sie den Drugstore auf und fügte noch Make-up und schwarze Strümpfe dazu. Schließlich kaufte sie von einem Straßenverkäufer zwei schwarze T-Shirts. Die Shirts hatten hinter ihm auf Schnüren geflattert, und ihre grellen Farben waren wie ein Schmierer vor dem dunklen Himmel. Es waren Shirts mit surrealistischen Darstellungen der Punkstars aus England, fetischistische Bilder einer SM-Königin aus den fünfziger Jahren und T-Shirts, die mit Fledermäusen und

Salamandern bedruckt waren. Eines, das Spinnweben und Fledermäuse zeigte und vor dem giftiggelben Hintergrund die Schrift ›Sex Vampire‹ trug, sprach sie an. Aber obwohl sie über die Ironie der Aufschrift lächeln mußte, wandte sie sich ab und entschied sich statt dessen für zwei in Schwarz, eines mit einem barbarisch wirkenden Kreuz in fahlem Grau auf der Vorderseite, und das andere mit roten Echsen in Offsetdruck, die an der Brust heraufglitten.

Jetzt mußte sie noch etwas mit ihrem Haar machen. Etwas Radikales, das jedes Auge, das nach einer blonden Studentin suchte, ohne einen zweiten Blick über sie hinweghuschen ließ. Sie könnte es selbst färben, dachte sie, und sich die Farbe dazu im Drugstore kaufen, aber wo? Ein öffentlicher Waschraum schien ihr riskant, die Wahrscheinlichkeit, dort auf sich aufmerksam zu machen, war zu groß. Ob sie sich ein Zimmer in einem billigen Hotel mieten konnte, wo ihr Bargeld an der Rezeption Blindheit erkaufen würde und keine Namen festgehalten werden mußten? Wenn sie es freilich verpatzte, würde sie sich damit eher noch auffälliger machen. Sie wollte auf einer Straße untertauchen, wo grelle Extravaganz die Regel war. Und schlecht gefärbtes Haar war möglicherweise nicht gerade der beste Weg dahin.

Sie hatte noch Geld – warum es also nicht richtig machen? dachte Ardeth plötzlich. Die Salons an der Queen Street waren nachts geöffnet. Ihr Entschluß war gefällt, und sie ging die Straße hinunter und betrat den ersten Salon, auf den sie stieß. Zum Glück war jemand frei, der sich sofort um ihr Haar annehmen konnte. Als die Frau an der Kasse sie nach ihrem Namen fragte, zögerte Ardeth einen Augenblick und lächelte dann. »Luzy«, sagte sie schließlich, »Luzy Westerna« und buchstabierte dann bereitwillig den Namen von Draculas erstem englischen Opfer.

»Und, was darf's heute abend sein?« fragte der Friseur, der sich als Doug vorstellte, als sie auf dem Sessel Platz nahm. Ardeth betrachtete sich im Spiegel und war dankbar, daß sie noch ein Spiegelbild hatte.

»Etwas anderes. Etwas, das so ist, daß keiner mich erkennt.« Er schob neugierig eine Augenbraue hoch, aber als nichts von ihr kam, musterte er ihr Bild im Spiegel einen Augenblick. Schließlich lächelte er. »Ich habe genau das Richtige«, verkündete er und zog sie, ehe sie etwas sagen konnte, in das Ritual der Verwandlung hinein.

Schließlich trat er zurück und gab ihr zum erstenmal die Gelegenheit, sich selbst zu betrachten. Er hatte ihr das Haar in Kinnhöhe abgehackt und es leicht nach vorne gebogen – ein Effekt, von dem sie sicher war, daß sie ihn nie würde wiederholen können. Ihr Scheitel war verschwunden. An seine Stelle waren Ponys getreten, die ihr bis zu den Augenbrauen reichten. Die Farbe war ein volles, glänzendes Schwarz. Als sie den Kopf etwas zur Seite drehte, konnte sie einen blauen Schimmer wahrnehmen. Die dunkle Farbe wirkte unnatürlich, aber das machte nichts. Der Kontrast verwandelte ihre Farbe von hellem Elfenbein in Alabaster, und der Schnitt änderte ihre Gesichtsform und betonte die Höhlungen unter ihren Wangenknochen. »Nun?« fragte Doug.

»Ich seh aus wie dieser alte Filmstar . . .«

»Louise Brooks. Im Augenblick ist das ein ganz heißer Look.«

»Gefällt mir«, entschied Ardeth und lächelte ihr Spiegelbild an. »Das bin ich.«

Im Umkleideraum des Salons holte sie das Make-up, das sie gekauft hatte, aus ihrer Handtasche. Sie zog sich die Lippen mit ägyptischer Extravaganz nach und bemalte ihren Mund mit einem Rot, das den schwarzen Schimmer von Blut in sich trug.

Ardeth trat zurück und setzte ihre Sonnenbrille auf. Ihre Gesichtszüge lösten sich hinter dem dunklen Glas auf, bis jemand, der sie ansah, nur noch die schwarze Linie der Brille und die kleinere rote Linie ihres Mundes wahrnahm. Sie konnte auf der Straße an Sara vorübergehen, und ihre Schwester würde kein zweitesmal hinsehen. Aber andere vielleicht.

Sei vorsichtig, sei anonym, sei sicher, hatte Rossokow sie instruiert, ehe er sie in der Nacht verlassen hatte. Der schwarzlippige Dämon im Spiegel lächelte grimmig. Hatte die Sicherheit etwas anderes getan, als ihr diese Chance zu geben, mächtig, gefährlich und rücksichtslos zu sein? Furcht und Vorsicht schienen etwas zu sein, was dem neuen Feuer unerträglich war, das sie in sich pulsieren fühlte. Bilder flackerten durch ihr Bewußtsein, Bilder von Vampiren in nächtlichen Filmen, alle glatt und schwarz-weiß, selbst wenn die Filme in Farbe waren. *Dies* war es, wie Vampire aussehen sollten.

Als sie sich der Tür zuwandte, stellte sie mit einer gewissen Erleichterung fest, daß sie immer noch hungrig war. Alles begann sich zusammenzufügen.

Sie schritt mit benommener Vorahnung durch die Menge, und ihre Erregung zeigte sich in dem schwachen Lächeln, das um ihre Lippen spielte, und darin, wie sie sich beim Gehen in den Hüften wiegte. Sie spürte die Augen, die ihr folgten, fühlte, wie sie ihr nachblickten, als sie an den Straßencafés und Geschäften vorbeiging. Das Gewicht jener Blicke war instinktiv berauschend, wie eine Liebkosung.

Dennoch wußte sie selbst im Bann ihres neuen Ich, daß sie die Vorsicht nicht völlig in den Wind schlagen durfte. Und daß sie auch die Furcht noch nicht völlig abgelegt hatte. Jenseits des Bildes, das sie für sich selbst geschaffen hatte, jenseits des geheimen Wissens um ihre Macht lag die harte Realität ihres Zustands, der Preis, den sie immer wieder würde bezahlen müssen. Sie brauchte Nahrung, Blut, ob freiwillig oder nicht, von den Leuten, die hier auf der Straße an ihr vorbeigingen. Sie waren nicht Peterson oder Roias. Diesmal gab es keinen rechtschaffenen Haß, der sie lenkte – oder das rechtfertigte, was sie tun mußte.

Sie mußte wählerisch sein, begriff Ardeth, als ihre schwarzgeränderten Augen an einem attraktiven Mann hängen blieben, der alleine in einem der Straßencafés saß. Es mußte jemand sein, der nicht wissen würde, was ihm geschah – und es auch nicht weitererzählte. Wenigstens so lange, bis sie Rossokows hypnotischen Blick gemeistert hatte. Damit kam der Mann in dem Café nicht in Frage, entschied sie und sie ging weiter.

Freier, dachte sie plötzlich. Ganz sicher würden die Kunden einer Prostituierten keine Neigung verspüren, etwas auszuplaudern, wenn die Frau ungewöhnliche Praktiken anwendete. Sie blieb an einer Kreuzung stehen, blickte auf die rote Ampel und überlegte.

Es hatte Vorteile: Anonymität, stumme Opfer und sogar noch Bezahlung für das, was sie tat. Aber es gab auch Gefahren – Zuhälter, die Selbsthilfegruppen auf dem Strich und, am wichtigsten, die Polizei. Sie wagte sich nicht einmal auszumalen, was geschehen würde, wenn man sie festnahm.

Außerdem, dachte sie schließlich, wollte ich nie Prostituierte sein. Ich werde nicht sein, was ich nicht sein will, nie wieder.

Sie überquerte die Straße und überlegte gerade, ob sie eine der Nebenstraßen hinaufgehen sollte, als sie ihn sah. Er war höchstens zwanzig, vermutete sie, mit kurz gestutztem, dunklem Haar und einem hageren, hungrigen Gesicht. Er bettelte, hielt den Passanten die Hand entgegen, während er seine endlose Bitte um Kleingeld ertönen ließ.

Ardeth löste sich aus dem Passantenstrom und beobachtete ihn einen Augenblick. Etwas in seiner monotonen Stimme und dem gesenkten Blick deutete auf so viel müde Resignation und Verzweiflung, daß sie beinahe weitergegangen wäre.

Aber der Anblick hatte sie an ihren eigenen Hunger erinnert, der inzwischen zu einem hartnäckigen Pochen geworden war. Sie blieb an der Ecke stehen. Er hat sicher schon genug durchgemacht, meinte eine Stimme in ihr. Dann macht einmal mehr auch nichts aus, erwiderte der zynischere Teil ihres Bewußtseins. Außerdem hast du ja nicht vor, ihm weh zu tun (aber du könntest vielleicht). Du hast nicht vor, ihn zu töten (aber du könntest vielleicht).

Und wenn sie es tat, wurde Ardeth plötzlich klar, würde niemand es wissen – oder sich etwas daraus machen. Der Gedanke hätte sie mit Schrecken erfüllen sollen, aber allem Anschein nach war ihre Moral ebenfalls verschwunden, war ausgebrannt angesichts von Roias' Sadismus und Rossokows ewigem Imperativ, zu überleben.

Das ist alles, worauf es ankommt, sagte sie sich verzweifelt. Mein Überleben. Ich habe einen zu hohen Preis dafür bezahlt, um jetzt einen Rückzieher zu machen.

Sie trat neben den jungen Mann, der sie mit stumpfem Erstaunen ansah. »Haben Sie ein wenig Kleingeld?« fragte er.

»Könnte sein.« Sie sah einen Funken des Lebens in den dunklen Augen und dann Zorn über ihre unklare Antwort, und er machte den Mund auf, um sie zu verwünschen. Dann schien er sich daran zu erinnern, daß sie immerhin eine potentielle Einnahmequelle war, und er klappte den Mund wieder zu. »Läuft's gut?« fragte Ardeth.

»Na ja«, erwiderte er vorsichtig und sah sie an. »Willst du dealen?« fragte er plötzlich.

»Nein, aber ich kenn einen Dealer. Was willst du?«

»Was hat er denn?«

»Komm mit, dann siehst du's selber«, schlug Ardeth vor. Der Junge blickte nervös die Straße hinauf und hinunter, als wollte er ihre Vertrauenswürdigkeit einschätzen. »Komm. Ist nicht weit. Du bist in zwanzig Minuten wieder hier.« Er nickte schnell. »Hör zu, wir treffen uns an der nächsten Ecke in der John Street, in fünf Minuten. Nur für alle Fälle, du weißt schon«, meinte sie und er nickte wieder. Ardeth lächelte, ließ einen Vierteldollar in seine ausgestreckte Hand fallen und ging dann weiter.

Fünf Minuten später stand sie in der Türnische eines geschlossenen Bürogebäudes und wartete. Der Junge war pünktlich, latschte mit gespieltem Selbstbewußtsein und zugleich unruhig auf sie zu. »Wohin?«

»Hier lang«, deutete sie mit einer Kopfbewegung und führte ihn zu den verlassenen Blocks mit Lagerhäusern und Büros ein paar Straßen weiter südlich. Im Schatten eines verlassenen Gebäudes zog sie ihn in eine Seitengasse.

»Also, was ist das für ein Deal?« fragte er unruhig, die Hände in die Taschen seiner Jeans gestopft und nervös von einem Fuß auf den anderen tretend.

»Ich bin der Deal.« Ardeth spürte ein genießerisches Vibrieren, als seine Augen sich weiteten.

»Hey, Lady, was soll das?«

»Ganz einfach.« Sie holte einen Zehn-Dollar-Schein aus der Tasche und hielt ihn ihm vor die Nase. »Den kriegst du . . . wenn du dich von mir küssen läßt.«

»Du willst dafür *zahlen,* daß du mich küßt?« wiederholte er ungläubig, aber seine Augen hatten sich bereits an dem verlockend flackernden Geldschein festgesogen.

»Genau. Das ist alles. Bequeme zehn Kröten.«

»Gib her«, sagte er plötzlich und streckte die Hand aus. Ardeth ließ ihn den Geldschein nehmen und sah, wie seine Augen dann zwischen ihr und dem Ausgang der Seitenstraße hin- und herhuschten. Sie verweilten kurz auf der leeren Straße und kehrten dann zu ihr zurück. »Okay.«

Sie trat auf ihn zu und legte ihm die Hände auf die Schultern. Zu ihrer Überraschung stellte sie fest, daß sie zitterte. Der Gedanke ließ ihre eigenen Muskeln vibrieren. Der Junge starrte auf sie herab, seine Augen wanderten unruhig von seinem eigenen Spiegelbild in den Gläsern ihrer Sonnenbrille und ihrem dunklen Mund hin und her. Als sie ihn küßte, beobachtete sie hinter ihren dunklen Gläsern, wie seine Augen sich schlossen.

Zu ihrer Überraschung erwiderte er den Kuß. Ihr Herz pochte so laut, daß sie dachte, ihre Rippen müßten zerspringen, und der Hunger, in den sich jetzt eine Aufwallung von Begehren mischte, schien sich in ihr ausgeweitet und ihren ganzen Körper mit Hitze erfüllt zu haben. Der Junge legte die Arme um sie und zog sie fest an sich.

Ardeth dachte, sie könne fühlen, wie sein Herz gegen sie schlug, das Pulsieren jeder Arterie durch die Schichten von Leder und Baumwolle fühlen. Der Geruch seines Lebens, so dicht bei ihr, war überwältigend. Als er unter ihre Lederjacke griff und die Hand auf ihre Brust legte, entrang sich ihr unwillkürlich ein wohliger Laut. »Das kostet mehr«, wisperte er.

»Schon gut«, murmelte sie an seinem Mund, und seine Hände, die sie hielten, griffen fester zu.

Wenn er sie weiter geküßt hätte, hätte sie es vielleicht weiterlaufen lassen, hätte vielleicht die Kraft gefunden zu warten, aber jetzt war er für sie schon zu weit gegangen und sie war zu hungrig. Als sein Mund den ihren losließ, suchte sie mit dem blinden Instinkt eines neugeborenen Lebewesens, das die Zitze sucht, nach seiner Kehle.

Sie schmeckte seinen Schweiß, die bittere Schmutzschicht auf seiner Haut, und dann war sie durch. Das Blut füllte sie, übertönte seinen Schrei, verwandelte seine plötzliche Gegenwehr in bloße Lästigkeit, die sie mit eisernen Fingern unterdrückte. Sie sanken zu Boden und knieten dort wie betende Liebende, während sie immer wieder schluckte. Sein Kopf fiel in einer Geste der Kapitulation nach hinten, und er stöhnte.

Sie fühlte, wie das Leben aus ihm herausfloß, wie das

Herz in einer Plötzlichkeit anhielt, die sie erschreckte. Einen Augenblick kauerte sie neben ihm, hielt ihn fest, und sein Blut gerann in ihrem Mund. Dann stand sie langsam auf und ließ ihn fallen.

Am Ende der Gasse war ein Kanalisationsdeckel, und sie stemmte ihn hoch und ließ die Leiche in den Kanal fallen. Sie wartete, bis sie das leise Klatschen hörte, ehe sie den Deckel wieder auflegte.

Dann ging sie in die Gasse zurück und erbrach Blut in eine Mülltonne.

19.

»Hey, grauer Mann, 'n bißchen Spaß?«

»Grauer Mann, hast du dreißig Kröten? Soll ich dir ein' blasen?«

»Mann, wenn Gris-Gris dreißig Kröten hätte, hätte der sie jetzt schon versoffen.«

Die Frauen lungerten an der Bushaltestelle an der Straßenecke herum. Von der Zeit, die er auf der Parkbank rechts von ihnen unter dem schützenden Schatten der ungeschnittenen Hecken verbracht hatte, kannte er ihre Namen. Sheila stammte von irgendwo weit oben im Norden, eine fünfundzwanzigjährige Veteranin der Straße mit zehn Jahren Erfahrung. May zählte eher noch zu den Heranwachsenden, vermutete er, nach dem Babyfett in ihrem runden Gesicht und den gerundeten Gliedmaßen. Carlotta, die ihn Gris-Gris nannte, stammte aus Haiti. Sie war die einzige, die Angst vor ihm hatte, wenn sie es auch hinter ihrer unbarmherzigen Zunge versteckte.

Jede Nacht standen sie an der Bushaltestelle (sie nannten es ihr ›Büro‹), in Kleidern, die so eng waren, daß sie jede Kurve betonten, rauchten Zigaretten, plauderten und stiegen in die Autos ein, die in gleichmäßiger Folge am Randstein anhielten.

Rossokow ging auf ihre spöttischen Bemerkungen nicht ein, während er vorbeischlurfte. Das tat er nie. Wahrscheinlich war da in ihnen sogar eine Spur rauher Zuneigung vorhanden, etwas, das die Verlorenen dieser Welt miteinander verband. Vielleicht bereitete es ihnen auch nur Vergnügen, sich vor jemandem zur Schau zu stellen, dem sie sich überlegen fühlen konnten.

»Würdest du es für zehn Kröten mit dem grauen Mann machen? Mädchen, bist du verrückt?« sagte Sheila so laut, daß er es hören konnte. »Ich würd allein schon wegen des Geruchs dreißig nehmen. Und wer weiß, wann er sein Ding das letztemal gewaschen hat.«

Der Geruch war nicht zu verleugnen, gestand er sich mit einem Lächeln ein, das er hinter einem gebeugten Kopf und seinem wirren grauen Haar versteckte. Das menschliche Wrack, dem er die Kleider gestohlen hatte, hatte wirklich keine große Meinung von Reinlichkeit gehabt. Die schäbigen Hosen, das schmutzige Hemd und der verschmierte graue Mantel stanken alle nach Schweiß, Urin und Alkohol. Genau wie der Mann selbst gestunken hatte.

Das war in Rossokows dritter Nacht in der Stadt gewesen. Den ersten Tag hatte er in einem geschützten Abflußrohr verbracht, die zweite im staubigen Obergeschoß einer Garage, die hinten an eine der Villen angebaut war. Wenn er früh am Abend erwachte, hatte er sich jedesmal sorgfältig darum bemüht, an die Mittel zu kommen, die er für die Zeit seines Erwachens beiseite geschafft hatte. Sie waren alle weg – oder jedenfalls für ihn in seinem jetzigen Zustand völlig unerreichbar.

Seine Bankkonten waren vor langer Zeit von den Banken aufgelöst worden, die Treuhandkonten, die er mit soviel Sorgfalt für seine ›Nachkommen‹ konstruiert hatte, erforderten jetzt wenigstens dreierlei verschiedene Dokumente, um seine Vaterschaft nachzuweisen, und er verfügte über kein einziges der Papiere, die dieses Zeitalter offenbar verlangte. Er wußte nicht einmal, mit wem er Kontakt aufnehmen mußte, um sich Fälschungen zu verschaffen, die ihm in der Vergangenheit so oft gute Dienste geleistet hatten.

Und jedesmal, wenn er eine Bank betrat, konnte er hinter sich die Spuren von Schritten fühlen, konnte Fallen erahnen, die man aufgebaut hatte und die sein Versuch, die letzten Überreste seines alten Lebens für sich zu beanspruchen, mit Sicherheit würde zuschnappen lassen.

In der dritten Nacht gab er es verwirrt und zornig auf. Er zog sich in die Schatten einer der Landmarken zurück, die er erkannte, einer großen Kirche, die jetzt im Vergleich zu den monolithischen Glastürmen, die rings um sie herum aufragten, zwergenhaft erschien, so wie sie einmal über die bescheideneren Gebäude zu ihren Füßen himmelwärts gegriffen hatte. Er versuchte nachzudenken.

In der Irrenanstalt waren Ardeth' Erzählungen zuerst nur ein Zeitvertreib gewesen und dann eine Bestätigung, daß jenseits der Grausamkeit von Roias und den anderen auch Leben existierte, ein Grund auszuharren. Die Welt, die sie beschrieb, war zugleich wundersam und vertraut. Trotz der vielen seltsamen und phantastischen Dinge, die sie ihm erzählt hatte, hatte er doch die Saat des Krieges und der technischen Entwicklung in seiner eigenen Zeit gesehen, hatte gespürt, daß das Tempo des Wachstums sich während seiner Lebensspanne beschleunigt hatte. So war der Lauf der Welt, hatte er gedacht. Er würde überleben, so wie er immer überlebt hatte.

Aber als er sich jetzt in dieser Welt befand, im Herzen der riesigen Stadt, deren Lichtschein die Sterne verdeckte, stellte er fest, daß seine Sicherheit zu verblassen begann. Das Gewicht der Türme der Stadt lastete auf ihm und verdeckte den Mond.

Hier und da fand er inmitten von all diesem fremdartigen Glas und Stahl einen Überrest der Welt, die er gekannt hatte. Die in Stein gehauene Fassade eines Bauwerks, ein wiederhergestelltes ›Geschichtsdenkmal‹, das neu gewesen war, ehe er seinen langen Schlaf begonnen hatte, Straßennamen, die wie ein Spott ihrer eigenen Vertrautheit wirkten, indem sie in beleuchtete Kästen eingelassen oder von geheimnisvollen chinesischen oder Hindischriftzeichen gefolgt waren.

Aber viel öfter fand er im Lärm der neuen Stadt kein Echo der alten.

Mehr als nur die Gebäude hatten sich verändert. Die Straßen wimmelten von Menschen jeder Rasse und Hautfarbe. Er hörte, wie an den Straßenecken in Griechisch und Italienisch geschrien wurde, saß auf einer Parkbank neben zwei alten Frauen, die sich in einer Sprache unterhielten, deren Akzent in ihm ein Sehnen nach dem verlorenen Rußland seiner Kindheit wachrief. Und dann gab es auch Sprachen, die er nicht kannte, Chinesisch, Portugiesisch, Urdu und das Patois der Karibik.

Aber wenn er sich dann die Zeitungen ansah, wurde ihm klar, daß die Welt sich trotz allem, was er auf der Straße sah, nicht so sehr geändert hatte – die Gesichter derjenigen, die diese riesige, polyglotte Stadt beherrschten, waren weiß und männlich, so wie sie es immer gewesen waren.

Hier wie stets und überall bedeutete Geld Macht. Jene, die ihn verfolgten, verfügten über Geld in einem Ausmaß, das sein Begriffsvermögen überstieg. Eingeschlossen in dieser Welt, deren innere Mechanismen ihm immer noch ein Rätsel waren, verfügte er über keine Mittel, dagegen anzukämpfen. Er konnte nicht in irgendein anderes Land fliehen; Ardeth hatte ihm das deutlich erklärt. Und der Schutz, den die gotischen Stützpfeiler seiner Vergangenheit ihm geliefert hatten, war illusorisch. Heute gab es dort keine geheiligte Zuflucht mehr. Irgendwie mußte er einen Weg finden, um den Fallen zu entgehen, die man ihm stellen würde, und mußte seine wahre Natur vor der Welt verbergen, bis er wirklich und wahrhaftig begriffen hatte, wie diese neue Welt funktionierte, bis er die Waffen gefunden hatte, die dieses neue Zeitalter ihm anbot.

Er starrte auf den kleinen Park hinaus, der vor der Kirche lag und sie von dem Beton isolierte, der ansonsten über jeden anderen Grashalm ausgegossen schien. Vor dem Licht der Straßenlaternen und den weißen Augen der Autos konnte er sich bewegende Gestalten sehen, die auf den Bürgersteigen eilten schnell dahin, ihres Pfads durch die Nacht sicher. Die Schatten im Park selbst schlurften, suchten den Schutz der um die Bäume herum angelegten Beete oder die Schätze, die sie in den aus Draht gefertigten Müllbehältern fanden.

Eine dunkle Silhouette taumelte plötzlich an seiner Nische vorbei, Alkohol und menschlichen Gestank verbreitend, und lehnte sich an die Mauer. »Diese verdammten Arschlöcher . . . Arschlöcher sage ich. Der Teufel soll sie holen«, murmelte der Mann und schien Rossokow dann zum erstenmal wahrzunehmen. »Ham'se 'nen Dollar, Mister?« fragte er und lehnte sich vor, um in die Schatten hineinzuspähen.

»Nein.«

»Dann könn'se mich mal. Ham'se Schnaps?«

»Nein.«

»Dann könn'se mich mal«, wiederholte der Mann und ließ sich dann an der Mauer entlang zu Boden sinken, um anschließend, eingehüllt in seine schmutzigen Lumpen, dazusitzen. »Ich brauch Schnaps«, verkündete er schließlich. »Gottverdammten Schnaps brauch ich.« Das Haar des Mannes war lang und ungepflegt, seine Gesichtszüge unter einem verfilzten Bart verloren. Sein hageres Gesicht und seine wilden Augen erinnerten Rossokow an die religiösen Eremiten seiner alten Heimat, betrunken und von Gott wahnsinnig gemacht. Er rümpfte in automatischem Abscheu die Nase, als der Mann die Lage wechselte, und die nächtliche Brise den Geruch von Urin, Alkohol und Verzweiflung zu ihm herübertrug.

Die wahnsinnigen Augen wandten sich wieder ihm zu. »Ham'se 'nen Dollar, Mister?« Rossokow schüttelte den Kopf.

»Keiner hat 'n Scheiß Dollar. Keiner hat 'n Scheiß Drink. Diese Arschlöcher kapieren nicht mal . . .« murmelte der Betrunkene und dann sackte sein Kopf plötzlich nach vorne. Er sah so aus, als würde er beten.

»Diese Arschlöcher kapieren nicht einmal . . .« wisperte Rossokow, und plötzlich kam ihm die Antwort auf sein Dilemma. Es gab nur zwei Wege in die Anonymität — großer Reichtum und große Armut. Der eine war ihm versperrt, aber der andere lag vor ihm, eingehüllt in den Dreck und den Pesthauch des Alkoholismus. »Freund«, sagte er schnell, und der Mann schnaubte, sein Kopf ruckte herum, und dann blinzelte er ihn aus wäßrigen Augen an. »Ha? Was wollen Se?«

»Wollen Sie einen Drink?«

»Ham'se ein'? Wo ham'se ein'?«

»Hier. Kommen Sie her.« Der Betrunkene kroch tiefer in die Schatten hinein, hinter die Rosenbüsche, die ihnen Schutz boten. Rossokow verspürte einen leichten Stich über seine vertrauensvolle Verzweiflung. Die letzten beiden, die Frau in der ersten Nacht und der Mann in der zweiten, hatten nichts gewußt, sich an nichts erinnert, als sie in ihren Wohnungen im Erdgeschoß aufgewacht waren. Aber dieser hier — diesen konnte er nicht verschonen. Er durfte ihn nicht als Hinweis auf seine neue Identität zurücklassen.

»Wo ist der Schnaps?« fragte der Mann mit kläglicher Stimme. Rossokow trat vor, packte das schmutzige Haar mit der Hand und hob das Gesicht des Mannes zu sich herauf.

»Sehen Sie mir einfach in die Augen. Da ist all der Wein, den Sie wollen.«

Als er getrunken hatte, streifte er dem Mann die schmutzigen Klamotten ab und schlüpfte dann aus seiner eigenen gestohlenen Kleidung. Er konnte ein Schaudern nicht unterdrücken, als er das schmierige, zerfetzte Zeug auf seinem Körper spürte und die Füße in die halb verfaulten Schuhe schob. Er schnürte seine alten Kleider zu einem Bündel zusammen – der Betrunkene brauchte sie nicht. Dann kroch er aus den Büschen, ohne der hingesunkenen Gestalt in der feuchten Unterwäsche einen weiteren Blick zuzuwerfen.

Er hatte dafür gesorgt, daß der Mann nicht leiden mußte; das war sein einziger Trost. Früher hätte er sich vielleicht einmal eingeredet, daß es ein gnädigeres Schicksal war als die armselige Existenz auf der Straße, ein süßerer Tod als ein langes, trunkenes Hinsiechen. Dafür war er jetzt zu alt. Es gab wenige, Lebende oder Untote, die das Ende ihres Lebens begrüßten, wie auch immer es war. Er tötete, konnte nicht anders als töten. Aber er konnte sich nicht vorgaukeln, daß es Barmherzigkeit war – oder Gerechtigkeit. Es war nur ein Quantum mehr an Stärke.

Das lag jetzt einen Monat zurück. Seit jener Nacht war seine Existenz auf die Wesentlichkeiten reduziert worden – jeden Tag einen Ort zum Schlafen und jede Nacht Nahrung zu finden und die langen Stunden dazwischen zu füllen. Ardeth' Hinweis auf verlassene Häuser hatte ihn zu einem mit Brettern vernagelten Lagerhaus geführt, in dessen feuchtem Keller mit seinem Boden aus gestampfter Erde er Zuflucht vor der Sonne fand. Manchmal saß er im Dunkel der Mitternacht auf dem Dach und zählte die wenigen Sterne, die durch die Wolken und den Lichtschein der Stadt drangen.

Die zunehmende Wärme der Sommernächte sorgte dafür, daß die heimatlose Bevölkerung auf den Straßen blieb, und löste damit sein zweites Dilemma. Er war vorsichtig und wachsam, aber seine Opfer waren häufig unterernährt und krank; deshalb kam es trotz seiner Vorsicht dazu, daß welche starben: man fing an, an den Straßenecken und in den Parks Gerüchte zu murmeln. Man tat sie leicht ab, selbst die Menschen, für die die Straße die einzige Heimat war, aber sie machten ihn umso vorsichtiger, so daß er dauernd am Rande des Hungers lebte, um keine Katastrophe zu riskieren.

Die restliche Zeit, die Stunden zwischen Morgendämmerung und Sonnenuntergang, suchte er in Mülltonnen nach Zeitungen und Magazinen, die er Wort für Wort las, bis die großen Lücken in seinem Wissen sich zu füllen begannen. Er stand vor Elektronikläden und den Schaufenstern von Pfandleihern und betrachtete die flackernden Bilder auf den Fernsehschirmen hinter den Schaufensterscheiben. Er besuchte am frühen Abend die Bibliothek und brütete über Büchern, die sich mit Geschichte, den Rechtswissenschaften und wirtschaftlichen Themen befaßten, und suchte nach Mitteln und Wegen, um die Mauern aus Papier zu durchdringen, die ihn von seinen verbliebenen Mitteln fernhielten. Er recherchierte das Feuer, das seinen Zufluchtsort vernichtet hatte, und die Namen lieferten ihm die Bestätigung seines Verdachts, wer auf ihn Jagd machte. Er saß auf Parkbänken, unsichtbar für die Augen der Passanten, die Angst hatten, ihn anzusehen, für den Fall, daß er sie um Geld bitten und sie damit zur Entscheidung zwischen Zorn und Schuldgefühlen zwingen würde, und beobachtete.

Auch an diesem Abend beobachtete er, soweit ihm die sorgfältige Lektüre der Aktiennotierungen im *Wall Street Journal* dafür Zeit ließ. Alle Nachrichten aus der Geschäftswelt waren Teil seiner Suche geworden, der Suche nach einer Strategie, um die Nachstellungen abzuwenden, die Ambrose Dale vor hundert Jahren in Bewegung gesetzt hatte. Er hatte das Glück gehabt, in einer Mülltonne an der Richmond Street eine nur zwei Tage alte Ausgabe zu finden.

Die Straße war ruhig, abgesehen von den Kunden der Frauen, die am Randstein entlang fuhren und sich auf ein paar Stunden Gesellschaft suchten. Rossokow beendete seine Lektüre und sah eine Weile dem Geschäftsbetrieb zu und versuchte, sich zu entscheiden, ob er weiterziehen sollte. Er war an diesem Abend unruhig, spürte sein Alter wie ein lastendes Gewicht auf seinem Herzen. In dem Monat, der hinter ihm lag, hatte er nur selten mit einem anderen Lebewesen gesprochen, und zu oft waren dies nur Worte der Hypnose gewesen, um bereits umwölkte Geister noch tiefer in die Dunkelheit hineinzulokken. Zum tausendsten Mal wünschte er, er hätte sich nicht gezwungen gesehen, Ardeth wegzuschicken.

Der Hunger nagte an seinem Bewußtsein, und er stand auf, seine schlurfende Suche nach Nahrung zu beginnen. »Hey, grauer Mann«, rief May, »wo geht's denn hin?«

»Grauer Mann hat Geschäfte. Besorgungen, Gespräche«, antwortete Sheila wie üblich an seiner statt, und die drei Frauen lachten brüllend.

Von einem überwältigenden Impuls gedrängt, dem plötzlichen Bedürfnis, einem anderen Menschen in die Augen zu sehen, die Stimme zu benutzen, die in seiner Kehle verrostete, blieb er stehen und sah sie an. »Ja, ich habe Geschäfte. Es sei denn, die Damen wünschen, daß ich bleibe. Vielleicht sollte ich Ihre freundlichen Angebote annehmen.«

»Herr Jesus«, hauchte May, und er sah, wie Carlottas Hand sich bewegte und unbewußt ein Zeichen, an das sie sich aus ferner Vergangenheit erinnerte, zwischen sie in die Luft zeichnete. Um das Böse abzuwehren, begriff er und schauderte und wandte sich dann von ihnen ab und murmelte seine ausgeborgten Verwünschungen, verfluchte die ›Arschlöcher‹.

Sie werden sich nicht erinnern, sagte er sich. Sie werden sich mit Rauschgift und Alkohol umwölken und denken, sie hätten sich das nur eingebildet. Und es wird nie wieder geschehen.

Entschlossen, jetzt wieder ganz von seiner Verkleidung geschützt, schlurfte er die erste Seitengasse hinunter auf der Suche nach den verschiedenen Jagdgründen, die er inzwischen so gut kannte. Aus einer offenen Tür am Ende der Gasse hörte er das gleichmäßige Dröhnen der Kakophonie, die dieses Zeitalter als Musik bezeichnete. Das Geräusch signalisierte die Anwesenheit eines der halb verborgenen Nachtclubs der Stadt, die in den Seitenstraßen für eine Handvoll Nächte aufzublühen schienen und dann wieder zu sterben, wenn irgendein anderes Lokal die Aufmerksamkeit der wankelmütigen Kinder auf sich zog, die solche Lokale besuchten.

Er ging vorsichtig weiter, hielt sich im Schatten. Die jungen Leute bewegten sich im Rudel, und die jungen Männer konnten im Alkoholnebel gefährlich sein. In manchen Nächten schienen sie nach Beute Ausschau zu halten, und die alten, schlurfenden Männer, die sich in den Seitengassen aufhielten, eigneten sich gut als Zielobjekte. Er fürchtete sie nicht, fürchtete aber die Risiken, die er würde eingehen müssen, um sich zu verteidigen.

Am anderen Ende der Gasse entstand Unruhe, eine Gruppe lachender, krakeelender Leute tauchte unter der Straßenlaterne auf. Er erstarrte, in seiner Unbeweglichkeit unsichtbar, und wartete darauf, daß sie weiterzogen. Es gab eine Auseinandersetzung, einige deuteten nach unten, auf die Tür zum Club, andere schrien nach irgendeinem anderen Ziel. Schließlich vertiefte sich die Spaltung, und die Hälfte der Gruppe zog in die Nacht davon. Rossokow wartete ungeduldig, daß die übrigen drei durch die Gassen gingen. Es waren zwei junge Männer orientalischer Herkunft, das rasierte Haar wie Hahnenkämme über Gesichtern von fast weiblicher Schönheit.

Die dritte Person ... sein Atem stockte, und er fragte sich, wie es kam, daß er das Leuchten ihrer Präsenz nicht wahrgenommen hatte. Jetzt, wo er es bemerkt hatte, strahlte es grell wie das Neon, das die Nächte der Stadt färbte.

Sie sah völlig anders aus als die bleiche, abgehärmte Frau, die er in der Irrenanstalt gekannt hatte. Rabenschwarzes Haar umrahmte ein bleiches Gesicht, das das Rot ihrer Lippen beherrschte. Ihre Kleidung war kurz und schwarz und ließ lange Beine in dunklen Strümpfen erkennen, und weiße Arme, die schockierend nackt aussahen. Nur ihre Augen waren dieselben, als sie stehenblieb und in die Dunkelheit sah, unvereinbar weich mit all ihren scharfen Kanten und kompromißlosen Farben.

Sie konnte ihn nicht sehen, ihre Sinne waren noch nicht hinreichend gereift, um ihn zu finden, wenn er sich vor ihr verhüllte, aber sie starrte doch unsicher die Gasse hinunter, bis die jungen Männer an ihrem Arm zerrten und sie in die dunkle Mündung des Clubs zogen.

Rossokow atmete langsam aus. Du mußt dich verstekken, hatte er ihr gesagt. Dich verändern, damit ihre Augen dich nicht finden können. Und das hatte sie getan, und zwar mit einer Effizienz, die beinahe angsterregend war. Sein Herz sehnte sich plötzlich nach ihr, Einsamkeit und Sympathie vereinten sich. Er kannte die Schrecken der Jugend in diesem Zustand, das verzweifelte Suchen nach Führung durch denjenigen, der einen neu erschaffen hatte, und dazu den Ballast angesammelter Vorurteile und falscher Bilder aus der finsteren, angsterfüllten Folklore als einzigen Vorbildern. Und diesem Kampf hast du sie schutzlos ausgesetzt, erinnerte ihn sein Gewissen.

Er konnte sich Zutritt in die finsteren Räume des Clubs erzwingen oder zwischen den Mülltonnen lauern, bis sie wieder herauskam. Aber dann stellte sich wieder die Erinnerung an Roias ein und mit ihr der Gedanke, wozu er sich gezwungen sehen könnte, falls man sie als

Geisel nahm, und so schlurfte er weiter, tauchte wieder ganz in seine Tarnung hinein, und es fiel ihm leichter als er sich das gewünscht hätte.

20.

Die Straße war in vollem Schwung, als Mickey und Rick eintrafen, um ihre Anlagen aufzubauen. Die Erinnerung an die Hitze des Tages hing wie die Witterung eines Wildes in der schwülen Luft. Die Hitze trieb die Menschen auf die Straßen, streifte ihnen aber die Stiefel und Mäntel ab, mit denen sie sich den ganzen Winter über geschützt hatten. Mickey hatte seine übliche Lederjacke abgelegt und die Ärmel seines »Death from Above«-T-Shirt hochgerollt. Rick hatte als Konzession an die Hitze sogar sein schulterlanges Haar hinten zusammengebunden. Und, dachte Mickey und grinste innerlich, deshalb, weil er mit dem hinten zusammengebundenen Haar und der runden Sonnenbrille wie der Gittarist von U2 aussah, was ihm genügend sehnsüchtige Blicke der vorübergehenden Mädchen eintrug. An der Straßenecke war nicht viel Platz, aber die etwas zurückliegende Tür, die zu einem der Second-hand-Kleiderläden führte, reichte aus, um Zuflucht zu suchen, wenn der Fußgängerstrom zu dicht wurde. Die Autos krochen auf der Straße vorbei, die Fenster offen und die Stereoanlagen auf höchste Lautstärke gedreht – Konkurrenz, auf die sie verzichten konnten, wo sie doch nur zwei Verstärker mitgebracht hatten.

»Unser Prediger ist auch schon da, ganz pünktlich«, stelle Rick fest, als er sich anschickte, seinen Gitarrenkasten aufzuklappen. Mickey beendete sein Lied und sah die Straße hinunter.

»Heute ist er näher.«

»Ich glaube, die Kellner im Flamingo haben neulich abends die Bullen gerufen. Er hat die Leute beim Essen auf der Terrasse gestört. Der Kerl hat doch die ganze Nacht über Aids und den Lohn der Sünde gemeckert. Möcht' wissen, was er heute drauf hat?«

»Hoffentlich den Fluch von Rock 'n Roll. Die Nummer mag ich«, witzelte Mickey und warf dem Prediger dann einen vorsichtigen Blick zu. Man war sich insgesamt auf der Straße darüber einig, daß der Mann – sie nannten ihn den Holy Roller – harmlos war – eine weitere verlorene Seele, die zuviel Religion oder zuviel Rauschgift oder beides verrückt gemacht hatte. Er war eigentlich keiner von der Straße – dafür war er zu sauber, eine sauber geschrubbte Reinlichkeit, die irgendwie zu seiner Bigotterie paßte. Sein Gesicht war faltig und von einer schlammbraunen Haarmähne eingehüllt. Es war ganz anders als die ausdruckslosen Visagen und das einstudierte Lächeln der Fernsehprediger. Aber wenn sein Gesicht daran schuld war, daß ihm die Dollarströme des Fernsehens versagt blieben, dann konnte seine Stimme durchaus alle Valwells und Swaggarts der Welt beschämen. Zumindest mußte es einmal so gewesen sein, dachte Mickey mit der besonderen Fähigkeit des Musikers, der in einer Stimme das Echo der Schönheit hören konnte. Jetzt hatten Alkohol oder Krankheit oder auch nur die endlose Pflicht, einer gleichgültigen Welt ins Gewissen reden zu müssen, ihren Tribut gefordert, und wenn der Holy Roller predigte, hörte man Krähen, nicht Engel. Mickey mochte es nicht, wenn er mit seinem Gesang diesen Schwulst übertönen mußte, auch wenn es ihm und Rick geradezu diebisches Vergnügen bereitete, Lieder zu spielen, die einen ironischen Kontrapunkt zur Predigt des Mannes bildeten.

Das Klimpern von Ricks Gitarre riß ihn aus seinen Gedanken, und sie fingen an, ihre Gitarren zu stimmen, hielten dabei gelegentlich inne, um sich auf der Straße umzusehen. Als die beiden Instrumente fast wie eines klangen, zog sich Rick den Filzhut tiefer ins Gesicht und grinste Mickey von der Seite an. »Also, Kumpel, wollen wir versuchen, uns heute abend die Miete für diese Woche zu verdienen?«

»Warum nicht? Schließlich ist ja nichts anderes zu tun«, sagte Mickey mit einem sarkastischen Grinsen und war sich zugleich darüber klar, daß sie ziemlich lange würden arbeiten müssen. »Fangen wir mit ›*I Knew the Bride*‹ an?« Rick nickte, gab den Takt vor, und der Abend fing an.

Eine Stunde später hatte sich ein kleiner, dauernd in Bewegung begriffener Kreis um sie gesammelt. Manche Leute blieben nur ein, zwei Takte, andere auf ein ganzes Lied, wenn es ihnen gefiel, wieder andere lungerten einfach herum, um sich gratis unterhalten zu lassen. Oder fast gratis. Mickeys Gitarrenkasten lag offen auf dem Boden, eine stumme Einladung, einen Obolus zu entrichten. Wie üblich, hatten sie selbst ein paar Geldscheine hineingelegt, um in den Gedanken ihrer Zuhörer die Idee der Großzügigkeit aufkommen zu lassen.

Anscheinend hatte es funktioniert, dachte Mickey, als er einen kurzen Blick auf ihre Einnahme warf. Das würde vielleicht wirklich einen erheblichen Teil der Miete abdecken, vielleicht sogar noch vor Mitternacht.

Als er wieder aufsah, stand das Mädchen vor dem Kreis und beobachtete ihn. Mickey starrte sie einen Augenblick lang an, weil er einfach nicht anders konnte. Ihr Haar war auffällig schwarz, gefärbt, erkannte er. Unter den ausgefransten Ponys bedeckte eine Sonnenbrille ihre Augen. Gibt sich große Mühe, cool zu wirken, entschied er. Oder die Linien und Narben eines zu harten Lebens zu tarnen. Ihr Gesicht war bleich, abgesehen von ihren Lippen, die auf ihrer schneeweißen Haut wie eine Rose aufblühten. Sie hatte schwache Linien um die Lippen und eine kaum wahrnehmbare Vertiefung neben dem Mund. Mickey fragte sich, ob sie vielleicht an ihrem Gaumen kaute, um ihre Spannung nicht merken zu lassen.

Sie trug einen abgewetzten khakifarbenen Trenchcoat über einem schwarzen Minirock, dunkle Strümpfe und ein weites schwarzes T-Shirt. Auf dem T-Shirt war ein ausgewaschenes Muster, aber er konnte es nicht erkennen, nur die Andeutung eines Musters und gotische Schriftzüge waren zu erkennen, wenn sie atmete.

Der Holy Roller schrie auf, als quälte ihn etwas, und das Mädchen drehte plötzlich den Kopf. Blut schwang in einem glitzernden Kreis um ihren Hals, und Mickey zuckte zusammen, starrte sie an, bis er erkannt hatte, daß der rote Schein nur ein Stein in ihrem Ohrring war. Sie drehte den Kopf wieder zurück, und er sah die zwei geflügelten Gesichter aus Zinn, die an ihren Ohren hingen, mit rotem Glas, das von ihrem Hals baumelte wie Blutstropfen.

Sie legte den Kopf etwas zur Seite, und er fühlte, wie der Basiliskenblick ihrer Sonnenbrille ihn erfaßte. Verlegen ließ Mickey die Lider sinken und klimperte ziellos auf seiner Gitarre. »Denn die Versuchung ist überall, meine Kinder, und wir sind in der Wildnis verloren. Die Wildnis ist des Teufels, und der Teufel nimmt hier alle Gestalten an – und viele davon sind dem Auge wohlgefällig.« Die Predigt des Holy Rollers hallte plötzlich in seinen Ohren, und die brüchig gewordene Stimme ließ das letzte Wort wie eine Traube rollen, ehe sie den Samen der Bedeutung ausspuckte.

Als Mickey aufblickte, war das Mädchen immer noch da, die schwarzen Gläser ihrer Sonnenbrille hatten sich Rick zugewandt. Ein Seitenblick auf seinen Freund ließ das vertraute schwache Grinsen des Interesses erkennen. Normalerweise amüsierte es Mickey, wie Rick über die Frauen geifern konnte, die sich um sie sammelten. Heute wünschte er sich, der dünne Schweißfaden, der ihm über den Rücken rann, hätte sich nicht in Eis verwandelt.

»Komm schon, Mann«, sagte er verzweifelt und stupste Rick mit der Gitarre an. »Laß uns dem alten Holy etwas geben, worüber er sich wirklich aufregen kann.« Die Menge war unruhig geworden, und wenn sie in der Nacht noch mehr Geld verdienen wollten, taten sie gut daran, die Show wieder in Gang zu bringen.

»Hm? Ach ja«, antwortete Rick benommen, konnte kaum den Blick von dem schwarz gekleideten, schwarzhaarigen Mädchen wenden.

»›Wild Thing‹?« schlug Mickey vor.

»Yeah.« Diesmal kam die Antwort etwas stärker, und als der Blick seines Freundes zu dem dunkelhaarigen Mädchen zurückkehrte, erkannte Mickey, daß er den falschen Song ausgewählt hatte. Aber jetzt hatten sie sich festgelegt, die ersten Akkorde tönten, und das Lied begann.

Man mußte Rick durchaus zugestehen, daß er sich bemühte, subtil zu sein. Er lächelte alle Frauen in der Menge an und hielt auch den Text und die Melodie. Aber er sang es für *sie,* seine Stimme schwoll beim Refrain an, seufzte bei den Versen. Am Ende spürte selbst Mickey sich in die Intensität des Liedes hineingezogen, und sein Gitarrensolo glitt schmachtend auf und ab, ein Widerhall von Ricks Stimme.

Das Mädchen stand da, lächelte schwach und wiegte sich leicht zum Takt. Der Wind blies ihr Haar zu einem dunklen Heiligenschein, der ihr Gesicht umgab, und die Straßenlaternen ließen die roten Steine an ihren Ohren aufblitzen. Einen Augenblick lang, in der Hitze der Nacht und im donnernden Rhythmus der Gitarre, wollte selbst Mickey sie.

Dann war der Song zu Ende, die Menge schloß sich lautstark dem letzten Refrain von »Wild Thing« an, Applaus ertönte, und Geld klapperte in den Gitarrenkasten. Aber all das hörte Mickey nur wie aus weiter Ferne. Weil das Mädchen die Sonnenbrille abgenommen hatte und Rick zulächelte.

Du bist nicht eifersüchtig. Mickey starrte in seine Kaffeetasse und wiederholte die Worte halblaut. Und wußte, daß sie zutrafen. Es war nicht Eifersucht gewesen, die ihn ärgerlich gemacht hatte, als Rick angefangen hatte, seine Gitarre einzupacken und die Menge zu ignorieren, die dünner wurde und sich verlief, bis nur noch das Mädchen dastand. Es war nicht Eifersucht, die ihn darauf bestehen ließ, daß Rick sich mit ihm in einer halben Stunde in der Imbißstube traf. Es war nicht Eifersucht, die ihn hier auf dem Hocker sitzen ließ und auf die Straße hinausstarren, während sein Kaffee kalt wurde und die Blondine am Ende der Bar noch kälter.

Es war, weil die Augen des Mädchens rot aufgeflammt waren, so rot wie ihre Ohrringe, nur eine Sekunde lang, und ihre Zähne unter ihren roten Lippen scharf wie Eis ausgesehen hatten. Es war, weil er, nur eine Sekunde lang, Angst gehabt hatte.

Der Name des Mädchens war Ardeth. Rick sprach ihn ein- oder zweimal aus, während Mickey, der beide Gitarren trug, die Straße hinaufstapfte. »Ardeth. Das ist hübsch.« Sie lächelte, und ihre Wimpern huschten einen Augenblick lang über ihre Augen.

»Danke. Ihr wart sehr gut.«

»Danke. Das bezahlt meistens unsere Miete. Wir wollen natürlich in Wirklichkeit eine Band zusammenbekommen und in den Clubs spielen. Andererseits, will das nicht jeder?«

»Ja, freilich.« Ihre Stimme kam aus weiter Ferne, und zwischen ihren hellen Augenbrauen bildete sich eine kleine Falte. »Bist du hier neu? Ich hab dich noch nie gesehen.«

»Vielleicht bin ich dir bloß nicht aufgefallen.« Ihr Lächeln war verspielt und kokett, aber in ihrer Stimme klang Bitterkeit.

»O nein, dich hätte ich ganz bestimmt nicht übersehen«, versicherte ihr Rick, und sie lächelte wieder. Ihre Augen waren weich und haselnußbraun und paßten überhaupt nicht zu ihrem Gesicht. Plötzlich wirkte sie sehr zerbrechlich. »Also, würdest du gerne einen Schluck trinken?«

»Ja, gern. Komm, ich kenne ein Lokal.« Sie griff nach seiner Hand.

»Jesus, du bist ja eiskalt.«

»Weißt du, was die Leute immer sagen — kalte Hände, warmes Herz.« Sie zerrte ihn weiter, und er mußte ein paar Schritte schneller gehen, um mit ihr Schritt zu halten.

»Wirklich?«

»Immer.« Ihre Stimme klang müde, aber das Lächeln, mit dem sie ihn ansah, war atemberaubend. »Gleich hier um die Ecke.« Sie zog ihn um die Ecke in eine der Seitenstraßen.

»Hier soll eine Bar sein? Ist mir nie aufgefallen . . .« fing Rick an und blieb dann stehen, als sie in eine Nebengasse bog. »Augenblick, was soll das?«

Sie ließ seine Hand los und drehte sich um, sah ihn an. Im schwachen Licht der Straße bestand ihr Gesicht ganz aus Schatten und Kanten, war völlig fremd. »Willst du nicht?« fragte sie leise. Rick sah die Wände der vierstökkigen Häuser, die in der Hitze schwitzten, blickte auf den langen Schatten des Abfallbehälters, der bis an seine Stiefelspitze reichte. Jemand hatte in grellroter Farbe »ANGST« auf die Metallwand des Behälters gesprüht. In der Stille konnte er das schwache Echo der Stimme des Holy Roller am anderen Ende der Gasse hören.

»Ob ich was will?«

Sie trat einen Schritt zurück und zuckte mit den Achseln. Der Trenchcoat fiel herunter. Das schwarze T-Shirt war mit dem verblaßten Symbol der Sonne bedruckt. Dann war es auch weg, und er konnte kurz ihre leuchtenden nackten Brüste sehen, ehe sie hinter dem Abfallbehälter verschwand. »Willst du nicht?« drang ihr Flüstern zu ihm, halb herausfordernd, halb versprechend.

Das wollte sie also. Na schön, dachte Rick plötzlich zornig und folgte ihr, packte ihre kühlen, nackten Arme und zog sie an sich.

Es war einfacher als er geglaubt hatte. Trotz all seiner Prahlereien vor Mickey bekam er gar nicht so viele Mädchen, und bis jetzt hatte er noch nie ein Mädchen in einer dunklen Seitengasse gevögelt, nachdem er kaum fünf Sätze mit ihr gewechselt hatte. Selbst jetzt war da ein Teil von ihm, der Angst hatte, Angst vor den Krankheiten, die man sich zuziehen konnte, Angst vor der Möglichkeit zu versagen. Angst sogar vor der Dunkelheit. Daß er den Holy Roller und das Echo einer lang vergessenen religiösen Vergangenheit hören konnte, half dabei nichts. »Ich bin die Auferstehung und das Leben«, hörte er den Holy Roller rufen, als das Mädchen sich an dem Reißverschluß seiner Jeans zu schaffen machte. »Wer an mich glaubt, der wird nicht sterben, sondern wieder auferstehen!« Er fragte sich halb benommen, warum das Mädchen lachte, aber dann war er in sie eingedrungen, und sie schlang die Beine um ihn, als er sie gegen die Wand preßte, und es störte ihn überhaupt nicht.

Der Triumph, das Entzücken war so intensiv, daß er es kaum wahrnahm, als sie anfing, ihn auf den Hals zu küssen. Und als er dann ihre Zähne spürte, hätte er nicht mehr aufhören können, selbst wenn er das gewollt hätte.

Das erste, was er sah, als er zu sich kam, war eine Ratte, so groß wie eine kleine Katze. Sie starrte ihn von der anderen Seite der Gasse an, und ihre roten Augen leuchteten glasig. Als er stöhnte und sich aufsetzte, verschwand sie, und ihr schlangenartiger Schwanz peitschte dabei. Sein Kopf fühlte sich so schwer wie ein Gewicht auf seinen Schulter an, und als er versuchte, die Hand zu bewegen, bewegte sie sich so langsam, als würde er sie durch Wasser ziehen. Benommen versuchte er sich zu erinnern. Das Mädchen . . . Ardeth . . . er erinnerte sich, daß er ihr begegnet war, erinnerte sich daran, daß er sie im Dunkeln gevögelt hatte, erinnerte sich sogar vage an den Orgasmus, der sie beide auf den mit Unrat übersäten Boden geworfen hatte. Und dann . . . und dann war da nur Dunkelheit.

Er machte den Mund auf, um nach ihr zu rufen, nach irgend jemandem, aber nur ein gequältes Krächzen kam heraus. Wie lange war er hier gewesen? Mickey mußte weggegangen sein . . . Herrgott, Mickey würde wütend sein. Er mußte aufstehen und Mickey finden, ihm sagen, was geschehen war.

Rick richtete sich mühsam auf Hände und Knie auf, hielt inne, atmete tief. Seine Knie taten weh und sein Rücken und sein Hals. Bei dem Gedanken an den Schmerz, den er am Hals empfand, regte sich in ihm eine unbestimmte Erinnerung, aber sie verwirrte ihn nur, und deshalb schob er sie von sich. An den Abfallbehälter geklammert, zog er sich in die Höhe und setzte sich langsam die Seitengasse hinunter in Bewegung.

Zweimal mußte er stehenbleiben, weil die ganze Welt sich um ihn zu drehen schien, aber dann hatte er es endlich bis zur Straße geschafft und taumelte auf den Bürgersteig. Die Straßenlaternen flammten auf, dann verschwamm ihr Licht plötzlich, und er machte einen Schritt auf die Straße zu, mühte sich ab, das Gleichgewicht zu halten. Als er wieder klar sehen konnte und aufblickte, sah er etwas weiter auf die Queen Street zu auf der anderen Straßenseite eine schlanke Gestalt in einem khakifarbenen Trenchcoat stehen. In ihrem schwarzen Haar glitzerte es rot.

»Ardeth«, ächzte er, stolperte weiter. »Ardeth.« Der Rinnstein kam zu plötzlich und ließ ihn auf die Straße hinaus stürzen. Sie drehte den Kopf in dem Augenblick herum, als die Bremsen des Taxis quietschten. Rick sah, wie ihre Augen sich weiteten, rot im Widerschein der Scheinwerfer funkelten, dann schleuderte ihn der Aufprall kopfüber in den Rinnstein.

21.

Die Menschen, die sich auf den Bürgersteigen von Yorkville drängten, waren so glatt und gepflegt wie die Mercedes- und Jaguar-Limousinen, die die Straßen säumten. Ardeth glitt wie ein Schatten zwischen ihnen dahin, die schwarze Lederjacke über dem kurzen schwarzen Kleid, das Haar unter einen ausgebeulten Filzhut gestopft. Sie behielt die Sonnenbrille auf, um den Hunger in ihren Augen zu verbergen. Sie ertappte sich immer wieder dabei, wie sie unbewußt an ihrer Unterlippe kaute. Sie schaffte es jetzt, nur alle drei Nächte Nahrung aufzunehmen. Und seit ihrer letzten Mahlzeit waren vier vergangen.

Es war ... einfacher ... geworden, seit jener ersten Nacht vor zwei Monaten. Sie hatte damals gelernt, wie leicht es war, in der Wollust des Blutes zu ertrinken. Noch zwei Menschen hatten sterben müssen, um sie zu lehren, wie man es vermied, sie zu töten. Ihre geistigen Kräfte waren gewachsen, und sie konnte jetzt die Erinnerung an ihren scharfen Kuß aus dem Bewußtsein ihres Opfers auslöschen, aber nur, wenn die Opfer durch Alkohol, Drogen, Schlaf oder sexuellen Genuß abgelenkt wurden.

Die Leiche des Straßenmusikers war gerade von einem Arbeiter der Straßenreinigung gefunden worden, aber diesmal hatten die Ratten nicht viel übrig gelassen. Die anderen zwei hatte man nicht entdeckt. Sie sah sich jeden Tag die Zeitungen gründlich an, um sicher zu sein. Jener Musiker vor zwei Wochen war ihr einziger Fehler gewesen ... Aber es war doch sicherlich nicht ihre Schuld, daß er vor dieses Taxi gelaufen war? Und in den Zeitungen war der Vorfall gar nicht aufgetaucht.

Die Artikel über eine verschwundene achtundzwanzigjährige Studentin hatten allmählich ebenfalls aufgehört und kamen immer nur dann an die Oberfläche, wenn eine andere Frau verschwand. Dann reihte sich ihr Name in die Aufzählung geheimnisvoll verschwundener Frauen ein: Susan B., die nach einer Party nach Hause fuhr, sich eine Tasse Kaffee machte und verschwand; Lila S., die zwischen dem Ausgang des Shopping Centers und ihrem Wagen verschwand; Ardeth A., die die Straße hinunter ging, um die Ecke und auf die Vermißtenlisten geriet.

Die meisten ihrer Nächte verbrachte sie damit, die Queen Street zu durchstreifen; oder die Yonge mit ihrem beständigen Strom von Autos und Menschen, die die Straße auf einer endlosen Tretmühle hinauf- und hinunterströmten; oder in den Parks hinter der Carlton und der Jarvis Street, wo die Landstreicher und die Schwulen zuhause waren. In Yorkville war sie bisher erst ein- oder zweimal gewesen.

Ebenso wie die Queen Street hatte dieser Ort ihr früher Angst gemacht, mit den vielen teuren Läden, den Schlangen von BMWs und Ferraris, die neben den Bürgersteigen einherrollten, den Scharen teuer gekleideter, teuer frisierter und mit viel Geld ausgestatteter Bewohner. Jetzt fühlte sie sich wie ein Hai inmitten phosphoreszierender Fische, die im wechselnden Licht hin- und herhuschten und aufblitzten, in ihrer Verblendung nichts von dem dunklen Schatten ahnend, der zwischen ihnen dahinglitt.

An diesem heißen Sommerabend waren auch die Straßenverkäufer unterwegs und priesen, angefangen von seidenen Halstüchern bis hin zu nachgemachten Rolexuhren, alles an. Seit sie das letztemal hier gewesen war, war noch eine Flut von Wahrsagern dazugekommen — dickliche, europäisch aussehende Frauen in mittleren Jahren, die Kleider aus bedruckten Stoffen trugen und sich Madame Marisa oder Madame Elana nannten.

Eine paßte nicht auf das Klischee, stellte Ardeth fest. Sie konnte höchstens siebzehn oder achtzehn sein, noch schlank und schön. Ihr langes, ovales Gesicht, das eine schwarze Haarflut einrahmte, wirkte wie das einer Renaissancemadonna. Sie trug ein ärmelloses weißes T-Shirt-Kleid und saß hinter einem Tisch, auf dem eine handgemalte Tafel ›Ihr wahres Schicksal‹ versprach. Ardeth bezweifelte, daß sie wirklich die ›Madame Adela‹ war, die auf der Tafel erwähnt war. Vermutlich war sie eine Tochter, Enkeltochter oder Nichte, Lehrling in dem Gewerbe, Leichtgläubigen das Geld aus der Tasche zu ziehen, für den Augenblick von ihrer Lehrmeisterin alleine gelassen.

An Kunden fehlte es ihr freilich nicht. Ihre unschuldige, dunkle Schönheit zog eine Gruppe junger Männer an, die ihr dabei zusahen, wie sie die Karten schlug, um ihre Zukunft zu lesen. Interessiert ging Ardeth hinten um sie herum und schob sich auf die Treppe des Gebäudes links hinter dem Tisch des Mädchens. Sie ließ sich auf der obersten Stufe nieder und beobachtete durch ihre dunkle Brille.

Das Schicksal, das die Karten verkündeten, schien normal – Wohlstand, Liebe, Glück, Gesundheit. Aber die Kunden in diesem Stadtteil erwarteten nur Unterhaltungswert, und deshalb würde es eine mutigere oder unvernünftigere Novizin als die Madonna selbst erfordern, um hier einen komplizierteren Schwindel zu versuchen. Nach ein paar Augenblicken erfolglosen Flirtens schlenderten die Männer weiter, zufrieden, daß die Karten ihre eigenen Erwartungen von hochbezahlten Stellungen, schönen Frauen und eines langen Lebens bestätigt hatten.

Ardeth blieb, wo sie war, den Ellbogen auf ein Knie gestützt und das Kinn auf dem Handrücken, und beobachtete die Menge. Ein junger Mann, der die Straße heraufkam, erregte ihre Aufmerksamkeit. Sein Gesichtsausdruck war der eines Menschen, der zu lange gefeiert oder zu viel Zeit darauf verwendet hat, seine Sorgen in den

Bars zu ertränken. Er sah gut aus, wenn auch auf eine strahlend blonde Art, die sich so völlig von der blassen, dunkelhaarigen Intensität der Umgebung unterschied, in der sie sich üblicherweise bewegte. Sein Haar hatte die Farbe von Milchkaramellen oder vielleicht auch von Honig, der gerade zu kristallisieren beginnt. Er war jünger als sie, erkannte Ardeth plötzlich, trotz des teuren Anzugs und des Champagnerschwankens.

Fast wäre er an dem Stand des Mädchens vorbeigegangen, schien ihn dann aber plötzlich wahrzunehmen. Er schwankte einen Augenblick, dann erkannte Ardeth sein ›Warum-zum-Teufel-eigentlich-nicht?‹-Achselzukken, und er ging auf den Tisch zu, musterte den Namen auf der Tafel mit zusammengekniffenen Augen und betrachtete dann das glatte Gesicht, das er vor sich hatte. »Sie sind nicht Madame Adela«, verkündete er.

»Nein. Ich bin ihre Enkeltochter Marisa. Aber ich bin in der alten Kunst bewandert. Ich kann Ihnen die Zukunft vorhersagen«, sagte das Mädchen leise, mit einer Stimme voll sittsamen Versprechens. Der Mann lachte und wühlte in der Tasche herum, bis er eine zerknüllte Fünf-Dollar-Note fand. Er warf sie auf den Tisch.

»Okay. Los geht's.«

Ardeth sah, wie Marisas Augen kurz auf und ab wanderten. Sie sieht sich den Anzug, den linken Ringfinger und die Augen an, dachte sie. Sucht nach Hinweisen, um sagen zu können, ob seine Trunkenheit auf zu viel Feiern oder Verzweiflung zurückzuführen war. Das Mädchen mischte die Karten und breitete sie dann vor ihm aus. »Berühren Sie sie einmal«, instruierte sie ihn, und das tat er. Sie mischte einmal, zweimal und begann sie dann auf dem Tisch auszulegen. Als sechs Karten da lagen, mit der Rückseite nach oben, faltete sie die Hände im Schoß und schloß einen Moment lang die Augen. Ihre Lippen bewegten sich. Sie betet darum, es richtig zu machen, dachte Ardeth lächelnd. Von ihrem Aussichtspunkt aus würde sie mit ihrem geschärften Gesichtssinn die Karten sehen können, ehe das Mädchen sie ihrem Kunden zeigte.

»Dies ist Ihre Vergangenheit«, begann Marisa und legte die erste Karte um. »Die Münzen bedeuten Wohlstand. Sie kommen aus einer reichen Familie.« Woher hast du das gewußt? fragte Ardeth das Mädchen lautlos. Wohl an der Art und Weise, wie er den Anzug trägt. Kein neureicher Yuppie. Weitere Karten wurden umgelegt und lagen jetzt wie Geschmeide auf dem weißen Tuch. »In letzter Zeit sind Sie belohnt worden, eine berufliche Beförderung.« Der Mann nickte fast geistesabwesend, den Blick starr auf die Karten gerichtet. »Das hat Ihnen Freude gebracht, aber auch Sorge. Machen Sie sich keine Sorgen. Die Karten weisen auf großen Erfolg, große Macht.« Er grinste verlegen, wie um damit anzudeuten, daß er ihr nicht glaubte, aber daß ihre Prophezeiung ohne Zweifel Wirklichkeit werden würde. »Dies ist die Karte, die Ihre Gesundheit zeigt. Sie bedeutet, daß Sie sich vor Herzkrankheiten hüten müssen. Die hat es in Ihrer Familie gegeben, Sie müssen also vorsichtig sein.« Nicht so schwierig, das erraten zu haben, achte Ardeth. Reiche Familien, in denen gab es immer Herzanfälle. Aber der Mann nickte wieder, und der Zweifel in seinen Augen begann zu wanken.

»Das nächste ist Ihre Herzkarte«, sagte Marisa, und ihre Stimme ging in einen Singsang über. »Die Pik-Dame. Sie ist eine Karte der Zukunft, denn jetzt ist niemand bei Ihnen. Diese Karte vertritt eine Frau von großer Schönheit und Macht.«

»Wie weit in der Zukunft?« fragte der Mann plötzlich und schloß die Frage mit einem sich selbst verspottenden kleinen Lachen ab.

»Das wird uns diese letzte Karte sagen.« Sie hob sie auf und erstarrte, die Karte immer noch sich selbst zugewandt. Ardeth sah mit zusammengekniffenen Augen durch die Sonnenbrille auf die Karte. O du liebe Güte, dachte sie mit plötzlichem Mitgefühl. Die hättest du ihm nicht zeigen sollen, wie? Die hättest du nicht einmal bei dir haben sollen.

»Nun?« fragte der Mann, und Marisa legte die Karte langsam um und deckte damit das Skelett mit der Sense auf.

»Diese Karte bedeutet, daß Ihre Liebe bis zum Tod andauern wird. Und daß Ihnen Ihre Zukunft sehr nahe ist.« Er starrte die Karte an, blinzelte, und es war ihm anzusehen, daß in ihm die Unruhe mit dem warmen Glühen des Alkohols kämpfte.

»Die Karten haben Ihnen eine gute Zukunft gezeigt, Sir.«

»Ja, richtig. Danke.« Er trat von dem Tisch zurück, und die Unruhe gewann in ihm die Oberhand. Ardeth stand auf und ging zur Straße hinunter. Als er sich zu ihr umwandte, nahm sie die Sonnenbrille ab.

Es stellte sich heraus, daß er feierte. Sein Name war Philip. Sohn eines Industriellen und vor kurzem zum Public Relations Direktor in einer der Firmen seines Daddy ernannt. Ardeth ließ sich von ihm in einem der Straßencafés zu einem Glas Wein einladen und hörte sich seine Lebensgeschichte an, die er ihr mit der selbstbewußten Zuversicht eines Menschen erzählte, der der Ansicht war, sie hätte für die Welt eine Bedeutung.

Sie sagte ihm, daß sie Carmilla heiße, und als er schließlich danach fragte, daß sie Schriftstellerin sei. Es war nicht gerade ihre Lieblingsstory, aber sie mußte variieren. »Wirklich? Was schreiben Sie denn?«

»Historische Liebesromane. Unter einem anderen Namen natürlich. Wahrscheinlich haben Sie noch keinen gelesen.«

»Wahrscheinlich nicht. Das ist komisch, ich dachte immer, um Liebesromane zu schreiben, muß man älter sein und ...« er tastete nach dem richtigen Wort und verkündete es dann triumphierend, »ein bißchen komisch.«

»Das sind manche auch.«

»Sie sind ganz und gar nicht komisch.« Er grinste. »Heißen Sie wirklich Carmilla?« Ardeth lachte.

»Unglücklicherweise ja. Meine Mutter war eine große Liebhaberin von Le Fanu.« Er verstand nicht, was sie damit andeuten wollte, tat es aber mit einem Achselzucken ab, entweder weil er sein Unwissen nicht zugeben wollte oder weil es ihm gleichgültig war.

»Was machen Sie dann so ganz alleine hier?«

»Recherchieren«, erwiderte sie und kostete dann die Ironie der Bemerkung einen Augenblick lang aus. »Ich sehe den Leuten ein wenig zu.«

»Und? Haben Sie irgendwelche interessanten Leute gesehen?«

»Ein paar.« Sie lächelte und ließ den Blick einen Augenblick lang an ihm haften, ehe sie auf die Straße sah. »Ich habe ein paar Männer gesehen, die versuchten, die Welt zu beeindrucken, indem sie Funktelefone benutzten, während sie die Straße hinuntergingen. Und dann habe ich viel zu viele Frauen gesehen, die zu enge Kleider trugen. Und zwei junge Männer, die sich überlegten, ob sie wohl einen hinter diesem Gebäude abgestellten Porsche klauen könnten, ohne dabei erwischt zu werden.« Philip lachte.

»Und haben sie es getan?«

»Nein.«

»Immerhin müssen Sie ihnen zubilligen, daß sie Geschmack haben.«

»Ja, wahrscheinlich schon. Haben Sie als Junge Autos geklaut?«

»Nein. Aber als ich vierzehn war, haben ein paar Freunde und ich in fast sämtliche Häuser in unserer Straße eingebrochen.«

»Warum? Um Geld?«

»Nein, unsere Mommies und Daddies hatten davon genug. Wegen des Nervenkitzels hauptsächlich. Um zu beweisen, daß wir es konnten. Um zu sehen, was passieren würde, wenn man uns erwischte.«

»Und hat man Sie erwischt?«

»Natürlich. Einer der Jungs hat es seinen Eltern erzählt.«

»Und was ist dann mit Ihnen passiert?«

»Man hat mich auf ein Internat in Europa geschickt«, sagte er mit einem triumphierenden Grinsen.

»Das muß schrecklich für Sie gewesen sein.« Ardeth drehte ihr Glas in der Hand, so daß der Wein darin herumwirbelte, während ihr langsam eine Idee kam. Eine Chance, mit ihm alleine zu sein, ohne seine Wohnung oder ein Hotel oder die Seitengassen zu riskieren, die hier in der ›Platinmeile‹ viel weniger häufig und viel heller beleuchtet waren. Sie nahm plötzlich einen Schluck aus ihrem Glas und hoffte, daß die Bewegung das richtige Maß an Leichtsinn vermittelte. »So etwas habe ich auch immer tun wollen.«

»Was? In Häuser einbrechen?«

»Yeah. Etwas, wozu Mut gehört . . .« Ardeth' Stimme wurde leiser, sie beugte sich vor und ihre Augen suchten die seinen. »Kommen Sie mit.«

»Sie meinen, in ein Haus einbrechen? Jetzt?«

»Ein leerstehendes. Warum nicht? Es ist beinahe Mitternacht, niemand würde uns sehen. Und niemand würde es etwas ausmachen. Wir könnten einfach auf eine Minute hineingehen.«

Er sah sich um, empfand schon im voraus Schuldgefühle. »Um in Häuser einzubrechen, sind wir nicht gerade richtig angezogen.«

»Es wird ganz einfach sein. Ich komme jeden Tag an einem vorbei und weiß, daß dort ein Fenster locker ist.«

»Yeah, aber . . . gibt es nicht oft in solchen Häusern

Hausbesetzer, Sie wissen schon, Skinheads und Betrunkene?«

»In Yorkville? Jetzt kommen Sie – was kann denn schlimmstenfalls passieren?« Darauf wußte er keine Antwort, und Ardeth bot ihm keine an.

Zehn Minuten später führte sie ihn hinter den abgedunkelten Laden an der Ecke und kletterte vor ihm durch einen Spalt in dem Holzzaun. Er kam hinter ihr durch und wischte dann beunruhigt an seinem Jackett. »Carmilla, ich glaube nicht, daß das eine besonders gute Idee ist.« Sie hielt die Finger an die Lippen und deutete dann auf das Haus.

»Sehen Sie das Fenster im ersten Stock? Wir brauchen bloß auf das Verandadach zu klettern und schon sind wir drinnen«, flüsterte sie. Er sah mit zusammengekniffenen Augen auf das mit Brettern vernagelte Fenster.

»Ich sehe nicht, wo man dort reinkommt.«

»Glauben Sie mir.« Sie führte ihn durch das wuchernde Gestrüpp hinter dem Haus. Als er sie eingeholt hatte, zog sie ihn in den Schatten der Veranda, zog ihn an sich. »Das ist die Stelle, wo das Mädchen gestorben ist. Sie wissen schon, dieser Sektenmord letztes Jahr.«

»Jesus.« Er blickte zu dem Haus auf, das über ihnen aufragte und sah dann wieder in ihr von Schatten bedecktes Gesicht. »Und da wollen Sie hinein?«

»Warum nicht? Jetzt ist niemand da.« Sie hatte sich davon vergewissert, als sie das Haus untertags als Zufluchtsort in Betracht gezogen hatte. Er fröstelte, und sein Blick kehrte zu den mit Brettern vernagelten Fenstern zurück. Zeit, die Einsätze zu erhöhen, Zeit, ihm den kleinen Schubs zu verpassen, den er noch braucht. Sie bewegte sich etwas zur Seite, lehnte sich gerade so weit an ihn, daß er ihren Atem fühlen, das Zittern in ihrem Körper spüren konnte. Sie wußte aus der ängstlichen Faszination in seinen Augen, daß etwas von ihrem Hunger durchgesickert war, jetzt wie eine flammende

Korona aus ihrer beruhigend normalen Augenfarbe glühte. Aber das war gut so — eine Art von Hunger, eine Art von Zittern konnte leicht mit einer anderen verwechselt werden. Sie wischte ihm einen flüchtigen Kuß über den Mundwinkel.

»Ich glaube nicht, daß wir . . .« flüsterte er unsicher, als sie nach der Regenrinne griff, einen Fuß auf den Fenstersims setzte und sich gelenkig auf das Dach der Veranda schwang. Oben angelangt kniete sie nieder und blickte zu ihm herab. »Natürlich sollten wir das nicht tun. Deshalb tun wir es doch. Sie wollen doch, oder?« Das war in Wirklichkeit keine Frage. Er wollte. Alle wollten sie es. Das schon lange tote Mädchen, das sie einmal gewesen war, hatte gewollt. Hatte das Verbotene gewollt und davor Angst gehabt. *Gewollt* — trotz Gesellschaft, Moral und Gesetzen. Hatte tun wollen, wonach sie sich gerade sehnte, sofort und gleich, von dem Wunsch erfüllt, daß etwas Stärkeres, Dunkleres als sie selbst es war, kam und sie dazu *zwang*.

Er blickte kurz zu ihr hinauf und krabbelte dann mit einem geflüsterten Fluch oder einem Gebet schwerfällig neben sie aufs Dach. »Und wenn uns jemand sieht?«

»Es wird uns niemand sehen.«

»Und wenn sie uns hören?« Sie nahm sein Kinn in die Hand und beugte sich über ihn, um ihn wieder zu küssen.

»Sei still, dann hören sie uns auch nicht.« Ihr Lächeln machte die Worte weicher, brachte ihn aber zum Verstummen. Die Bretter lockerten sich unter ihren starken Fingern und lösten sich dann. Sie zwängte sich durch den schmalen Spalt in eines der Schlafzimmer im Oberstock. Er folgte ihr mit kontrollierter Nervosität, hin- und hergerissen zwischen der Angst, ertappt zu werden, und der Sorge, sich den teuren Anzug zu zerreißen.

»Herrgott, ist's hier drinnen dunkel. Wie sollen wir denn etwas sehen?«

»Warte.« Sie konnte natürlich perfekt sehen, ließ ihn aber einen Augenblick lang in der Dunkelheit herumtasten, ehe sie die Kerze aus ihrer Handtasche entzündete. Sie hielt die Flamme vor sich und lächelte. »Komm.«

Das Haus hatte mehr als fünf Jahre lang leer gestanden, bewohnt nur von Staub, Mäusen und einer stetigen Folge von kurzzeitigen Gästen. Dann hatte im letzten Sommer ein Sicherheitsinspektor den verstümmelten Leichnam eines verschwundenen Mädchens entdeckt. Wochenlang hatte die Sensationspresse Gerüchte von satanischen Opfern verbreitet, die erst dann ein Ende nahmen, als der nächste Skandal aufkam. Ardeth wußte nicht, ob man je jemanden verhaftet hatte — es war auch unwichtig. Wichtig war nur, daß dieses Haus ein Ort war, von dem dieser adrette, sorgfältig behütete Yuppie nie zugeben würde, daß er es aufgesucht hatte, ganz gleich, welcher postkoitale Verdacht in ihm vielleicht hinsichtlich der wahren Natur seiner Verführung — oder seiner Verführerin — aufkam.

Philip folgte ihr die Treppe hinauf, dicht hinter ihr, als hätte er Angst, sich zu weit aus dem flackernden Lichtkreis zu entfernen, den sie hielt. Am ersten Treppenabsatz blieb sie stehen, beugte sich über das Geländer und blickte zwei Stockwerke nach unten, hielt die Kerze hoch. Rote Punkte leuchteten kurz unter ihnen auf und verschwanden dann gleich wieder raschelnd. »Ratten«, sagte sie, und er schauderte, trat noch einen Schritt näher.

»Carmilla . . . du hast dich doch lustig gemacht, oder? Ich meine, ist das wirklich das Haus, wo man dieses Mädchen gefunden hat?«

»Nein.« Sie nahm seine Hand und schickte sich an, die letzte Treppe hinaufzugehen. »Das Mädchen war auf einem Schulausflug hier . . . aus irgendeiner Highschool im Norden. Einer katholischen Schule, glaube ich«, sagte Ardeth, ohne ihn dabei anzusehen. »Sie wohnten im Schlafsaal der Universität. Sie war weggegangen, um eine Zeitung zu kaufen oder so etwas. Die Polizei meint, daß man sie ein paar Tage hier im Keller festgehalten hatte – dort unten waren Ketten. Im Keller gibt es keine Fenster, und die Mauern sind ziemlich dick, also hätte sie niemand schreien hören. Aber es kann natürlich auch sein, daß man sie geknebelt hatte.«

Hinter ihr stolperte Philip auf der Treppe, und sie blieb stehen, während er sein Gleichgewicht zurückgewann, und ging dann weiter, malte die wenigen bekannten Tatsachen des Falles mit phantasievollen Einzelheiten aus. Die Angst konnte für sie ein Aphrodisiakum sein, so lange sie am Ende nur dachten, daß sie sie mit der Macht ihres Körpers besiegten.

»In der Nacht des ersten August, das ist die Lammasnacht, hat man sie hierher gebracht. Man hat sie nicht betäubt, also hat sie sich vielleicht während des ganzen Weges diese lange Treppe herauf gewehrt. Aber vielleicht auch nicht.« Einen Augenblick lang schob sich im flakkernden Kerzenlicht ein anderes Bild vor ihre Augen, und sie sah eine schmale Treppe und feuchte, blutige Wände. »Weißt du, man wehrt sich nicht immer. Man kann solche Angst haben, daß man sich nicht rühren kann. Und dann glaubt man, wenn man nur gehorcht, wenn man nur ›brav‹ ist, wird alles okay sein. Glaubt, daß die einen dann laufen lassen. Aber das tun die nicht . . . haben die nicht getan.«

Endlich hatten sie das oberste Stockwerk erreicht. Es gab dort nur eine Tür, und die stand offen. Ardeth spürte, wie Philips Hand sich in der ihren verkrampfte. Sie sah ihn nicht an. »Hier haben sie sie reingebracht.« Sie hob die Kerze und ließ das flackernde Licht die Ränder jener inneren Dunkelheit streicheln. Sie trat vor, spürte, wie seine Hand an ihr zerrte, sie zurückhielt, bis sie ihre unmenschliche Stärke einsetzte und ihn mit sich in die Dunkelheit hineinzog. »Die haben ihr Pentagramme in den Körper geschnitten. Sie hat mächtig geblutet – aber sie hat noch lange gelebt. Das kann man nämlich, weißt du. Du kannst eine Menge Blut verlieren und trotzdem überleben, wenn du immer nur ein wenig auf einmal verlierst. Das war für die wichtig. Daß sie bis zum Ende am Leben blieb. Bis sie ihr dann das Herz aus dem Leibe schnitten.«

Wieder hob sie die Kerze. Es gab keinen Altar, aber die Umrisse von Pentagrammen wogten wie schwarze Schlangen über die Wände. Ardeth schloß die Augen, sah eine Glühbirne in der Dunkelheit einen langsamen Bogen beschreiben, sah den Schatten von Gitterstangen auf dem Fußboden. »Für die ist das sehr wichtig. Daß man nicht stirbt, bis sie mit einem fertig sind. Daß man nicht stirbt, bis die einen umbringen. Weil du ihnen dann den Spaß verdorben hast. Weil du dann zurückkommen könntest.« Sie bemerkte nicht, daß sie ihre Gedanken laut ausgesprochen hatte, bis sie das Echo ihrer Stimme in dem leeren Raum hörte.

»Carmilla . . .« Er hatte ihr seine Hand entzogen. Sie drehte sich um, bemühte sich, einen Hauch ihres eingeübten verführerischen Lächelns auf ihre Lippen zurückzuzwingen und erkannte aus seinem stolpernden Schritt zurück, daß ihr das mißlungen war. Im flackernden Schein der Kerze sah sie, wie das Licht der Erkenntnis den Champagnernebel wegbrannte, und wußte, daß er sie klarer sah als sie das je beabsichtigt hatte. Als er durch die Tür nach draußen entwich, ging die Kerze aus.

Er war auf dem Treppenabsatz, griff nach dem Geländer. Seine Furcht war wie eine Aura aus fahlem Licht. »Philip«, sagte sie, in der Absicht, ihn zu beruhigen, sein Vertrauen zurückzugewinnen, oder ihn wenigstens so lange festzuhalten, bis ihre hypnotischen Kräfte ihr Werk an ihm verrichten konnten. Als er ihre Stimme hörte, zuckte er zusammen und tastete nach der Treppe, glitt auf einem verfaulten Brett aus.

Seine Hände schlossen sich um das Geländer, während das Holz am Geländeransatz zersplitterte und ihn in die Finsternis des Treppenschachts schleuderte. Sie hörte, wie er den Atem anhielt, aber er traf auf dem Boden auf, ehe er schreien konnte.

Sie wartete einen Augenblick oben an der Treppe, lauschte dem Toben des Blutes in ihren Ohren, das das ferne Echo von Schreien übertönte. Dann trat sie an den Rand des Treppenabsatzes und blickte nach unten. Sein Körper lag unnatürlich verdreht auf dem staubigen Boden.

Ardeth fluchte stumm. So hatte es nicht enden sollen. Schließlich ging sie die Treppe hinunter. Sein Blut würde noch eine ganze Weile nicht kalt sein.

22.

Das Mädchen war groß, mit langem, lohfarbenen Haar, das ihr bis auf die Schultern reichte. Sie trat auf die Straße hinaus, als die Ampel gerade auf Gelb umschaltete, und blieb dann mit einem etwas linkischen Ruck stehen. Sara, die hinter ihr ging, spürte, wie sich ihr Herz plötzlich schmerzhaft zusammenzog. Ardeth tat solche Dinge, fing sich beispielsweise zwischen dem Drang, noch bei rotem Licht hinüberzulaufen, und sich auf den sicheren Bürgersteig zurückzuziehen. Selbst das Haar der Frau sah wie das von Ardeth aus.

Einen Augenblick lang erfaßte sie Schwindel, und Sara dachte, ›vielleicht . . .‹ und dann dehnte sich ihr Herz so plötzlich aus, daß ihr die Brust weh tat. Aber nein, das Mädchen war zu groß, und ihre Art zu gehen stimmte nicht, und die Kleider auch nicht.

Sie ließ langsam den Atem heraus und kämpfte gegen die Tränen an, die ihr in die Augen treten wollten. Manchmal fragte sie sich, warum es eigentlich so weh tat. Sie und Ardeth hatten einander eigentlich nie so besonders gemocht. Aber die Abwesenheit ihrer älteren Schwester war wie ein großes, eiskaltes Vakuum in ihrer Brust.

Sie hatte tausend andere Unsicherheiten ohne Frage akzeptiert. Wo sie schlafen würde, wo sie ihre nächste Mahlzeit bekommen würde, ob der Gitarrist, mit dem sie geprobt hatte, auch rechtzeitig für den Gig auftauchen würde oder ob sie jemand anderen würde suchen müssen, all jene Dinge hatte sie einfach bewältigt. Sie hatte alles, was hätte sein können, einfach mit einem Achselzucken genauso locker abgetan wie Träume, an die sie sich nicht mehr erinnern konnte. Aber Ardeth, Ardeth war für sie immer so etwas wie ein ruhender Pol gewesen. Immer in der Schule, immer vernünftig, immer vorsichtig. Es beunruhigte Sara mehr als sie zugeben konnte, daß das Verschwinden ihrer Schwester jedes ihrer Vorurteile völlig zerschmettert hatte.

Vielleicht ist sie einfach weggelaufen, nach Paris oder Tahiti oder Tibet. An irgendeinen Ort, der genauso frivol war wie sie vernünftig. Jeden Tag, sagte sich Sara zum hundertsten Mal seit zwei Monaten, jeden Tag werde ich jetzt eine Postkarte oder einen Anruf von ihr bekommen. Und dann würde Ardeth lachen und sagen: ›Jetzt hab ich's endlich getan, Sara. Ich habe endlich gelernt, Spaß zu haben. Mit der verläßlichen, durchschnittlichen, altjüngferlichen Ardeth ist Schluß.‹

Das wütende Hupen eines Autos riß Sara aus ihrem Tagtraum. Plötzlich bemerkte sie, daß sie einen ganzen Block weit gegangen war, ohne es zu bemerken. Im Augenblick schlenderte sie gerade gleichgültig über eine Kreuzung, während die Ampel auf Gelb schaltete. Sie blieb stehen, um dem Fahrer des Wagens den Finger zu zeigen, der die obszöne Geste erwiderte, und hastete dann zur anderen Seite.

Genug, dachte sie und schob ihre Sonnenbrille, die auf ihrer Nasenspitze balancierte, nach oben. Über sie nachdenken, bringt sie nicht nach Hause. Du hast alles getan, was du kannst. Die Polizei, die Zeitungen, deine Freunde — alle sagen sie dasselbe. Sie ist verschwunden. Andere Dinge sagten sie auch, aber Sara weigerte sich hartnäkkig, sie auch nur in Betracht zu ziehen.

Sie hörte, wie jemand hinter ihr etwas schrie. Eine Männerstimme, die brüllte: »Hey, Sie!« Sie achtete nicht darauf, bis jemand sie an der Schulter packte und herumriß.

»Was bilden Sie sich eigentlich ein?« fragte sie, als sie erkannte, daß das etwas vierschrötige, aber sympathische Gesicht das eines völlig Fremden war. Der Mann starrte sie einen Augenblick lang scharf an, ohne die Hand von ihrer Schulter zu nehmen.

»Ich erinnere mich an Sie. Damit haben Sie nicht gerechnet, oder?« sagte er schroff.

»Wovon reden Sie eigentlich?« konterte sie und versuchte, seine Hand wegzuschieben. Aber seine Finger ließen nicht los.

»Was ist mit Rick passiert?« Die dunklen Augen unter seinem borstigen braunen Haar brannten vor Wut, und Sara verspürte, wie eine Anwandlung von Furcht ihr eisige Schauer über den Rücken jagte. Aber es ist doch hellichter Tag, sagte sie sich. Er kann mir doch schließlich auf einer bevölkerten Straße am hellichten Tag nichts zuleide tun.

»Welcher Rick?« Ihre Stimme klang jetzt ebenfalls scharf, vermittelte zugleich Ärger und Angst. Plötzlich packte der Mann auch ihre andere Schulter.

»Sie haben wohl nicht einmal gefragt, wie er heißt, wie?« höhnte er. »Was haben Sie mit ihm gemacht?«

»Ich weiß nicht, wovon Sie reden!«

»Doch, das wissen Sie schon. Vor zwei Wochen, am Freitag, an der Ecke der John und der Queen Street. Rick, der Straßenmusiker, den Sie aufgegabelt haben. Der, der dann im Rinnstein liegenblieb, als ihn ein Auto überfuhr.

Also, was haben Sie ihm gegeben?« Er schrie sie jetzt an, schüttelte sie, und seine Finger packten so hart zu, daß es weh tat.

»Ich weiß nicht, wovon Sie reden. Und wenn Sie jetzt Ihre Scheißpfoten nicht wegnehmen, schreie ich nach einem Bullen.«

»Nicht, so lange Sie mir nicht gesagt haben, was Sie ihm gegeben haben!«

»Also schön, also schön«, log Sara schnell. »Lassen Sie mich los, dann sag ich es Ihnen.« Sie betete darum, daß er seinen Griff genügend lockern würde, daß sie sich losreißen und wegrennen konnte. Aus dem Augenwinkel konnte sie sehen, wie die Passanten hastig und mit gesenktem Blick an ihnen vorbeihuschten. Als ob die einem helfen würden, dachte sie angewidert. Ihre einzige Hoffnung lag darin, in einen Laden zu laufen, vielleicht sogar ins Gold Rush.

Der Mann starrte ihr einen Augenblick lang ins Gesicht und löste dann eine Hand von ihrer Schulter und griff mit der anderen nach der ihren. Sie zuckte schmerzhaft zusammen, als seine kurzen, kräftigen Finger sie packten. »Also schön, ich warte.«

»Bitte, glauben Sie mir. Für wen auch immer Sie mich halten, Sie täuschen sich. Das mit Ihrem Freund tut mir leid, aber ich hatte nichts damit zu tun.«

»Sie sind aber nicht der Typ, den man so schnell vergißt. Selbst wenn Sie sich die Haare schneiden und rot haben färben lassen, statt schwarz. Ich erinnere mich an Sie.« In seiner Stimme war nicht der Hauch eines Zweifels, aber der fanatische Glanz in seinen Augen war verblaßt.

»Ich werde es Ihnen beweisen«, sagte Sara verzweifelt. »Kommen Sie mit.«

»Wohin?« Seine Hand packte wieder fester zu, und sie biß sich auf die Lippen, um nicht aufzuschreien. Plötzlich ließen seine Finger sie los, als ob ihm gerade bewußt geworden wäre, daß er ihr weh tat. Aber er ließ sie nicht ganz los.

»The Gold Rush.« Er sah auf die Neontafel einen halben Block weiter oben auf der Straße.«

»Okay. Gehen wir.«

Danny stand hinter der Bar, als sie eintraten, er lehnte an der Theke und sah den Billardspielern weiter hinten im Saal zu. Er blickte auf und grinste. »Bist früh dran, Sara.«

»Du mußt mir helfen.« Der Barkeeper musterte den Mann an Saras Seite neugierig und zuckte dann die Achseln.

»Und wie kann ich das?«

»Wo war ich vor zwei Wochen, Freitag abend?«

»Hier natürlich.«

»Und wie lange?«

»Herrgott, das weiß ich doch nicht. Du bist wohl gegen neun hergekommen, denke ich.«

»Und wann ist diese Sache passiert?« fragte Sara den Mann, der Danny argwöhnisch beobachtete.

»Halb zwölf oder so«, erwiderte er, und sie spürte, wie sein Griff an ihrem Handgelenk sich etwas lockerte.

»Wo war ich um halb zwölf?« fragte sie Danny.

»Auf der Bühne, da, wo du Freitag abends meistens bist. Was zum Teufel soll das? Krieg ich jetzt einen Preis oder was?«

»Nur eine Frage noch. Welche Farbe hatte mein Haar vor zwei Wochen?«

»Rot. So wie jetzt«, erwiderte Danny verdutzt.

»Da haben Sie's.« Sie drehte sich mit einem triumphierenden Lächeln zu dem Mann herum. »Glauben Sie mir jetzt?« Er sah sie einen Augenblick lang an und schloß dann müde die Augen.

»Manchmal bin ich ein richtiges Arschloch«, murmelte er und ließ ihre Hand los. Er machte die Augen wieder auf. »Es tut mir wirklich leid.«

»Yeah, ist schon gut.« Sara spürte, wie ihr Ärger nachließ. »Ist schon okay. Muß ja hart gewesen sein. Daß ihr Freund umgekommen ist, meine ich.«

»Ich war einfach ganz sicher. Sie sehen genau wie sie aus. Bloß das Haar nicht. Sie kleiden sich sogar so.«

»Hey, auf dieser Straße ziehen sich an manchen Tagen *alle* so an«, sagte sie und deutete auf ihren schwarzen Minirock und das locker sitzende Top.

»Yeah, aber nicht jeder hat solche Ohrringe.« Er deutete auf sie und setzte dann dazu an, sich umzudrehen, entschuldigte sich erneut. Sara griff sich instinktiv ans Ohr und erinnerte sich plötzlich nicht mehr daran, was für Ohrringe sie gerade trug. Die metallischen Köpfe mit den Flügeln fühlten sich kühl unter ihren Fingern an, und sie spürte leichten Druck von der Fassung eines der roten Steine.

Nun, wenigstens hatte ihre Doppelgängerin guten Geschmack, dachte sie geistesabwesend. Und dann weiteten sich ihre Augen. Sie hatte diese Ohrringe von ihrer Freundin Mira gekauft. Sie waren einmalig. Oder beinahe einmalig. Mira hatte zwei Paar gemacht, und Sara hatte sie beide gekauft. Ein Paar hatte sie Ardeth zum Geburtstag geschenkt.

»Mein Gott«, hauchte sie und blickte auf und sah, wie die Tür sich hinter dem Mann schloß, als dieser die Bar verließ.

Ein Stück weiter unten an der Straße holte sie ihn ein. »Warten Sie«, keuchte sie und packte ihn am Arm.

»Ich hab gesagt, daß es mir leid tut. Lassen Sie mich wenigstens vom Schauplatz meines Verbrechens entkommen«, fing er an, aber sie gebot ihm mit einer Handbewegung Schweigen.

»Sind Sie sicher, ganz sicher, daß das Mädchen, das Sie gesehen haben, solche Ohrringe trug?«

»Yeah. Ich werd das nie vergessen.«

»Dann sagen Sie mir alles, was sich in jener Nacht zugetragen hat«, forderte Sara.

»Was soll das jetzt? Kennen Sie das Mädchen?«

»Es gibt in der ganzen Stadt nur zwei Paar solcher Ohrringe. Ich habe eines davon. Meine Schwester hat das andere.«

»Dann *kennen* Sie sie also. Wo ist sie?« Seine Stimme war wieder kalt und zornig geworden.

»Ich weiß es nicht. Das ist es ja. Sie ist *verschwunden.* Sie ist seit zwei Monaten verschwunden. Und wenn Sie sie jetzt gesehen haben, dann bedeutet das, daß sie lebt. Dann ist sie nicht . . .« Sara spürte, wie ihr die Stimme den Dienst versagte und sie das Wort nicht sagen konnte, nicht einmal, um es zu verneinen.

»Jesus«, sagte der Mann leise.

»Ich habe zwei Stunden auf Rick gewartet. Und dann bin ich schließlich nach Hause gegangen. Am nächsten Tag rief das Krankenhaus an. Rick war an inneren Verletzungen gestorben«, schloß Mickey und starrte in seine Kaffeetasse. Sie saßen in einer Imbißstube und hatten sich inzwischen etwas verlegen miteinander bekanntgemacht.

»Wie kommen Sie darauf, daß Ardeth etwas mit dem Unfall zu tun hatte?« fragte Sara verwirrt und versuchte dabei immer noch, seine Beschreibung der dunkelhaarigen, schwarz gekleideten Frau mit der Erinnerung in Einklang zu bringen, die sie von ihrer Schwester hatte.

»Der Taxifahrer hat gesagt, Rick sei einfach auf die Straße gefallen, als ob er betrunken wäre oder irgendwie high. Als er mit mir eine halbe Stunde vorher spielte, war er völlig clean.«

»Hat man in seinem Blut irgendwelche Hinweise auf Rauschgift oder Alkohol gefunden?«

»Das weiß ich nicht. Die wollten nichts sagen. Daran war auch etwas Unheimliches. Die Polizei hat das Ganze einfach abgeschrieben, den Fahrer nicht einmal unter Anklage gestellt. Ich schätze, es war wirklich nicht seine

Schuld. Aber als ich im Krankenhaus war, fragte mich einer der Ärzte, ob Rick in letzter Zeit Blut gespendet hätte, weil er mehr verloren hatte als sich durch den Unfall erklären ließ. Rick hat nie Blut gespendet. Dazu hat er viel zu viel Angst vor Spritzen und Nadeln und solchem Zeug.«

»Also schön, ich gebe ja zu, daß es ziemlich seltsam ist. Aber ich begreife immer noch nicht, was Ardeth Ihrer Ansicht nach damit zu tun hatte. Hat sie denn jemand am Unfallort gesehen?«

»Nein. Schauen Sie, ich weiß ja, daß es verrückt klingt, aber Sie haben sie in dieser Nacht auch nicht gesehen.« Er hielt verlegen inne und sah sich im Raum um, als wollte er sie um keinen Preis ansehen. »Sie war schaurig.«

»Was soll das bedeuten?«

»Ich weiß nicht. Sie hatte nur etwas an sich . . . deshalb dachte ich auch, daß sie gekifft hatte. Etwas, das sie Rick gegeben hat und das ihn dazu gebracht hat, vor dieses Taxi zu laufen.«

»Ardeth hat ihr ganzes Leben lang nie Rauschgift genommen. Sie hat kaum getrunken«, erregte sich Sara.

»Yeah, und sie hatte auch kein schwarzes Haar und ist auch nicht verschwunden, stimmt's?«

»Dann vergessen Sie's eben. Vielen Dank für die Information«, brauste sie auf und schickte sich an, aufzustehen. Er hatte recht, und genau das war es, was so weh tat. Ardeth hatte sich offenbar viel stärker verändert, als sie je geahnt hatte.

»Tut mir leid. Sara, bitte setzen Sie sich.« Sie sank wieder auf die plastikbezogene Bank und fuhr sich mit den Händen durch das kurze Haar.

»Sie haben recht. Es ist nur einfach so schwer zu glauben. An ihr war alles so sauber und klar, daß man es kaum glauben konnte. Vielleicht hat ihr einfach jemand die Ohrringe gestohlen. Vielleicht haben Sie jemand anderen gesehen.«

»Jemanden, der ganz zufällig so wie Sie aussieht?« konterte er, und sie seufzte und ließ die Beruhigung, die der Gedanke an Diebstahl in ihr erzeugt hatte, ebenso schnell los, wie sie sich an ihr festgeklammert hatte. »Wann ist sie verschwunden?« wollte Mickey wissen.

»Das weiß ich nicht genau. Das letztemal hat man sie in einer Vorlesung im März gesehen. Ich hatte sie ein paarmal angerufen, aber es meldete sich nie jemand. Dann rief mich ihre Freundin Carla an und wollte wissen, wo Ardeth sei. Man hatte seit einer Woche nichts mehr von ihr gehört, ich meine niemand. Carla und ich haben sie dann am Tag darauf als vermißt gemeldet.«

»Was hat die Polizei gesagt?«

»Was konnten die schon sagen? Sie ist schließlich erwachsen und konnte tun, was sie will. Sie haben in ihrer Wohnung nachgesehen und ihr Bankkonto überprüft. Nichts fehlte. Dann haben sie einen Bericht geschrieben und eine Menge Fragen gestellt und überall rumgeschnüffelt. Ich habe ihnen gesagt, daß Ardeth nie auf die Weise verschwinden würde. Dazu war sie zu berechenbar, zu verantwortlich. Wissen Sie, was mir der Sergeant gesagt hat, als ich sagte, daß Leute wie Ardeth einfach nicht verschwinden? Er sagte ›Miss Alexander, Leute wie Ihre Schwester sind genau die Art von Leuten, die einfach verschwinden.‹ Aber nach einer Weile hörten sie auf, besonders gründlich zu suchen. Die glauben, daß sie eines Tages als Unbekannte in einer Leichenhalle auftauchen wird.«

»Nun, wenigstens wissen Sie, daß sie noch lebt. Und sie ist irgendwo hier in der Stadt.«

»Und sie hat Probleme. Das weiß ich ganz genau.«

»Warum gehen Sie nicht zur Polizei? Ich sag denen, wen ich gesehen habe.«

»Damit die dann glauben, daß sie etwas mit dem Tod Ihres Freundes zu tun hat?« wandte Sara ein. »Warum sollte ich das tun? Wenn sie Probleme hat, dann werd ich die nicht noch schlimmer machen, indem ich die Bullen hineinziehe. Ich werde sie selbst finden.«

»Sie wissen aber nicht, worin diese Probleme bestehen. Vielleicht sollten Sie besser die Finger davon lassen«, riet Mickey vorsichtig.

»Sie ist meine Schwester. Sie ist alles, was von meiner Familie noch übrig geblieben ist. Ich will herausbekommen, was mit ihr passiert ist.«

»Sara . . . vielleicht will sie nicht gefunden werden. Sie ist die ganze Zeit hier gewesen und hat Sie nie angerufen.«

»Dann kann sie mir das selbst sagen. Darauf habe ich zumindest ein Recht.«

»Und wie werden Sie sie finden?«

»Das weiß ich noch nicht. Aber mir wird schon etwas einfallen. Wenn Sie sie gesehen haben, muß sie auch jemand anderer gesehen haben. Und weitere Leute werden sie auch sehen.«

»Ach, Scheiße«, fluchte Mickey plötzlich und sah auf die Uhr. »Ich bin schon zu spät dran, ich muß jetzt gehen.« Er fuhr in sein Jackett und fummelte in der Tasche nach Kleingeld für ihren Kaffee herum. Das Geld klirrte auf der Resopalplatte des Tisches, als er aufstand. »Sara . . . viel Glück. Hoffentlich finden Sie sie.«

»Danke.«

»Und«, er machte eine kleine Pause, »wenn Sie je einen Gitarristen brauchen . . . Einen Augenblick lang flammte Wut in ihr auf, verlosch dann aber wieder. Sie lächelte traurig.

»Das ist so in diesem Geschäft. Geben Sie mir Ihre Telefonnummer.« Er kritzelte sie auf die Serviette, die sie ihm hinstreckte, und rannte dann hinaus. Einen Augenblick später tauchte sein Gesicht in dem halb geöffneten Fenster neben ihrer Nische auf. »Sara, hören Sie, ich hab's – ich meine, wie wir Ihre Schwester finden können. Ich komme heute abend ins Gold Rush und sag es

Ihnen, okay?« Sie nickte, und dann war er, ehe sie etwas sagen konnte, verschwunden.

Sara starrte die Nummer auf der Serviette einen Augenblick lang an und sah sich dann unter den Gästen des Imbißlokals um, suchte jedes Frauengesicht ab, sah Ardeth' Augen in einem und ihre Kinnpartie in einem anderen. Nach Mickeys Beschreibung von der Frau mit den Ohrringen hatte sich Ardeth sich so völlig verändert, daß es ihr nicht leicht fallen würde, sie zu finden. Zwei Monate lang hatte sie die Straße nach der Schwester abgesucht, an die sie sich erinnerte, und dabei hätte sie an Ardeth vorbeigehen können, ohne sie eines zweiten Blickes zu würdigen.

Schwarzes Haar, weiße Haut, wilde, schaurige Augen. Das war nicht die Schwester, die sie kannte. Nicht die vernünftige, verläßliche, langweilige Ardeth.

Und, sei doch ehrlich, so hast du sie doch gesehen. Verdammt, sie hat sich ja selbst auch so gesehen. War es vielleicht dieses Image, gegen das sie sich aufgelehnt hat? fragte sich Sara. Du hast sie immer dazu ermuntert, hast ihr gesagt, sie solle locker werden. Hier und da etwas riskieren.

Das habe ich, ich weiß, daß ich das habe, dachte sie plötzlich verzweifelt, aber, o Ardy, ich wollte doch nicht, daß du *alles* riskieren solltest.

23.

Sie war nahe.

Er war von seinen üblichen Schlupfwinkeln weiter im Süden heraufgewandert, hatte sich dabei vorgemacht, er würde es zur Zentralen Bibliothek schaffen, ehe sie um neun Uhr schloß, hatte aber tief im Herzen gewußt, daß ihre Witterung es war, die ihn anzog.

Halte dich von ihr fern, sagte sich Rossokow. Da war

gestern jemand in der Unterkunft der Heilsarmee, der die alten Männer befragt hatte. Ambrose Dales Ururenkelin hat nicht aufgehört, nach dir zu suchen — und du hast keinen Weg gefunden, um sie aufzuhalten. Und bis dir das gelungen ist, mußt du dich fernhalten.

Er ging die Yonge Street hinauf und fühlte ihre Präsenz irgendwo im Westen. Ganz mit seiner Wahrnehmung beschäftigt, stand er vor den großen Glastüren des Bibliotheksgebäudes, ehe ihm bewußt wurde, daß es dunkel und leer war. Er hielt einen Augenblick lang inne, die Hand auf dem Türgriff, und starrte sein Spiegelbild im Glas an. Du bist ein Narr, sagte er der schemenhaften Gestalt dort, und wenn du mit deiner Torheit nicht aufhörst, wird es diesmal nicht Jean-Pierre sein, der in Flammen untergeht. Du wirst es sein. Oder Ardeth.

»Tut mir leid, Sie sind gerade zu spät gekommen.« Die Stimme rechts von ihm ließ ihn herumfahren, und dabei krampfte sich seine Hand so fest um den Türgriff, daß er das Glas als Reaktion darauf klappern hörte. Eine junge Frau stand da, und er erkannte, daß sie wohl im Schatten eines der dünnen Bäume dagesessen sein mußte. Die Stadt hatte sie dort in Granittöpfen gepflanzt, in brüchigem, hilflosem Trotz gegen den Beton, der alles andere zu bedecken schien. »Ich habe gerade versucht, all das auseinander zu sortieren, um es nach Hause zu schleppen.« Sie deutete auf die Ansammlung mit Zeitschriften gefüllter Einkaufstaschen, die vor dem Pflanzbehälter aufgetürmt waren. »Tut mir leid, wenn ich Sie erschreckt habe.«

Rossokow ließ den Türgriff los und spürte, wie sich ein Lächeln auf seinen Lippen formte. Es war ein gutes Stück nach neun, und die Nacht war über der Stadt, berührte selbst diese hell erleuchtete Durchfahrtstraße. Und dieses junge Geschöpf entschuldigte sich dafür, daß es *ihn* erschreckt hatte. Aber noch während es ihn amüsierte, erinnerte es ihn schmerzlich an Ardeth und die seltsame

Höflichkeit, mit der sie ihn in der fremdartigen Hölle des Verlieses behandelt hatte. »Das ist schon in Ordnung. Ich war einfach zu optimistisch.« Er musterte sie jetzt gründlicher, spürte etwas Vertrautes in ihrer Stimme und der Art und Weise, wie sie ihre Schildpattbrille die Nase hinaufschob. »Sie arbeiten hier, nicht wahr?«

»Ja. Ich bin etwas länger geblieben, um eine Arbeit abzuschließen . . . und die hier mitzunehmen.« Sie deutete wieder auf die Zeitschriften. »Die darf ich nach Hause nehmen, sobald die Mikrofilmausgaben ausgeliefert werden.« Sie trat einen Schritt vor und musterte ihn neugierig. »Ich habe Sie schon ein paarmal hier gesehen. Sie sind der, der tatsächlich die Sachen liest.«

»Der Landstreicher, der lesen kann. Nicht nur einer, der nach einer Schlafstelle Ausschau hält.« Die schwache Beleuchtung schaffte es nicht ganz, die Röte zu verbergen, die ihr ins Gesicht stieg.

»Nun, wissen Sie, eine Menge von Ihnen . . . von denen . . . sitzen bloß rum und . . .«

»Ich weiß«, kam er ihr zu Hilfe und war plötzlich froh darüber, daß er an diesem Abend relativ saubere Kleider trug und in seiner Konzentration auf Ardeth auch sein schlurfendes, Verwünschungen murmelndes Ritual vergessen hatte. Er sah auf die Ansammlung von Tüten. »Müssen Sie die alle tragen?«

»Nun, ich habe gedacht, daß ich es schaffen würde. Ich wohne nicht weit von hier. Drüben in Rosedale.« Sie deutete mit einer Kopfbewegung. Wie jung war sie? fragte sich Rossokow plötzlich und stellte fest, daß er sich in diesem Punkt und in dieser neuen Welt noch kein Urteilsvermögen angeeignet hatte. Sicher jünger als Ardeth.

»Ich gehe in die gleiche Richtung«, log er. »Es wäre mir eine Ehre, Sie begleiten zu dürfen.«

Sie lachte verlegen. »Sie haben wirklich dieselbe Richtung?« fragte sie, und er erkannte unter ihrem leichten

Tonfall die Fäden der Vorsicht, der Unsicherheit und der Faszination, die er schon vor so langer Zeit auszunutzen gelernt hatte.

»Ich habe, wie Sie ja sehen können, Muße. Ich habe sonst nichts vor, und Rosedale ist mir als Ziel ebenso angenehm wie jedes andere. Aber Sie haben ganz recht, daß Sie sich nicht leichtfertig von einem Fremden begleiten lassen. Gestatten Sie mir also, daß ich mich vorstelle. Ich bin Dimitri Rossokow.« Es tat gut, seinen Namen wieder auszusprechen. Selbst die affektierte Verbeugung, die er daran anschloß, fühlte sich gut an, ein Augenblick heiterer Frivolität, den er sich schon so lange versagt hatte.

Ihr Kichern signalisierte ihre Kapitulation, ihre Unfähigkeit, jemanden, der mit so törichter Galanterie zu ihr sprach, längere Zeit zu fürchten. »Ich bin Eleonora Holmes. Aber da die Großtante, nach der man mich benannt hat, bereits tot ist und es nicht mehr merkt, nenne ich mich gewöhnlich Ellie.«

Sie hoben die Tüten auf, jeder von ihnen zwei, und sie führte ihn die Yonge Street hinauf auf das teuerste Viertel der Stadt zu. Das war es auch schon zu seiner Zeit gewesen, und er erinnerte sich daran, wie die Villen dort vor den Bäumen und der Dunkelheit wie Juwelen geleuchtet hatten, erinnerte sich an die langen Reihen von Kutschen, die dort aufgefahren waren, um ihre makellos gekleidete Ladung vor den Türen der Elite der Stadt aussteigen zu lassen.

Im Licht der Straßenlaternen konnte er sehen, daß sie jünger war, als er geglaubt hatte, höchstens zwanzig. Ihr langes, kastanienfarbenes Haar umrahmte ein ovales Gesicht mit einem breiten, vollen Mund und schmalen braunen Augen. Ihre Gesichtszüge waren auf eine fast anonyme Art angenehm, aber das Leben, das beim Reden in ihr Gesicht trat, faszinierte ihn. Sie unterstrich, was sie sagte, mit lebhafter Mimik oder einem kurzen

Lächeln, und ihre Hände, die die Tüten trugen, hoben sich, als wäre sie gewohnt, mit ihnen zu gestikulieren, und selbst die schweren Tüten konnten sie nicht davon abhalten. Sie trug schwarze lange Hosen und ein weites, ärmelloses Oberteil, das am Hals von einer glitzernden Brosche zusammengehalten wurde.

Sie war nervös und achtete sorgsam darauf, den Abstand zwischen ihnen zu bewahren, und redete, um ihre Nervosität zu verbergen. In schneller Folge fand er heraus, daß ihr Vater Rechtsanwalt, ihre Mutter Verwaltungsangestellte in einem Krankenhaus und ihr älterer Bruder Aktienmakler war. Sie selbst besuchte seit zwei Jahren die Universität, und ihre Zukunft schien für den Rest der Familie Holmes von zentraler Bedeutung zu sein. »Dad wäre natürlich entzückt, wenn ich den Anwaltsberuf ergreifen würde, Mom würde mich als Ärztin vorziehen und Paul wäre schon froh, wenn ich ihm auf seiner alten Alma Mater nicht zu viel Schande mache.«

»Und was wollen sie selbst?«

»Das weiß ich noch nicht. Ich arbeite gern in der Bücherei, wenn auch meine Eltern jedesmal zusammenzucken, wenn sie hören, wie schlecht die bezahlen. Ich habe mir an der Universität Biologie als Hauptfach gewählt, und das macht mir Spaß. Das ist mein Problem. Ich finde *alles* interessant. Manchmal wünsche ich mir, ich würde zu den Leuten gehören, die schon von ihrem fünften Lebensjahr an wissen, daß sie einmal Neurochirurg werden wollen.«

»Wißbegierde ist ein seltener Wesenszug. Sie sollten ihn schätzen«, meinte er und fing ihren vorsichtigen Blick auf.

»Und was ist mit Ihnen? Was wollten Sie werden, als Sie jung waren?«

»Nicht das, was mein Vater sich wünschte.« Sie grinste und bog um eine Ecke, führte ihn von der Yonge

Street weg in eine Seitenstraße, ohne das allem Anschein nach wahrzunehmen.

»Und was war das?«

»Ein braver Sohn. Einer, der zu Hause blieb und Söhne bekam, die den Namen weitergeben konnten.«

»Und was haben Sie getan?«

»Ich bin weggegangen. Ich bin gereist, habe studiert und . . .« Er hielt ruckartig inne, erinnerte sich plötzlich daran, daß dies nicht Ardeth war und sie sich nicht in der Irrenanstalt befanden, wo alle Lügen bedeutungslos waren. Er bewegte sich auf das reiche Herz der Stadt zu, als Landstreicher gekleidet, in Begleitung eines Kindes, dessen Blut ihn ebenso anzog wie ihr Charme. Es war Wahnsinn. Dies war keine halb beduselte Trinkerin, keine vom Rauschgift zerfressene Prostituierte. Wenn er sich jetzt einen Schnitzer leistete, dann konnte er ebensogut eine dieser seltsamen grellen Neontafeln über seinem Kopf errichten und darauf warten, daß Havendale ihn erwischte. Und er hatte ihr seinen richtigen Namen gesagt.

Einen Augenblick war ihm danach, einfach die Tüten fallen zu lassen und zu fliehen, aber der Hunger nach Blut war ein stechender Schmerz in seinen Eingeweiden, der Hunger nach ihrer sorglosen, gleichgültigen Jugend noch stärker. Die Wildheit, der Rausch seiner finsteren Macht war viel älter als die Vorsicht, zu der er sich seid hundert Jahren geschult hatte. Ardeth magst du deshalb getadelt haben, dachte er bedrückt, aber nicht einmal in dir selbst kannst du es abtöten.

»Mr. Rossokow?« Ihre Stimme klang zögernd, schwankte zwischen Sympathie und Furcht.

»Und das war ein anderes Land und in einer anderen Zeit«, endete er schließlich und brachte ein schwaches Lächeln zuwege.

»Was ist mit Ihnen passiert?«

»Daß das aus mir geworden ist, was Sie heute vor sich

sehen? Das ist eine lange Geschichte und nicht sonderlich interessant, fürchte ich. Warum bereiten Sie nicht einem alten Mann die Freude, indem Sie ihm erzählen, was Sie sonst noch an der Welt faszinierend finden.«

Ihre Lippen kräuselten sich einen Augenblick lang, auf halbem Weg zwischen einem Schmollen und Ablehnung, dann glätteten sich ihre Züge wieder. »Ich glaube nicht, daß Sie auch nur annähernd so alt sind, wie Sie tun. Und im Augenblick sind Sie das Interessanteste, was es weit und breit gibt. Wenn Sie mir nichts von sich erzählen, werde ich es einfach erfinden.«

»Nur zu.«

»Also schön.« Sie musterte ihn einen Augenblick lang theatralisch mit zusammengekniffenen Augen und bemerkte dabei nicht einmal, daß ein Mann, der seinen Hund quer über die Straße führte, sie eine Weile neugierig betrachtet hatte. »Ich würde sagen, Sie kommen irgendwo aus Europa. Ihre Familie war wahrscheinlich reich oder adelig, das schließe ich daraus, daß Sie den Familiennamen weitertragen sollten. Als Sie zu Hause weggingen, hat Ihr Vater Sie enterbt.« Soweit stimmte alles, mußte Rossokow zugeben, aber dann weitete die Geschichte sich in tragische geheime Liebesabenteuer und Komplotte schmiedende Brüder aus, die sicherstellen wollten, daß er enterbt blieb. »Und da sind Sie jetzt, stekken in Toronto fest und lesen die Zeitungen und versuchen, irgendeinen Hinweis darauf zu finden, wo sich Ihre lang verlorene große Liebe aufhält. Wie war ich?«

»Vielleicht sollten Sie es mit Schriftstellerei versuchen, statt Biologin zu werden«, schlug er lachend vor.

»Das würde Dad freuen. Schriftsteller verdienen noch weniger als Bibliothekarinnen.« Sie blieb plötzlich an einer kurzen Einfahrt stehen. »Wir sind da.« Ihre Stimme klang verwirrt und unsicher.

Rossokow betrachtete das Haus eine Weile, suchte nach von Licht gesäumten Fenstern oder dem Schatten eines Gesichts, das sie beobachtete. Aber da war außer einer Lampe über dem Eingang nichts. Hinter dem Schleier von Zedernhecken, die die vordere Rasenfläche säumten, konnte er aus dem Haus zur Rechten leise Geräusche hören, aber das zur Linken lag völlig stumm da. »Meine Eltern sind noch nicht zu Hause. Sie sollten aber bald kommen.« Die Worte sprudelten schnell aus ihr heraus, so als könnte ihr Tempo die Lüge verdecken.

»Dann werde ich Sie jetzt verlassen«, sagte er, setzte aber die Tüten nicht ab.

»Haben Sie Hunger? Durst? Ich könnte . . .«

»Ich habe keinen Hunger.« Seine eigene Lüge kam viel glatter heraus.

»Ich würde Sie hereinbitten, aber . . .«

»Ich verstehe. Ich könnte alles mögliche sein. Ich könnte gefährlich sein.« Sie schwankte noch einen Augenblick lang, hin- und hergerissen zwischen Angst und Neugierde, zwischen tausend Warnungen und ihrem Glauben an ihre eigene Unverletzbarkeit.

»Wenn Sie ein Dieb sind, ist es egal. Alles ist versichert. Und . . . ich glaube nicht, daß Sie mir etwas zuleid tun wollen. Oder wollen Sie das?« Sie sah ihn an, und ihre dunklen Augen waren ganz groß, und ihre Gesichtszüge zum erstenmal unbewegt und offen.

»Nein, Eleonora Holmes, ich will Ihnen nichts zuleide tun.« Das zumindest war die Wahrheit.

Also öffnete sie die Tür und ließ ihn ein.

Im Haus war es kühler als draußen, gekühlt von modernen Maschinen und dem kahlen Weiß der Wände. Überall, wo Licht hinfiel, schimmerte Metall und Leder. Schwarze Möbel und Chromregale standen in eisiger Eleganz vor den Wänden und kontrastierten mit großen Gemälden von gletscherhaftem Blau. Ellie sah sich in dem offenen Wohnzimmer um und schnüffelte. »Besser nicht«, entschied sie. Sie schaltete das Licht aus und führte ihn in die Küche hinunter. »Und Sie sind ganz sicher, daß Sie nichts wollen?« Als er ablehnte, sperrte sie die hintere Tür auf und führte ihn auf einen verglaste Veranda. »Wie wäre das?«

»Ein bewundernswerter Kompromiß«, stellte er fest, und sie hob fragend die Brauen. »Ich bin exakt betrachtet nicht ›im‹ Haus. Für den Fall, daß Ihre Eltern irgendwelche Festlegungen bezüglich fremder Männer getroffen haben.«

»Ich bin erwachsen«, sagte sie steif und würdig. »Meine Eltern machen mir keine solchen Vorschriften.« Sie setzte sich auf ein Korbsofa und sah ihm zu, wie er sich neben sie setzte. Die Bäume und Hecken waren hier hinten hoch gewachsen und boten Schatten, stellte er fest, und dahinter war ein hoher Holzzaun. Zu jemandem, der sich draußen in einem der umliegenden Gärten befand, würden ihre Stimmen vielleicht als ein Murmeln durchdringen, aber ganz sicher nicht in Häuser, deren Fenster geschlossen waren, um ihre künstlich erzeugte kühle Luft festzuhalten. Sie hatte die Verandabeleuchtung nicht eingeschaltet. Ein langes Schweigen stellte sich ein, nicht sonderlich gesellig. »Was machen Sie hier? Warum sind Sie mit mir mitgekommen?« fragte Ellie schließlich.

»Ich dachte, daß ich Ihre Gesellschaft genießen würde. Ich hatte recht. Und«, er hielt inne, zögerte einen Moment, die Wahrheit als Teil seiner Verführung zu benutzen, »und Sie haben mich an jemanden erinnert.«

»Ihr lang verschwundene große Liebe?« Ein Grinsen war in ihrer Stimme, aber er konnte fast hören, wie es verblaßte, so wie er es aus ihrem Gesicht gleiten sah. »Ist sie tot?«

»So könnte man sagen. Sie war jung und liebte es zu lernen, so wie Sie. Ich verbringe meine Zeit in der Gesellschaft alter oder verlorener Männer . . . oder ganz ohne Gesellschaft. Es gibt Zeiten, wo ich die Jugend und das Leben brauche.«

»Ich wußte, daß Sie nicht so alt sind, wie Sie sich geben.«

»Ich bin viel älter, als ich mich gebe. Deshalb brauche ich das, was Sie haben, so sehr.«

»Wollen Sie mich vögeln?« Die Obszönität kam so scharf und so kantig heraus, als wollte sie sie als Verteidigung gegen ihn gebrauchen.

»Ich fürchte, darüber bin ich lang hinaus. Aber ich würde Sie sehr gern küssen.« Sie saß einen Augenblick lang still da und drehte sich dann zu ihm hinüber. »Also gut.« Er fühlte den Atem der Worte ebenso, wie er sie hörte. Er legte eine Hand an ihr Haar und beugte sich hinüber, um ihren Mund zu berühren. Einen Moment lang waren ihre Lippen an den seinen gespannt, dann wurden sie weich und sie erwiderte den Kuß. »Küsse ich wie sie?« fragte sie, als er seinen Mund hob.

»Nein. Sie küssen wie Sie selbst.«

»Meine Eltern sind im Norden. Sie kommen heute nicht zurück.«

»Ich weiß.« Diesmal wartete ihr Mund auf ihn.

Sie war doch nicht so sehr wie Ardeth. Ihr Körper war runder, ihre Brüste voller, ihre Leidenschaft lauter. Als er seine Zähne in ihren Hals grub, legte er ihr die Hand über den Mund, um ihren Schrei zurückzuhalten, und sie biß ihn in die Handfläche. Ihr Blut war unaussprechlich süß, frisch von ihrer Jugend, und gewürzt mit verbotener Frucht.

Gesättigt döste er länger neben ihr, als er beabsichtigt hatte. Am Ende zog er vorsichtig den Arm unter ihrem Kopf heraus und setzte sich auf. Sie regte sich, ihre Augen öffneten sich langsam. »Schsch.« Er legte die Hand an ihre Lippen. »Du bist sehr müde. Der Heimweg mit all den Tüten war lang.« Sein Daumen bewegte sich, glättete die Runzeln, die sich auf ihrer Stirn formten. »Du warst so müde, daß du, als du nach Hause kamst, hier herausgingst und einschliefst. Du hattest einen Traum.«

»Aber . . .«

»Bloß einen Traum, sonst nichts. Einen Traum, den du am Morgen vergessen wirst.«

»Will nicht vergessen«, widersetzte sie sich, kämpfte gegen seine einlullende Stimme und die Schläfrigkeit an, die ihren schlaffen Körper beherrschte.

»Nun gut. Dann erinnere dich an den Traum. Nur den Traum.«

Sie seufzte und gab nach, sank wieder in die Kissen. Beinahe hätte Rossokow sie liegen gelassen, aber dann erinnerte er sich, daß es möglicherweise selbst in dieser Umgebung raubtierhaftes Gelichter geben konnte, das nicht so aufmerksam wie er war, und so trug er sie ins Haus und ließ sie auf dem schwarzen Ledersofa weiterschlafen.

Als er sich vorsichtig in sein eigenes Territorium zurückbegab, versuchte er, sie zu bedauern . . . konnte es aber nicht. Er war zu lange nur mit hypnotisierten Huren und bewußtlosen Säuferinnen zusammen gewesen, für die er nicht einmal ein Traum war. Es war so lange her, daß er zuletzt seinen eigenen Namen von den Lippen eines anderen Menschen gehört hatte, daß er ihn beinahe selbst nicht mehr kannte. Er hatte Vorsicht mit Trägheit und Furcht mit Umsicht verwechselt. Es war Zeit, das zu ändern. Zeit zu handeln. In einer der nächsten Nächte.

Alles, das aufsteigt

She says one day soon
you and I will merge
Everything that rises must converge

Sie sagt, daß du und ich eines Tages
miteinander verschmelzen werden
Alles, was aufsteigt, muß konvergieren.

Aus dem Tagebuch von Ambrose Delaney Dale
25. September 1898

Es ist geglückt — dieser Plan, den ich den ganzen Sommer über sorgfältig in Szene gesetzt habe, ist endlich geglückt! Das Opfer ist mir zwar entwischt, aber ich kenne jetzt seinen Namen und sein Gesicht. Jetzt kann er mir nicht mehr entkommen.

Sie alle kamen, all die, die mir Anlaß zum Argwohn gegeben hatten. Der Trick, ein Abendessen für die Gesellschaft zu geben, um die Mitgliederzahl unseres Verbandes der Kaufleute der Stadt auszuweiten, schien sie alle getäuscht zu haben.

Am Anfang war es zum Wahnsinnigwerden. Sie bestanden alle jede Prüfung, die ich mir ausgedacht hatte. Alle traten ein, ohne dazu eingeladen zu werden — aber vielleicht genügen schriftliche Einladungen. Alle erschienen in den Spiegeln, die ich sorgfältig an vielen Stellen in der Halle und im Speisesalon plaziert hatte. Einige kamen mit ihren Frauen, zu aufwendig gekleidet und so respektabel und gewöhnlich, wie das Frauen von Geschäftsleuten häufig sind. Alle aßen das Geflügel, trotz der starken Knoblauchdosis in der Sauce. Keiner versuchte, sich vor dem Kruzifix wegzuducken, das ich auf den Kaminsims gestellt hatte, oder vor den Kreuzen zu verstecken, die in das Tischtuch eingewebt waren. Sie schienen mir eine durchschnittliche Auswahl ausländischer Geschäftsleute, einige von ihnen wichtigtuerisch und laut, einige ruhig und bedächtig, einige charmant und klug.

Während der Abend seinen Lauf nahm, hatte ich schon fast verzweifelt aufgegeben und überlegte gerade, ob ich Collins wegschicken sollte, der, als Bediensteter getarnt, in der Halle mit den Männern, die er engagiert hatte, Wache hielt. Ich verließ den Salon und ging in mein Arbeitszimmer, wußte, daß Collins mir folgen würde, um seine Anweisungen entgegen zu nehmen.

Die Tür stand offen, als ich ankam, und ich wußte sofort, daß ich nicht alleine war. Ich hatte natürlich nicht etwa den Zutritt zu diesem Raum verboten, und deshalb brannte ein Feuer im Kamin und verbreitete ein schwaches, flackerndes Licht, das mich den Mann sehen ließ, der im Schatten an der der Tür abgewandten Wand stand. Er betrachtete die Bücherregale dort. Die Zeit reichte mir gerade noch, um zu erkennen, daß jene Regale meine Sammlung okkulter Werke enthielten — und daß das Feuer so weit heruntergebrannt war, daß es wohl kaum genügend Licht verbreitete, um einen normalen Menschen die Titel dort lesen zu lassen — als er sich umdrehte.

Als seine Augen rot aufflammten, wußte ich, daß er derjenige war, den ich suchte. Kaum daß ich das erkannt hatte, war es mir klar wie der hellichte Tag, und ich fragte mich, wie ich jenes schmale Gesicht, jene fahlen Augen je hatte ansehen können, ohne es sofort zu erkennen.

Aber so wie ich ihn kannte – kannte er mich!

Ich konnte aus dem plötzlichen Leuchten in seinen Augen erkennen, daß ihm klar war, daß er meine Erkenntnis wahrgenommen hatte. Einen Augenblick starrten wir einander an, dann setzte er sich in Bewegung, warf sich schneller auf mich, als ich für möglich gehalten hätte.

Ein donnerndes Dröhnen hallte in meinen Ohren, und der Geruch von Kordit erfüllte die Luft. Der nach vorne gerichtete Schwung der Kreatur kehrte sich um, und er taumelte nach rückwärts, hielt sich die Brust. Ich sah, wie seine weiße Hemdbrust anfing, sich zu röten.

Ich hörte Collins hinter mir eine Verwünschung ausstoßen und fürchtete einen Augenblick lang, daß wir uns beide getäuscht hatten. Daß da vor uns ein unschuldiger Mann starb.

Dann wirbelte der Vampir herum und stürzte sich aufs Fenster, bahnte sich seinen Weg durch das splitternde Glas nach draußen in den Garten. »Ihm nach!« schrie ich Collins an und – ich muß ihm das als hohes Verdienst anrechnen – der Mann zuckte keinen Augenblick, sondern stürzte quer durchs Zimmer und zum selben Fenster hinaus. Draußen hörte ich ihn nach seinen Männern rufen.

Fast im gleichen Augenblick ertönten hinter mir Stimmen. Henry, Elizabeth, die Gäste . . . sie alle riefen durcheinander, wollten wissen, was hier vorging. Ich schaffte es, sie mit dem Hinweis auf einen Eindringling zu beruhigen, und das lenkte sie auf Geschichten über Verbrechen, die in der Stadt verübt worden waren, und dann kam es zu viel Kopfschütteln und allgemeinen Klagen über den traurigen Zustand dieser modernen Welt. Zum Glück konnte Elizabeth sie dazu überreden, zu diesen Gesprächen in den Speisesalon zurückzukehren.

Jetzt dämmert fast der Morgen. Collins ist nicht zurückgekehrt. Langsam beginne ich zu glauben, daß er vielleicht nie zurückkehren wird. Das ist lästig . . . aber kein unüberwindbarer Rückschlag. Es gibt eine Menge Männer wie ihn in der Stadt, die, wenn man sie gut bezahlt, jede Lüge glauben werden, die ich ihnen auftische. Wenn Collins nicht zurückkehrt, werde ich noch heute jemand anderen dafür engagieren, um mit der Suche nach dem Besitz des Vampirs zu beginnen.

Ich habe nicht geschlafen. Ich kann nicht schlafen.

Hier im Arbeitszimmer ist es sehr heiß, trotz der zerbrochenen Fensterscheiben. Ich spüre ein dauerndes Dröhnen im Kopf, und jenes seltsame, angespannte Gefühl in meiner Brust hat sich wieder eingestellt. Zu denken, daß bald nichts dergleichen mich mehr peinigen wird!

Ich höre Carstairs an der Tür, ohne Zweifel mit dem Frühstück. Vielleicht legt sich der Schmerz, nachdem ich gegessen habe.

24.

Der Tod von Campbell jr. war der Traum eines Boulevardzeitungsverlegers. »Millionärssohn stirbt im Horrorhaus« schrien es die Schlagzeilen hinaus. Jung und gut aussehend starrte einen Philips Bild von jedem Titelblatt aus an. Der Sektenmord wurde in allen Übelkeit erregenden Einzelheiten auf den Innenseiten wieder hochgewürgt. Der außerhalb Torontos lebende Eigentümer des Gebäudes, der die Leiche während einer Inspektion des Hauses gefunden hatte, unterzog sich widerstrebend weiteren Interviews.

Am nächsten Tag las Martin Rooke die Einzelheiten, die die Zeitungen nicht abdruckten. Die Polizei wußte nicht viel. Philip war an inneren Verletzungen und einem

Bruch der Wirbelsäule im Genickbereich gestorben, die er sich bei seinem Sturz vom Treppenabsatz im zweiten Stock des unseligen ›Horrorhauses‹ zugezogen hatte. Der Alkoholgehalt im Blut war zu niedrig, um ihn im juristischen Sinne als betrunken zu qualifizieren, aber er hatte eindeutig vor seinem Tod Alkohol zu sich genommen. Niemand wußte, weshalb er das Haus aufgesucht hatte. Er war am Samstagabend bis halb elf mit Freunden zusammen gewesen, seitdem hatten sie ihn nicht mehr zu Gesicht bekommen. Die Polizei befragte Gaststättenbesitzer und Ladeninhaber entlang der Yorkville Avenue und versuchte, auf diese Weise herauszufinden, wo er sich vor seinem Tode aufgehalten hatte.

Und der Coroner hatte sie gebeten, den Ort seines Todes noch einmal zu untersuchen. Um das Blut zu finden, das aus Philips Leiche fehlte.

Die nächste Lieferung brachte ihm weitere Einzelheiten. Campbell war um dreiundzwanzig Uhr in Gesellschaft einer jungen Frau in einem Café gesehen worden. Eineinhalb Stunden später war er tot. Nach der Beschreibung war die junge Frau mit einem schwarzen Kleid und einem Hut bekleidet gewesen und hatte eine Brille mit aufgesetzten Sonnenbrillengläsern getragen.

Unter dem offiziellen Bericht hing eine handschriftliche Notiz. »Straßenmusiker bei Autounfall im 10. Juni getötet — Freund behauptet, er habe seine letzte Stunde mit einer ›seltsamen‹ Frau in Schwarz verbracht. Autopsieberichte melden etwas reduziertes Blutniveau, aber nichts Schlüssiges. Gehe der Sache nach.« Rooke schnaubte. Er war nicht sicher, ob ihm der Bericht angenehm war oder nicht. Ihm war es gleichgültig, ob Philip Campbell jr. von einer Frau in Schwarz oder einem Transvestiten in rosafarbenem Chiffonkleid getötet worden war. Er brauchte das grauhaarige Ungeheuer, aber der Blutverlust war wichtig.

Hatte es angefangen, seine Opfer durch Vermittlung

anderer zu rekrutieren, setzte es Frauen als Lockvögel ein? Das war eine Methode der Jagd, mit der man sich nicht den Blicken der Stadt aussetzte. In Roias Berichten stand nichts, was darauf hindeutete, daß es das konnte — aber Roias hatte es von Anfang an gründlich unterschätzt.

Im ›Horrorhaus‹ konnte es sich nicht mehr befinden; das hatte die Polizei gründlich durchsucht. Aber vielleicht hatte es sich nicht weit entfernt. Rooke machte sich eine kurze Notiz. Es gab Fäden, an denen man ziehen konnte, um eine Durchsuchung verlassener Gebäude zu gestatten, um dort Verstöße gegen die Brandverhütungsvorschriften ausfindig zu machen. Eine von Havendales Tochtergesellschaften im Baugewerbe konnte die administrativen Voraussetzungen dafür schaffen; Thompsons Leute konnten sich dann um die eigentlichen Durchsuchungen kümmern. Und der Stadtrat mit einer halben Million Havendale Provisionen auf einem Schweizer Konto konnte die Formalitäten übernehmen. *Würde* die Formalitäten übernehmen.

Rooke blickte auf den letzten Widerschein der untergehenden Sonne hinaus, ein Flammenband quer über die goldbeschichteten Fensterscheiben des Royal Bank Gebäudes. Es war beinahe Zeit für seinen Bericht an Althea. Wenigstens hatte er diesmal etwas zu sagen.

Er benutzte den Computer und achtete darauf, daß die Spuren, die er meldete, so positiv wie möglich klangen, schilderte die Maßnahmen, die er ergriffen hatte, und riskierte es, einen Zeitraum von maximal zwei Wochen bis zur Gefangennahme zu schätzen. Es war sein längster Bericht, den er seit einem Monat geliefert hatte. Er erhielt dieselbe Antwort wie immer, drei Worte, die in stummer Anklage auf dem Bildschirm flimmerten:

FINDEN SIE IHN.

Keine Auseinandersetzung mit seinem Bericht, keine

Diskussion. Er war entlassen. Rooke seufzte und löschte den Text.

Wenigstens war die Laborverlegung ohne größere Pannen abgelaufen. Und er hatte es geschafft, die Kosten niedrig zu halten, indem er beispielsweise das Halonsystem im Labor auf Sprinkler umgestellt und die Umbauten im oberen Stockwerk so gestaltet hatte, daß Altheas Forderungen gerade knapp erfüllt wurden. Trotzdem bedeutete es mehr als hundertfünfzig Riesen aus seiner Tasche, aber es hätte schlimmer kommen können.

Er brauchte einen Drink. Das und Lärm und lebende Körper, um seine Gedanken von den Manövern abzulenken, die das Ziel hatten, Tote einzufangen. Er sah auf die Uhr. Es war Zeit, auf ein Bier wegzugehen und wieder da zu sein, ehe die Computer den nächsten Stapel gestohlener Daten ausspuckten, die sich mit Campbells Tod befaßten.

Außerhalb der Schatten der Türme klebte die Hitze am Beton der Stadt, als die letzten Ränder von Sonnenlicht hinter dem Horizont der Gebäude im Westen verschwanden. Er zündete sich eine Zigarette an, inhalierte Rauch und Auspuffgase und ging zur Queen Street. So wie er das in letzter Zeit immer tat, huschte sein Blick über jeden, der an ihm vorüberkam, ignorierte dabei die Uniformen von Anzügen oder Leder und suchte unter den ausdruckslosen Gesichtern nach den Spuren eines Schädels, die er seinem Gedächtnis eingeprägt hatte.

An der Ecke der Queen und der John Street wartete er darauf, daß die Ampel umschaltete, und überlegte, ob er ein Bier im Rotterdam oder eine Margarita im Santa Fe haben wollte. Sein Blick wanderte zu dem Mast der Straßenlaterne neben ihm. Er war mit Plakaten bedeckt, eine Schicht über der anderen. Zahlten die Leute wirklich Geld dafür, um Bands zu sehen, die Namen wie *Barbie Goes to Hell* trugen? Machte ihnen das Spaß? Und das da – war das Werbung für eine Band oder eine richtige Anzeige? Das Plakat zeigte die Skizze eines Frauengesichts, auf eckige Art nett und seltsam unwirklich, umgeben von stumpfem, schwarzem Haar. Darunter stand »Haben Sie diese Frau gesehen?« Er überflog den mit der Hand geschriebenen Text. Seit April verschwunden ... im Juli an der Ecke Queen und John gesehen ... Jeder, der sie gesehen hat, soll anrufen ... Ardeth, bitte, ruf zu Hause an. Seltsamer Name, dachte er, und fragte sich, warum er ihm vertraut vorkam. Er sah noch einmal auf den handgeschriebenen Text und fand den vollen Namen. Ardeth Alexander. Dann schaltete die Ampel um.

Er hatte die Straße halb überquert, als es ihn plötzlich traf. Da war noch etwas, worüber Roias ihn belogen haben mußte. Aber jetzt wußte er, wer die seltsame Frau in Schwarz war. Er wußte, wer Campbell in das Todeshaus gelockt hatte. Und er wußte, wie er den Vampir finden würde. Einen von beiden jedenfalls. Und welcher es war, war gleichgültig.

25.

»Tut mir leid, Sara. Überhaupt nichts.«

»Trotzdem vielen Dank, Danny. Sag mir Bescheid, wenn jemand anruft.«

»Du weißt doch, daß ich das tue.«

Sie legte den Hörer auf, schaltete das Schlafzimmerlicht aus und ging wieder ins Wohnzimmer. Pete, Derek und Steve lümmelten inmitten von Pizzaschachteln und Bierdosen auf dem Boden. Mickey saß etwas abseits von ihnen, mit dem Rücken an die Couch gelehnt. Sie kamen miteinander aus, soweit sie das feststellen konnte, wenn ihr auch bewußt war, daß die Mitglieder der Band sich wegen Mickeys Motiven den Kopf zerbrachen. Sich mit ihr einzulassen, war eine Sache – einzig und allein ihre Sache. Von der Band akzeptiert zu werden, war etwas ganz anderes.

Sie hatte selbst gewisse Zweifel bezüglich seiner Motive. Er war in jener Nacht vor einer Woche mit seinem Plakatplan im Gold Rush aufgetaucht, hatte versprochen, daß ein befreundeter Künstler die Skizze machen würde und sie sie billig gedruckt bekommen würden, und daß er sie dann verteilen würde, wenn er eine seiner üblichen mitternächtlichen Touren machte, auf denen er Plakate für einen der Clubs klebte. Nach jenem einen etwas linkischen Versuch in der Imbißstube war er nie wieder darauf zurückgekommen, daß er sich der Band anschließen wollte. Er spielte nie für sie, nicht einmal, wenn sie ihre eigene Gitarre in Ardeth' Wohnzimmer von Ardeth' Wohnung rumliegen ließ. Sie lud ihn auch nie dazu ein, aus Angst, ihr künstlerisches Urteil würde am Ende die tastende Freundschaft zerstören, von der sie spüren konnte, daß sie sich zwischen ihnen entwickelte.

»Jetzt ist nur noch ein Inning*) übrig«, sagte Tom, der auf den Fernseher sah. Die Jays werden es schaffen.«

»Das träumst du vielleicht«, erwiderte Derek zynisch. »Die werden abschmieren, das tun die immer. Das ist die ungeschriebene Regel im kanadischen Sport — wenn man der Gewerkschaft beitritt, muß man abschmieren.«

Baseball, dachte Sara angewidert und bahnte sich ihren Weg zwischen den ausgestreckten Beinen und Bierdosen, um ihr leeres Glas zu holen und in die Küche zu gehen. Sie goß sich gerade ein Glas Wein ein, als aus dem Wohnzimmer plötzlich lautes Geschrei ertönte. Sie blickte auf, als Mickey hereinkam. »Haben die Jays einen Punkt gemacht?«

»Yeah.« Er lehnte sich an die Wand und sah sie an. »Du machst dir nichts aus Baseball, wie?«

»Nicht viel«, gab er zu.

»Ich auch nicht. Aber . . .«

---

*) Inning: Spielabschnitt beim Baseball, bei dem eine Mannschaft die Schlag- und die andere die Fangpartei ist. Anmerkung des Übersetzers.

»Aber die Band schon.«

»Ja, die Typen stehen drauf. Und es ist Lärm. Ich brauche hier Lärm.«

»Deshalb sind sie also immer hier.«

Sara lachte und setzte sich an den Küchentisch. »Das ist nicht der einzige Grund. Na ja, ich habe ein paar schlimme Nächte hier verbracht, als ich eingezogen bin, gleich nachdem Ardeth verschwunden war. Ich weiß nicht, vielleicht denke ich, wenn ich ein Rudel besoffener, Pizza essender Jayfans lang genug hier behalte, macht sie das so wütend, daß sie zurückkommt und uns alle rausschmeißt.«

»Noch nichts von den Plakaten gehört?«

»Nein.«

»Es sind auch erst zwei Tage. Du mußt noch Geduld haben.«

»Hoffentlich. Ich hoffe, daß sie anruft. Ich hoffe, daß sie nicht böse ist, daß ich hier wohne.« Sie blickte einen Augenblick lang in ihr Weinglas, während er sich ihr gegenüber auf dem Stuhl niederließ. »Ich habe nicht ausgepackt. Ich hab einfach meine Sachen alle in einem Haufen auf ihren Boden gelegt, so wie ich es immer gemacht habe.«

»Damit du einpacken und gehen kannst, wenn sie zurückkommt?« fragte Mickey. »Meinst du, daß sie dich rausschmeißen würde?«

»Bis jetzt hat sie das nie getan. Manchmal wollte sie es, aber sie hat es nie getan. Aber einen Schlüssel hat sie mir auch nie gegeben. Ich mußte mir den, den ich jetzt habe, von Carla geben lassen. Aber jetzt . . .«

»Hat sie sich verändert.«

Sie nickte. »Ardeth und ich . . . wir waren nicht gerade das, was man Freundinnen nennt.«

»Nie?«

»Ich glaube nicht. Aber manchmal hatten wir großen Spaß miteinander, und den Rest der Zeit haben wir es gewöhnlich geschafft, höflich zueinander zu sein.«

»Ich habe einen älteren Bruder. Er ist Ingenieur. Wenn die Familie zusammenkommt, klopft er mir immer auf die Schulter und fragt mich, wann ich endlich einen richtigen Job annehme. Wir sprechen den ganzen Tag wahrscheinlich drei Sätze miteinander. Einer davon lautet ›Wie war die Reise?‹«, sagte Mickey, und sie lachte.

»Wir haben gewöhnlich mehr miteinander geredet. Aber nicht viel mehr, ehrlich gesagt. Sie«, sie machte eine Pause, »ich dachte immer, daß man von mir erwartete, daß ich irgendwie ihren Standard erreichte. Typischer Kinderquatsch, du weißt schon, ›Mutter hat dich immer lieber gehabt.‹«

»Hat sie das?«

»Ich glaube nicht, nein. Ardeth hat einmal gesagt, sie hätte gedacht, Mom hätte *mich* lieber gehabt. Wer will sich da also schon auskennen. Als unsere Eltern starben, wurde es noch schlimmer. Ardeth fing an, sich aufzuführen, als ob sie meine Mutter wäre. Manchmal war es, als ob wir unterschiedliche Sprachen gesprochen hätten — so daß es, selbst wenn wir dasselbe meinten, so rauskam, als müßten wir uns darüber streiten.« Sie kippte den Stuhl nach hinten und blickte zur Decke und sah dann wieder auf ihr Glas, drehte es in der Hand. »Einmal, als wir noch Kinder waren, habe ich bei einer Schulaufführung mitgespielt. Es war irgend etwas aus der griechischen Mythologie oder so. Wir hatten diese weißen Laken, die wir als griechische Gewänder tragen mußten. Ardeth hat der Scheiß großen Spaß gemacht, Mythologie, Geschichte, alles, was alt und tot war — sie hat das richtig genossen. Also fand sie ein Buch mit Zeichnungen von griechischem Schmuck und hat mir dieses Halsband gemacht. Sie hat es aus Papiermasché gemacht und es blau, gold und rot bemalt. Wahrscheinlich hat es ziemlich schlimm ausgesehen — Ardeth' Stärke ist ihr Verstand, nicht ihre Hände. Aber ich bin mir in dem Ding wie die Königin des Olymp vorgekommen. Weil es die erste Sache war, die sie jemals *mir* geschenkt hat — mir, dem kleinen Mädchen, das gerade singen lernte, das gerade anfing, wirklich *ich* zu sein. Ich trug es jedesmal, wenn wir auf dieser Schülerbühne standen. Jahrelang habe ich es behalten. Weil es bedeutete, daß sie mich —«, die Stimme brach ihr, und sie starrte ihre Hände an, Tränen traten ihr in die Augen, »— daß sie mich dieses eine Mal geliebt haben muß.«

»Sara . . .«

»Herrgott, es tut mir leid.« Sie warf den Kopf in den Nacken und blinzelte ins Licht, als ob die elektrische Wärme ihre Tränen trocknen könnte. »Ich dachte, ich hätte das hinter mir. Ich klinge ja wie ein beschissener Disneyfilm.«

»Ich glaube nicht, daß man in einem Disneyfilm ›beschissen‹ sagen darf«, meinte Mickey und Sara lachte, lachte lauter als die Bemerkung das verdiente, und ließ ihre Tränen und ihre geröteten Wangen von ihrem Lachen erklären, als die Band die Köpfe in die Küche steckte, um zu verkünden, daß die Jays einzig und allein infolge ihrer moralischen Unterstützung das Spiel gewonnen hatten.

»Nun, und jetzt, wo wir dein Essen verspeist und in deinen Fernseher geglotzt haben, sollten wir wohl besser gehen. Wir sehen uns dann morgen abend im Rush«, verkündete Tom. »Wir fahren in die Stadt, Mickey, willst du mitkommen?«

In der plötzlichen Stille spürte Sara Mickeys Blick, spürte, daß er auf ein Zeichen wartete, was sie wollte. Was will ich? Wenn sie fragte, würden sie alle bleiben, würden sie sie mit ihnen in einem Haufen von Kissen und Decken auf dem Wohnzimmerboden schlafen lassen, wie sie das schon so oft auf so vielen Böden getan hatten. Wenn sie fragte, würde möglicherweise Mickey alleine bleiben, würde vielleicht die allgegenwärtige Erinnerung an Ardeth aus dem kalten Bett im nächsten Zimmer vertreiben.

Sie sagte nichts.

»Klar«, antwortete Mickey nach einer Weile. Der Stuhl scharrte auf dem Boden, als er aufstand. In der leeren Küche wischte sie sich die Augen und lauschte dem Rascheln von Lederjacken, die angezogen wurden, dem Ritual von Witzeleien, als die Band sich zu gehen anschickte. Sie wartete, bis sie hörte, wie sie die Wohnungstür öffneten, bis es zu spät war, um sie mit einem Funken menschlicher Würde zurückzurufen, ehe sie aufstand und in den kleinen Eingangsflur hinausging.

Sie waren bereits im Korridor, blieben stehen, um ihr zuzuwinken, ihr lautlos in übertriebener Sorge, nur ja nicht zu laut zu sein, einen Abschiedsgruß zuzurufen und sich damit darüber lustig zu machen, daß sie darauf bestand, daß Ardeth' guter Ruf bei ihren Nachbarn nicht ruiniert wurde. Es war beinahe komisch – sie, die schon die Gastgeberin von so vielen Parties gewesen war, die nur die von den Nachbarn gerufene Polizei zum Schweigen hatte bringen können.

Mickey war auf halbem Wege zwischen der Tür und dem Ausgang, und als sie auftauchte, zog es ihn zu ihrer Tür zurück. »Wirst du alleine zurechtkommen?«

Sie blickte auf die sich schließende Tür am Ende des Korridors. »Ich denke schon, keine Sorge.«

»Wenn du es dir anders überlegst, kann ich mit dem Fahrrad zurückkommen.«

»Und auf meiner Couch schlafen?« Die Frage kam scharf und kantig heraus, voll Erinnerungen an Tyler und falschen Trost, den andere Arme versprochen hatten.

»Wo auch immer. Was auch immer.« Er sah ihr gerade in die Augen, während sie nachdachte, überlegte, was er wirklich anbot. Und was er dafür wollte.

»Wenn ich jemanden brauche«, sagte sie zuletzt, »werde ich anrufen.« Er lächelte und beugte sich dann über sie, um sie leicht auf den Mundwinkel zu küssen.

»Um die Gespenster fernzuhalten. Bis morgen.« Er

war gegangen, ehe sie etwas sagen konnte, eilte den Flur hinunter, um die Chance, mitgenommen zu werden, nicht zu verpassen.

Sara stand noch einen Augenblick im Flur und wandte sich dann dem leeren Appartement zu. Ohne den Fernseher, ohne das Gelächter lag ein Eishauch in der Stille, der sie frösteln machte. Um die Gespenster fernzuhalten . . . Aber wer verfolgt eigentlich wen, Ardy? dachte sie, von plötzlichem Schmerz erfaßt. Sie schloß die Tür, preßte die Stirn gegen die kalte Metallfläche. Bist du das Gespenst, das diesen Ort hier heimsucht — oder bin ich es?

Sara träumte. Sie träumte von einer weichen Stimme, die ihr ins Ohr flüsterte und sie bat, die Tür zu öffnen. In dem Traum war es völlig vernünftig, daß es die Balkontür war und daß sie aufstand, um sie zu öffnen, um einen Splitter der Nacht hereinzulassen, der in eine von Schatten bedeckte Ecke des Schlafzimmers schwebte.

Sie wachte auf und fuhr hoch. Der Atem stockte ihr in der Kehle, ihr Herz schlug wie wild. Sie lag in der Dunkelheit und fragte sich, was sie geweckt hatte, hörte plötzlich das leiseste Geräusch. Ihr Atem schien in der Finsternis widerzuhallen. Sie war fast wieder in den Schlaf gesunken, als ihr klar wurde, daß es kein Echo war.

Der Schrecken ließ ihr plötzlich unter der Haut heiß werden, eine Hitze, die ihr dreimal zu schneller Herzschlag speiste. Das uralte Dilemma der Kindheit kehrte wieder: war es besser, dem Ding, das über dem Bett aufragte, ins Auge zu sehen, oder sich unter den Laken zu verstecken und zu hoffen, daß die eigene Blindheit einem Schutz bot?

Schließlich setzte sie sich auf und sagte mit so viel gespielter Tapferkeit als sie aufbringen konnte: »Wer, zum Teufel, sind Sie?«

Der dunkle Schatten in dem Rattansessel in der Ecke bewegte sich leicht. »Es ist besser, wenn Sie es nicht wissen. Aber ich will Ihnen nichts Böses tun.« Die Stimme war leise, aber klar, und hatte einen aufreizenden Hauch eines ausländischen Akzents an sich.

»Was wollen Sie?« Ihr Blick wurde langsam klarer. Der Schatten hatte sich in eine erkennbare menschliche Gestalt aufgelöst, obwohl das Gesicht immer noch nicht mehr als die Andeutung von Gesichtszügen hatte.

»Ich habe Neuigkeiten von Ihrer Schwester.«

»Ardeth? Sie haben Sie gesehen? Wo ist sie?«

»Sie ist tot.«

»Ich glaube Ihnen nicht«, sagte Sara heftig.

»Ihre Schwester ist tot«, wiederholte der Mann.

»Woher wissen Sie das?«

»Ich weiß es.«

»Wann ist sie . . .?« Sie sprach die Frage nicht aus, und die Hoffnungen, an die sie sich geklammert hatte, begannen, sich in ihr zu entwirren und sich in der Dunkelheit in der Ecke aufzulösen.

»Vor einer Weile.« Seine Stimme klang gleichmäßig, aber plötzlich zweifelte sie an, was er sagte. Mickey hatte Ardeth erst vor drei Wochen gesehen. Sie war noch am Leben.

»Sie ist nicht tot. Jemand hat sie gesehen.« Einen Augenblick lang herrschte Stille.

»Das mag sein. Aber für Sie ist sie dennoch tot. Sie *muß* für Sie tot sein. Und Sie müssen aufhören, sie zu suchen.«

»Warum?«

»Sie bringen sie in Gefahr.«

»Wieso?«

»Die Welt muß glauben, daß sie tot ist. Sonst ist sie in großer Gefahr. Ihre Fragen, Ihre Plakate, haben ihre Feinde möglicherweise bereits aufmerksam gemacht.«

»Ich verstehe nicht.«

»Lassen Sie sie, Sara.«

»Nein. Wenn sie tot sein will, ist das in Ordnung. Aber das soll sie mir selbst sagen.«

»Vielleicht werden Sie beobachtet.«

»Sie können mich nicht die ganze Zeit beobachten, wer auch immer diese ›sie‹ sein mögen. Ich will sie sehen. Ich werde Ihnen nicht glauben, niemandem werde ich glauben, bis ich sie sehe.« Wieder herrschte lange Stille, und sie hörte das Rascheln von Tuch, als er seine Sitzhaltung veränderte.

»Ich werde tun, was ich kann«, sagte der Mann nach einer Weile.

»Diese Feinde von ihr — sind die auch hinter Ihnen her?«

»Mit ein wenig Glück suchen die immer noch *nur* mich.«

»Wer *sind* Sie?« wagte sie schließlich zu fragen.

Er erhob sich von dem Stuhl und trat nach vorn. Im schwachen Schein des Lichts, das schräg durch die Lamellen der Jalousie hereinfiel, konnte Sara erkennen, daß seine Kleidung schäbig war und schlecht saß. Aber in den Linien seines Gesichts unter dem wirren, rauchigem Haar war etwas Aristokratisches. Und die fahlen Augen hatten etwas Zwingendes an sich. Plötzlich wurde ihr bewußt, daß sie immer noch in den zerwühlten Laken saß und nur einen Slip und ihr fadenscheiniges Sex-Pistols-T-Shirt trug.

»Wenn Sie das nicht wissen, ist es weniger gefährlich für Sie«, sagte er leise.

»Was haben Sie mit meiner Schwester zu tun.«

»Sie ist mein Blut«, antwortete er geheimnisvoll, und einen verrückten Augenblick lang fragte sie sich, ob er vielleicht ein lang verschwundener Verwandter war, irgendein vergessener Vetter zweiten Grades. »Ich will sehen, was sich tun läßt. Ich werde mit Ihnen Verbindung aufnehmen. Erzählen Sie niemandem davon.« Er streckte die Hand aus und schob die Balkontür zurück. »Gute Nacht, Miss Alexander Schlafen Sie gut.«

»Nach dem was gerade war? Wahrscheinlich werde ich jetzt Alpträume haben«, sagte sie beißend. Er wandte sich ihr einen Augenblick lang zu und sie sah das schwache Schimmern seines Lächelns.

»Das glaube ich nicht . . . Sara.« In seiner Stimme schwang eine Andeutung von Sarkasmus mit, dann verbeugte er sich leicht, und die Vorhänge schlossen sich hinter ihm.

Bis sie zur Tür gehuscht war, um sie wieder abzusperren, war der Balkon leer.

26.

Der Duft der Nacht weckte sie – dunkel blühende Blumen, Auspuffgase, der ferne Geruch vom See. Sie drehte sich auf der schmalen Pritsche herum und öffnete dann ihre Augen der Dunkelheit. Hier im Untergeschoß des Kirchturms war kein Licht, aber als sie durch die Falltür ins Erdgeschoß stieg, zeichnete das Mondlicht, das von verstaubten Farbglasscheiben gefiltert war, Muster auf ihren nackten Körper.

Ardeth streckte sich und kletterte die steinerne Wendeltreppe hinauf, die sich durch das Innere des Turms in die Höhe wand, blieb stehen, als sie die schmale Plattform am Fenster erreichte. Sie hatte schon früher den Schmutz von einer klaren Glasscheibe weggewischt und blickte jetzt durch das winzige Loch auf die Straße hinunter. Sie hörte Mütter, die ihre Kinder aus dem Park nach Hause riefen, das Plärren tragbarer Radios der Teenager, die darauf warteten, daß die Rituale der Nacht anfingen, das leise Plappern der alten Chinesen, die auf Bänken vor dem Turm saßen. Eine Stunde noch, dann würde Stille in den Park einziehen, abgesehen von einem gelegentlichen schnellen Rauschgifthandel, einer hastigen sexuellen Begegnung oder schnarchenden Betrunkenen.

Ihr Blick wanderte zu dem Efeu, der die Außenwände des Turms bedeckte. Die Brise ließ die Blätter sich kräuseln wie die Haut eines großen Tieres, das seine Muskeln bewegt. Sie wünschte, sie könnte das Fenster öffnen und den Duft tiefer in sich einatmen. Sie stellte sich vor, wie jemand ihr bleiches Gesicht oben in dem offenen Fenster sah, wie eine Jungfrau in einem Märchen. Wie Rapunzel, dachte sie und lächelte bei der Vorstellung, was mit dem Prinzen geschehen würde, der versuchen sollte, ihren Turm zu ersteigen. Niemand schien je zu überlegen, daß Rapunzel möglicherweise aus gutem Grund in jenem Turm eingemauert gewesen war.

Der Turm der Kirche des Heiligen Sebastian stand alleine; die ursprüngliche Kirche war schon lange abgebrannt. An ihre Stelle war ein anonymes modernes Gebäude getreten, das Mauern und Hecken von dem Turm trennten. Jemand hatte einmal hier gelebt, hatte die Pritsche zurückgelassen, die sie in den Keller hinunter getragen hatte, aber in dem Monat, in dem sie jetzt den Turm schon als Unterkunft benutzte, war niemand in seine Nähe gekommen. Der Turm war still und dunkel und entsprach ihrem Gefühl von Ironie. Aber manchmal verstrich die Zeit in seinen engen Wänden sehr langsam. Wenn sie auf die Nacht wartete, die sie brauchte, um ihn unentdeckt zu verlassen, spürte Ardeth oft, die Sehnsucht nach Wärme und Licht und vielleicht nach einem Buch, um sich die Zeit zu vertreiben. Aber das war ein Sehnen, das wohl den Lebenden gehörte und einer Welt, die sie verloren hatte, und so saß sie auf dem Treppenabsatz und ließ das Mondlicht den von einem Heiligenschein umgebenen Kopf des zum Märtyrer gewordenen Heiligen auf ihre Haut malen.

Als die Stimmen von der Straße verhallten, als das

durchdringende Dröhnen von Rapgesängen aus den Ghettoblasters deren Besitzern zur Straße hinunter folgte, ging sie in das Untergeschoß zurück und zog sich an. Seit dem Tode Philips wagte sie es nicht mehr, den Filzhut zu tragen, also ließ sie ihr dunkles Haar unbedeckt. Sie zog eine weite schwarze Jacke über ihr Black-Sun-T-Shirt und den kurzen Rock und setzte die runde Brille mit den aufklappbaren Sonnenlinsen auf. Als sie sich anzog, spürte sie die ersten Regungen von Hunger.

Es lag zwei Nächte zurück, daß sie sich zuletzt genährt hatte. Die Mischung aus gieriger Erwartung und Unsicherheit, die die Jagd jedesmal in ihr hervorriefen, machte sie unruhig und gereizt. Das Trinken, das Stillen des nagenden Hungers, war immer noch süß, besonders seit sie gelernt hatte, den Drang etwas unter Kontrolle zu halten, der sie über die schmale Grenze zwischen Verführung und Mord treiben konnte. Aber nachher . . . nachher war da ein anhaltendes Schuldgefühl und eine Unzufriedenheit, die ihren unbekümmerten Genuß schmälerten, eine kindische Angst, daß dem Schwelgen die Strafe folgen würde. Und das bedrückte sie wie eine schwere Last, veranlaßte sie dazu, die rituellen Vorbereitungen auf die Nacht in die Länge zu ziehen. Hör auf damit, befahl sie ihrem Abbild in dem Spiegel, der an eine Wand gelehnt dastand. Niemand wird dich dafür belohnen, daß du dich selbst beraubst. Was hat dir der Verzicht je eingebracht? Plötzlich flackerte eine Erinnerung hell und leuchtend im Mondlicht vor ihr auf. Ein Kind, das in einer Supermarktschlange wartete, während seine Mutter nein sagt, keine Schokolade, und damit das Versprechen vergißt, das sie einem kleinen Mädchen gemacht hat, das sich doch so sehr darum bemüht, groß zu sein. Sara, die an der anderen Theke lehnt, sich mit ihren pummeligen kleinen Fingern am Rand festklammert. Sara, die sich umdreht, ihr breites, hinterhältiges Grinsen, der Mund voll von roten Gummibärchen. Und sie, wie sie den Mund aufmacht, um es der Mutter zu sagen — aber zu spät. Das Gummibärchen verschwindet im Lächeln ihrer Schwester.

Eine Aufwallung von Zorn und Hunger spülte die Angst weg. Der Geschmack von etwas Heißem und Süßem, besser als jede Schokolade, erfüllte ihren Mund. Sie klappte die Sonnengläser herunter und ging in die Nacht hinaus.

Am Rand des Parks hielt sie einen Augenblick lang inne, hin- und hergerissen, ob sie nun seine Dunkelheit betreten oder besser hinunter zu den Lichtern der Queen Street gehen sollte. Es lag etwas in der Luft, nicht ganz ein Geruch, nicht ganz ein Geräusch, das sie vom Gehweg herunterzog auf den manikürten Rasen des Parks. Sie ging langsam auf die Villa zu, die die Nordgrenze des Parks darstellte. Nichts regte sich unter den Bäumen, da waren keine Landstreicher, die aus den Büschen herausstolperten, und niemand bot ihr chemisches oder physisches Vergessen für ihren Schmerz an. Jetzt war sie auf dem Fußweg und ging, ging weiter, wartete.

Ein Mann saß auf der Treppe der Villa, eine schäbige Gestalt mit abgetragenem Tuch und grauem Haar. Ihr Blick berührte ihn, glitt in die Schatten davon und kehrte zurück. Die Nacht fröstelte, verblaßte, als plötzlich die Wahrheit vor ihr aufflammte, einen kurzen Augenblick lang so blendend wie die halb vergessene Sonne. Ihr Herz stockte, ließ seinen Namen in ihrer Kehle gefrieren, und sie schloß die Augen. Als sie sie wieder aufschlug, hatten die Bäume und der Weg um sie herum wieder feste Formen angenommen — aber er war immer noch da.

Sie zwang sich, ganz langsam zu gehen, langsam, zählte jeden Schritt, bis sie am Fuße der Treppe ankam. »Ardeth.« Die Zärtlichkeit, die in jenem einen Wort lag, zerbrach die Kontrolle, die sie über sich hatte, trieb sie die Stufen hinauf in die Arme, die er für sie öffnete. Sein Kuß war so, wie er in jenem weit zurückliegenden Verlies gewesen war: Licht in der Dunkelheit, Wärme in der Kälte, klarer Verstand im wabernden Wahnsinn. All die Umarmungen ihrer Opfer, das blinde Tasten in Seitengassen und leeren Häusern, die sie für Genuß gehalten hatte, waren, wie sie jetzt erkannte, nur ein fahler Abklatsch dieser ersten Leidenschaft, dieses ersten Hungers. Sie vergaß den Zorn, den sie über ihn empfand, all ihre sturen Entschlüsse, ihn so aus ihrem Leben zu verbannen, wie er sie verbannt hatte. Sie vergaß alles andere außer dem Wissen, daß sie nicht alleine war.

»Schlimm siehst du aus«, sagte sie schließlich.

»Sei dankbar, daß das meine guten Kleider sind, sonst würde ich auch noch stinken«, erwiderte er und lachte, während sie hinter ihm die Stufen hinaufging und anfing, ihm mit einem Kamm, den sie aus der Tasche zog, das Haar zu ordnen. Sie saßen stumm ein paar Augenblicke da, dann nahm sie sein Haar in die Hand und zog seinen Kopf nach hinten.

»Du hast mich verlassen.« Die Anklage hing einen Augenblick lang in der Luft.

»Ardeth . . .«

»Du hast mich verlassen. Tu das nie wieder.«

»So einfach ist es nicht.« Sie ließ seinen Kopf los und ließ die Hand in den Schoß fallen.

»Es ist so einfach, wie wir es machen. Und sag mir nicht, daß wir Geschöpfe der Einsamkeit sind. Du hast mich vermißt.« Das sagte sie geradezu wild, klammerte sich an die Erinnerung ihres Namens auf seinen Lippen, seiner Arme, die sich ihr entgegenstreckten.

»Mehr als du ahnst. Mehr als ich geglaubt hätte. Aber . . .« Rossokow blickte einen Augenblick lang starr auf den Park hinaus. »Wir sind für einander gefährlich.«

Wieder hörte sie die Gespenster alter Besorgnis in seiner Stimme. »Es ist nicht nur Armitage, nicht wahr? Es ist etwas Älteres . . . Was immer dich dazu veranlaßt hat, Europa zu verlassen.« Sie sah, wie seine Schultern sich spannten, und sein Blick ließ das dunkle Herz des Parks nicht los. Nach einer Weile begann er zu sprechen.

»Es war in Paris, 1865. Oh, wenn du es hättest sehen können. Die Stadt war hell und schrecklich, mit Vergnügungen, die die ganze Nacht durch währten, und Schmerz, der nie schlief. Dort bin ich Jean-Pierre begegnet. Er war der einzige andere Vampir, den ich seit meiner Verwandlung kennengelernt hatte. Wir sahen einander das erstenmal in der Oper, als wir beide jagten. In der Pause umkreisten wir uns wie Wölfe, nahmen Maß aneinander, und jeder versuchte, den anderen zu dominieren. Am Ende schickte er eine Flasche Wein, sehr alten Wein, in meine Loge.

Mit diesem Waffenstillstand fing es an. Und dann, als sich unsere Wege häufiger in den Salons und Clubs und Villen kreuzten, wurden wir Bekannte, schließlich Freunde. Vielleicht waren wir beide einsamer als jeder von uns gewußt hatte. Er war jünger als ich und viel wilder als ich gewesen war, selbst in meiner verrücktesten Zeit. Er hatte eine wilde Unbekümmertheit an sich, die ansteckend war. Ich liebte ihn wie einen Bruder, wie den verrückten, zügellosen, faszinierenden jüngeren Bruder, den ich nie gehabt hatte. Und der ich nie gewesen war.

Wir verfügten beide über beträchtliches Vermögen, obwohl er das seine schneller ausgab. Ich zog in das Haus seiner Vorfahren, wo er seit seiner Umwandlung vor zwanzig Jahren alleine gelebt hatte. In der Düsternis des Hauses pflegten wir den Tag zu verschlafen und bei Zwielicht aufzustehen, um uns an den reichen Genüssen zu laben, die die Stadt uns bot.

Wir waren in den besten Häusern von Paris willkommen; die schönsten Frauen in jener schönsten Stadt der Welt schickten uns parfümierte Briefe und luden uns in ihre Schlafzimmer ein. Wir gingen, manchmal zusammen, und verließen sie mit Träumen von Schändung und ohne Erinnerung an das, was wir ihnen wirklich genommen hatten.

So hatten wir ein Jahr lang von Nächten gelebt, als ich Roxanne kennenlernte, nachdem sie eines Nachts versucht hatte, mir eine falsche Münze anzudrehen. Sie war siebzehn, vor zwei Jahren vom Lande gekommen, wo sie geflohen war, um den Zudringlichkeiten eines Stiefvaters zu entkommen, den sie verachtete, und einer Zukunft, die nichts als Babies und Ernten und frühes Alter für sie bereitgehalten hätte. Auf den Straßen von Paris hatte sie nur Armut und Zuhälter gefunden und die Wahl zwischen einem Leben auf der dunklen Seite der Stadt oder überhaupt nicht zu leben.

Ich hätte sie getötet, ohne dem, was ich tat, einen zweiten Gedanken zu widmen. Aber sie sah in meine Augen und zuckte nicht zusammen, und das ließ mich lange genug innehalten, daß sie anfangen konnte zu reden. Sie schwor, mir zu dienen, mein Haus zu versorgen, damit niemand Argwohn hinsichtlich meiner wahren Natur schöpfen würde, mir Nahrung zu bieten, wenn es ihr nicht schadete, und erfand dabei unerhörte Gründe dafür, weshalb meine Existenz ohne ihre Dienste nicht vollkommen sein würde.

Und so nahm ich sie am Ende mit, nachdem ich mir hypnotisch alle in meiner Macht stehenden Zügel angelegt hatte, um sie daran zu hindern, uns während der Stunden des Tageslichts zu verraten. Sie hatte in vieler Hinsicht recht. Unsere Existenz war mit ihrer Unterstützung viel einfacher. Sie war von schnellem Witz, verfügte über einen ganz besonderen, scheuen Humor und war, sobald sie sich einmal gründlich gewaschen hatte, von durchaus lieblichem Wesen. Bald konnten wir uns unseren Haushalt ohne sie nicht mehr vorstellen.

Zuerst rührte sie keiner von uns an. Unser Begriff von Moral war weit gespannt, mußt du wissen. Wir konnten unglaublich bösartig sein und uns fast jeder Untat schuldig machen, die man unserer Art zuschrieb – aber wir würden nie so weit sinken, unsere Dienstbotin zu mißbrauchen. Und dann, eines Nachts, nachdem sie schon einige Monate bei uns gewesen war, kehrten wir beide unruhig und unbefriedigt zurück, jeder von seinem eigenen Ausflug. Zu unserer Überraschung machte uns Roxanne, als wir unser Versagen gestanden, Vorwürfe, und sagte, daß das, was wir brauchten, schließlich hier wäre, es sei denn, ihr Blut wäre uns nicht aristokratisch genug. Wir waren verblüfft, und dann erhob sich Jean-Pierre, um zu gehen. Wahrscheinlich hatte er das Gefühl, daß ich ältere Ansprüche an sie hätte. Aber sie forderte uns beide auf, zu bleiben, es sei denn, wir dachten, es würde ihr Schaden zufügen. Also knieten wir neben ihrem Stuhl nieder und tranken zum erstenmal aus ihren Handgelenken.

Von jenem Moment an war sie nicht nur unsere Bedienstete, sondern auch unsere Schwester, unsere Freundin, unsere Geliebte. Und auf eine seltsame Art unsere Mutter. Sie pflegte uns als ihre Bestien zu bezeichnen, so wie eine Mutter ihre Söhne als ›kleine Ungeheuer‹ bezeichnet. Sie gab uns das, was keiner von uns beiden geglaubt hatte, je wieder zu besitzen . . . ein Zuhause und eine Familie, so seltsam es auch gewesen sein mag.

Das Ende kam plötzlich. Ich weiß nicht, welche unsere vielen verrückten, unbesonnenen Taten Verdacht erregt hatte, oder welcher unser Gefährten, Freunde oder welches Opfer uns verdächtigt hatte. Einer muß es gewesen sein. Ich hatte die Stadt durchstreift, zu aufgeputscht, um nach Hause zu gehen, und als mich schließlich der goldene Himmel zu dem Haus trieb, stand es bereits in Flammen. Jean-Pierre war von Anfang an dem Tode geweiht. Ich sah Roxanne durch eines der oberen Fenster, ihr Haar in Flammen, und dann war sie verschwunden.

In der nächsten Nacht machte ich mich daran, all mein Geld einzusammeln und kaufte mir eine Passage auf dem ersten Schiff nach Amerika. Ich kam hierher und lebte vorsichtig, ernährte mich nur von den Armen und Hilflosen, die mich nicht kennen konnten, tötete niemanden, kannte niemanden, liebte niemanden und gab mich keinerlei Exzessen hin. Und versuchte zu vergessen.«

Sie strich ihm übers Haar. »Es war nicht deine Schuld.«

»Ich war älter, ich hätte weiser sein müssen. Und vorsichtiger.«

»Deshalb sagst du, daß wir Geschöpfe der Einsamkeit sind.« Er nickte und sie strich ihm mit der Hand über die Wange, drehte seinen Kopf herum, so daß er ihr in die Augen sah. »Aber du warst damals glücklich. Warst du hier glücklich, vor all den Jahren? Warst du in diesen letzten Monaten glücklich?« Er schüttelte stumm den Kopf. »Nein. Du hast nur versucht, sicher zu sein. In der Sicherheit ist kein Glück. Das ist eine Lektion, die ich in jener Irrenanstalt gelernt habe.«

»Es gibt auch keine Garantie für Glück im Risiko. Die Lektion hat Jean-Pierre in Paris gelernt«, erwiderte Rossokow schroff.

»Dann gibt es in nichts eine Garantie für Glück. Also verlaß mich nicht wieder.« Sie suchte seinen Blick und sah trotz der tiefen Traurigkeit, die sie dort entdeckte, nicht weg.

»Ich mache dir keine Versprechungen, versteh das. Wir haben eine Ewigkeit vor uns, in der wir sie brechen können. Und die Wahrscheinlichkeit ist viel zu groß, daß wir das auch tun werden«, sagte er schließlich, und Ardeth verspürte den Triumph in sich aufwallen. Was er sagte, stimmte natürlich, aber die Ewigkeit lag immer noch weit in der Zukunft. »Aber ich habe mich jetzt zu lang in der Vergangenheit aufgehalten. Ich habe dich gefunden, um mit dir über die Gefahren zu sprechen, die die Gegenwart für uns bereit hält.«

»Oh, bist du jetzt bereit, darüber mit mir zu sprechen?«

Auf seinen verblüfften Blick hin grinste sie. »Ich habe schon immer vermutet, daß du mehr über das weißt, was um uns herum vorgeht, als du bisher zugegeben hast.«

Er erzählte ihr von seinem Zusammenstoß mit Ambrose Dale vor beinahe hundert Jahren. »Nachdem ich aus dem Haus geflohen war, versteckte ich mich in meinem Lagerhaus und stellte meinen Körper auf die tiefe Ruhe ein, die uns jahrelang halten kann. Ich wußte nicht, daß er am nächsten Tag einen Schlaganfall erlitt und die Jagd nach mir damit endete. Bis zu diesem Jahr«, schloß er. »Und jetzt haben wir es nicht nur mit Havendale zu tun . . . sondern auch deiner Schwester.«

»Sara? Was hat sie damit zu tun?«

»Sie weiß, daß du nicht tot bist. Hast du ihre Plakate nicht gesehen, mit denen sie dich sucht?« Ardeth schüttelte den Kopf. »Dann ist es mir vielleicht gelungen, sie alle zu finden und abzureißen. Aber sie wird nicht aufhören, nach dir zu suchen, und über kurz oder lang wird sie damit Havendale auffallen.«

»Woher weißt du, daß sie nicht aufhören wird?«

»Ich habe sie darum gebeten, aber sie hat es abgelehnt.«

»Du hast sie darum gebeten«, wiederholte Ardeth ungläubig.

»Ich habe sie in deinem alten Appartement aufgesucht und ihr gesagt, sie solle aufhören zu suchen, habe ihr erklärt, daß du solange in Gefahr bist, bis dich alle für tot halten. Sie bestand darauf, daß sie das nur von dir akzeptieren würde. Sie ist sehr entschlossen. Du wirst mit ihr sprechen müssen, sie überzeugen, daß du nur so lange sicher bist, als die die Suche nach dir aufgeben.«

Zorn wallte plötzlich in ihr auf, über ihre Vergangenheit, die in ihre Gegenwart hineingezerrt worden war, über Sara, daß sie versuchte, sie mit Banden festzuhalten, die besser zerrissen blieben, über jede Verbindung zwischen ihrer wilden, unberechenbaren jüngeren Schwester und Rossokow. »Ich will sie nicht sehen. Ich weiß nicht, warum du zu ihr gegangen bist. Warum sucht sie mich überhaupt?« forderte sie, von der Nacht ebenso wie von ihm.

»Ich vermute, weil du ihre Schwester bist«, meinte Rossokow vorsichtig.

»Und? Das hat ihr früher auch nie etwas bedeutet, nur wenn sie einen Platz zum Schlafen brauchte. Warum will sie mich nicht einfach gehen lassen? Ich will sie nicht sehen.«

»Ardeth, wir sind hier nicht unsichtbar, ganz gleich, wie sehr wir uns auch bemühen. Ich habe deine Spur im Tod jenes jungen Mannes in dem alten Haus entdeckt. Möglicherweise bin ich nicht der einzige, der diese Spur entdeckt hat. Und deine Schwester könnte denen mit all ihrer fehlgeleiteten Liebe, die sie für dich empfindet, die letzten Hinweise liefern. Der Preis ihres Schweigens ist ein Beweis, den du ihr liefern mußt. Das könnte der Preis unseres Überlebens sein. Das ist doch ganz bestimmt nicht zu viel von dir verlangt.«

»Und wenn ich es tue, was dann? Selbst wenn sie aufhört, können wir doch nicht auf alle Zeiten versuchen, unsichtbar zu sein.« In der berauschenden Hitze der letzten Monate war es leicht gewesen, diese Wahrheit zu ignorieren. Nicht aber in der vernünftigen Kühle des ersten ehrlichen Gesprächs, das sie in all den Monaten geführt hatte. Und jetzt, wo es bestätigt worden war, mußte sie etwas *unternehmen*. Rossokows Beharren auf Sicherheit war ihr immer wie eine Verleugnung der wilden Macht erschienen, deren Puls sie in ihren Adern spürte. Havendale war es, die Angst vor ihnen haben sollten, und nicht etwa umgekehrt.

»Ich weiß. Aber wir brauchen die Zeit, die Freiheit,

uns so mit dieser Drohung auseinanderzusetzen, wie wir es für richtig halten, und nicht etwa mit ihren Mitteln.«

»Also schön. Ich werde zu ihr gehen. Aber dann vernichten wir Havendale.«

»Dann vernichten wir Havendale«, pflichtete er ihr bei. »Und deshalb sollten wir, wenn du es ertragen kannst, dich mit einem so schäbigen Geschöpf sehen zu lassen, wie ich eines bin, gehen und deiner Schwester beim Singen zuhören.«

27.

The Gold Rush war gerammelt voll, der vordere Saal voll Billardspieler und Cocktailgäste, sämtliche Tische hinten von Leuten besetzt, die auf den zweiten Auftritt von Black Sun warteten. Ardeth und Rossokow zwängten sich durch die Menschentraube am Eingang und gingen durch die verrauchte Luft in den hinteren Saal. Als sie schließlich in einer Ecke einen Stehplatz gefunden hatten, erinnerte Ardeth sich an die wenigen Male, die sie hierher gekommen war, um der Band zuzusehen. Damals hatte sie den Lärm und den Rauch und die langen Stunden gehaßt, die man, am Tisch sitzend, damit verbringen mußte, auf den Beginn der Show zu warten. Am schlimmsten war das Gefühl gewesen, entweder für die Leute rings um sie unsichtbar zu sein – oder gar auf peinliche Weise deplaziert.

Sie spürte, wie dieses Gefühl sich wieder einstellte, und plötzlich kam sie sich in dem kurzen schwarzen Rock auf unangenehme Weise exponiert und auf den schwarzen hohen Absätzen linkisch und unsicher vor. Sie ballte die Fäuste in den Taschen und machte sich bewußt, was sie war.

Trotz Rossokows Besorgnis schien niemand sie zu beachten. Mit zurückggekämmtem Haar sah er nicht länger wie ein halbverrückter Landstreicher aus, und in der

Dunkelheit konnte keiner erkennen, wie schäbig seine Kleidung war. Auf dem Weg zum Club waren sie bei einem Straßenverkäufer stehen geblieben, und er hatte ihr mit überraschender Galanterie ein langes, golddurchwirktes weißes Tuch gekauft, mit dem sie ihr schwarzes Haar verbergen konnte. Er bestand auch darauf, daß sie ihre Sonnenbrille abnahm, um damit eine weitere Ähnlichkeit mit der Beschreibung, die Sara auf ihren Plakaten veröffentlicht hatte, zu vermeiden.

»Weiß sie, daß wir hier sind?« fragte sie schließlich und vermied es, hier in Saras Domäne den Namen ihrer Schwester auszusprechen. Rossokow schüttelte den Kopf. »Wäre es nicht besser, wenn wir draußen auf sie warten würden, hinter dem Lokal?«

»Damit wir wie Landstreicher oder Diebe aussehen? Nein, hier drinnen sind wir sicherer. Sie hat mein Gesicht nicht im Licht zu sehen bekommen, und die Zeichnungen von dir waren . . .« Er hielt inne und sah sie an, »härter, stilisiert.«

»Was werde ich ihr sagen?« fragte sie nach einer Weile, wobei sie sich zu ihm beugen mußte, damit er in der lauten Musik sie hören konnte.

»Was immer nötig ist. Worte, die sie glauben wird.«

»Selbst die Wahrheit?«

»Wenn nötig, selbst die.« Ardeth schloß die Augen und legte den Kopf an seine Schulter. Sein Jackett roch schwach nach Mottenkugeln. Worte, die sie glauben wird . . . Was sind das für Worte. Was für Worte würde *ich* glauben? Als eine Stimme schließlich die Band ankündigte, wußte sie es immer noch nicht.

Es war schwerer, als sie geglaubt hatte. Nur Rossokows Arm um ihre Schulter hielt sie fest, zwang sie, es durchzustehen, Saras Stimme, die sie in ihre Vergangenheit zurückrief, den vertrauten Anblick der schwarz gekleideten Gestalt ihrer Schwester mit ihrem kastanienfarbenen Haar, die sich auf der Bühne bewegte. Wenn auch die Gäste, die begeistert auf der Tanzfläche herumhüpften, ihr gelegentlich die Sicht versperrten, konnte nichts den Ton verdecken, der Dinge in ihrem Herzen bewegte, die sie für tot und begraben hielt.

Sie spielten eine Stunde, spielten schwungvolle Tanzmelodien und Balladen voll unheimlicher harter Harmonien. Von ihrer Ecke aus, aus der Distanz, die sie sich bemühte zu bewahren, erkannte Ardeth zum erstenmal, wie talentiert ihre Schwester doch war, angefangenen von ihrer traurigen und doch irgendwie pfiffigen Betrachtung der Welt bis zu ihrem Sinn für Melodie, der im Kontrast Schönheit finden konnte, und Kraft in Stimmen, die nie ganz im Gleichklang ertönten.

Als man die Band zu einer Zugabe aufforderte, setzte sie zu einer langsamen Melodie von betörender Schönheit ein, einem einfühlsamen Trauergesang. Sara stand unbewegt am Mikrophon, den Kopf nach vorne gebeugt, um ihr Gesicht zu verdecken, als sie zu singen begann:

There's a girl walking down the street
She walks just like you
And I call out your name again
Though I never mean to
She turns around and there's a stranger
Looking out of her eyes
And I look away when I realize
That the thing I was looking for
Has gone missing

Ein Mädchen geht die Straße hinunter.
Sie geht genau wie du.
Und wieder ruf ich deinen Namen,
Obwohl ich das gar nicht will.
Sie dreht sich um, und da blickt eine Fremde
Aus ihren Augen.
Und ich wende meinen Blick ab, und da wird mir klar,

Daß das Ding, nach dem ich gesucht habe, verschwunden ist.

Ardeth spürte, wie sich ihr das Herz zusammenzog. Das bin ich, ich bin es, von der sie singt. Der Schmerz in Saras Stimme war ein klarer, harter Kontrapunkt zu der Melodie und zwang die Zuhörer zur Stille. Ardeth' Hand schloß sich hart über der Hand Rossokows, klammerte sich an seiner älteren, dunkleren Kraft fest, um Zuflucht gegen einen Schmerz zu finden, der bei weitem nicht alt genug war, um ihn alleine zu ertragen.

I used to laugh at you
Cause you were always on time
You used to yell at me
Cause I was always changing my mind
And I can't help but believe
That it really should have been me
Yeah everybody thought I'd be the one
To go missing
While I was out dancing on the ledge
You just fell right over the edge
And disappeared into the night
With all the missing

And no one will say it
But I see it in their eyes
You'll be just another Jane Doe
The dental chart identifies
As the better part of someone's heart
That went missing.

Ich hab dich immer ausgelacht,
weil du immer pünktlich warst.
Und du hast mich immer angeschrien,
weil ich mir alles immer wieder anders überlegt habe.

Und ich kann nicht anders, ich muß einfach glauben,
Daß ich es eigentlich hätte sein sollen,
Ja, alle haben gedacht, ich würd einmal verschwinden.
Und während ich am Abgrund getanzt habe,
Bist du einfach über den Rand gestürzt
Und bist in der Nacht verschwunden
Mit all den anderen, die verschwunden sind.

Und keiner will es sagen,
Aber ich sehe es in ihren Augen,
Du wirst bloß eine anonyme Tote sein,
Die man nach ihren Zähnen identifiziert
Als das bessere Stück vom Herzen eines Menschen,
Der verschwunden ist.

Als die Musik verklungen war, blickte Sara zum ersten Mal auf und sagte müde und resigniert von der oftmaligen Wiederholung: »Ardy, komm nach Hause.« Sie verließ die Bühne, als der Applaus einsetzte.

»Verdammt soll sie sein«, flüsterte Ardeth und schloß die Augen vor den plötzlichen Lichtern und dem Lärm der Menge und wünschte, sie könnte auch das Gewirr von Empfindungen aussperren, die in ihr tobten.

»Von dem Lied habe ich nichts gewußt«, sagte Rossokow leise. »Es tut mir leid.«

»Ich kann nicht mit ihr reden, nicht nach dem, was sie gesungen hat. Verlang es nicht von mir. Verlang es nie wieder von mir.« Sie löste sich von ihm und fing an, sich den Weg nach draußen zu bahnen. Er ergriff ihren Arm und zog sie zurück.

»Was ist denn?«

»Das geht dich nichts an«, brauste sie auf, und die schwarze Wut, die seit der Zeit im Verlies in ihr gewartet hatte, schoß wie ein unaufhaltsamer Strom auf ihr Herz zu.

»Doch. Das weißt du. Und jetzt sag es mir.« Sein Griff lokkerte sich etwas. »Mein arme, dunkle Tochter, sag es mir.«

»Ich . . . es hat mir gehört, das was mit mir passiert ist, hat *mir gehört.* Diese eine schreckliche Sache hat mich von ihr unterschieden. Und jetzt muß sie versuchen, mir auch das wegzunehmen. Ein Lied muß sie aus mir machen, *ihr* Lied. Ich hasse sie dafür.« Die Worte sprudelten aus ihr heraus, zusammenhanglos, qualvoll, sie flüsterte sie wild der Musik und der Menschenmenge entgegen. »Aber ich habe nie gedacht . . . Die ganze Zeit habe ich kein einziges Mal gedacht, daß jemand mich vermissen würde. Ich habe nie gedacht, daß es ihr wehtun würde.«

»Du hast nie gedacht, daß sie dich lieben könnte«, schloß er für sie. Sie nickte langsam und spürte, wie der schwarze Nebel in ihrem Bewußtsein sich langsam mit dem Echo von Saras Klagelied zurückzog, und wie ihr Zorn zu dumpfer Traurigkeit verblaßte.

»Und jetzt ist es ohne Belang.«

»Für das, was wir heute nacht tun müssen, ja.«

»Ich werde mit ihr reden. Die Wahrheit ist, ich habe sie gestern nicht vermißt und werde sie wahrscheinlich morgen auch nicht vermissen. Laß uns einfach heute nacht unseren Frieden machen, und dann wird es wirklich vorüber sein. Aber«, ihre Stimme stockte, »noch nicht.« Er nickte und ließ zu, daß sie sich in der dunklen Ecke an ihn lehnte und hatte auch keine Einwände, als sie wieder ihre Sonnenbrille aufsetzte.

Eine halbe Stunde später standen sie in der Gasse hinter dem Club, vom Schatten des Müllbehälters geschützt. »Sie könnte schon gegangen sein«, sagte Ardeth und hoffte halb, daß es so sein möge.

»Gewöhnlich geht sie nicht so früh.«

»Woher weißt du das?«

»Ich habe ein- oder zweimal aufgepaßt, um sicher zu sein.« Die Hintertür des Clubs ächzte plötzlich und öffnete sich dann. Eine dunkle Gestalt kam heraus und eilte die Gasse hinunter. Sie blieb kurz auf dem Bürgersteig stehen, sah die Straße hinauf und hinunter, dann drehte sich der Mann um und ging langsam wieder zur Tür zurück. Er hatte sie beinahe erreicht, als er erstarrte.

»Ist da jemand?« Ardeth hielt, ohne sich dessen bewußt zu sein, den Atem an. »Ich weiß, daß da jemand ist.« Er ging unsicher ein paar Schritte auf den Abfallbehälter zu. »Ardeth? Sind Sie da?« fragte die fremde Stimme. Sie sah Rossokow überrascht an, fand in seinen Augen keinen anderen Schluß als den, den sie auch bereits gezogen hatte. Sie trat aus den Schatten heraus, Rossokow hinter ihr.

»Sie sind Ardeth?«

»Ja. Woher wußten Sie das?«

»Sara hat nach ihnen gesucht. Sie kommen gerade rechtzeitig«, sagte er mit einer Stimme, die hart und bitter war. »Jemand hat sie gerade entführt – und Sie sind das Lösegeld.«

Er stellte sich vor und erklärte, was vorgefallen war. Sara hatte wie üblich die Bühne verlassen und war alleine in ihre Garderobe gegangen. Mickey hatte im vorderen Teil des Clubs Billard gespielt und auf sie gewartet, als der Barkeeper einen Anruf bezüglich Saras verschwundener Schwester erhalten hatte. Er hatte ihn Mikkey weitergegeben, und dann hatte ihm im Lärm der Bar eine kalte Stimme gesagt, daß sie Sara geholt hatten.

»›Sagen Sie Ardeth Alexander – und dem Monstrum auch –, daß wir sie beide wollen. Erinnern Sie Alexander daran, daß wir Verwendung für ihre Schwester haben. Auf eine Weile.‹« rezitierte Mickey. »Ich versuchte, dem Dreckskerl zu sagen, daß ich keine Ahnung hätte, wo Sie sind, aber er hat mir das anscheinend nicht geglaubt. Als ich dann hinter die Bühne ging, war Sara verschwunden, und ich habe das hier gefunden«, er zeigte ihr einen glänzenden Gegenstand, »genau an der Stelle in ihrer Garderobe, wo die gesagt haben, daß ich es finden würde.« Ardeth erkannte in dem silbernen Ring einen der vielen, die Sara gewöhnlich an jedem Finger trug. Fast hätte sie die Hand ausgestreckt, um den Ring zu nehmen, aber Mickeys Finger hatten sich besitzergreifend über den Ring geschlossen, ehe sie ihn fassen konnte. Ihre Augen begegneten sich. Ich kenne ihn, erkannte Ardeth plötzlich, obwohl sie sich nicht erinnern konnte, wo oder wann sie sich begegnet waren. Aber selbst dieses Wissen erklärte die kalte Wut nicht, die sie in seinen Augen sah.

»Wie sollen Sie — oder wir — mit ihnen Verbindung aufnehmen?« fragte Rossokow. Mickey hielt ihm eine Serviette hin, auf die eine Telefonnummer gekritzelt war.

»Rufen Sie jederzeit an, Tag und Nacht, hat der Mann gesagt.« Seine Stimme war scharf wie ein Rasiermesser. »Wenn sie Ardeth ist, heißt das, daß Sie das Monstrum sind?«

»Es ist nicht das erstemal, daß man mich so genannt hat«, erwiderte Rossokow mit einem schwachen Lächeln. »Ich würde es vorziehen, wenn Sie sich darüber selbst ein Urteil bilden würden.«

»Können wir vom Club aus telefonieren, ohne daß uns jemand sieht?« fragte Ardeth. Das war das erstemal, daß sie etwas sagte, seit Mickeys Geschichte angefangen hatte. Seine Stimme, mit der er die Entführer zitierte, hallte in ihrem Bewußtsein nach. Sagen Sie Alexander, daß wir Verwendung für ihre Schwester haben . . . Damit müssen sie die Pornofilme meinen, dachte sie. Nicht die anderen. Die waren mit Roias gestorben. Sie *mußten* mit Roias gestorben sein.

»Ardeth.« Rossokows Stimme rief sie in die Wirklichkeit zurück, zerrte sie weg von der schrecklichen Erinnerung an Suzy und ihren nackten, blutverschmierten Körper auf dem Altar des Todes. »Ich bin es, den sie haben wollen, ich bin der, den sie schon immer haben wollten, seit der Zeit, wo ich meinen Schlaf begonnen habe, bis zu der Zeit, wo sie mich geweckt haben. Ich werde gehen.«

»Sie wissen über mich Bescheid«, meinte sie, »sie wollen uns beide. Glaubst du, sie würden nach dem, was in der Anstalt geschehen ist, einen von uns entkommen lassen?« Sie drehte sich herum, sah ihm ins Gesicht, packte die fadenscheinigen Revers seines Jacketts mit beiden Händen. »Sie haben recht, ganz gleich, was sie auch tun, ganz gleich, wie tief sie dich begraben würden, ich würde dich finden. Und diesmal würde ich sie alle töten.«

»Soll ich dich demselben Schicksal ausliefern wie Jean-Pierre? Dich für meine Fehler brennen lassen?«

»Wir werden nicht brennen«, sagte sie mit der ganzen Sicherheit, die ihr die schwarze Wut, die angespannt wie wartende Schlangen in ihrem Herzen lauerte, geben konnte. »Und wenn doch, dann werden sie mit uns brennen.«

»Dieser Kampf der Märtyrer ist wirklich rührend, aber keiner von Ihnen beiden hat mir bis jetzt einen Grund geliefert, diese verdammte Nummer nicht selbst anzurufen und sie beide auszuliefern«, unterbrach Mickey. »Wenn es doch einen solchen Grund gibt, sollten Sie ihn mir schnell liefern.« Zornig drehte Ardeth sich zu ihm herum und sah, wie sein Gesicht einen Augenblick lang bleich wurde, als er die Wut sah, die wie ein Feuer in ihren Augen loderte.

Rossokow lachte amüsiert, und das ließ ihren Blick zu ihm zurückwandern. »Das ist eine sehr vernünftige Frage. Ich habe nie den Ehrgeiz gehabt, zum Märtyrer zu werden. Ich bin Ihnen dankbar, daß Sie mich daran erinnern. Und um Ihre Frage zu beantworten, wenn die haben, was sie wollen, werden sie ohne Zweifel Sara dennoch töten«, folgerte er. »Saras einzige Hoffnung ist dieselbe wie unsere. Lassen Sie Ardeth anrufen und herausfinden, welche Bedingungen sie stellen. Dann können wir entscheiden, was wir am besten unternehmen.« Mickey sah die beiden einen Augenblick lang an und nickte dann.

»Hinter der Küche ist ein Telefon. Wenn wir Glück haben, sieht uns dort niemand.«

Das Telefon klingelte zweimal, dann meldete sich eine Männerstimme.

»Hier spricht Ardeth Alexander.« Sonst sagte sie nichts, aus Angst, einen Fehler zu machen, der Sara schaden könnte, fest entschlossen, ihrer Stimme nichts von dieser Angst oder ihrem Zorn anmerken zu lassen.

»So schnell?« fragte die Stimme spöttisch. »Und ist das . . . Rossokow . . . bei Ihnen?«

»Nein. Ich weiß nicht, wo er ist«, log sie, um herauszufinden, ob man ihr glauben würde.

»In dem Fall haben wir nichts zu besprechen.«

»Ich weiß wirklich nicht, wo er ist. Was auch immer Sie von ihm wollten, kann ich Ihnen auch geben.«

»Und wie Roias enden, richtig? Nein. Der Preis schließt Sie beide ein. Finden Sie ihn und seien Sie dort, wo ich es Ihnen sage, oder Roias' Nachfolger bekommt Ihre Schwester, verstehen Sie?«

Ardeth schloß resigniert die Augen. »Ja. Ich werde versuchen, ihn zu finden. Sagen Sie mir, wo wir hinkommen sollen.«

Er nannte ihr einen Ort und eine Zeit. Sie wiederholte beides ins Leere, legte dann den Hörer auf und drehte sich zu Rossokow und Mickey herum. »Er will uns beide um fünf Uhr am Bahngelände. Ein Lieferwagen soll uns abholen.«

»Was ist mit Sara?« wollte Mickey wissen.

»Er sagt, daß sie sie dort hinschicken würden.«

»Glauben Sie ihm?«

Ardeth sah ihn gerade an und sah sich wieder jener geheimnisvollen Abneigung in seinen Augen ausgesetzt. Jetzt, nach dem Gespräch, hatte sie schreckliche Müdigkeit erfaßt.

»Nein. Wer auch immer diese Männer sind, sie haben schon mindestens zwei unschuldige Menschen auf den schwachen Verdacht hin getötet, daß sie etwas wissen könnten. Sie werden Sara nicht gehen lassen.«

»Was, zum Teufel, werden wir dann tun?« Er flüsterte die Frage fast.

»Wir werden hier weggehen und uns an einen abgeschiedenen Ort begeben, um nachzudenken. Sie werden niemandem etwas sagen, der Polizei nicht und auch Saras Freunden nicht. Gehen Sie nach Hause oder in ihr Appartement, wenn Sie können, und warten Sie dort«, befahl Rossokow. Ardeth hörte den hypnotischen Tonfall in seiner Stimme, und einen kurzen Augenblick lang setzte Mickey dazu an, zustimmend zu nicken. Dann schien ihn ein Frösteln zu durchlaufen und er trat einen Schritt zurück.

»Nein. Woher weiß ich, daß Sie nicht einfach die Stadt verlassen und zulassen, daß die sie töten? Und wenn sie Sara laufen lassen, dann muß jemand dort sein, um sich um sie zu kümmern. Hören Sie, mir ist scheißegal, was diese Leute von Ihnen wollen, mir ist gleichgültig, wer oder was Sie wirklich sind. Ich will bloß Sara zurückhaben.«

»Also gut, wenn Sie darauf bestehen«, sagte Rossokow. Ardeth sah ihn verblüfft an. Das war das allerletzte, was sie brauchen konnten, dachte sie angewidert, sich jetzt noch mit einem wütenden, verbitterten jungen Mann einzulassen, der sie allem Anschein nach auf den ersten Blick gehaßt hatte. »Aber Sie werden keine Fragen stellen, und wenn wir uns zu einer Vorgehensweise entschieden haben, werden Sie keine Einwände erheben.« Sein grauer Blick erfaßte die Augen des jüngeren Mannes, hielt sie im hellen Schein der Deckenbeleuchtung fest. »Ich kann Sie dazu bringen, daß Sie jetzt weggehen. Ich kann Sie alles, was Sie heute nacht gesehen und getan haben, vergessen machen. Ich lasse Ihnen Ihre Freiheit und Ihren freien Willen nur unter dieser Bedingung. Vergessen Sie das nicht.«

»Das sagen Sie«, erwiderte Mickey mit einer gespielten Tapferkeit, die wie eine Lüge zwischen Ihnen in der Luft hing. Plötzlich lächelte Rossokow, und sein Lächeln wirkte ebenso echt wie vorher seine Drohungen.

»Ja, das tue ich. Und jetzt müssen Sie . . .«

»Warte«, unterbrach ihn Ardeth. »Saras Sachen, ihre Handtasche . . . sind sie in ihrer Garderobe?«

»Yeah, ich denke schon«, antwortete Mickey.

»Dann müssen Sie sie holen . . . sonst schöpfen Pete und die anderen Argwohn.«

»Richtig, richtig«, nickte er und sah sie dann scharf an. »Damit Sie in die Nacht verschwinden können? Hübscher Versuch, aber ich falle nicht darauf rein.«

»Ardeth will Sie nicht täuschen«, sagte Rossokow.

»So? Dann kann ja einer von Ihnen beiden mitkommen.«

»Und wie wollen Sie meine Anwesenheit erklären?«

»Das weiß ich nicht. Sie sind mein Cousin zweiten Grades und gerade aus Timiskaming oder sonstwoher aufgetaucht, reicht das?« Sie starrten einander einen Augenblick lang an, dann zuckte Rossokow die Achseln und sah zu Ardeth hinüber.

»Wir sind in ein paar Augenblicken wieder da«, versprach er und ließ sich von Mickey in die labyrinthartigen Korridore des Clubs führen. Ardeth blickte ihnen nach und eilte dann in die Gasse zurück, um unruhig im Schatten des Müllbehälters zu warten, während sich die Sekunden qualvoll langsam dahinschleppten.

Endlich öffnete sich die Hintertür, und sie kamen heraus. Mickey trug Saras schwarze Umhängtasche über der Schulter. »Hat sie jemand gesehen?«

»Ja, Steve hat schon nach ihr gesucht. Ich habe ihm gesagt, sie hätte sich nicht wohl gefühlt und deshalb ein Taxi nach Hause genommen.«

»Hat er Ihnen geglaubt?« Sie sah, wie seine Lippen

sich zu einer scharfen Erwiderung spannten, dann schaltete Rossokow sich ein.

»Ja. Und jetzt bringen Sie uns irgendwohin, wo wir in Ruhe über dieses Problem reden können.«

Mickey führte sie durch den Hintereingang aus dem Club und dann durch einige ruhige Nebenstraßen. Während sie so gingen, spürte Ardeth die Blicke, die er ihr immer wieder zuwarf. Schließlich, als sie an einer Straßenecke darauf warten mußten, daß eine Ampel umschaltete, sagte er plötzlich: »Also, jetzt sagen Sie mir, was Sie mit Rick gemacht haben?«

»Rick?« wiederholte sie verwirrt. Der Name klang irgendwie vertraut, so wie Mickeys Gesicht das auch gewesen war, aber ihre Sorge um Sara ließ ihrer Erinnerung keinen Platz, an die Oberfläche zu kommen.

»Sie wissen schon, der Straßenmusiker, den Sie vor ein paar Wochen aufgegabelt haben. Der, der von einem Taxi überfahren worden ist und gestorben ist. Was haben Sie ihm gegeben?«

»Gar nichts habe ich ihm gegeben«, protestierte sie. Und dann erinnerte sie sich. »Sie waren der andere Gitarrenspieler, nicht wahr?«

»Yeah, der, den Sie nicht aufgegabelt haben. Nicht wie den glücklichen Rick. Nur daß er eigentlich gar kein so großes Glück hatte, oder? Also?« bohrte Mickey weiter und musterte sie scharf, während sie, dicht gefolgt von Rossokows hagerer Gestalt, die Straße überquerten. »Was haben Sie mit ihm gemacht?«

»Gebumst haben wir, in der Gasse«, herrschte sie ihn an. »Wollen Sie andeuten, daß *ich* ihn getötet habe? Sein Tod tut mir leid — aber ich bin nicht dafür verantwortlich.« Sie sagte das mit großer Heftigkeit, erinnerte sich an den Anblick seines Körpers, wie er über die Straße geschleudert wurde, an das schreckliche Krachen, als er auf dem Boden aufprallte. Es war nicht ihre Schuld gewesen. Sie hatte den Jungen in der Gasse getötet und die anderen, aber nicht Rick. Nicht Rick.

»Yeah, richtig. Genauso wie Sie auch nicht für Sara verantwortlich sind. Sie war besser dran, als sie dachte, sie wären tot.« Seine zynische Stimme tat ihr weh, zerrte an ihrem Herzen und offenbarte ihr plötzlich die Waffe, mit der sie sich gegen ihn wehren konnte.

»Und woher hat sie gewußt, daß ich nicht tot bin? Das muß ihr doch jemand gesagt haben, der mich gesehen hat? Glauben Sie, daß es so war?« fragte sie beiläufig. »Das muß sie dazu veranlaßt haben, nach mir zu suchen. Und wenn sie nicht angefangen hätte, mich zu suchen, wäre nichts von all dem geschehen. Mir scheint also, daß derjenige, der es ihr gesagt hat, in Wirklichkeit für das verantwortlich ist, was mit ihr geschehen ist.«

Er fuhr plötzlich zu ihr herum und hätte vielleicht nach ihr geschlagen, wenn nicht eine Hand seinen Arm gepackt hätte. Rossokow trat zwischen sie. »Aufhören, Kinder«, sagte er scharf, immer noch Mickeys Arm festhaltend. »Laßt das. Ihr rettet sie nicht, indem ihr euch gegenseitig die Schuld für die Gefahr gebt, in der sie sich befindet.«

Mickey riß an seinem Arm, versuchte, ihn frei zu bekommen, und seine Augen weiteten sich, als er feststellte, daß er es nicht schaffte. Rossokow ließ ihn los, und er stand da und rieb sich den Arm. »Also schön«, murmelte er schließlich und drehte sich um, um sie die Straße hinunter zu führen. Ardeth blieb stehen, blickte ihm nach und sah dann Rossokow an.

»Ich habe seinen Freund nicht getötet«, sagte sie langsam.

»Das ist etwas, das du mit deinem Gewissen ausmachen mußt. Nicht mit mir.«

»Ich dachte, wir hätten kein Gewissen.«

»Dann wäre vieles viel einfacher, das gebe ich zu.

Aber alles, was in jener Irrenanstalt gestorben ist, war dein Körper. Alles andere, von dem du jetzt glaubst, daß es dir fehlt, hast du selbst begraben.« Seine Stimme war sanft, aber die Worte schienen die Schuld und die Reue zu neuem Feuer zu entfachen, die sie in ihrem Herzen versucht hatte, zu Asche werden zu lassen. »Aber dies ist jetzt weder die Zeit noch der Ort für solche Gespräche. Was auch immer dir die Kraft gegeben hat, diese letzten Monate zu überstehen — halte dich jetzt daran fest. Wir werden es brauchen.«

In der Stille rief eine Stimme nach ihnen, und Ardeth wandte sich dankbar ab. Es war leichter, sich mit der Glut von Mickeys Haß auseinanderzusetzen als mit der kalten, unversöhnlichen Andeutung von Moral in Rossokows Worten.

28.

Der Lastenaufzug dröhnte und klapperte und hallte durch die nachmitternächtliche Stille des alten Lagerhauses. Mikkey sah zu, wie der alte Zeiger langsam auf die römische Ziffer zukroch, die sein Stockwerk signalisierte. Alles war besser, als die zwei stummen Gestalten anzusehen, die die schwach beleuchtete Aufzugskabine mit ihm teilten.

Die ganze Zeit hatte er sich gefragt, was er sagen würde, wenn Ardeth wirklich wieder auftauchte. Er wußte, daß die Fragen gestellt werden mußten, selbst wenn er sie Sara gegenüber nie wieder erwähnte. Aber irgendwie hatte er sich immer ausgemalt, daß die Konfrontation stattfinden würde, nachdem die Schwestern Frieden geschlossen hatten, wenn Ardeth bequemerweise die Szene wieder verließ, so daß, was immer er an Wahrheit entdeckte, mit ihr abgehen und nicht zurückbleiben und seine Beziehung zu Sara belasten würde.

Deine Beziehung zu Sara, spottete eine innere Stimme. Was für eine Beziehung? Ein Kuß, ein Augenblick, in dem du gedacht hast, sie hätte vielleicht wollen können, daß du bleibst. Wahrscheinlich war der einzige Grund, daß sie dich überhaupt in der Nähe geduldet hat, die Verlockung ihrer verschwundenen Schwester, die du vor ihrer Nase hast baumeln lassen. Aber das glaubte er nicht, nicht in seinem Herzen.

Und jetzt war sie weg. Hineingezerrt in Gott weiß was für Schrecken, und alles nur wegen ihrer Schwester. Er riskierte einen kurzen Blick auf Ardeth. Sie beobachtete ebenfalls den Zeiger, der die Stockwerke anzeigte, das Gesicht etwas nach oben gewandt, so daß ihre Gesichtszüge von dem schwachen Licht beleuchtet wurden. Die Fremdheit, die er auf der Straße an ihr gefühlt hatte, war immer noch da, wenn auch schwerer faßbar, als ob sie es jetzt besser schaffte, sie zu verbergen. Aber er erinnerte sich, wie er in der Gasse ihre Augen hatte rot aufblitzen sehen, und etwas in seinen Eingeweiden spannte sich. Er konnte jene Erinnerung nicht mit Saras Schilderung ihrer Schwester in Einklang bringen, einer Schwester, die ihr ganzes Leben geplant hatte, die in jenem sauberen, von Büchern gesäumten Appartement gelebt hatte und die ein etwas mißlungenes Halsband aus Papiermasché gemacht hatte. Die Bilder blieben voneinander getrennt, weigerten sich, in ein zusammenhängendes Bild zusammenzufließen. Er versuchte, sich vorzustellen, was wohl in den letzten paar Monaten geschehen sein mochte, um die Persönlichkeit zu zerschmettern, von der Sara gedacht hatte, sie sei in Stein gemeißelt, was diese neue, völlig fremdartige Frau geschaffen hatte.

Erinnern Sie Alexander daran, daß wir Verwendung für ihre Schwester haben, hatte die kalte Stimme gesagt. Mickey zog scharf die Luft ein und versuchte, nicht darüber nachzudenken, was das bedeutet haben könnte. Oder was unter dem Druck jener geheimnisvollen Drohungen mit Saras Seele geschehen könnte. Die Liftkabine kam zitternd zum Stillstand, und er zog, dankbar für die Chance, sich wieder bewegen zu können, die Tür aus Maschendraht auf.

Die Lichter in seinem Appartement waren zu hell, Reihen von Deckenstrahlern, die zu dem Büro paßten, das dies einmal gewesen war. Im grellen Licht wirkten der große Raum und sein Inneres kahl und schäbig. Mickey war einen Augenblick lang desorientiert, sah den Raum durch die Augen eines Fremden: ein Durcheinander aus Tonbandgeräten und Gitarren, ausgebleichte Laken auf dem nicht gemachten Futon, hingekritzelte Graffiti in grellen Neonfarben, Spuren eines ehemaligen Mieters, die eine Wand und den uralten, lauten Kühlschrank bedeckten. Er versuchte nicht, in die von seinem augenblicklichen Standpunkt aus am weitesten entfernte Ecke zu sehen, wo einmal Ricks Sachen gelegen hatten.

»Nun, da wären wir. Mein Zuhause«, sagte er und hoffte, daß sein sarkastischer Tonfall seine plötzliche Desorientierung verbarg. »Nehmen Sie Platz, gönnen Sie sich ein Bier, fühlen Sie sich wie zu Hause.« Er setzte sich auf das ungemachte Bett und wünschte im gleichen Augenblick, es nicht getan zu haben, weil er jetzt zu ihnen aufblicken mußte.

Einen Augenblick später setzte sich Ardeth auf den Lehnstuhl in der Ecke. Rossokow nahm auf dem Hocker Platz, auf dem Mickey gewöhnlich saß, wenn er etwas aufnahm. Einen endlosen Augenblick lang herrschte Stille. »Also schön, was machen wir jetzt?« fragte er, als er das Schweigen nicht länger ertragen konnte.

»Ardeth wird zu dem Treffpunkt gehen, und Sie und ich werden ihr folgen«, sagte der grauhaarige Mann.

»Die haben gesagt, daß sie Sie beide wollen«, erinnerte Mickey ihn. »Was, wenn sie Sara töten, weil nur eine von Ihnen erscheint?«

»Sara ist die Waffe, mit der sie Ardeth zwingen werden, ihren Wünschen nachzukommen. Ardeth ist die Waffe, die sie versuchen werden, gegen mich zu benutzen. Sie können es sich nicht leisten, eine von beiden zu riskieren.«

»Selbst wenn sie mir glauben«, unterbrach Ardeth,

»werden sie darauf warten, daß du irgend etwas versuchst. Sie werden Wachen aufgestellt haben. Vielleicht einige von diesen Maschinen.«

»Natürlich. Aber Mr. Edmunds werden sie nicht erwarten. Sie bauen darauf, daß es kurz vor der Morgendämmerung ist und daß ich mich nicht untertags im Freien bewegen kann. Mit Ihnen«, dabei machte er eine leichte Verbeugung zu Mickey hinüber, »als meinem Steuermann, meinen Augen und Ohren, gibt es keinen Grund, weshalb wir ihnen nicht auch bei Tageslicht folgen können. Ich werde zwar erst angreifen können, wenn es Nacht ist, aber bis dahin werden wir Zeit gehabt haben, sie zu beobachten und bis dahin einen brauchbaren Plan auszuarbeiten. Sie werden wohl nicht damit rechnen, daß wir uns in irgendeiner Weise Hilfe besorgen.«

»Ihr werdet also einfach zulassen, daß sie mich mitnehmen.« Ihre Stimme klang so angespannt, daß Mickey sie scharf ansah, von dem Schmerz und der Furcht, die er zum erstenmal hören konnte, so überrascht, daß diese Empfindung ihn aus all den Fragen riß, die ihm durch den Kopf kreisten. Vielleicht war ihre Fremdheit, das glatte Selbstvertrauen, wie es ihre dunkle Kleidung andeutete, trotz allem nur eine Illusion. Vielleicht sollten die dunklen Gläser mehr als nur das rote Feuer in ihren Augen verbergen.

»Das muß sein. Und du darfst sie auch, wenn nicht dein Überleben davon abhängt, unsere wahre Stärke nicht erkennen lassen. In dem Punkt sind sie immer noch auf Vermutungen angewiesen, sie haben nichts als die alten Mythen und Legenden zur Verfügung.« Das holte die Fragen zurück. Es gab hier noch Dinge, die sich seinem Zugriff entzogen. Etwas, das aber jedesmal, wenn er glaubte, er hätte verstanden, wie ein Aal seinen Fingern entglitt. Ardeth nickte langsam, aber ihre Hände preßten ihre Ellbogen an ihren Körper, und ihre Knöchel waren weiß.

»Bis jetzt klingt das alles recht gut, aber ich fürchte, ich habe eine schlechte Nachricht. Ich habe kein Auto, also weiß ich nicht, wie Sie vorhaben, diesen Leuten zu folgen. Ich glaube nicht, daß sie öffentliche Verkehrsmittel benutzen werden«, meinte Mickey, erleichtert, einen realistischen Einwand vorbringen zu können, der dieser seltsamen Unterhaltung ein wenig Solidität verlieh. Rossokow sah ihn wieder an, die seltsamen, fahlen Augen suchten die seinen. Jetzt in der hellen Beleuchtung erkannte er, wie schäbig die Kleider des älteren Mannes waren, abgewetzt, fadenscheinig, vermutlich aus einer Mülltonne stammend, weil sie nicht einmal die Heilsarmee mehr angenommen hätte. Der Gegensatz zwischen den Kleidern und dem ruhigen Selbstvertrauen des Mannes und den kantigen, aristokratischen Zügen seines Gesichts war plötzlich klar und verwirrend. ›Das Monstrum‹ hatte der Kidnapper ihn genannt. Mickey erinnerte sich an den harten Griff an seinem Arm, aus dem er sich nicht hatte lösen können, und die überzeugende, einlullende Stimme. »Mir ist egal, wer oder was Sie sind«, hatte er erklärt. *Was* Sie sind . . . Er fröstelte, wich aber dem Blick des anderen nicht aus.

»Haben Sie keine Freunde, die man dazu überreden könnte, Ihnen ein Fahrzeug zu leihen? Können wir um diese Stunde eines mieten?« Mickey sah auf die Uhr. Es war halb vier Uhr morgens. Mitchell war wahrscheinlich zu Hause, vielleicht würde man ihn überreden können, sich auf kurze Zeit von seinem alten Van zu trennen, wenn man ihm genügend anbot.

»Haben Sie Geld?«

»Ein wenig. Wieviel brauchen Sie?«

»Geben Sie mir fünfzig Dollar, dann bin ich in ein paar Minuten wieder zurück.« Rossokow suchte ein paar Augenblicke in den Innentaschen seines fadenscheinigen Jacketts und reichte Mickey dann drei Zwanziger.

Mitchell war gerade wach genug, um ärgerlich zu sein, als er schließlich an die Tür seines Appartements getaumelt kam. Von den sechzig Dollar und dem Versprechen, nicht noch einmal gestört zu werden, etwas besänftigt, gab er Mickey die Schlüssel und sagte: »Aber bis morgen abend will ich ihn zurück haben.«

»Sicher, kein Problem«, versprach Mickey, wohl wissend, daß das eine Lüge sein könnte. Er würde sich weitere fünfzig von Rossokow geben lassen müssen, um Mitchell später zu besänftigen. Später, dachte er, plötzlich auf eine Art belustigt, die ihn schwindeln machte. Nachdem du Sara befreit, die geheimnisvollen Schurken erledigt und herausgefunden hast, wer und was Ardeth und der alte Mann wirklich sind. Wenn du das alles schaffst, ohne dabei ins Gras zu beißen oder in den Knast zu wandern, yeah, später.

Sie waren immer noch in seinem Appartement und warteten, als er zurückkehrte. »Also schön, ich hab einen Van. Aber bevor ich damit irgendwo hinfahre, sollten Sie mir jetzt besser sagen, was hier wirklich läuft.«

»Hatten wir nicht gesagt, keine Fragen?« meinte Rossokow, und seine leise Stimme versuchte gar nicht erst, den drohenden Unterton zu verbergen.

»Richtig, das haben Sie gesagt. Aber ich habe nicht zugestimmt. Und jetzt brauchen Sie mich.«

»Welchen Unterschied macht das für Sie eigentlich?« fragte Ardeth und erhob sich aus dem Sessel. »Sie sagen, Sie wollen bloß Sara zurück haben. Wenn das stimmt, welchen Unterschied macht es dann, ob wir es Ihnen sagen oder nicht?«

»*Sie* sagen auch, daß Sie sie zurück haben wollen – nach drei Monaten, in denen Sie zugelassen haben, daß sie um Sie trauert. Vielleicht wäre ich eher geneigt, Ihnen zu glauben, wenn ich wüßte, was mit *Ihnen* geschehen ist, was im Augenblick geschieht.«

»Ich werde Ihnen das sagen, was Sie wissen müssen, nachdem wir zu dem Treffen mit den Kidnappern gefahren sind.« Mickey hatte schon den Mund aufgemacht, um Einwendungen vorzubringen, sah dann aber den kalten Blick des alten Mannes und entschied sich dagegen.

»Na schön. Was brauchen wir außer dem Wagen noch?« Die Liste erschien ihm seltsam, aber er konnte alles besorgen – zwei Decken, einen alten Filzhut, den er schon lange nicht mehr trug, und eine seiner Sonnenbrillen. »Sollten wir nicht auch Kanonen oder so etwas haben?« fragte Mickey, während er Rossokow dabei zusah, wie der die Sonnenbrille und den Hut in den geräumigen Innentaschen seiner Jacke verstaute.

»Können Sie uns denn welche besorgen?« erkundigte sich Rossokow, und Mickey mußte den Kopf schütteln.

»Nein. Nicht um diese nächtliche Stunde.« Was ich eigentlich hören wollte, war, daß wir keine brauchen würden, dachte er bedauernd. »Nun, dann lassen Sie uns gehen. Wenn wir vor denen dort sein wollen, sollten wir jetzt zusehen, daß wir hier wegkommen.«

Die Anweisungen waren eindeutig gewesen. Ardeth und Rossokow sollten außerhalb eines verlassenen einstökkigen Gebäudes warten, das völlig isoliert mitten auf dem Eisenbahngelände lag. Das Gelände selbst lag in einem Streifen aus verrostendem Stahl und kurzem Gras, zwischen den auf Stelzen gebauten Straßen und Bürotürmen des Stadtkerns und wartete darauf, daß es neu erschlossen wurde. Bei Tageslicht würden tausend Passanten sie sehen können, aber in der Dunkelheit vor Anbruch der Morgendämmerung würden nur ein oder zwei Trucker auf dem leeren Gelände Bewegung wahrnehmen.

Die nächste Stelle, wo man den Van verstecken konnte, war eine halbe Meile entfernt im Schatten einer Überführung. Mickey mußte mit ausgeschalteten Scheinwerfern durch ein leeres Feld fahren, um die schützende Dunkelheit zu erreichen. Zu seiner eigenen Überraschung ertappte er sich dabei, wie er die ganze Strecke lautlos betete. Welcher Gott auch immer es war, zu dem er betete, jedenfalls schienen ihm die Blasphemien, mit denen er sein Gebet würzte, nichts auszumachen; sie schafften es bis zu der Überführung, ohne einen Reifen zu verlieren.

»Da sind wir«, sagte er und sah sich zu den zwei Gestalten um, die auf der hinteren Bank des Van kauerten. »Es ist etwa fünf Uhr.«

»Ich sollte jetzt besser gehen«, sagte Ardeth mit angespannter Stimme. Rossokow streckte die Hand aus und strich ihr übers Haar, und Mickey wandte sich ab, versuchte, nicht zu hören, was sie sagten, oder sie im Rückspiegel zu beobachten.

»Denk an das Verlies«, flüsterte der Mann, und sein grauer Kopf beugte sich dicht zu dem ihren. »Wir haben überlebt. Wir werden das auch überleben.« Mickey hörte, wie sie tief Luft holte.

»Sie werden brennen, und wir werden frei sein.«

»Ja, meine Geliebte, meine Rettung, wir werden frei sein.« Im Spiegel sah er, wie sie sich küßten, eine lange, sehnsüchtige Liebkosung, und er spürte, als er den Blick senkte, wie in seinem Herzen etwas hängen blieb. Dann öffnete sich die Schiebetür, und sie war draußen, ging quer über die Gleise auf das Gebäude zu.

»Sie wird es schaffen. Beide werden es schaffen«, sagte Mickey verlegen in die Stille hinein. Ein Rascheln ertönte, und dann setzte sich Rossokow neben ihn auf den Vordersitz. Er saß einen Augenblick lang still da und blickte der dunklen Gestalt nach, die sich von ihnen wegbewegte.

»Sie wollten wissen, was hier vorgeht«, sagte er schließlich, und Mickey nickte und sagte dann »ja«, als der Mann den Blick von der immer kleiner werdenden Gestalt nicht wandte. »Ich kenne nur einen Teil der Erklärung, und davon ist vieles auch nur Vermutung. Aber ich will Ihnen das sagen, was Sie wissen müssen. Sie und ich sind von einem Zustand . . . befallen . . . der es uns schwierig macht, uns bei Tageslicht zu bewegen. Dieser selbe Zustand kann zugleich auch eine längere Lebensspanne bedeuten. Wie es scheint, hat jemand unsere Existenz entdeckt und sieht materiellen Nutzen darin, diesen Zustand auszuwerten. Man verfolgt mich jetzt schon seit langer Zeit.«

Mickey saß einen Augenblick lang stumm da und nahm das Gehörte in sich auf. Das, was der Mann sagte, klang aufrichtig, aber . . . Er erinnerte sich an die Überzeugungskraft jener Stimme. »Warten Sie einen Moment. Ardeth hatte diesen . . . diesen Zustand oder wie Sie das auch nennen, nicht immer. Sonst hätte Sara das erwähnt.«

»Das ist richtig. Sie ist meinetwegen davon befallen worden.«

»Sagen Sie, daß dieser Zustand übertragbar ist?«

»Nur unter *sehr* speziellen Umständen. Sie können ganz sicher nicht infiziert werden, indem Sie hier neben mir sitzen.« Eine Andeutung von Humor schwang in Rossokows Stimme. Mickey musterte ihn einen Augenblick lang scharf, betrachtete das graue Haar und die feinen Linien um seine Augen und seinen Mund.

»Wenn dieser Zustand bedeutet, daß Sie länger leben, könnten Sie selbst ein Vermögen daraus machen. Es gibt eine ganze Menge Leute, die es als einen bescheidenen Preis betrachten würden, deshalb nicht in die Sonne gehen zu können.«

»Das ist nicht der einzige Preis.« Plötzlich erstarrte Rossokow, und er deutete auf die dunkle Silhouette des Treffpunkts. Mickey hörte das schwache Dröhnen eines Motors und sah, wie ein dunkler Lieferwagen auf das Gebäude zurumpelte. Ihr weißes Halstuch war alles, was auf diese Entfernung zu sehen war. Der Lieferwagen hielt zwischen ihnen und der wartenden Frau an. Einen Augenblick lang stand der Wagen unbewegt da, dann hörten sie, wie der Motor aufheulte. Der Wagen wendete und fuhr diesmal wesentlich schneller dieselbe Strecke zurück, die er gekommen war. Ardeth war verschwunden.

Mickey griff nach dem Zündschlüssel, um den Motor anzulassen, aber Rossokow legte ihm die Hand auf den Arm. »Nein. Noch nicht.«

»Dann verlieren wir sie.«

»Nein. Wir brauchen sie nicht zu sehen, um ihnen folgen zu können, und um diese Stunde würde man uns auf den Straßen sofort entdecken.«

»Wir brauchen sie nicht zu sehen? Wie sollen wir sie dann finden?«

»Ein Vorteil meines Zustands. Ich kann sie überall finden, wohin sie auch geht.« Mickey sah von der Seite, wie der Mann lächelte. »Blut ruft nach Blut, wie man sagt.«

»Hat dieser ›Zustand‹ auch einen Namen?«

»In der Vergangenheit nannte man diejenigen, die daran litten, Vampire«, erwiderte Rossokow und holte den Filzhut heraus und stülpte ihn sich über sein graues Haar. »Sie können den Motor jetzt anlassen.«

»Und wie nennt man sie jetzt?« fragte Mickey, während er anfing, den Wagen im Rückwärtsgang unter der Unterführung herauszulavieren.

»Genauso, würde ich meinen.«

Mickey sah nach rechts hinüber und erwartete, den Mann über seinen eigenen Witz lächeln zu sehen. Aber Rossokows Mund war unbewegt und gerade, und wenn seine Augen verrieten, daß er sich amüsierte, so war das sicher hinter dem blinden, starren Blick seiner Sonnenbrille verborgen.

29.

»Die bringen die Frau jetzt rein«, berichtete Elder. Lisa Takara nickte und nahm einen weiteren Schluck von ihrem Kaffee. Alle tranken sie Kaffee, selbst Parkinson, die normalerweise nur koffeinfreien trank. Man hatte sie auf ihre Weisung hin aus den Betten gezerrt; sie selbst war von Rookes Stimme am Telefon aus ihrem Bett gezerrt worden . . . ›Aufstehen und fertig machen. Wir bringen sie in einer Stunde her.‹

Sie brauchten natürlich keine Stunde. Das Labor funktionierte jetzt seit beinahe zwei Monaten. Zwei Monaten, in denen sie nichts anderes zu tun gehabt hatten, als Geräte zu überprüfen und nochmal zu überprüfen, alte Bücher voll Aberglaubens zu lesen und zu versuchen, nicht zu viel über einander zu erfahren. Selbst der Umzug von dem ersten anonymen Standort zu diesem ebenso anonymen war nur eine geringfügige Störung gewesen. Sie hatten hier auch nicht mehr Freiheit, an diesem Ort, der offensichtlich ein Haus war, als sie vorher in dem umgebauten Lagerhaus gehabt hatten.

Die Gespräche an den endlosen, langweiligen Tagen beschränkten sich darauf, wer was mit wem studiert hatte, und auf die neuesten Theorien in ihren verwandten Wissensgebieten. Niemand erwähnte seine Familie oder das Leben außerhalb der Grenzen des Labors, die sie nicht überschreiten durften. Niemand sprach über die ›Bedingungen‹ ihrer Verträge und darüber, welche Kombination aus Geld, Erpressung und Zwang sie dorthin gebracht hatte.

Lisa hatte sich ihre eigenen Theorie gebildet. Martinez, der Neurologe, war wahrscheinlich wegen des Geldes da, obwohl es sie wunderte, daß er damit rechnete, lange genug zu leben, um es in Empfang nehmen zu können. Elder, der alternde Bakteriologe kämpfte gegen eine schwere Alkoholabhängigkeit; in seinem Fall lag entweder Erpressung vor, oder er hatte keine besseren Chancen. Parkinsons verkniffenes Gesicht und ihre müden Augen überzeugten Lisa, daß es bei ihr Drohungen gewesen waren, die sie in das Netz gezogen hatten. Einmal hatte sie gesehen, wie die andere Frau das Foto eines kleinen Jungen in ihrem Zimmer versteckt hatte. Hanick, der Hämatologe, saß in ihrem Gemeinschaftsraum fast die ganze Zeit vor dem Fernseher und sah sich die Sportmeldungen an, und Lisa vermutete, daß er Spielschulden hatte.

Im Falle Goodmans, des Teamführers, waren die Bindungen nicht stark genug gewesen. Nach drei Wochen war er entflohen — am Ende eines Seils, das um seinen Hals geschlungen war. Lisa mochte *darüber* keine Spekulationen anstellen. Die Zusammenarbeit mit einem führenden Immunologen wie Goodman hatte zu den wenigen Dingen gehört, die dieses ›Projekt‹ für sie hätten erträglich machen können. Und sein Tod hatte sie, die zweite Expertin, widerstrebend an die Spitze geführt.

Und dann war da noch ihr eigenes Motiv. War es mehr oder weniger glaubwürdig als die Geschichten, die sie sich für die anderen zurechtgelegt hatte? Sie versuchte, nicht darüber nachzudenken, aber in den langen Stunden der Untätigkeit kehrte ihr Bewußtsein immer wieder dazu zurück und nagte daran, als wäre es eine Formel, die keinen Sinn abgeben wollte, oder eine geheime Zeile, die man bei wiederholter Betrachtung doch noch analysieren konnte. Aber ein Geheimnis war nicht daran — nur eine schreckliche Logik.

Wenn Hanick Schulden hatte, dann hatte sie die auch. Es waren zwar die Schulden ihres Vaters, Schulden, die vor vierzig Jahren in einem anderen Land aufgehäuft wurden. Deshalb waren sie nicht weniger bedrückend. Sie hatte bis vor drei Monaten nichts davon gewußt, als ihr Vater sie in das Haus ihres Bruders gerufen hatte, wo er jetzt lebte. Sie war hingegangen in der Erwartung, sich nur wieder seine flehentlichen Bitten anhören zu müssen, doch endlich zu heiraten, oder die zunehmend verworrener werdenden Klagen eines alten Mannes über die Falschheit undankbarer Söhne und parvenuhafter Ehefrauen.

Statt dessen saß ihr Vater in seinem Zimmer im ersten Stock, mit Anzug und Krawatte bekleidet, sich an die brüchige Würde klammernd, von der sie vergessen hatte, daß er sie besaß. Neben ihm saß ein Mann in mittleren Jahren mit glatten, undurchsichtigen Zügen und kalten Augen.

»Das ist Mr. Moro«, sagte ihr Vater. Nach einigen Höflichkeitsfloskeln servierte sie den Tee, den er bereitgestellt hatte, und wartete dann, fragte sich, was ihr Vater beabsichtigte. Keine arrangierte Ehe, ganz sicherlich das nicht.

Die kalten, schwarzen Augen, die sie beobachteten, waren gierig, aber, entschied sie, nicht nach ihrem Körper. Schließlich, nachdem die Rituale des Tees und der Konversation befriedigt waren, sprach ihr Vater.

»In Japan war mir nach dem Krieg Mr. Moros hochgeschätzte Organisation in hohem Maße behilflich. Jetzt habe ich Gelegenheit, diese Schuld zurückzuzahlen.«

»Wie?« Ihr Vater leitete die Frage mit einem Blick an Mr. Moro weiter.

»Eine Organisation, mit der wir Geschäfte gemacht haben, hat sich nach den Diensten eines qualifizierten und erfahrenen Immunologen für ein vertrauliches Forschungsprojekt erkundigt. Solche Fachleute sind selten. Wenn Sie sich dazu bereit erklären könnten, derartige Dienste zu leisten, wären wir Ihnen sehr verbunden.«

»Forschungen welcher Art?« Er zuckte die Achseln und spreizte die Hände. Dabei rutschte seine Manschette hoch, so daß man die Tätowierung an seinem Handgelenk erkennen konnte. Sie war sicher, daß er das beabsichtigt hatte. »Und was ist, wenn ich nicht imstande bin, mich zu beteiligen?« fragte sie vorsichtig.

»Eine unbeglichene Schuld ist eine große Last. Sie würde zweifellos schwer auf dem Herz ihres Vaters lasten, wenn er sterben und uns immer noch diese Gefälligkeit schulden sollte. Das würde seiner Familie große Unehre bringen. Und vielleicht auch großes Mißgeschick.«

Sie dachte kurz an Auflehnung, die Polizei, an Flucht. Aber nur kurz.

»Das könnte ich nicht zulassen«, sagte sie schließlich. Anschließend gab es weitere rituelle Höflichkeitsbezeugungen, dann einen höflichen Hinweis auf die Zeit und Mr. Moros liebenswürdiges Angebot, sie zu ihrem Wagen zu begleiten. Sie war sorgfältig bedacht, ihren Vater nicht anzusehen, damit er den Zorn in ihren Augen und sie die Sorge in seinen nicht sehen konnte.

Mr. Moros Wagen wartete am Randstein. Hinter dem

rauchigen Glas sah sie die schattenhafte Silhouette eines Fahrers. »Hier ist die Nummer des Mannes, mit dem Sie Verbindung aufnehmen müssen. Er wird Ihren Anruf heute abend erwarten.« Er sprach englisch und reichte ihr eine Karte, die sie wegsteckte, ohne sie anzusehen.

»Sie sind Yakuza«, sagte sie, und er gab keine Antwort, als hätte ihn beleidigt, daß sie das Offensichtliche ausgesprochen hatte.

»Die andere Nummer auf der Karte ist die eines unserer Männer. Sie werden ihn über die Fortschritte Ihrer Arbeit informieren. Wenn unsere Mitarbeiter etwas von Wert haben, wollen wir es.« In seiner Stimme war jetzt keine Höflichkeit mehr wahrzunehmen. »Sie arbeiten nicht für diese Leute, Dr. Takara, Sie arbeiten für uns. Die Schuld Ihres Vaters gilt uns.« Sie stand am Ende der Auffahrt und sah zu, wie die dunkle Limousine sich vom Randstein löste und ein Stück weiter unten an der Straße schließlich verschwand. Als sie zum Haus zurückblickte, glaubte sie, das Gesicht ihres Vaters im Fenster zu sehen, aber als sie das nächstemal hinsah, war es verschwunden.

Da war sie also, von der vierzig Jahre alten Schuld ihres Vaters an die Yakuza gebunden, gezwungen, sich wegen eines ›dringenden Notfalls‹ von ihrem Forschungsauftrag bei der Universität beurlauben zu lassen, und seit zwei Monaten in dem sterilen, fensterlosen Labor eingeschlossen. Sie hatte die zweite Nummer nicht anrufen können. Sie wußte nicht, was sie sagen würde, selbst wenn sie es gekonnt hätte. Wenn sie ihnen die Wahrheit sagte, würden sie ihr höchstwahrscheinlich nicht glauben. Und wenn sie es doch taten, könnte das noch schlimmer sein. Die Yakuza würden dieselben Verwendung für die Vampire – und die Wissennschaftler – haben, wie Rooke.

Sie hörte, wie irgendwo in einem der langen, weißen Korridore eine Tür zugeschlagen wurde. »Das sind sie«, sagte Martinez unnötigerweise. Lisa stellte ihre Kaffeetasse weg und trat zu den anderen; alle fixierten jetzt die Tür.

Jetzt werden wir sehen. Jetzt werden wir sehen, ob diese alten Schreckgespenster, die wir hier studieren sollen, echt sind – oder nur das Produkt einer verrückten Phantasie. Ich hoffe, daß sie echt sind, selbst wenn das jede Regel der Wissenschaft, der Logik und der Vernunft bricht. Ich will nicht diejenige sein, die feststellt, daß sie es nicht sind. Ich will nicht für die Phantasievorstellung eines anderen sterben.

Die Tür öffnete sich.

Zuerst kamen die Laborwächter mit den kalten Augen herein, dann die dunkelhaarige, dunkel gekleidete Frau und dann Rooke. Sie ist so jung, dachte Lisa unwillkürlich. Ihr Gesicht unter dem dunklen Haar war bleich, und der eigenartige scharfe Winkel ihrer Schultern wurde durch ein Gebilde aus Leder und Metall erklärt, das wie ein Geschirr von ihren Ellbogen bis zu den Handgelenken führte und an ihrem Rücken festgeschnallt war. Als sie sich bewegte, war ein seltsames Klappern zu hören, und Lisa erkannte, daß man ihr Fußschellen angelegt hatte. Auf den schwarzen Strümpfen glitzerten sie bösartig.

Rooke stieß sie nach vorn und hielt ihr das Ultraschallgerät an den Rücken. »Dr. Takara, sie gehört Ihnen.« Seine Stimme klang spöttisch und verlieh ihr eine Macht, die sie nicht besaß. Er beobachtete sie, wartete auf ihre Reaktion, wollte sehen, ob sie sich an die Instruktionen erinnerte, die man ihr erteilt hatte. Sie sah die anderen Wissenschaftler an, aber die starrten alle noch auf die reglose Gestalt, die die beiden Wächter flankierten.

»Also schön, auf den Stuhl mit dem Subjekt. Wir haben noch dreißig Minuten bis zur Morgendämmerung, und ich möchte bis dahin komplette Proben.«

Einen Augenblick lang herrschte Stille, dann traten Martinez und Hanick vor und ergriffen die Frau an den Armen. Rooke reichte einem der Wachen das Ultraschallgerät. Lisa begegnete einen Moment lang seinem Blick. Ich erinnere mich an alles, Mr. Rooke. Das Subjekt darf nicht mit Namen angesprochen werden, es darf überhaupt nicht mit ihr gesprochen werden, volle Sicherheitsvorkehrungen sind einzuhalten. Und vergessen Sie nie, daß ich Sie beobachte. Nie. Sie wandte sich dem Untersuchungssessel zu, und ihre Haltung war eine einzige kalte Ablehnung.

Sie sah zu, wie Martinez und Hanick die Armfesseln lösten und die Frau, ohne ihre Arme loszulassen, auf den Stuhl schoben. Ursprünglich war es ein ganz gewöhnlicher Zahnarztstuhl gewesen, bis man ihn dann mit Klappverschlüssen für Handgelenke und Knöchel versehen hatte. Als sie ihn das erstemal gesehen hatte, hatte er wie ein lächerliches Folterinstrument ausgesehen, und alles in ihr hatte sich dagegen aufgelehnt, jemand auf diesen Stuhl zu setzen. Nicht einmal die Filme, die Rooke sie anzusehen gezwungen hatte, hatten daran etwas geändert. Er hatte ihnen die Filme an dem Tag vorgeführt, als er endlich erklärt hatte, worin ihre Forschungsarbeit eigentlich bestehen sollte. Besser gesagt, er hatte den Film dazu benutzt, es ihnen klar zu machen, hatte sie alleine in den Videokontrollraum mitgenommen und die ganze erste Stunde des Films in schnellem Vorlauf abgespult und ihr dann die letzten Augenblicke in Normalgeschwindigkeit gezeigt. Dann hatte er ihr die Bandaufnahme vorgeführt, die das Filmstudio eine Woche später zeigte, und dabei ihr Gesicht beobachtet, als die Kamera an den Leichen verweilte, die in dem höhlenhaften Raum herumlagen. Er hatte gehofft, sie zu schockieren, ihr Angst zu machen, und das war ihm gelungen.

Die Filme, wenn sie echt waren, legten Zeugnis für die physische Existenz und die gewalttätige Kraft der Kreaturen ab, die sie studieren sollte. Aber das Bild, das in ihr haften blieb, war nicht das des scharfzähnigen Monstrums oder der zerfetzten Leichen, sondern das des Mannes in dem teuren Straßenanzug, der ihr das sadistische Vorspiel zu den Morden im schnellen Vorlauf zeigte. Das Monstrum, das er auf der Leinwand gezeigt hatte, dachte sie später, war vielleicht gar nicht das, das sie hatte sehen sollen.

Die junge Frau leistete keinen Widerstand, als man sie auf den Stuhl schnallte. Lisa zog Gummihandschuhe an, während Elder den Ärmel des Jacketts der Frau hochschob und ihr über dem Ellbogen eine Kompresse anlegte. Haselnußbraune, dunkle Augen ruhten kurz auf der Nadel in Lisas Hand und huschten dann weiter. Lisa spürte, wie die Frau sich Mühe gab, ihr Zusammenzucken zu verbergen. Sie hat Angst vor Nadeln, dachte sie plötzlich. Nicht die Angst eines Frankensteinmonstrums vor dem Feuer oder die von smokingbekleideten Zelluloidvampiren vor Kruzifixen, sondern die ganz gewöhnliche menschliche Angst vor Nadeln.

Während sie die freigelegte Armbeuge mit Alkohol betupfte, hätte Lisa beinahe gesagt: »Es ist schon gut, es ist in einer Minute vorbei.« Aber sie erinnerte sich an Rookes Anweisung und blieb stumm, als sie die Nadel in die blaue Vene stach und ein Fläschchen nach dem anderen in den Zylinder drückte. Das Blut sah menschlich aus. Lisa trat zurück, um Parkinson Hautproben entnehmen zu lassen.

Sie bewegten sich wie ein glattes Räderwerk, dankbar für die Gelegenheit, endlich zu handeln, ihre Ängste hinter ihren vertrauten Handhabungen zu verbergen. Hanick nahm ihr die Blutproben ab und begann, sie zu etikettieren, separierte sie für die Test, die er vornehmen wollte. Martinez brachte die speziell entwickelten EEG-Maschinen und begann dann, die spinnwebenhaften Drähte und Polster an der reglosen Gestalt auf dem Sessel anzubringen. Elder vollzog das Ritual, ihren Pulsschlag, den Blutdruck, die Pupillenkontraktion und das Zucken der Reflexe in den schwarz bestrumpften Beinen zu messen.

Irgendwann während dieser ersten Untersuchung verschwand Rooke, hinterließ die stummen Wächter neben der Tür als Erinnerung an seine Präsenz. Das Team ignorierte sie, und Lisa spürte, wie der weißglühende Schmerz zwischen ihren Schulterblättern nachließ, jetzt, wo sie von der Last von Rookes Blick befreit war.

Sie hatten die ersten Proben genommen, als der Sonnenaufgang (gemäß der an der Wand befestigten Tabelle; sichtbare Hinweise hatten sie nicht) stattfand. Das EEG summte weiter, Nadeln kratzten den mysteriösen Rhythmus der Gedanken des Subjekts auf Kurvenpapier. Die halb geschlossenen Augen der Frau schlossen sich ganz, das Kratzen wurde langsamer und ging in eine gerade Linie über, bis Martinez schließlich die Hand ausstreckte und die Maschine abschaltete. »Sie ist weg«, bestätigte er. »Sollten wir weitermachen?«

»Halten wir uns an den Plan. Wir haben genügend Basisindikatoren, um uns den ganzen Tag zu beschäftigen.« Lisa wandte sich den Wächtern zu. »Sie können sie jetzt wegbringen.« Das taten sie. Einer legte sie sich über die Schultern, der andere hielt das Ultraschallgerät, während sie sie in die enge, mit stählernen Wänden versehene Beobachtungszelle trugen, die eine Seite des Labors einnahm.

Dabei glitt etwas Weißes aus ihrer Tasche und blieb schlaff auf dem Boden liegen. Lisa beugte sich vor und hob das Halstuch auf. Die Seide floß ihr in einem zerbrechlichen weißen Strom durch die Finger.

Sie steckte es in die Tasche und wandte sich dann wieder den Labortischen zu, wo die Blut-, Haut- und Gehirnmuster der anonymen Frau darauf warteten, erprobt, in kleine Stückchen aufgeteilt und nackt unter dem unbarmherzigen Auge der Wissenschaft ausgebreitet zu werden.

30.

Ardeth schwamm aus der warmen, behaglichen Dunkelheit des Schlafes nach oben und kam in einer schmerzhaften, fluoreszierend beleuchteten Realität an die Oberfläche. Sie lag reglos da, die Augen gegen das fast spürbare Gewicht des Lichts geschlossen, erforschte die Welt, die sie umgab. Weit entfernt, an den Rändern ihres Bewußtseins, konnte sie Rossokows Anwesenheit spüren, sie trieb wie eine hartnäckige Erinnerung an den äußersten Grenzen ihres Wesens dahin.

Sie ließ sich in ihren Körper zurückfallen und wurde gewahr, daß sie unter einer Decke lag. Die Schuhe hatte man ihr ausgezogen. Sie konnte den schwachen Druck des Verbandes an ihrer Vene spüren. Bei der Erinnerung an die Nadel, die in ihre Haut geglitten war, an die lautlose Unwürdigkeit der Untersuchung, spürte sie, wie schwarzer Zorn in ihr anschwoll. Sie kämpfte dagegen an, ließ ihn aber verweilen, wußte, daß er mithalf, die lähmende Furcht im Zaum zu halten, die sie während ihrer Gefangenschaft in der Irrenanstalt erlebt hatte.

Sie regte sich unter der Decke, zog einen Arm heraus und deckte ihn über ihr Gesicht, während sie die Augen langsam einen Schlitz weit öffnete und sich umsah. Diese Zelle war so weiß wie die letzte dunkel gewesen war; so modern wie die andere alt. Aber ansonsten fühlte sich alles gleich an und roch auch so – abgestandener Schweiß, Urin, und der Kupfergeschmack von Angst.

Es war jemand bei ihr in dem engen Raum. Eine dunkle Gestalt lag ausgestreckt auf dem anderen Bett, das eine Knie in die Höhe gezogen, der Fuß rhythmisch zuckend, während die Hände eine stumme Begleitung auf der Decke klopften.

Ardeth schloß einen Moment lang die Augen. Du hast gewußt, daß das kommen würde, dachte sie, ärgerlich über die plötzliche Angst, die ihre Erleichterung überflutete. Sei dankbar, daß sie in Sicherheit ist, zerbrich dir später den Kopf, was du ihr sagen wirst.

Sie zwang ihre Augen, sich zu öffnen, und setzte sich dann auf. Auf dem anderen Bett ahmte Sara die Bewegung nach, sprang wie von aufgestauter Energie angetrieben von der Matratze. Sie hielt ebenso plötzlich inne, auf halbem

Weg zwischen den beiden Pritschen, als wäre sie gegen eine unsichtbare Mauer gerannt. »Nun. Du bist wach. Ich habe schon gedacht, die Wirkung von dem Zeug, das sie dir gegeben haben, was auch immer es war, würde nie aufhören.«

»Was auch immer es war . . .« wiederholte Ardeth verwirrt.

»Das Mittel, das dich so hat schlafen lassen. Ich habe den Verband gesehen. Bist du in Ordnung?«

»Ja. Und du? Haben sie dir weh getan?« fragte Ardeth ein wenig verlegen, als sie plötzlich die Schramme am linken Wangenknochen ihrer Schwester bemerkt und die zerfetzte Schulter ihres T-Shirts. Obwohl, dachte sie plötzlich wie aus weiter Ferne, der Riß natürlich auch Absicht sein konnte.

»Nicht so weh, wie ich ihnen getan habe, hoffe ich«, erwiderte Sara mit einem kurzen Lächeln. Erst jetzt schien ihr aufzufallen, daß sie immer noch stand, und sie setzte sich wieder auf ihre Bettkante. »Die haben mir eine Nachricht geschickt, daß du in der Gasse auf mich warten würdest. Als ich hinausging, sind sie über mich hergefallen.«

»Ich war im Club. Ich muß dich um ein Haar verpaßt haben.«

»Wie bist du . . .« Sie hielt inne, strich sich mit der Hand durch das kupferfarbene Haar und fing dann noch einmal an: »Was ist geschehen?«

»Sie haben den Club angerufen und mit deinem Freund Mickey gesprochen. Er hat mir gesagt, was sie wollten.«

»Dich.«

Ardeth nickte langsam, wohl wissend, daß sie sich mit jedem Wort näher und näher an die Frage heranschoben, vor der sie solche Angst hatte.

»Es tut mir leid, Sara. Es hätte nie passieren dürfen, daß du da hineingezogen wirst.«

»Aber ich habe recht gehabt. Du warst nicht tot.«

Ardeth atmete tief und sah sich im Zimmer um, um Sara

nicht ansehen zu müssen. Sie sah die über der Tür angebrachte Kamera, deren Objektiv auf sie beide gerichtet war, bemerkte auch den langen Spiegel an der Wand über Saras Bett, in Wirklichkeit ein Fenster, das nur auf einer Seite verspiegelt war. Was wirst du ihr sagen? schienen sie zu fragen. Was wirst du mir sagen?

»Ich *bin* tot.«

»Hör mit dieser Scheißsymbolik auf«, sagte Sara und fegte mit dem plötzlichen Schimpfwort die formelle Höflichkeit weg, die sich zwischen ihnen aufgebaut hatte.

»Ich bin am 8. April an Blutverlust gestorben. Wenigstens glaube ich, daß es der 8. war, aber ich hatte keinen Kalender. Man hat mich im Wald irgendwo im Nordosten der Stadt begraben. An derselben Stelle, wo schon vier oder fünf andere Frauen begraben waren.« Die Worte kamen ganz leicht, als hätten sie darauf gewartet, ausgesprochen zu werden. Ich habe gewollt, daß jemand es erfährt, erkannte sie. Die ganze Zeit wollte ich es jemandem sagen, wenigstens einmal.

»Ardeth.« In ihrer Stimme mischten sich jetzt Zorn und flehentliches Bitten.

»Ich erzähl es dir besser von Anfang an, sonst wirst du es nie verstehen. Alles fing in der Nacht von Peters Party an, in der Nacht, in der du darauf gewartet hast, daß ich nach Hause komme.« Zuerst war es einfach, eine klare, schlüssige Darstellung, die von Tony zu Conrad und schließlich zu ihrem Abstieg in das Verlies der Irrenanstalt führte. »Sie hatten mich dorthin geschafft, anstatt mich sofort zu töten, weil sie mich brauchten. Es gab dort einen anderen Gefangen, jemanden, den sie am Leben halten mußten. Und am leichtesten ließ sich das mit meinem Blut bewirken.«

»Deinem Blut? Du meinst, sie haben dein Blut genommen und es dieser Person übertragen?«

»Nein. Ich meine, daß sie mich dazu gezwungen haben, meinen Arm in seine Zelle zu strecken, und ich meine, daß er es dann getrunken hat.« Ardeth war für das plötzliche schockierte Schweigen ihrer Schwester dankbar. Es ließ ihr Zeit zum Nachdenken. Sie konnte nicht die ganze Wahrheit erzählen, nicht mit dem stummen Zeugen, der über der Tür kauerte, aber es war für sie wichtig, daß Sara es wußte, daß sie das Wesentliche von dem begriff, was ihr widerfahren war.

Sara machte den Mund auf, klappte ihn wieder zu und wartete. Ardeth erzählte ihr von dem Filmstudio und der Aufnahme, die sie sich dort hatte ansehen müssen, und der versuchten Vergewaltigung durch Peterson. Sie schilderte ihre eigenen Ängste, ihre erfolglosen Fluchtpläne und wie sie am Ende zu der Erkenntnis gelangt war, daß ihr Tod unausweichlich war. Sie sprach Rossokows Namen nicht aus und auch nicht das Wort ›Vampir‹. »Ich kam zu nahe an seine Zelle heran. Vielleicht habe ich es sogar absichtlich getan, das weiß ich nicht. Er hatte die ganze Zeit gewußt, daß es nur eine Möglichkeit zur Flucht gab. Ich konnte ihn nicht aufhalten. Ich wollte nicht einmal. Ich ließ mich von ihm dazu bringen, sein Blut zu trinken, und dann trank er das meine, bis ich völlig leer war.« Die Lüge fiel ihr schwer, wenn sie sich daran erinnerte, wie jene Nacht wirklich gewesen und ihr Leben auf einem Pfad entglitten war, den der Genuß warm und schlüpfrig gemacht hatte.

»Sie haben mich im Wald vergraben, wo sie die anderen Frauen auch vergraben hatten. Aber in der nächsten Nacht erwachte ich und ging in die Irrenanstalt zurück. Wir haben sie alle getötet. Dann haben wir einen Wagen gestohlen und sind in die Stadt gekommen. Dann hat er mich verlassen.« Das war die Wahrheit, und einen Augenblick lang loderte die Einsamkeit in ihrem Herzen auf, so scharf und so verzweifelt wie in jener Nacht.

»Ardeth . . . ich . . . was hast du dann getan? Warum bist du nicht nach Hause gekommen?«

»Nach Hause gekommen? Wozu? Ich ging in mein Appartement, aber es war für mich nicht mehr als ein Hotelzimmer, und ich mußte mich vor Havendale verstecken. So lange die glaubten, daß ich im Wald verscharrt lag, war ich sicher.«

»Du hättest zu mir kommen können.«

»Und was sagen? ›Tag Schwesterchen, ich bin wieder da. Übrigens, hast du zufällig Blut der Gruppe B positiv im Kühlschrank?‹ Ich bin ein Vampir, Sara.«

»Du glaubst das wirklich, nicht wahr?« Saras Stimme klang unendlich müde und doch verblüfft. Wut durchzuckte Ardeth' zum Zerreißen angespannte Nerven, flammte zu heißem Leben auf.

»Du hast recht. Ich kann kein Vampir sein. Ich muß verrückt sein. Die arme, bemitleidenswerte Ardeth läuft weg und hält sich für einen Vampir. Es sind ja immer die Stillen, die dann durchdrehen«, sagte Ardeth in sarkastischer Übertreibung. »Vielleicht war es auch nur ein Trauma, weil ihre Doktorarbeit sie so mitgenommen hat. Vielleicht hat mich das dazu veranlaßt, alles aufzugeben und wegzulaufen und in verlassenen Gebäuden zu leben und nachts durch die Stadt zu streifen und nach Abendessen Ausschau zu halten.«

»Warum hast du es dann getan?« konterte Sara. »Warum bist du denn in die Stadt gekommen, warum hast du dich so hergerichtet? Wenn du dich wirklich verstecken mußtest, warum hast du dich dann wie ein Vampir aus einem billigen Gruselfilm rausgeputzt?«

»Weil ich anders aussehen mußte. Weil ich anders aussehen *wollte*.«

»Mir scheint, daß du wie ich aussehen wolltest.«

Ardeth war aufgesprungen, ehe sie sich dessen bewußt geworden war, und die Wut trieb ihre Muskeln zum Handeln, während ihr Bewußtsein noch unter dem kalten Kern der Wahrheit in Saras Worten wie erstarrt war. Irgendwie schaffte sie es, sich zu stoppen, fand die unsichtbare Mauer, die ihre Schwester aufgehalten hatte, und blieb dahinter. Plötzlich fühlte sie sich in ihrem selbst geschaffenen

Bild fremd und linkisch, ein Kind, das man dabei ertappt hat, wie es in den Kleidern seiner Mutter vorgibt, erwachsen zu sein. Ihr Panzer der Schwärze war am Zerbröckeln, am Verblassen, und sie spürte, wie die ›alte‹ Ardeth sich ins Leben zurückdrängte.

Dann sah sie in das weiße Gesicht und die schreckerfüllten Augen ihrer Schwester und wußte, daß Sara keine Sprünge in ihrem Panzer sah, nichts erschrecktes Menschliches unter der Vampirmaske erkannte. Einen Augenblick lang durchflutete sie Triumph, spülte das alte Leben weg, das sich abmühte, sich aufs neue in ihrem Herzen festzusetzen. Jetzt siehst du es, jetzt siehst du, was ich wirklich bin! Überhaupt nicht das, was du geglaubt hast, oder, Schwesterchen? Du bist nicht zornig darüber, daß ich wie du aussehe — du bist zornig, weil ich besser aussehe als du. Und das ist etwas, was du nie für möglich gehalten hättest. Aber ihr Frohlocken dauerte nur einen Augenblick, dann fegte Saras erschütterter Gesichtsausdruck es weg. Sie ist nicht der Feind, sagte sich Ardeth. Es ist jetzt völlig unwichtig, was du gewollt hast und was sie einmal war. Was gibt es denn noch, worüber wir wetteifern könnten? Du existierst ja nicht einmal mehr in derselben Welt wie ich.

»Jetzt begreifst du es, nicht wahr?« sagte sie leise, immer noch mitten im Zimmer stehend. Sara nickte langsam.

»Ardeth, was . . .« Sie suchte tastend nach Worten, lachte dann nervös. »Jesus, was sag ich denn? Daß es mir leid tut, daß du ein Vampir bist? Daß ich froh bin, daß du noch am Leben bist, auf gewisse Weise?«

»Das braucht dir nicht leid zu tun, mir tut es auch nicht leid.« Ardeth setzte sich wieder auf ihr Bett, plötzlich war sie müde. Die Aufwallung von Wut hatte Adrenalin in ihren Körper gepumpt; jetzt, wo sie nachließ, erkannte sie, daß es den Hunger geweckt hatte. Sie nahm ihn als andauernden, nagenden Schmerz wahr, wie Kopfschmerzen, die darauf warteten, wieder einzusetzen. Beeil dich, Rossokow, dachte sie, vor den fernen Rauchinseln am Horizont ihres Wahrnehmungsvermögens. Der Himmel weiß, was sie vorhaben, mir als Nahrung zu geben. *Falls* sie vorhaben, mir Nahrung zu geben. Sie blickte auf ihr Spiegelbild in dem falschen Spiegel und hatte plötzlich den schlimmen Verdacht, daß man Sara und sie vielleicht nicht nur deshalb zusammen hier untergebracht hatte, daß sie ihrer Schwester ihre Geschichte erzählte.

»Der Vampir«, begann Sara plötzlich, »der dich gemacht hat. Wie hat er ausgesehen?«

»Graues Haar, graue Augen«, erwiderte Ardeth vorsichtig. »Schrecklich und wunderschön zugleich. Warum?«

»Eines nachts, in deinem Appartement . . .« Sie hielt plötzlich inne, und ihre Augen huschten einen kurzen Moment lang zu der Kamera. Einen noch kürzeren Moment lang sah Ardeth Argwohn in den Augen ihrer Schwester. Mag sein, daß sie an den Vampirismus glaubt, aber alles hat sie noch nicht geschluckt, erkannte Ardeth. »Ich hatte einfach einen seltsamen Traum, sonst nichts.« Sie tat das Thema ebenso abrupt mit einem Achselzucken ab, wie sie es angeschnitten hatte. »Darf ich dich etwas fragen?«

»Nur zu.«

»Was ist aus Mickeys Freund Rick geworden? Er war Straßenmusiker. Mickey denkt, daß du ihn getötet hast.«

»Ich habe ihn nicht getötet. Er ist von einem Wagen erfaßt worden. Ich habe sein Blut genommen, aber nicht so viel, um ihn zu töten.« Ardeth lehnte sich ein wenig vor, um Saras unruhigen Blick zu suchen, sah sich plötzlich gezwungen, die Wahrheit zu sagen, die plötzliche Lockerung zu beenden und die Komplizenschaft, die sonst vielleicht zwischen ihnen entstanden wäre. Ihr Tod hatte die Bande zwischen ihnen für immer durchschnitten; dieser verspätete Waffenstillstand war bestenfalls das Gespenst einer Freundschaft, die es vielleicht einmal zwischen ihnen gegeben hatte. »Aber ich *kann* töten, Sara. Glaube nicht, daß ich immer noch die Schwester bin, die du gekannt hast, die zu zimperlich war, Spinnen tot zu machen. Glaub ja nicht, daß es zwischen dir und mir noch die geringste Ähnlichkeit gibt.«

»Was machst du dann hier? Wenn du nicht Ardeth, wenn du nicht meine Schwester bist, weshalb bist du dann nicht einfach weggegangen?« fragte Sara mit einer vor Schmerz rauhen Stimme, die sich trotzig weigerte, das Gehörte zu *glauben*, so wie sie sich geweigert hatte, an Ardeth' Tod zu glauben. Ardeth' Herz stockte einen Augenblick lang, überkommen von dem plötzlichen blinden Drang, alles zu leugnen, was sie gerade gesagt hatte, so zu tun, als würden die harten Fakten ihrer zweiten Geburt sie nicht unwiderruflich von den Banden der ersten abtrennen. Sie war gekommen, um sich an Havendale zu rächen, um der Drohung ein Ende zu machen, die auf ihr und Rossokow lastete, so viel war richtig. Aber zu allererst war sie gekommen, um Sara zu retten. Und wenn Sara jene Wahrheit in ihren Augen fand, würde sie sich mit ihrer ganzen bulldoggenhaften Hartnäckigkeit daran festklammern und nicht zulassen, daß sie das noch einmal leugnete. Und dann würden sie fortfahren, einander ewig heimzusuchen, so wie Sara sie in der ganzen Zeit, in der sie ihr neues Ich geschaffen hatte, heimgesucht hatte. So wie andererseits ihre Schwester nicht von ihr losgekommen war und sie Nacht für Nacht ihren Verlust und ihre Sehnsucht auf der Bühne hinausgesungen hatte.

»Weil«, begann sie langsam und blickte an dem dunklen Blick ihrer Schwester vorbei zu den viel dunkleren, die hinter dem Spiegel warteten. Ich sage ihnen nichts, was sie nicht ohnehin schon argwöhnen, dachte sie, um die Hälfte der Wahrheit zu entschuldigen, die sie gleich preisgeben würde, um jene andere, tiefere zu verbergen. »Weil ich müde war, mich vor ihnen zu verstecken, vor ihnen wegzulaufen, weil ich müde war, ihretwegen immer so verdammt vorsichtig zu sein. In jener Nacht in der Irrenanstalt war ich nicht vorsichtig – und weißt du was, Sara? Du hast recht gehabt — es hat Spaß gemacht, nicht vorsichtig zu sein. So viel Spaß habe ich noch nie gehabt.«

Sie lehnte sich an die Wand hinter ihrer Pritsche, dehnte sich träge und setzte ihre Sonnenbrille auf. Die Kamera konnte nur das raubtierhafte Lächeln sehen, das auf ihren Lippen eingefroren war. Den ungläubigen Schrecken in Saras Augen konnte sie nicht sehen. Und sie konnte auch nicht erkennen, daß hinter dem Schutz, den die schwarzen Gläser boten, Ardeth' Augen zugepreßt waren, um diesen Schrecken ebenfalls nicht sehen zu müssen.

31.

Mickey gähnte und streckte sich verstohlen, zuckte zusammen, als die Blätter rings um ihn dabei in Bewegung kamen. Komm schon, du alter Bastard, beeil dich, dachte er in der kühlen Nachtluft. Rossokow war etwa eine Stunde früher aufgewacht und in den Wald verschwunden, der das Haus umgab. Mickey nahm an, daß er wohl nicht hoffen durfte, daß er Kaffee und Gebäck holen würde.

Sie steckten jetzt seit mehr als sechzehn Stunden hier fest. Nachdem sie den Lieferwagen zur Einfahrt des Anwesens verfolgt und die zwei Posten am Tor bemerkt hatten, hatten sie auf einem kleinen Parkplatz auf der anderen Seite geparkt und waren über die drei Meter hohe Steinmauer geklettert. Mickey schnitt eine Grimasse und sog kurz an den Schnittwunden, die er sich dabei an den Fingern zugezogen hatte.

Die Höhe und der Stacheldraht an der Mauerkrone hatten Rossokow allem Anschein nach nicht bremsen können — er wünschte, er könnte dasselbe für sich sagen.

Als sie auf das Haus zu geschlichen waren, hatten sie sich im Gebüsch verstecken müssen, während jemand links von ihnen durch den Wald stapfte. Irgendeine Alarmanlage, hatte Mickey für sich entschieden, und die nächsten, viel zu langen Augenblicke damit zugebracht, daß er sich eine Ausrede zurechtlegte, ehe der Mann wieder zurückgestapft kam und die Warnung allem Anschein nach entweder Waschbären oder Kindern zuschrieb, die sich wahrscheinlich beide in lästiger Regelmäßigkeit in das Anwesen schlichen.

Vermutlich sollten wir dankbar sein, daß die liebe alte Althea sich nicht die Mühe gemacht hat, den Gärtner zu behalten, dachte Mickey träge und blickte durch die schützenden Fliederbüsche zu den Lichtern hinüber, die im Haus leuchteten. Bis zur nächsten Tür waren es von seinem augenblicklichen Standort aus nur etwa fünfzehn Meter, aber die Schatten der überhängenden Eichen und das dichte Astwerk der Büsche schien ihn den ganzen Tag lang unsichtbar gemacht zu haben.

Beobachten Sie sie, hatte Rossokow ihm aufgetragen, ehe er sich zum Schlafen tiefer in den Wald hinein zurückgezogen hatte. Mickey hatte versucht, Einwände vorzubringen, hatte vorgeschlagen, daß es vielleicht praktischer sein könnte, sich abzuwechseln, aber der alte Mann hatte diese vernünftige Idee zurückgewiesen. »Ich habe bis zur Dämmerung keine Kraft«, hatte er gesagt, und dagegen ließ sich nichts sagen. Mickey war am Ende dennoch eingeschlafen, von der Wärme und der würzigen Luft schläfrig gemacht. Aber jedesmal, wenn jemand eine Tür schloß, schien er ruckartig aufzuwachen, also glaubte er nicht, etwas verpaßt zu haben.

Nicht daß es viel gegeben hätte, was man verpassen konnte. Hier und da öffnete sich die Tür an der Stirnseite des Hauses, dann ging ein Mann die lange Zufahrt bis zum Tor hinunter oder umkreiste das Haus. Es schien kein besonderes Muster für ihre Bewegungen zu geben, und er sah nie mehr als einen Mann. Nach allem, was er wußte, konnte es sein, daß zwei Männer im Haus waren. Oder zwanzig. Das einzige, was er mit Sicherheit wußte, war, daß sie bewaffnet waren; er hatte genügend Filme gesehen, um eine Maschinenpistole zu erkennen, wenn er eine zu Gesicht bekam. Es war nicht gerade ein beruhigender Anblick und erweckte in ihm den Argwohn, daß Rossokow in Wirklichkeit nicht viel mehr als die paar Einzelheiten über Althea Dale und Havendale wußte, die er ihm, ehe er schlafen gegangen war, mitgeteilt hatte.

Etwas bewegte sich hinter ihm und er drehte sich um, als eine dunkle, schemenhafte Gestalt zu ihm ins Buschwerk kroch. »Nett, Sie zu sehen«, sagte Mickey sarkastisch.

»Ich hatte etwas zu erledigen.« In der Dunkelheit konnte er das Lächeln des Mannes nicht sehen, war aber sicher, daß der andere jetzt spöttisch amüsiert blickte.

»Ich nehme nicht an, daß Sie Verstärkung geholt haben.«

»Nein, bedauerlicherweise nicht. Ich habe mir nur Nahrung besorgt.«

»Herrgott, Sie haben gegessen und mir nichts mitgebracht?« Er schaffte es immerhin, seinen Vorwurf im Flüsterton vorzubringen.

»Ich hatte nicht gedacht, daß Sie großen Wert auf ein Eichhörnchen legen.«

»Eichhörnchen? Sie haben ein Eichhörnchen gegessen?«

»Nun, nicht gerade ›gegessen‹, aber . . .«

»Schon gut«, fiel ihm Mickey ins Wort und war plötzlich sicher, daß er nicht mehr hören wollte. »Jetzt, wo Sie zurück sind, was werden wir jetzt wegen Sara und Ardeth unternehmen?«

»Was ist heute geschehen?« Mickey berichtete ihm ungeduldig, was er im Laufe des Tages gesehen hatte. »Niemand von draußen gekommen?« fragte Rossokow verblüfft.

»Nein. Es ist auch niemand weggegangen, nicht seit dem Lieferwagen heute morgen.« Eine Weile herrschte Schweigen zwischen ihnen, und Mickey sah aus zusammengekniffenen Augen zu dem bleichen Schatten neben sich und musterte Rossokows Profil, während der das Haus studierte. »Wie werden wir also hineinkommen?«

»Der Mann, der Sie angerufen hat . . . Er sollte heute nacht zurückkommen. Wir werden mit ihm ins Haus kommen.«

»Und wenn er nicht erscheint?«

»Ich kann nicht glauben, daß er wegbleiben wird, aber wenn er bis Mitternacht nicht hier ist, werden wir etwas anderes versuchen.« Er klang so sicher, daß ihnen ›etwas anderes‹ einfallen würde, daß Mickey beinahe überzeugt war. Beinahe.

Es war fast elf Uhr, als sie die Scheinwerfer zwischen den Bäumen, die die Einfahrt säumten, flackern sahen. Rossokow war lautlos verschwunden, schlich sich zwischen dem hohen Unkraut davon, um dann am Rande der Einfahrt im Schatten eines Baumes niederzukauern. Mickey setzte dazu an, ihm zu folgen, erstarrte dann, als die Scheinwerferbalken über die Stelle strichen, wo er lag, und zwang sich dann, weiterzukriechen. Der Wagen hielt ein Stück hinter Rossokows Versteck an der Steintreppe an, die zum Haus hinaufführte. Die Bremslichter zwinkerten, als Rossokows Schatten sich an ihnen vorbei bewegte, dann stand Mickey auf und rannte los.

Er erreichte die Beifahrerseite des schnittigen Sportcabrios in dem Augenblick, als der Fahrer die dunkle Gestalt sah, die an seiner Tür stand.

»Guten Abend«, sagte Rossokow liebenswürdig, mit einem Lächeln, das zu viele Zähne hatte.

Mickey sah, wie der Mann sich zur Seite beugte und seine Hand zum Handschuhfach huschte. Er warf sich, ohne nachzudenken nach vorne und packte den Mann am Handgelenk. Zu seiner Linken war ein halb ersticktes Ächzen zu hören, und als er hinübersah, sah er, wie Rossokow den Mann an die Tür preßte, die langen Finger über seinem Mund.

Als der Handschuhkasten aufklappte, fand er, was der

Mann so verzweifelt hatte erreichen wollen. Er zeigte es grinsend Rossokow und richtete die Waffe dann, wie er hoffte mit einer professionellen Geste, auf den Mann.

Rossokows Hand ließ den Mund des Mannes los, und der sah Mickey an. Die Hand des Alten verschwand wie eine fahle Spinne im Jackett des Mannes und kam mit einer Brieftasche wieder zum Vorschein, die sie auf den Sitz warf.

»Martin Rooke«, verkündete Mickey nach einem Blick auf den Führerschein. Er studierte das Foto des schlanken, dunkelhaarigen Mannes und sah dann wieder das Original an; dieses eine Mal log das Foto nicht. Rookes Anzug mochte wie ein echter Armani aussehen, aber sein Gesicht sah wie das eines echten Killers aus, nichts als Kanten und Knochen und arktisblaue Augen. Er warf einen Blick auf die Visitenkarte. Vice President, Sonderprojekte, Havendale International.

Rossokows Hand, die Rooke am Kragen gepackt hielt, spannte sich und zerrte den Mann in die Höhe, über die geschlossene Tür des Jaguar. Als seine Füße auf dem Asphalt auftrafen, richtete Rooke sich auf und beugte sich so weit zurück als Rossokows Blick das zuließ. »Ein Vergnügen, Ihre Bekanntschaft zu machen, Mr. Rooke.«

»Sie sind Rossokow, nehme ich an.« Die Stimme war kalt und fest, Mickey erkannte sie sofort wieder, auch ohne die Hintergrundgeräusche der Bar.

»Natürlich. Und jetzt werden Sie meinen Kollegen und mich nach drinnen geleiten zu Ardeth und Sara. Falls Sie versuchen, jemanden zu warnen oder uns in die Irre zu führen, wird mein Kollege Sie erschießen. Ist das klar?«

Rooke nickte. Das muß man dem alten Bastard lassen, dachte Mickey amüsiert. Er legt eine gute Show hin. Und hat es vermieden, meinen Namen zu erwähnen, was äußerst rücksichtsvoll von ihm ist, finde ich. Ich hoffe bloß, daß er nicht wirklich von mir erwartet, daß ich Rooke erschieße. Plötzlich fühlte sich die Waffe in seiner Hand schwer und klobig an, wie ein Requisit, von dem er keine Ahnung hatte, wie es funktionierte.

Sie gingen stumm die Treppe hinauf, Rossokow an Rookes rechter Seite, die Hand auf seinem Arm, Mickey links von ihm, die Waffe gegen die Rippen des Mannes gepreßt. Wir werden niemanden täuschen können, dachte er, als sie auf die Tür zugingen und er die Kamera darüber sah. Aber als sie sie erreicht hatten, drückte Rooke den Klingelknopf, der in den Türstock eingelassen war und nickte in die Linse. Mickey stellte fest, daß Rossokow sich am Rand der Beleuchtung hielt und das Gesicht abgewandt hatte, so daß der neugierige Blick der Kamera es nicht erfassen konnte.

Ein klickendes Geräusch war aus dem Inneren der Tür zu hören. Rossokow war jetzt wieder an Rookes Schultern, griff an ihm vorbei, um die Tür zu öffnen. Auf der anderen Seite waren Wachen, die sich jetzt mit neugierigen Blicken in ihrer Glaskabine erhoben. Mickey sah, wie ihre Augen über Rookes Gesicht huschten, an seinem vorbei und sich dann weiteten, als sie Rossokow sahen. Münder begannen sich zu öffnen, Arme zuckten nach hinten, um nach Waffen zu tasten. Die Pistole, dachte er, sie müssen die Pistole sehen. Er hob seine eigene Waffe und rammte sie Rooke gegen den Hals.

Rossokow war in der Glaskabine, ehe die Wächter ihre Waffen bereit hatten. Er packte den ersten Mann am Jackett und hielt ihn fest, bis ihn seine Faust am Hals getroffen hatte. Der Körper glitt zu Boden, als ob er völlig knochenlos wäre, noch während der zweite Schlag den anderen Mann gegen die Mauer fegte, und zwar so heftig, daß Mickey überzeugt war, seinen Schädel knacken zu hören.

Mickey spürte, wie Rookes Muskeln sich unter seiner Hand spannten und er griff fester zu, preßte Rooke die Pistole hinters Ohr, bis er den Kopf linkisch zur Seite drükken mußte. Rossokow kam aus der Kabine zurück. »Sehr eindrucksvoll«, krächzte Rooke.

»Haben Sie . . .« setzte Mickey an und spürte dann, wie

ihm die Stimme den Dienst versagte und ihm die Worte im Halse stecken blieben.

»Natürlich hat er sie getötet«, antwortete Rooke verächtlich. »Das tut er immer. Sie haben keine Ahnung, was er ist, oder?«

»Das ist mir scheißegal. Ich weiß, was *Sie* sind«, antwortete Mickey und stieß Rooke hinter Rossokow her in den Korridor. Sie hatten die Hälfte des Ganges hinter sich gebracht, als Rossokow plötzlich einen Schrei ausstieß und zusammenzuckte, als hätte ihn ein Schlag getroffen. Rooke fing zu rennen an, schob sich an der taumelnden Gestalt vorbei. Die Waffe ruckte in die Höhe, ehe Mickey Zeit hatte, darüber nachzudenken, aber dann schwankte seine Aufmerksamkeit zwischen Rookes Rücken und der davor auf dem Boden kauernden Gestalt. Und dann war der Augenblick zum Handeln vorbei, dahin, als Rooke durch die Stahltür am Ende des Korridors verschwand.

»Die Maschine« stöhnte Rossokow auf, und seine Augen flackerten wild in einem Gesicht, das vor Schmerz grau geworden war. »Schießen Sie auf die Maschine.«

»Welche Maschine? Wo?« Aber die einzige Antwort, die er darauf bekam, war ein Schrei, der dann erstickte, als der Mann sich vor Schmerz krümmte. Maschine, wovon zum Teufel redete er? Die einzige Maschine war die Kamera vor ihnen. Mickey rannte weiter, kam schliddernd unter der schwarzen Box zum Stehen. Es war gar keine Kamera, erkannte er, als er die Waffe hob und feuerte. Der Mechanismus explodierte in einem Hagel von Metallteilen und Funken.

Als er sich umdrehte, war Rossokow dabei, sich mühsam aufzurappeln, stützte an die Wand. »Was war los? Was war das?«

»Wo ist Rooke?« Er stieß die Worte heiser heraus.

»Da durch.« Mickey deutete mit einer ruckartigen Kopfbewegung auf die Tür. »Was machen wir jetzt?«

Aber Rossokow gab keine Antwort auf die Frage, sondern sackte bloß gegen die Wand. Sein Atem ging langsam und rasselnd. Mickey zögerte einen Augenblick und lehnte sich dann neben ihn mit dem Rücken an die Wand und sah auf die Tür, die am Ende des Ganges feierlich und unberührbar glänzte. Du lieber Gott, Sara, dachte er, was mache ich jetzt?

32.

Während Lisa Takaras Blick zwischen dem Fenster und dem Monitorbild der zwei dunklen Gestalten in dem winzigen Zimmer hin und her wanderte, murmelte sie beständig Verwünschungen. Der Wächter, der vor seinem eigenen Monitor hinter ihr saß, rutschte unruhig auf seinem Sessel herum, unternahm aber, weil er sie nicht verstand, sonst nichts.

Die Videobänder verraten dich, Rooke, dachte sie bitter. Wenn das letzte mir nicht gezeigt hätte, was für ein Monstrum du bist, dann dieses hier. Ob nun jene Frau dort drinnen verrückt oder ein Vampir ist, du und deinesgleichen habt sie dazu gemacht. Es war schlau von dir, ihre Schwester zu entführen, um sie zu erwischen, sie zusammen in ein Zimmer zu legen, damit sie reden. Aber du hättest mich nicht zwingen sollen, sie dabei zu studieren. Denn jetzt hat sie einen Namen und ein Leben, das deine Firma ihr entrissen hat und an deren Stelle sie ihr diesen Wahnsinn oder diesen Fluch gegeben hat.

Und jetzt zwingst du mich, hier zu sitzen und zuzusehen, in der Hoffnung, daß der Hunger, den du ihr eingepflanzt hast, sie zu dem Unaussprechlichen treiben wird.

Hinter ihr waren die anderen Wissenschaftler noch an der Arbeit, brüteten über den Mikroskopen und Computerausdrucken. Bis jetzt gab es noch nichts Schlüssiges, nicht mehr als ein paar Anomalien in den Blutproben und Parkinsons Verdacht, daß sich in der Gewebestruktur der

Hautproben eine kleine Veränderung ergeben hatte. Sie wußte, daß alle gelegentlich in zögernder, schuldgeplagter Faszination zu ihr herüber sahen. Wenn sie durch das Labor gehen mußten, pflegten sie stehen zu bleiben und einen Moment in die enge Zelle zu spähen. Dort war ein Beweis, der sich nicht leugnen ließ, und sie warteten alle darauf, daß es geschah.

Ardeth wußte, daß sie da waren, und Lisa vermutete, daß wenigstens einiges von dem, was Ardeth gesagt hatte, ebenso wie manche ihrer Gesten für die Beobachter und nicht für ihre Schwester bestimmt gewesen waren. Aber es gab auch Dinge, die die Frau auf der anderen Seite des halb durchsichtigen Spiegels verborgen hätte, wenn sie dazu imstande gewesen wäre: die Unruhe, die sie immer wieder dazu veranlaßte, ihre Lage auf der Pritsche zu verändern, die Finger, die sich in die Laken verkrampften und sie wieder losließen, die Art und Weise, wie sich ihr Mund kaum wahrnehmbar verzog, wenn sie an ihrer Lippe kaute.

»Subjekt A zunehmend erregt, unruhig. Subjekt B hat mehrere Male versucht, sie in ein Gespräch zu ziehen, es aber nicht geschafft.« Sie notierte sich das in ihrer eigenen geheimnisvollen Kurzschrift, in der sich englische und japanische Schriftzeichen mischten. Dann schrieb sie, ohne darüber nachzudenken, nur in japanisch: »Subjekt A wartet darauf, daß etwas geschieht.«

Der Wächter hinter ihr fluchte plötzlich. Lisa drehte sich instinktiv um und konnte einen Blick auf die Monitore über seiner Schulter erhaschen. Drei Männer bewegten sich durch den Korridor auf das Labor zu. Den mittleren erkannte sie, es war Rooke. Der ganz vorne hatte rauchgraues Haar und ein schmales Gesicht. Wunderschön, schrecklich . . . Die Worte hallten durch ihr Bewußtsein.

Der Wächter legte einen der geheimnisvollen Schalter um, mit denen seine Konsole übersät war. Die Gestalt an der Spitze zuckte zusammen, und dann bewegte sich Rooke plötzlich schneller, verschwand eine Sekunde lang aus dem Sichtkreis der Kamera. Ein zweiter Schalter bewirkte, daß die Labortüre sich mahlend öffnete, und dann war Rooke drinnen.

»Die Tür absperren«, sagte er atemlos, das Gesicht unter dem glitzernden Angstschweiß bleich. Lisa konnte gerade noch aufstehen, ehe er bei ihr war und sie beiseite schob. Sie verdrückte sich in den hinteren Bereich des Labors, wo ihre Mitgefangenen wie erstarrt herumstanden.

»Was war los?« fragte der Wächter.

»Das Monstrum ist hier. Er hat Buwoski und Noble erledigt. Rufen Sie das Wachhaus an, die sollen herkommen.« Er beugte sich über den Monitor, verdeckte damit Lisa die Sicht, während der Wächter den Telefonhörer abnahm. »Scheiße. Dieser kleine Drecksack hat den Ultraschall zerschossen.«

»Carnegie und Singh sind unterwegs. Es wird fünf Minuten dauern. Soll ich Miss Dale anrufen?«

»Nein! Das erledigen wir«, brauste Rooke auf und starrte auf den Bildschirm. »Hier können sie nicht rein.« Es klang beinahe wie ein Gebet.

»Wir können nicht raus«, stellte der Wächter vorsichtig fest. Lisa fing den vernichtenden Blick auf, den die Bemerkung auslöste.

Sie hörte das Ächzen eines Sessels hinter sich, als jemand darauf Platz nahm. In der plötzlichen Stille schien jedes Geräusch von den Wänden widerzuhallen. Das Summen der Computer war unerträglich laut. Sie blickte in die Zelle und sah, daß Ardeth aufrecht dasaß, die Sonnenbrille abgelegt hatte und das Spiegel-Fenster anstarrte, als könnte sie die auf der anderen Seite herrschende Verwirrung sehen. Kann sie? fragte Lisa sich plötzlich. Oder sieht sie etwa mit anderen Sinnesorganen als ihren Augen?

Rooke richtete sich plötzlich auf und drückte die Schultern nach hinten, während er sich im Raum umsah. Lisa spürte, wie es ihr eisig über den Rücken lief, als die fahlen blauen Augen über sie hinweggingen. Er hatte Angst, erkannte sie plötzlich. Und wir alle haben es gesehen. Das ist etwas, was er nicht ertragen kann, daß das Monstrum am Ende selbst ihm Angst eingejagt hat und daß wir es wissen.

Der eiskalte Blick verweilte einen Augenblick lang auf dem Spiegel, dann sah sie, wie ein Lächeln den schmalen Mund aufspringen ließ. »Bringen Sie mir den Ultraschall und öffnen Sie die Zelle.« Der Wachmann erstarrte. »Jetzt gleich, Banks.« Banks griff nach seinem Karabiner, machte sich an seinen Geräten zu schaffen und ging auf die Tür zu.

Als sie sich öffnete, stand Sara auf. Ardeth blieb, wo sie war. Rooke lehnte sich in die Türfüllung, der Ultraschallstab hing beinahe gleichgültig in seiner Hand, Banks mit dem schußbereiten Karabiner stand hinter ihm. »Kommen Sie raus!«

»Ich soll wohl Ihre Gäste begrüßen?« fragte Ardeth ruhig, und das Gerät in Rookes Hand hob sich.

»Kommen Sie raus und halten Sie den Mund, bis ich Ihnen sage, daß Sie ihn aufmachen sollen.« Sie zuckte die Achseln und beugte sich vor, um in ihre Schuhe schlüpfen. Dann erhob sie sich und ging auf Rooke zu. Er trat ebenso locker zwei Schritte zurück, achtete aber darauf, das Ultraschallgerät immer zwischen ihnen zu halten. »Bringen Sie die andere.« Banks reagierte darauf, indem er seine Waffe auf Sara richtete, worauf die zur Tür ging und zusammenzuckte, als er sie am Arm packte und in das Labor stieß.

Neben sich hörte Lisa Martinez leise fluchen. Jemand atmete tief ein und stieß die Luft dann in einem rasselnden Seufzer aus. Rooke sah kurz zu ihnen hinüber. »Dr. Takara, schalten Sie die Sprechanlage ein.« Sie trat an die Konsole und stellte zu ihrer Überraschung fest, daß sie froh war, die Bildschirme wieder sehen und damit die zwei Männer beobachten zu können, die draußen vor der Tür warteten. Es gab ihr das Gefühl, die Dinge unter Kontrolle zu haben. Sie fand den Knopf der Sprechanlage zwischen den vielen anderen und drückte ihn.

»Hallo, Rossokow«, sagte Rooke. »Können Sie mich hören?« Lisa sah, wie die Männer überrascht zusammenzuckten und dann nickte der graue Kopf. Sie sah zu Rooke hinüber und merkte, daß sein Blick zu dem Bildschirm wanderte. »Gut. Jetzt sagen Sie Ihrem Freund, er soll sehen, daß er seine Waffe los wird, und dann legen Sie sich beide auf den Boden.« Das Achselzucken des Mannes sprach Bände. »Warum? Weil ich, wenn Sie es nicht tun, den Ultraschall hier an ihrer Freundin ausprobiere. Oder ich erschieße ihre Schwester.«

Lisa sah die Qual im Gesicht des jungen Mannes. Seine Hände bewegten sich in kontrollierter Panik, gestikulierten mit der Waffe in Richtung auf die Tür. Rookes Grinsen verriet ihr, daß er es auch gesehen hatte. Rossokow regte sich nicht. »Ich habe ganz vergessen, daß ich zwar Sie, aber Sie mich nicht sehen können. Sie werden also bloß zuhören müssen.«

Lisa hörte nichts außer Ardeth' plötzlichem Schrei. Die schwarz gekleidete Gestalt krümmte sich und sackte dann zu Boden. Saras Schrei kam gleich darauf, als sie nach vorn stürzte und sich Banks' Griff entwand. Dann krachte ihr der Gewehrkolben über die Schulter, und sie fiel zu Boden. Ardeth lag zusammengekrümmt auf den Fliesen, und ihre Finger krallten sich in den weißen Kacheln fest, während ihr ganzer Körper sich in Krämpfen wand und ein Stöhnen über ihre Lippen drang.

Auf dem Monitor sah Lisa, wie der junge Mann auf die Tür zustürzte, wobei sein Mund sich in lautlosen Schreien öffnete und schloß. Die Augen des alten Mannes schlossen sich voll Schmerz. Sie verspürte ein plötzliches Pochen in den Fingern und blickte überrascht herunter, um festzustellen, daß ihre Hände die Konsole umklammert hielten. Ihr Daumen berührte etwas; den Schalter, der die Tür kontrollierte.

Ich möchte wissen, was geschehen würde, wenn ich den Knopf drücken würde, dachte sie, als beträfe das gar nicht sie. Ich frage mich, welches Monstrum mir mehr Angst einjagt.

Nein, das frage ich mich überhaupt nicht. Von irgendwo, aus weiter Ferne, sah sie, wie ihr Daumen platt wurde und preßte, hörte ihre Stimme rufen »Die Tür ist offen«, ehe sie sich selbst rückwärts vom Stuhl warf. Das plötzliche Klappern von Banks herunterfallendem Karabiner folgte dicht hinter Rookes Schrei. Hinter ihr brüllte jemand auf, und dann war das Klirren von zerspringendem Glas zu hören.

Die Wirklichkeit erfaßte sie, als sie auf dem Boden auftraf und sich unter die Konsole wälzte. Die Stahltür öffnete sich mahlend und qualvoll langsam. Rooke fuhr zu der Tür herum und richtete das Ultraschallgerät auf den Eingang. Lisa sah, wie Ardeth sich vor ihr auf dem Boden aufzurichten begann, ihre Gliedmaßen bewegten sich mit der langsamen Grazie einer Spinne. Hinter dem Schleier aus schwarzem Haar öffnete sich ihr Mund wie eine Wunde.

Dann war sie über ihm, sein Handgelenk knackte, und das Ultraschallgerät entfiel seiner plötzlich kraftlos gewordenen Hand, dann zerrte sie ihn in einer wilden Umarmung zu sich herum. Sie hielt ihn einen Augenblick lang fest, wirbelte ihn in einem seltsamen, gewalttätigen Tanz herum. Einen endlosen Augenblick lang sah Lisa nur ihre aneinandergepreßten weißen Gesichter, das seine bleich vor Angst, das ihre blutlos vor Entzücken. Dann ließ sie ihn los, ihre Hände zuckten in die Höhe, um seine Schultern zu packen, während sie ihn herumriß und seinen Kopf in den Computerschirm schmetterte, auf dem immer noch die Geheimnisse ihres Blutes flimmerten.

Lisa zog die Arme vors Gesicht, schützte sich vor dem plötzlichen Knall und dem Lichtblitz, als das Vakuum im Inneren des Monitors explodierte. Etwas traf sie und verhallte dann prasselnd mit einem Geräusch, das irgendwo zwischen Flüssigkeit und Glas lag. Der Geruch von Blut und verschmorenden Schaltungen erfüllte die Luft.

Zitternd zwang sie sich aufzublicken, vorbei an ihren

blutbespritzten Armen, vorbei an dem rotgrauen Durcheinander am Boden. In die uralten Augen der wunderschönen, schrecklichen Kreatur, die über ihr aufragte.

33.

Als er durch die Tür kam, war Rooke bereits jenseits seiner Wut, in Ardeth' Totentanz geklammert, und so beschränkte sich Rossokows Rache darauf, dem Wächter die Waffe wegzureißen und sie in das ausdruckslose, schreckerfüllte Gesicht zu schmettern.

Einen Augenblick lang konnte er nur dastehen und darauf warten, daß der rote Wahnsinn zerfloß, daß das Echo von Ardeth' Qual übertönt wurde von den Lauten, die Rookes Tod verkündeten, Mickey, der halblaut auf Sara einredete und entfernten Klagelauten und Fragen von der anderen Seite des Labors. Als er wieder zu sich zurückgefunden hatte, drehte er sich langsam um, um sich zu orientieren.

Mickey kauerte neben Ardeth' Schwester und war ihr beim Aufstehen behilflich. Ein Mann lag in einer Blutpfütze an der Wand. Eine weinende Frau schüttelte einen anderen älteren Mann, der mit dem Gesicht nach unten neben ihr auf dem Boden lag. Ein dunkelhaariger Mann versuchte stöhnend und erfolglos, sich aufzusetzen, preßte sich die Hand an die Schulter und sah benommen zu, wie ihm das Blut zwischen den Fingern hervorquoll. Neben der breiten Konsole kauerte eine weitere Frau, die die Arme über den Kopf geschlungen hatte.

Rookes Körper baumelte aus dem zerschmetterten Computer wie ein schlaffes, nutzloses Kabel. Der Gestank von versengtem Haar und verkohltem Fleisch mischte sich in den süßen, üppigen Geruch von Blut. Und neben ihm kauerte Ardeth, das Gesicht von ihrem schwarzen Haar verborgen.

Er bewegte sich auf sie zu, hielt kurz inne, als die auf dem Boden liegende Frau den Kopf hob und zu ihm aufblickte, sah in ihre dunklen Mandelaugen. Dann trat er auf dem schlüpfrigen Boden neben Ardeth und kauerte sich neben ihr nieder. Als er ihren Namen sagte, reagierte sie nicht. Er griff nach ihrem Haar, hob ihr Gesicht zu sich herauf. Einen Augenblick lang glaubte er, das Blut an ihrem Gesicht wäre nur das von Rooke, aber dann sah er den Glassplitter, der sich in ihre Wange gebohrt hatte. Als er ihn berührte, zuckte sie leicht, aber ihre Augen blieben glasig.

Sie stand unter Schock, erkannte er, die Nachwirkung des Ultraschalls und der in ihr aufgeloderten Gewalttätigkeit. Er zupfte ihr den ersten Glassplitter weg und sah dann einen zweiten in ihrem Haar glitzern.

Hinter sich hörte er das beharrliche Summen der Türklingel, dann Stimmen über die Sprechanlage. Er drehte sich um und sah, wie die Frau mit den orientalischen Gesichtszügen sich langsam aufrichtete. »Die haben die anderen Wächter gerufen«, sagte sie langsam, und Rossokow erkannte die Stimme wieder, die Ardeth' Schmerzensschrei übertönt hatte.

»Können Sie dafür sorgen, daß sie draußen bleiben?« Sie blinzelte einen Augenblick lang, als müsse sie sich orientieren, dann drehte sie sich qualvoll langsam herum und trat vor die Konsole. Als er sich wieder Ardeth zuwandte, hörte er sie reden, den Wächtern sagen, daß Rooke beschäftigt sei und sie an ihre Posten zurückkehren sollten. Wenn sie ihr überhaupt glaubten, würde das jedenfalls nicht lange anhalten.

Seine ältesten, stärksten Instinkte schrien ihm zu, er solle Ardeth nehmen und fliehen, darum beten, daß Rookes Tod ausreichen möge, um die Verfolgung zu beenden. Aber er wußte, daß es nicht so sein würde. Alles in diesem Labor konnte sie verraten, und irgendwo im Haus war die Frau, deren Wille den Alptraum wieder zum Leben erweckt hatte, der begann, als er vor hundert Jahren aus diesem Haus geflohen war.

Er blickte zu Sara Alexander hinüber und sah, daß sie wieder stehen konnte. »Sara, bringen Sie sie hier hinaus. Holen Sie ihr die Glassplitter heraus, die Sie finden können.«

»Glas . . .?« wiederholte sie verwirrt, hatte sich aber bereits in Bewegung gesetzt und bückte sich neben ihm herunter, um Ardeth am Arm zu berühren. Ihr Gesicht wurde bleich, als sie auf der Haut und dem Haar ihrer Schwester das Blut und das Glitzern sah.

»Sie werden ihr nicht weh tun. Machen Sie.« Er war ihr dabei behilflich, Ardeth hochzuheben und überließ sie dann ganz Sara, sah nicht hin, als die beiden Schwestern aus dem Zimmer humpelten. »Wir müssen das Labor zerstören. Mickey, tun Sie, was erforderlich ist, um diese Computer zu erledigen.« Er deutete mit der Hand auf die Maschinen, die er nie benutzt hatte und die ihm immer noch ein Rätsel waren. Mickey stand reglos da und starrte ihn an. »Los . . . es sei denn, Sie wollen, daß Sara ewig eine Geisel für das hier bleibt.« Die Drohung veranlaßte den jungen Mann, sich in Bewegung zu setzen.

Rossokow ging an den sterbenden Männern und der zitternden Frau vorbei, ohne sie anzusehen. Er fand die Blutproben in den Reagenzgläsern und im Kühlschrank und schüttete sie in den Ausguß, spülte dann die Hautproben nach. Ein plötzlicher Feuerstoß aus einer Schnellfeuerwaffe ließ ihn herumfahren. Mickey stand vor der Reihe von Computern, die Waffe eines der Wächter in Anschlag, und leerte das ganze Magazin in die Maschinerie. Rookes Leiche zuckte jedesmal, wenn Kugeln über sie hinweghuschten.

Als dann das Echo der Schüsse verhallt war, sah Mikkey sich mit einem seltsamen, sarkastisch wirkenden Grinsen um. Die Frau mit den orientalischen Zügen arbeitete sich langsam hinter der Konsole hoch. »Ist das alles?« fragte Rossokow sie.

»Die haben die Untersuchung und das Gespräch in der Zelle aufgezeichnet. Das Band ist hier in der Maschine.« Sie deutete hinter sich, eine vage, seltsam verwirrt wirkende Bewegung. »Es gibt auch noch andere Bänder, aber die hat Rooke.«

»Takara!« sagte der dunkelhaarige Mann mit einer Stimme, aus der Tadel klang.

»Was für Bänder?« Er trat näher.

»Die Filme, die sie gemacht haben. Die Irrenanstalt nachher.« Sie blickte zu ihm auf, und ihre dunklen Augen wirkten unergründlich.

»Warum?« Sie zuckte die Achseln.

»Schließlich sind es doch Ungeheuer. Aber Sie sind nicht das schlimmste davon.«

»Ich sollte Sie nicht leben lassen«, sah er sich genötigt hinzuweisen.

»Nein. Das sollten Sie wahrscheinlich nicht.«

Der Korridor schien ihr zu gefährlich, also nahm Sara die erste Tür, die sich öffnen ließ. In dem abgedunkelten Raum legte sie den schlaffen Körper ihrer Schwester auf die Couch. »Ardeth?« Sie hätte sich gewünscht, daß ihre Stimme nicht so verängstigt und leise klang, daß das blutige Gesicht und die glasigen Augen, die zu ihr emporstarrten, nicht so völlig losgelöst von jeder Ähnlichkeit mit der Schwester wirkten, an die sie sich erinnerte. Als sie eine der schlaffen Hände ergriff, ritzte sie etwas am Daumen. Sie zwang sich, die Augen zu schließen und den dünnen Glassplitter herauszuziehen.

Sie fand noch mehr davon in Ardeth' Haar und an ihrem Oberkörper. Ardeth zuckte jedesmal, wenn Sara ihr einen Splitter herauszog, sagte aber nichts. Sie schloß nicht einmal die Augen.

Zu Saras großer Erleichterung trat immer nur einen Augenblick lang etwas Blut aus der Wunde, und dann schien es, als würde sie sich sofort schließen. Sie fand ein Tuch bei dem kleinen Waschbecken in dem Zimmer, feuchtete es mit Wasser an und wischte das Blut weg, mit dem Ardeth' Gesicht verschmiert war. Als sie die letzten Spuren beseitigt hatte, regte sich ihre Schwester, blinzelte vorsichtig. »Sara.« Ihre Hand hob sich ein wenig, und Sara griff danach, beugte sich tiefer.

»Alles ist okay. Mickey und . . .« Sie hielt inne, suchte nach einem Wort, um das zu definieren, was der grauhaarige Mann für Ardeth sein mußte. Sie fand keines, erinnerte sich aber an einen Namen, den sie aus Rookes Mund gehört hatte. »Rossokow ist gekommen. Rooke ist tot. Du bist jetzt in Sicherheit.«

Ardeth schüttelt mit plötzlich wiedergewonnener Kraft den Kopf. »Nein. Wir sind nicht in Sicherheit . . . nicht, so lange Havendale nicht brennt. Wo ist er?«

»Im Labor. Ich glaube, er und Mickey zerstören es.« Sie packte Ardeth' Schultern, als ihre Schwester sich aufzusetzen versuchte. »Du stehst unter Schock. Ruh dich noch einen Augenblick aus.«

»Ich kann nicht ausruhen. Sonst geht er ohne mich.«

»Niemand wird dich verlassen. Lieg nur ganz still. Du bist noch nicht kräftig genug, um dich zu bewegen.« Sie versuchte, sie zu beruhigen, strich ihr das blutverklebte Haar aus der Stirn, und die ganze Zeit hielt sie dabei die kalte Hand ihrer Schwester.

»Sie wird auf uns warten. Wenn er alleine geht, wird er sterben.« Das heisere Flüstern klang verzweifelt, die Augen, die jetzt nicht mehr glasig waren, hatten sich geweitet und waren von Angst erfüllt. »Ich muß mit ihm gehen. Ich muß stark genug sein, um mit ihm gehen zu können.«

»Du wirst schon wieder zu Kräften kommen.«

»Das könnte ich«, sagte Ardeth, als ob sie nicht gehört hätte. »Ich könnte kräftig genug sein, wenn ich etwas dazu bekäme.« Dann wurde ihre Stimme leiser. Sara spürte, wie sich ihr Herz plötzlich verkrampfte. Sie erinnerte sich an die spöttische Stimme aus ihrem Gefängnis. »Hast du B-positiv-Blut?«

Sie wird wieder kräftig werden. Sie wird ohne Blut klarkommen. Sie hat nur Angst und steht unter Schock. Sie denkt nicht klar. Einen Augenblick lang klammerte sie sich an all die Einwände, aber dann spürte sie, wie die Sicherheit, die sie ihr vermittelten, zerfaserte und schließlich dahinschwand.

»Wieviel?« fragte sie schließlich vorsichtig.

»Nicht sehr viel. Nicht so viel, daß es jemandem schaden würde.« Sara sah schuldbewußt zur Tür und wartete darauf, daß Mickey oder Rossokow sie unterbrechen würden. Wünschte, daß sie es tun würden. Aber die Tür blieb geschlossen, und sie sah wieder in das bleiche, verzweifelte Gesicht ihrer Schwester. Da war keine Spur mehr von der selbstsicheren, wilden Frau, die genüßlich auskostete, was in jener Nacht in der Irrenanstalt geschehen war. »Sara, wenn ihm etwas zustoßen würde, wäre ich alleine. Für immer. Diese letzten drei Monate waren wie ein schrecklicher Traum, ein Traum, der einem Angst macht und einen zugleich so fasziniert, bis man nicht mehr weiß, ob man lieber aufwachen oder weiterträumen möchte. Und so wird es immer weiter gehen . . . Jahrhunderte, ewig. Wenn ich ihn wieder verliere . . .« sie schauderte, und der Griff, mit dem sie Saras Hand festhielt, wurde brutal, grausam, »wäre es besser, wenn die mich umgebracht hätten.«

Einen Augenblick wollte Sara sich losreißen, sich vor Ardeth' Schrecken zurückziehen und dem, was ihre Worte andeuteten. Ich hätte nicht nach dir suchen sollen, hätte zulassen sollen, daß du verschwunden bleibst. Der Gedanke durchzuckte sie und löste sich dann in Schmerz auf. Aber das habe ich nicht. Ich habe dich gebeten, nach Hause zu kommen. Und selbst wenn du das nicht kannst, schulde ich dir alles, was ich dir geben kann. »Also schön. Was muß ich tun?«

»Nur dies.« Ardeth zog ihre Hand in die Hände und drehte sie herum, so daß das Handgelenk freilag. »Hab keine Angst, es wird nicht weh tun.« Sara spürte, wie der warme Mund ihre Haut berührte, und schaffte es, ihren plötzlichen Ekel zurückzudrängen. Es gab einen kurzen, scharfen Schmerz, und dann nichts, nur ein Druckgefühl und die Wärme von Ardeth' Mund. Schau, es ist nicht schlimmer als Blutspenden, sagte sie sich entschlossen, überhaupt nicht anders. Nur ist da natürlich niemand, der einem nachher Plätzchen und Orangensaft gibt, aber das ist schon in Ordnung, weil es wirklich nicht weh tut.

Und dann öffnete sich die Tür.

Ich wünschte, irgend jemand würde mir sagen, was hier eigentlich abläuft, dachte Mickey müde und sah Rossokow und Takara zu. In dem Laborraum stank es nach Schießpulver, schmorenden Drähten ... und etwas Schlimmerem. Sein Magen revoltierte unheilverheißend, aber entschied sich, daß das nichts zu besagen hatte — er hatte schließlich nichts gegessen, was er hätte erbrechen können. Und jetzt redete Rossokow nach all dem Gemetzel noch davon, andere Leute zu töten, darunter auch die Frau, die ihnen geholfen hatte. Rookes Stimme hallte in seinem Bewußtsein nach. »Natürlich hat er sie getötet. Sie haben keine Ahnung, was er ist, oder?«

Aber *sie* weiß es, dachte er voll Neid und beobachtete Takaras Gesicht, als sie zu Rossokow aufblickte. Aber gleich danach kam ein anderer, finsterer Gedanke: Wenn Takara und die anderen sterben mußten, was bedeutete das dann für Sara und ihn?

Er nahm den Karabiner mit der anderen Hand und erinnerte sich an das schuldbewußte Entzücken, das er empfunden hatte, als er die Computer zerstört hatte, und daran, wie es Rossokow erschreckt hatte. Aber was würde er empfinden, wenn der alte Mann jetzt sagte, daß die Wissenschaftler sterben mußten? Und wenn er damit nicht einverstanden war, was würde er dann dagegen unternehmen?

Schließlich lächelte Rossokow traurig und hob die

Schultern in einer Geste der Resignation. »Aber wer würde Ihnen schon glauben, wenn Sie wirklich die Wahrheit sagen wollten?«

Mickey sah, wie Takaras Haltung sich lockerte. Sie senkte den Kopf und ging dann an Rossokow vorbei, um neben dem Mann niederzuknien, der sich die verletzte Schulter hielt. Mickey spürte, wie die Spannung aus seinen eigenen Schultern wich und der Krampf in seinen Fingern sich löste, mit denen er die Waffe umklammerte.

Rossokow fand das Videoband und drehte sie einen Augenblick lang in der Hand, ehe seine langen Finger die Cassette mit einer Leichtigkeit zerbrach, die ihm einen eisigen Schauder über den Rücken jagte. Er warf die Bruchstücke neben Rookes Leiche auf den Boden und sah Mickey an. »Gibt es hier noch Munition für Ihre Waffe?«

Mickey blickte auf die Maschinenpistole, die er immer noch in der Hand hielt und unterdrückte ein Lachen. Er hatte das ganze Magazin auf die Computer abgefeuert. Die Angst, die Kontrolle über das tödliche Ding zu verlieren, das da in seinen Händen zuckte, hatte seinen Finger an den Abzug anfrieren lassen. Gut, daß du keine großen moralischen Entscheidungen treffen mußtest . . . nicht mit einer leer geschossenen Waffe, um ihnen Nachdruck zu verleihen. Er ließ die Waffe fallen und zog Rooke die Pistole aus dem Gürtel.

Er sah Rossokow wieder an. »Da ist bloß die hier.«

»Dann kommen Sie. Lassen Sie uns Ardeth und Sara suchen.«

Als Mickey, dicht gefolgt von Rossokow, das Zimmer verließ, hörte er, wie hinter ihnen Stimmen laut wurden, Takara, die zur Flucht drängte, und ein Mann, der vorschlug, einfach die Tür abzusperren und auf die Polizei zu warten. Ich würd's wie sie machen, Lady, dachte Mickey mit einem inneren Grinsen. Aber auf mich hört auch nie einer.

Ardeth und Sara waren nicht im Korridor, also probierte

er ein paar Türen aus, bis eine sich öffnen ließ und er eintreten konnte. Er sah Sara zuerst, deren Gesicht sich ihm zuwandte, als das Licht aus dem Korridor sie erfaßte. Ardeth lag ausgestreckt neben ihr auf der Couch und hielt Saras Hand an ihr Gesicht. Als ihr schläfriger Blick sich hob, sah Mickey ein rotes Funkeln in ihren Augen.

Wie ein Löwe, der von seinem Opfer aufblickt. Der Gedanke brannte wie Feuer durch ihn, brannte all die halbherzigen rationalen Erklärungen weg, die in ihm Form anzunehmen begannen. Bilder blitzten mit der Intensität von Momentaufnahmen an ihm vorbei: Ardeth' Augen in der finsteren Nacht, Rossokow, wie er unter den Bäumen schlief, sein seltsames, scharfkantiges Lächeln. Auf der Tonspur war Rossokows Stimme zu hören gewesen . . . Und die Rookes . . . Und die von Takara. Sie nannten sie Vampire — das tun sie immer noch . . . Natürlich hat er sie getötet, das tut er immer . . . schließlich sind alles Ungeheuer.

Ardeth ließ Saras Handgelenk los und wischte sich den Mund.

»Sara . . .« Endlich brachte er ihren Namen zuwege und hörte dann hinter sich ein Geräusch. Er fuhr herum und sah die dunkle Gestalt, die sich vor der Tür abzeichnete.

»Jetzt wissen Sie es.«

»Sie«, begann Mickey, atmete dann tief, tastete nach den Worten und versuchte, seinen Mund dazu zu zwingen, sie auszusprechen. »Sie sind Vampire.«

»Ja. Das habe ich Ihnen, so gut ich konnte, zu sagen versucht. So gut ich es gewagt habe.« Seine Stimme klang so verdammt vernünftig, und so zwang Mickey sich, Ardeth anzusehen, die sich langsam neben Sara aufsetzte. Der heiße, wilde Abscheu, den er für sie nach Ricks Tod empfunden hatte, stellte sich wieder ein.

»Sie haben ihr Blut getrunken.« Leugne es doch, dachte er verzweifelt. Bitte, leugne es doch.

»Das tun wir, um zu überleben. Aber sie hat ihr keinen

Schaden zugefügt«, erwiderte Rossokow mit seiner ruhigen, verführerisch vernünftig klingenden Stimme.

»Ihr Scheißblut hat sie getrunken!« Die Waffe fuhr hoch, ehe er sich dessen bewußt war, deutete wirkungslos auf Rossokows Brust. Das wird nicht funktionieren, das wird ihn nicht aufhalten, dachte Mickey benommen, aber er konnte die Hände nicht bewegen, sie waren wie erstarrt und hielten das tödliche, lächerliche Spielzeug wie einen Talisman fest.

»Sie ist meine Schwester«, brauste Sara auf, so als ob sie auf *ihn* wütend wäre — als ob *er* es wäre, der unvernünftig war. »Ich habe es ihr erlaubt.«

»Du hast es ihr erlaubt?« hörte er sich ungläubig wiederholen. »Und damit ist es völlig in Ordnung, daß sie . . .«

»Ungeheuer sind?« Rossokows Stimme vermittelte tiefe Traurigkeit, in die sich uralte Pein mischte. »Rooke hat das gesagt. Vielleicht hat er recht. Aber fragen Sie sich doch selbst: habe ich Ihnen in irgendeiner Weise geschadet? Habe ich Sie belogen?«

»Weil Sie mich gebraucht haben«, warf Mickey zurück und bemerkte, daß seine Armmuskeln angefangen hatten zu zittern, daß der Lauf der Pistole zwischen ihnen zu beben begonnen hatte.

»Und wenn ich ein Ungeheuer wäre, würde ich dann Ihre Hilfe brauchen? Würde ich darum gebeten haben? Mikkey, wenn Sie mich in die Brust schießen, werden Sie nicht viel Schaden anrichten. Wenn Sie mich wirklich vernichten wollen, müßten Sie wahrscheinlich zwischen die Augen zielen.«

Die Waffe wanderte nach oben, fast von selbst. Wie aus weiter Ferne hörte Mickey Ardeth' zornigen Protest und Sara, die seinen Namen sagte. Er kämpfte gegen das Zittern seiner Hände an und ließ die Waffe irgendwo in die Mitte des schmalen Gesichts zielen. Töte ihn, töte es, flüsterte irgendein Urbestandteil seines Gehirns. Töte es, bevor es dich tötet. Dann erinnerte er sich an die Stille in dem

Lieferwagen, daran, wie Ardeth durch die Finsternis davon gegangen war, erinnerte sich an die Augenblicke ruhigen Humors, die kurzen Blicke zur Seite, das Lächeln, das traurige Achselzucken, als er Takara ihr Leben zurückgegeben hatte.

»Wir haben nicht viel Zeit. Töten Sie mich, wenn Sie das wollen.«

Er spürte, wie sein Finger sich gegen den Abzug verkrampfte. Seine vom Adrenalin durchtränkten Nerven, die uralte, schreckliche Angst in seiner Magengrube drängten ihn, das Ding zu töten, die Finsternis in Aufblitzen von Schießpulver zu vertreiben, aber . . .

Aber er hatte keinen Beweis, daß Rossokow *wirklich* ein Ungeheuer war. Er hatte für überhaupt nichts Beweise. Nur daß er, wenn er den gewalttätigen, erschreckten Dingen in seinem Bewußtsein nachgab, das den Tod von allem verlangte, was anders war, von allem, dessen Gesicht nicht die bekannten, vertrauten Linien des Vorurteils und der Sicherheit widerspiegelten, dann würde Mickey mehr Beweis haben, als er je gewollt hatte, daß *er* auch nicht mehr als ein fackelschwingender Bauer war, ein selbstgerechter Nadelstreifenreaktionär, der sich unter einer Lederjacke versteckte.

Er ließ die Waffe fallen und schloß die Augen.

»Kommen Sie«, sagte Rossokow leise.

Ardeth trat auf den schmalen Balken, löste den Blick von Saras schwankender Gestalt und sah zu, wie ihre eigenen Füße sich auf dem vier Zoll breiten Brett zurechtfanden. Einen Augenblick lang wartete sie, daß der Schwindel ihr das Gleichgewicht rauben würde . . . spürte aber nichts. Ihr fiel das jetzt ganz leicht. Ihr Körper, dieses neue Ding aus von Blut getriebenen Sehnen und Willenskraft konnte es schaffen, konnte alles schaffen.

Sie setzte sich in Bewegung, und die muffige, finstere Hitze des Dachbodens schien ihren Kopf klar zu machen, schien das Eis der Desorientierung zu schmelzen, das sie seit Rookes Tod beinahe hatte erstarren lassen. Sie war Rossokow und den anderen blind gefolgt, hatte seine Entscheidung akzeptiert, das obere Stockwerk auszuprobieren, als offenkundig wurde, daß sie die andere Hälfte des Hauses nicht über das Erdgeschoß erreichen konnten. Als der Korridor im Obergeschoß an einer weiteren verstärkten Stahltür geendet hatte, hatte Mickey die Falltür in dem nicht fertiggestellten Dachboden entdeckt.

Ihre Füße folgten dem Pfad, den das Brett zwischen dem Meer uralter, zerfallender Isolierung darstellte. Daß die schmutzigen, mit Fliegendreck übersäten Fenster den größten Teil des Mondlichts aussperrten, machte ihr nichts aus, aber sie konnte sehen, wie Sara fast blind sich vorsichtig ihren Weg über das Brett tastete, die Arme mit der unbewußten Grazie einer Hochseilartistin ausgestreckt.

Wie lang war es her, daß Rooke an der Tür ihrer Zelle aufgetaucht war? Zehn Minuten? Zwanzig? Sie war nicht sicher, wie lange ihr Schockzustand gedauert hatte – oder ob er wirklich schon zu Ende war. Sie konnte immer noch den Widerhall der Explosionen hören, die sie betäubt hatten; eine, als Rookes Kopf das Vakuum des Bildschirms hatte explodieren lassen, und die erste, die stärkere, als sie ihn in den Armen gehalten hatte und der wilde Hunger in ihr aufgelodert war wie ein Stern, der zur Supernova wird. Er hatte ein schwarzes Sehnen hinter sich zurückgelassen, das jetzt weit weg in der Dunkelheit, die sie erfüllte, pulsierte.

Ardeth verdrängte das Bild und konzentrierte sich ganz darauf, weiter über das Brett zu balancieren. Es gab immer noch vieles zu tun . . . und Sara sei Dank dafür, daß sie die Kraft besaß, es zu tun. Das war alles, worauf es jetzt ankam. Sie konnte sich einfach nicht leisten, in Gleichgültigkeit oder Wahnsinn abzusinken.

Vor ihr kauerten Rossokow und Mickey auf einem kleinen Stück festen Bodens und blickten nach unten. Sara war mit zwei langen Schritten bei ihnen, und kurz darauf beugte sich Ardeth neben sie.

»Etwas zu hören?« fragte Mickey, und Rossokow schüttelte den Kopf. Er beugte sich noch tiefer und hob das Brett etwas an, das die Falltür in dem Dachboden bedeckte. Ardeth sah einen schwachen Lichtschimmer, aber es war still. Er hob das Brett höher, zog es langsam herauf und legte es neben sich auf den Boden. Dann lag er einen Augenblick lang reglos da, den Kopf nach unten gebeugt, und glitt schließlich nach vorne, bis sein Oberkörper in der Öffnung verschwand. Kurz darauf tauchte der graue Kopf wieder auf.

»Alles klar.« Er setzte sich auf, schwang die Beine in die Öffnung und verschwand. Ardeth hörte ein schwaches Dröhnen, als seine Füße den Boden berührten. Als nächste ging Sara, klammerte sich mit den Händen am Rahmen der Falltür fest, bis Rossokow unten ihre Beine ergriff und sie hinunterzog. Ardeth folgte Mickey und zog dann das Brett über die Öffnung, wobei Rossokow sie in den Armen hielt, damit sie die hohe Decke erreichen konnte.

Als sie wieder festen Boden unter den Füßen hatte, blickte sie auf und sah den Korridor hinunter. An einem Ende schimmerte dunkles Holz in der weichen Beleuchtung, das Geländer, das an den Treppenstufen entlang ins Erdgeschoß führte. Beiderseits des Korridors waren je zwei Türen zu sehen, durch deren Rahmen aber kein Licht fiel. Uralte Tapete mit einem verblaßten Rosenmuster bedeckte die Wände, aber der weinrote Teppich unter ihren Füßen war dick und kaum abgetreten.

Am anderen Ende des Ganges war eine letzte Tür. Auch hier drang kein Licht durch die Ritzen, aber Ardeth wußte, was dahinter war, blickte zu Rossokow auf, und der nickte.

Der Teppich verschluckte ihre Schritte und ermöglichte es ihnen, lautlos bis zur Tür vorzudringen. Rossokows Hand schloß sich über den polierten Bronzeknopf. Ardeth hielt den Atem an, Panik und Eifer verschlossen ihre Kehle.

Die Tür gab seufzend nach und ließ sie ein.

34.

Der Raum war dunkel, nur von einem Lichtkreis der spinnenhaften schwarzen Lampe auf dem Schreibtisch und dem schwachen grauen Schimmer der dahinter aufgereihten Bildschirme erhellt. Ardeth' Augen huschten im Raum herum, suchten im gleichen Augenblick Bedrohung und Zuflucht.

Schwere hölzerne Bücherschränke säumten die Wand neben ihr, in denen sich ledergebundene Folianten mit grellbunten Taschenbüchern mischten. Die rechte Wand war von schwarzen Samtvorhängen verhüllt und hielt damit das verblassende Mondlicht fern. In der linken Wand gab es eine weitere Tür, die verschlossen war.

Eine in Schatten gehüllte Gestalt blickte vom Schreibtisch auf. Ardeth sah eine Bewegung aufblitzen und huschte instinktiv darauf zu. Ihre Hand schloß sich um ein Handgelenk, das so dünn war, daß ihre Finger es mühelos umschlossen, hinderten die Hand, das Telefon zu ergreifen. »Nein«, sagte sie leise und blickte in das weiße, ihr zugewandte Gesicht hinab.

Es war beinahe ein Totenschädel, mit scharfen Backenknochen und einer Hakennase, die sich unter der kalktrokkenen Haut abzeichneten. Ihre Augen waren eingesunken und von dunklen Ringen umgeben. Das in einem dicken, mahagonifarbenen Zopf geflochtene Haar war, war von grauen Fäden durchzogen. Aber sie war jünger als das Totenschädelgesicht vermuten ließ, entschied Ardeth, höchstens vierzig. Sie trug einen Herrenmorgenmantel, dessen ursprünglich scharlachfarbener Samt zu einem fleckigen Rosa verblaßt war.

Dann war Rossokow neben ihnen, die Hand auf der Schulter der Frau, und zog den Stuhl von etwaigen anderen Waffen weg, die sie möglicherweise im Schreibtisch verborgen hielt. »Sie sind Althea Dale, nehme ich an.«

»Ja.«

»Sie wissen, wer ich bin.«

»Ja. Ich dachte, daß Sie vielleicht versuchen würden, hierher zu kommen.«

»Und Sie haben mich hereingelassen?« Rossokows Stimme klang skeptisch und amüsiert.

»Die Wächter bewachen die Türen im Erdgeschoß. Ich dachte, das würde ausreichen. Wie sind Sie hereingekommen?«

»Durch den Dachboden.« Altheas Augen schlossen sich einen Moment lang.

»Ich hätte das nie Rooke anvertrauen dürfen«, sagte sie nach einer Weile.

»Aber es ist besser, daß wir reden, Sie und ich, ohne Rooke, ohne Außenstehende.« Ihr Blick wanderte über sie, traf Sara und Mickey, dort wo sie vor der verschlossenen Tür standen, verweilte einen Augenblick auf Ardeth, ehe er sichtlich zufriedengestellt wieder zu Rossokow zurückkehrte.

Er lehnte sich an den Schreibtisch, und Ardeth ging die paar Schritte zu den Bildschirmen und lehnte sich an sie. Dabei warf sie einen kurzen Blick darauf; zwei zeigten den leeren Korridor vor dem Labor, auf den anderen beiden war nur Schnee zu sehen.

»Wie haben Sie von mir erfahren?« fragte Rossokow schließlich.

»Aus den Tagebüchern meines Ururgroßvaters. Sie waren mit all seinen anderen Büchern auf dem Dachboden. Er hat mir alles außer Ihrem Namen gegeben.« Die Antwort kam prompt, verriet Selbstvertrauen und Triumph, sie *will* es uns sagen, erkannte Ardeth. Sie ist stolz darauf . . . sie will, daß wir wissen, was sie getan hat.

Und ich weiß es auch. Ich weiß, daß sie Tony und Conrad und mich getötet hat. Ich weiß, daß sie jeden töten würde, der sich zwischen sie und das stellen würde, das sie wollte, was auch immer es sein mochte. Wieder wallte die Wut in ihr auf, spitze Dolche, die sich in ihr Herz bohrten, und sie zuckte vor dem stolzen Kopf zurück, der so unsicher auf dem langen, zerbrechlichen Hals balancierte. Sie mußte sich entfernen, an einer Stelle bleiben, wo sie den Morddrang unter Kontrolle halten konnte, der sie erfaßte, und so trat sie hinter das alte Zweiersofa auf der anderen Seite des Raums und sah sich die Bücherschränke an.

Ihr Blick glitt über die hier zusammengetragene Bibliothek, erfaßte verblaßte Goldtitel auf brüchigem Leder – *Maleus Maleficarum, Der Vampir in Mythos und Geschichte, Dracula* – und Taschenbücher in schreiendem Rot und Schwarz. Alle befaßten sich mit Vampiren oder dem Okkulten. Sie zog willkürlich ein Buch heraus und klappte es auf; Worte in lateinischer Sprache krochen über die Seite.

»Und Havendale?« hörte sie Rossokow sanft bohren, ihr Gelegenheit gebend, sich ihrer eigenen Raffinesse zu brüsten.

»Als Daddy starb«, sagte sie mit einer Stimme, die verbittert und amüsiert klang, als lache sie über einen Witz, den nur sie kannte, »gehörte es mir. Ich führe die Firma viel besser, als er das jemals geschafft hat.«

Eine Reihe dünner Bücher auf dem untersten Regal fiel Ardeth auf. Sie beugte sich vor, um genauer hinzusehen. Es waren Schulhefte, erkannte sie, die mit den hellbraunen Umschlägen, wie sie die Schüler in den staatlichen Schulen alle bekommen. Neugierig zog sie vorsichtig das erste heraus und klappte es auf.

Die Seiten waren mit kindlichem Gekritzel bedeckt, für ihre Nachtsicht selbst bei der schwachen Beleuchtung lesbar. Sie hielt gelegentlich inne, um zu lesen, wenn ihr ein Wort oder ein Datum auffielen.

5. September 1962
Mutter hat mich heute in das große Geschäft zum Tee mitgenommen. Das sollte ein besonderes Geschenk zu meinem achten Geburtstag sein, aber Daddy wurde böse, als er es erfuhr, und ließ mich zweimal extra baden.

5. Oktober 1963
Mutter hat mich dabei erwischt, wie ich auf dem Dachboden mit den Koffern von Ururgroßvater Dale spielte. Sie hat mich ausgeschimpft (wie üblich) und gesagt, ich solle hinuntergehen. Wahrscheinlich darf ich da jetzt nicht mehr rangehen, aber ich weiß nicht, warum sie das stört. Eines Tages wird mir sowieso alles gehören. Und eine Menge von den Büchern sind in einer komischen Sprache – also kann ich mir nur die Bilder ansehen. Das von dem Mann mit den Hörnern und den scharfen Zähnen gefällt mir am besten, wenn es mir auch etwas Angst macht, wenn es dunkel ist.

14. April 1964
Ich kann kaum schreiben, meine Hände zittern so, aber ich muß. Mutter ist heute gestorben. Sie ist von einem Auto erfaßt worden, als sie einkaufen war. Alle weinen (ich auch, wenn du genau hinsiehst, kannst du die Tränen auf der Seite sehen). Selbst Daddy. Aber dann ist er zornig geworden und hat geschrien, daß sie nicht hätte ausgehen sollen, und daß das passiert, wenn man da hinausgeht. Dann kam Nurse und ließ mich hier heraufkommen . . .

17. April 1964
Heute haben sie Mutter begraben. Daddy hat recht. Ich will auch nicht mehr dort hinaus.

»Also haben Sie Havendale dazu gebracht, nach mir zu suchen?«

»Natürlich.« Eine Andeutung von Verachtung klang in ihrer Stimme mit.

»Woher wußten Sie, daß ich immer noch in der Stadt war?«

»Ich wußte es nicht. Aber alles, was ich über Sie wußte, stammte aus dem Jahr 1898, und deshalb habe ich sie dort anfangen lassen.«

»Und als Sie mich fanden, haben Sie die Männer, die es getan haben, und die Studenten, die die Recherchen für Sie angestellt haben, von Rooke umbringen lassen.«

»Ich habe Rooke den Auftrag gegeben, alles dicht zu machen. Das war seine Aufgabe. Was Sie sind, war zu wichtig, um ein Risiko einzugehen.« In der kühlen Stimme lag eine ruhige Sicherheit, und Ardeth biß die Zähne zusammen, zwang sich, neben dem Bücherschrank zu kauern und hinzunehmen, daß ihr Leben mit ›alles dicht machen‹ abgetan wurde. Um sich abzulenken, holte sie ein anderes Schulheft heraus und starrte resolut auf die Seiten. Diesmal war die Schrift die eines Erwachsenen, eine glatte, geübte Handschrift.

24. Dezember 83
Daddy hat den heutigen Abend in seinem Zimmer verbracht. Ich war sehr ärgerlich über ihn und habe ihn angeschrien, daß er den Heiligen Abend verpaßt hat. Er hat bloß gelacht und gesagt, er würde sich nicht wohlfühlen. Er glaubt, ich sehe nichts. Er glaubt, ich weiß nichts von den Autos, die um Mitternacht kommen, und von den Frauen in den Autos. Er glaubt, ich weiß nicht, was für schmutzige Sachen er mit ihnen tut und was für widerwärtige Spiele er spielt. Manchmal hätte ich Lust, ihn umzubringen.

15. Mai 84
Daddy hat endlich zugestimmt, keine Frauen mehr ins Haus zu bringen. Wir haben wochenlang darüber gestritten, aber dann, als er letzte Woche krank wurde, hat er endlich begriffen, daß sie schlecht für ihn sind, daß sie alle mögliche Bakterien und Dreck und Gefahr hereinbringen.
Alles wird wieder gut werden.

Zum erstenmal spürte Ardeth ein Gespenst der Sympathie für die Frau, die da in diesem seltsamen Haushalt eingesperrt war, den ihr Tagebuch schilderte.

> 3. Juni 84
> Daddy hat scheußliche Laune. Er trinkt und schreit, daß Carl ihm Mädchen bringen soll. Carl wird es nicht tun, weil ich ihm gesagt habe, daß ich Daddy sage, daß er sich an mich herangemacht hat, wenn er es tut. Ich muß Daddy beruhigen . . .

Jetzt waren ein paar Seiten leer, und Ardeth blätterte weiter, um den nächsten Eintrag zu finden.

»Und was war ich?« hörte sie Rossokow hinter sich sagen.

»Unsterblichkeit«, sagte Althea leise. Dann herrschte lange Zeit Stille.

»Mickey, Sara, gehen Sie hinaus und halten Sie im Korridor Wache.« Seine Stimme war ruhig und duldete keinen Widerspruch, und Ardeth sah hinüber, um ihre Schwester und Mickey protestieren zu sehen. »Dort draußen sind immer noch zwei Wachen und etwaige Dienstboten, die es in diesem Haushalt gibt. Gehen Sie hinaus und halten Sie Wache.«

Sie hörte, wie die Tür sich öffnete und wieder schloß, und dann zogen die Seiten, die sie vor sich hielt, wieder ihre ganze Aufmerksamkeit auf sich.

> Ich habe gerade gelesen, was ich zuletzt geschrieben habe. Daddy beruhigen. Und das habe ich. Er war zornig, hat mit seinem Stock an die Wand geschlagen, während er in der Bibliothek herumstampfte. Ich habe Carl und den anderen gesagt, daß sie wieder auf ihre Zimmer gehen sollen.

Die Schrift wurde schwächer, als hätte die Verfasserin

Angst, zu stark aufzudrücken und ihre Geschichte damit sichtbar und wirklich zu machen.

Ich hatte keine Wahl. Er wäre sonst vielleicht hinausgegangen! Er hätte vielleicht alles zerstört. Er sagte, er würde es tun, weil ich ihm seine Frauen weggenommen und ihm nichts dafür gegeben hätte. Also mußte ich es tun. Es war genauso widerwärtig, wie ich gedacht hatte, aber es schien ihn zu beruhigen.
Vielleicht wird er es ganz vergessen. Vielleicht ich auch. Ich bete darum.

5. Juni 84
Daddy hat mich heute abend in die Bibliothek gerufen. Er hat gesagt, ich sei ein armseliger Ersatz für seine Huren, aber wenn ich nicht will, daß er hinausgeht, werde ich es tun müssen. Ich kann ihn nicht hinausgehen lassen. Er wird sterben, so wie Mutter gestorben ist. Die Huren haben ihn bereits krank gemacht. Solang er drinnen bleibt, kann ich dafür sorgen, daß alles unter Kontrolle ist. Ich kann sicherstellen, daß alles richtig ist. Ich kann sicherstellen, daß er das tut, was er tun soll.
Er hat gesagt, er würde mich lehren müssen, was zu tun ist, und würde heute abend damit anfangen.
Es tut immer noch weh und es gibt Spuren, die ich vor den Dienstboten verbergen muß. Aber ich werde ihn nicht hinausgehen lassen. Ich werde ihn nicht entkommen lassen. Das werde ich nicht.

Ardeth schloß die Augen, kämpfte gegen die unerwarteten Tränen an, die ihr plötzlich in die Augen traten. Diese Frau hat dich getötet, hat deine Freunde getötet, würde Sara getötet haben. Sie hat Rossokow von Roias foltern lassen und sie hat zugelassen — nein, befohlen — daß Rooke und Roias um des Profits willen Menschen weh taten. Daran ändert nichts, was auf diesen Seiten steht.

»Wollen Sie ewig leben?« Die Frage kam ganz leise, voller Zweifel.

»Natürlich. Alle wollen das. Und sie würden dafür bezahlen. Ihre Seele würden sie dafür geben.« Althea Dales Stimme klang heftig und trotzig.

»Aber es ist nicht die Seele der Welt, die Sie freikaufen wollen, obwohl ich erkennen kann, daß Sie jeden Cent, den die Welt anzubieten hätte, nehmen würden und es doch nicht genug wäre. Es geht um Ihre eigene, nicht wahr? Sie sind im Begriff zu sterben.«

Ardeth drehte sich um und sah, wie Altheas brennende Augen sich voll Schmerz weiteten, sah, wie sie sich hilflos in ihren Sessel preßte, versuchte, ihm zu entkommen, während die Wahrheit dessen, was er sagte, ihre Fassade von Ruhe und Fassung zerschmetterte. »Ich will nicht! Ich will nicht sterben. Ihr Blut kann mich kurieren. Mit Ihrem Blut werde ich nicht sterben.« Die Worte sprudelten schroff aus ihr heraus, wie ein Mantra irrationalen Glaubens.

Mit Ihrem Blut . . . Die Worte hallten in Ardeth' Bewußtsein nach, und dann wußte sie, woran Althea Dale starb, was Arthur Dale umgebracht hatte. Seine Tochter hatte mehr recht gehabt, als sie je wußte, als sie den Prostituierten die Schuld gab, die ihr Vater Mitte der achtziger Jahre ins Haus gebracht hatte. Entgegen aller Wahrscheinlichkeit war der unbekannte Virus auf ihn übergegangen, entgegen aller Wahrscheinlichkeit hatte er ihn wie ein Vermächtnis an seine Tochter und Geliebte weitergegeben.

Und mit dieser Erkenntnis wurde ihr auch blitzartig klar, zu welchem Zweck das Labor errichtet worden war. *Wenn* es etwas in ihrem Blut gab, das die Krankheit kurieren konnte, konnte sie die Welt zweimal dafür bezahlen lassen – Milliarden für die Lösung der Aidskrise und weitere Milliarden für das Geheimnis der Unsterblichkeit. Obwohl sie das zweite Geheimnis ohne Zweifel nur für die höchsten Bieter reservieren würde. Für so etwas mußte es wie ein geringer Preis erscheinen, ein paar Huren und Studenten zu töten. Wenigstens für Männer wie Roias und Rooke.

»Dann sollte ich Sie also retten. Sie mein Blut trinken lassen?«

»Ja, wenn es so funktioniert. Verstehen Sie nicht, ich kann Ihnen alles geben, was Sie brauchen. Einen sicheren Aufenthaltsort, alles Blut, das Sie brauchen, wann immer Sie es wollen. Nennen Sie mir Ihren Preis, was auch immer Sie wollen, ich werde ihn bezahlen. Ich werde es tun.« Sie hatte jetzt die Kontrolle über sich zurückgewonnen, fand Kraft in der Prozedur des Handelns und der Sicherheit, daß alles käuflich war.

»Ja, das würden Sie, das glaube ich sicher. Wenn Sie mich nicht mit Gewalt kriegen können, würden Sie es mit Geld tun. Wenn ich Sie um ein Verlies voll Opfer bitten würde, wenn ich Sie bitten würde, mir Schädel zu geben, aus denen ich trinken kann, würden Sie sie mir geben, ja?«

Ehe sie antworten konnte, ging die Tür auf und Mickey beugte sich herein. »Ich bedauere, stören zu müssen, aber ich glaube, das andere Ende des Hauses steht in Flammen«, sagte er, und seine Stimme klang dabei erstaunlich ruhig. »Wahrscheinlich die Computer im Labor.«

»Das Labor kann es nicht sein«, erwiderte Althea. »Das Halongassystem würde jedes Feuer ersticken.« Und alle Wissenschaftler, die etwa dort noch gefangen sind, dachte Ardeth. Althea drehte den Kopf herum und sah auf den von Störungen überzogenen Bildschirm und lachte plötzlich bitter. »Rooke. Dieser blöde Mistkerl hat Sprinkler eingebaut.«

»Sie und Sara können gehen, wenn Sie es für nötig halten. Wir brauchen nicht mehr lang.« Mickey zuckte die Achseln und verschwand. Diesmal ließ er die Tür offen. Ardeth umfaßte die Rückenlehne des Sofas mit beiden Händen und spürte, wie sie sich in das Holz krampften, während sie versuchte nicht daran zu denken, wie schnell das Feuer bei ihnen sein würde. Rossokow trat neben Altheas Stuhl, kauerte sich nieder und blickte nach oben in ihr Gesicht.

»Sie haben meine Frage nicht beantwortet.«

»Ich gebe Ihnen, was Sie wollen, was auch immer Sie verlangen«, stimmte Althea zu, und ihr ganzer Körper beugte sich dabei nach vorne, gierig, hungrig. Das Feuer hatte sie bereits vergessen, vermutete Ardeth. Sie sah, wie Rossokows Hand sich ausstreckte und ihre kalkige Wange berührte.

»Arme Verrückte, Sie glauben wirklich, daß Sie mich damit kaufen könnten?«

»Aber . . .«

»Sollte ich Sie ewig leben lassen, damit Sie noch mehr Reichtum anhäufen und mehr Macht und noch mehr Leben unter den Rädern Ihres Fortschritts zermahlen? Ich sollte Ihrer Angst vor dem Sterben eine weitere Ardeth opfern?«

»Wovon reden Sie? Sie sind ein Vampir. Machen Jagd auf Menschen, ernähren sich von ihnen. Und *sie* haben Sie auch benutzt.« Der dunkle Kopf deutete ruckartig zu Ardeth herüber, und ihre fiebernden Augen erfaßten Ardeth mit heißem Neid. »Sie haben Sie dazu gebracht, Sie zu mögen. Warum nicht *mich*? Ich würde Ihnen alles geben.«

»Das genau ist es, was Sie nicht verstehen. Ich will nicht alles. Ich will nur Frieden, will, daß Ihre Verfolgung ein Ende hat. Können Sie mir das geben?«

»Wenn Sie mich so machen würden, wie Sie, ja, ja, dann würde ich Sie in Frieden lassen.«

»Würden Sie? Könnten Sie das mit dem Geheimnis, das wir dann teilen würden, wirklich riskieren? Würden Sie uns wirklich gehen lassen, wenn Sie das Lösegeld für die ganze Welt aus unserem Blut herausreißen könnten, ohne daß ein Tropfen von dem Ihren vergossen wird? Haben Sie in den letzten Monaten irgend etwas getan, das mich veranlassen könnte, das zu glauben?« Es dauerte einen Augenblick, dann schüttelte Althea den Kopf. »Sie brauchen meine Hilfe nicht, um ein Monstrum zu sein, Althea Dale. Das sind Sie immer schon gewesen. Und jetzt wissen Sie, was ich tun muß.«

»Aber . . .«

»Schsch. Sie haben den Einsatz in diesem Spiel gekannt, als Sie es begonnen haben. Aber haben Sie keine Angst, ich werde schnell sein, das ist mehr als Sie den Frauen gegeben haben, die für Roias' Filme gestorben sind, mehr als Sie Ardeth gaben, als Sie sie zu einem Werkzeug machten, das man benutzt und zerstört. Aber ich werde es Ihnen dennoch geben.« Seine Stimme klang immer noch sanft und vernünftig, aber der Wille dahinter war unbeugsam. Er stand auf und trat hinter sie.

Ardeth machte den Mund auf, um zu sagen, was sie über Altheas Vergangenheit entdeckt hatte, über all das, was ihre Realität auf sich selbst und ihr eigenes Begehren beschränkt hatte. Und den Rest der Menschheit zu unwirklichen Objekten gemacht hatte, die entweder ihr zu Willen waren oder, ohne nachzudenken, zerstört wurden. Dann sah sie seine Augen und die Qual, die in ihnen brannte, so wie Feuer durch Pergament brennt. Sie machte den Mund wieder zu.

Ganz gleich, was sie sagte, er mußte Althea Dale töten. Es hatte keinen Sinn, es ihm noch schwerer zu machen.

Ich habe das gewollt, dachte sie. Hundertmal habe ich mir das Entzücken in allen Einzelheiten ausgemalt. Fast hätte ich ihr selbst vor fünf Minuten den Hals gebrochen. Ich sollte ekstatisch sein, sollte triumphieren. Aber ich fühle nur eine große Leere.

Rossokows Hand legte sich auf Altheas Haar, glitt sanft über ihren Schädel. Die Augen der Frau waren weit und furchterfüllt, aber sie bewegte sich nicht. »Fürchten Sie sich nicht.« Ardeth sah, wie sein ganzer Körper plötzlich erstarrte, seine Schultern sich spannten. »Es ist . . .«

seine Arme bewegten sich, schnappten hart nach links, »gleich vorbei.«

Als er sie losließ, sackte ihr Kopf nach vorne. Sein eigener sank ihm wie ein Echo herunter, und seine Schultern wurden schlaff.

Als Ardeth ihm die Hand auf den Arm legte, drehte er sich um und zog sie an sich, vergrub das Gesicht an ihrem Hals. Zum erstenmal spürte sie die Wahrheit, die er ihr die ganze Zeit hatte vermitteln wollen, daß nämlich jeder Tod, den sie verursachten, ganz gleich, wie notwendig, Mord war, und daß, welcher Fluch und welche Mutation auch immer sie anders machte als den Rest der Menschheit, dies sie doch nicht von Schuld freisprach, genauso wenig wie Althea Dales tragisches Leben sie von ihrer Schuld befreite.

Sie dachte an Rick und den Jungen im Rinnstein und Philip und wollte weinen, schreien, zurück in den glorreichen, isolierenden Wahnsinn fliehen, der sie am Leben erhalten hatte. Ihr alter Zorn über Rossokow stieg wieder auf, ein Zorn, daß er sie allein gelassen hatte, um diese Verbrechen zu begehen, selbst irrationale Wut darüber, daß er sie in der Irrenanstalt verführt hatte.

Sie löste sich zitternd aus seinen Armen und sagte: »Wir sollten jetzt besser gehen.« Ihre Stimme klang schroff und haßerfüllt, aber er nickte nur.

Mickey und Sara warteten oben am Treppenabsatz und gingen unruhig auf und ab. Zum erstenmal konnte Ardeth Rauch riechen, und in der Ferne glaubte sie das schwache Heulen von Sirenen hören zu können.

An der Tür standen keine Wachen, so daß sie das Anwesen unbemerkt verlassen konnten. Als sie den Wald erreichten, wurde der Laborflügel des Hauses von den Flammen verschlungen. Rossokow blickte eine Weile auf das Feuer, das Gesicht maskenhaft und leer, dann griff Ardeth nach seinem Arm und zog ihn in den dunklen Unterschlupf des Waldes.

Er führte sie an den Rand des Anwesens, nahe zu der

Stelle, wo er und Mickey vor achtzehn Stunden über die Mauer geklettert waren. Ardeth folgte ihm stumm, dankbar dafür, daß das mühsame Manövrieren in der Dunkelheit mit Mickey und Sara, die sich hinter ihr wie Kinder an den Händen führten, ihre volle Aufmerksamkeit erforderte. Sie wollte nicht an die Wut und die Schuldgefühle denken, die in ihr tobten und voll Ungeduld darauf warteten, zu explodieren.

Aber als sie den Zaun erreichten, packte sie Rossokow am Arm. Er musterte ihr Gesicht einen Augenblick lang, sah dann Mickey an. »Warten Sie auf uns am Lieferwagen.« Ardeth sah nicht zu, wie sie über die Mauer kletterten.

»Ardeth . . .«

»Wir sind frei. Es gibt kein Havendale mehr. Wir können von vorne beginnen.« In ihrer Stimme war ein Flehen, das sie nicht verbergen, aber auch nicht artikulieren konnte. »Dies ist die neue Welt. Kein Havendale, kein Ende wie in Paris. Keine Regeln.« Sie wollte, daß er ihr zustimmte, wollte, daß er den müden Schmerz ablegte, den sie in seinen Augen gesehen hatte, wollte, daß er ihr die Süße der Nacht und der Jagd zurückgab.

»Es gibt immer Regeln, Kind. Althea Dale hat nach denen gelebt, die ihr Vater sie gelehrt hat. Jean-Pierre lebte nach den Regeln seiner Zeit, die besagten, daß den Mächtigen, den Reichen und den Schönen alles erlaubt war. Und du, meine dunkle Tochter, welchen Regeln bist *du* gefolgt, als du dich neu erschaffen hast?« Die Kritik in seiner Stimme brannte, trotz seines sanften Tonfalls, und sie trat einen Schritt von ihm zurück.

»Du hast mich verlassen. Wie sollte ich wissen, was man tut? Wie sollte ich wissen, wie man ein Vampir ist? Ich habe das Beste getan, was ich konnte.«

»Ich weiß. Und du bist alles, was ein Vampir sein soll – du bist schön, verführerisch, tödlich. Wäre ich sterblich, würde ich dir zu Füßen fallen und mich von dir zutodetrinken lassen.«

»Lach nicht über mich!« Der Gedanke, daß er sich über sie lustig machte, weil sie so zu tun versuchte, als könnte sie das sein, was er gesagt hatte, zerriß ihr das Herz. Sie war an der Mauer, als er sie einholte.

»Ich lache nicht über dich, Liebste, glaub mir. Du hast mit all deinen Anklagen recht. Ich habe dein Leben aus dir gesaugt und dich alleine gelassen, und das in den gefährlichsten Monaten in der Existenz unserer Art. Du hast es großartig geschafft. Aber ich frage mich, was siehst du, wenn du in den Spiegel blickst?«

»Ich sehe, was ich bin.« Sie konnte ihn nicht ansehen, wenn sie sich an die Augenblicke ihres Schmerzes in dem Kirchturm vor einer Nacht erinnerte, an Saras erschreckten Ausdruck, an ihre eigene Angst, den Panzer ihres neuen Ich zu verlieren.

»Du siehst einen Vampir. Nur einen Vampir. Ardeth, liebst du mich?« Die Plötzlichkeit der Frage raubte ihr den Atem, schockierte ihre Augen so, daß sie wieder in die seinen blickte.

»Ja.«

»Liebst du meine Zähne, mein totes Fleisch, meine roten Augen, meinen Hunger nach Blut?«

»Nein . . . ja . . . ich weiß nicht, was du meinst. Diese Dinge sind alle Teil von dir.«

»Teil von mir, ja. Nicht alles, was ich bin. Fünf Jahrhunderte lang habe ich mich abgemüht, daß das die Wahrheit bleibt.« Er nahm ihr Gesicht in die Hände. »In Paris war ich ein Vampir. Ich bin darin ertrunken, in allem, was es für mich bedeutete. Jean-Pierre war trotz all seines Charmes nie etwas anderes als ein Vampir gewesen, selbst als er noch am Leben war. In Toronto, vor hundert Jahren, war ich lediglich ein Vampir, zu sehr von Angst gepeinigt, um hoffen zu dürfen, je etwas anderes zu sein. In der Irrenanstalt war ich ein Vampir. Sie zwangen mich, das zu sein . . . und nur das. Bis du kamst. Und jetzt . . . jetzt werde ich mich mit aller Kraft bemühen, wieder Dimitri Rossokow zu sein, der Bach liebt und Liszt verabscheut, der sich fragt, was die Sterne gemacht hat, der die Sonne und den Wodka vermißt, der Blut nur so braucht wie andere Menschen Nahrung. Und das ist es, was ich will, daß du lieben lernst. Das ist es, was ich möchte, daß du *bist.*«

»Das ist nicht einfach.«

»Nein. Es ist das Schwerste, was es für uns gibt. Aber wenn wir es nicht versuchen, hat uns dann die Unsterblichkeit zu mehr als nur Tieren in einem ewigen Dschungel gemacht, die sich von den anderen lediglich dadurch unterscheiden, daß sie nicht sterben? Was ist dann der Unterschied zwischen Althea Dale und uns?«

»Was ich getan habe . . .« begann sie mit bebender Stimme und dachte wieder an die Toten, die sie am Straßenrand und im Rinnstein hinterlassen hatte und zerbrochen auf baufälligen Böden.

»Ist geschehen. Genau wie die Frauen, die ich in der Irrenanstalt getötet habe. Unsere Schuld wird sie nicht zurückbringen und unser Leid auch nicht. Wir können jetzt nur versuchen, einen Weg zum Überleben zu finden, der uns nicht wahnsinnig macht.«

Sie seufzte und legte ihre Stirn an die seine, ihre Hände spielten mit seinem Haar. Dann atmete sie tief. »Vielleicht . . . war es schwer . . . die ganze Zeit . . . so vampirisch zu sein. Aber ich dachte, ich müßte das. Ich dachte, ich wollte es.« Zu ihrer Überraschung ertappte sie sich dabei, wie sie leise vor sich hinlachte. Sie griff ihm mit beiden Händen ins Haar und legte den Kopf etwas zurück, um ihn anzusehen. »Du wirst mich nicht verlassen.«

»Keine Versprechungen. Aber ich werde dich jetzt nicht verlassen.« Dann küßte er sie, und etwas in ihr sprang auf, so wie in der letzten Nacht in dem Verlies. Nach einer Weile ließ er sie los. »Wir sollten jetzt besser gehen.«

Ardeth lächelte und folgte ihm über die Mauer.

Als sie um den Lieferwagen herum gingen, fanden sie Sara und Mickey zwischen den offenen Türen sitzend; sie lösten sich gerade aus einer Umarmung. Ardeth sah ihrer Schwester in die Augen und lächelte, wollte über Saras schuldbewußten Blick lachen. Nur zu, kleine Schwester, du verdienst ihn – du verdienst einen Mann, der sich um deinetwillen mit Vampiren und Mördern und Alpträumen anlegt.

»Alles erledigt?« fragte Mickey.

»Ja«, erwiderte Rossokow, und für den Augenblick war Ardeth willens, ihm zu glauben.

Epilog

Als der Morgen dämmerte, verließen die ersten Löschfahrzeuge das Dale-Anwesen, gefolgt von den schwarz-weiß lackierten Polizeiwagen, die vor sechs Stunden eingetroffen waren. Die Ambulanzen waren die letzten in der Prozession, und ihre Lichter waren so tot und reglos wie ihre verkohlte Fracht.

Das Haus war eine Ruine, das Dach abgebrannt. Die steinernen Mauern standen noch, aber angesengt und vom Ruß geschwärzt, das Innere des Hauses war völlig ausgebrannt. Sobald das Feuer die sterilen Grenzen des Labors übersprungen hatte, hatte es das alternde Holz verschlungen, das fünf Generationen von Dales beschirmt hatte. Vom Rücksitz des Polizeiwagens sah Lisa Takara, wie die an der Brandstelle zurückgebliebenen Ermittler anfingen, die noch schwelenden Überreste in gelbe Bänder zu wickeln.

Bis jetzt waren sie freundlich zu ihr gewesen, hatten ihre stockenden Antworten und ihre ausdruckslose Passivität dem Schock zugeschrieben, den sie ohne Zweifel erlitten hatte. Bis jetzt hatte sie ihnen nur die Wahrheit gesagt – daß sie alleine aus dem Labor geflohen war, als offenkundig wurde, daß Martinez und Parkinson es nicht verlassen würden. Daß sie sich im Wald aus Angst vor den verwirrten Wächtern versteckt hatte, die jetzt verschwunden waren. Daß sie keine Ahnung hatte, was im Rest des Hauses vorgefallen war.

Aber über kurz oder lang würden sie mehr wissen wollen, und sie brauchte die Sicherheit, die ihre Besorgtheit ihr verschaffte, brauchte Zeit zum Nachdenken. Wenn sie ihnen den Rest der Wahrheit erzählte, so konnte das für sie nur zweierlei Konsequenzen haben, die beide unerträglich waren. Ein diskreter Aufenthalt auf einer Psychiatriestation ›zu ihrem eigenen Nutzen‹ und das Ende ihrer Karriere in der Welt der Wissenschaft, wenn man ihr nicht glaubte. Und wenn man ihr glaubte, würde Havendale sich wiederholen, nur die Namen würden sich dann ändern. Sie würde dann mehr als nur ihren professionellen Ruf verlieren . . . die Freiheit. Und sie würden das auch: die Frau, deren schreckliche Geschichte sie belauscht hatte, der Mann, der da gestanden war und ihr Leben in der Hand gehalten und sie leben gelassen hatte.

Endlich verschwand das Haus hinter den Bäumen. Sie drehte sich im Sitz um und zog sich die nach Rauch riechende Decke über die Schultern. Im Rückspiegel sah sie, wie die Augen des jungen Polizeibeamten sie suchten. »Alles in Ordnung dort hinten, Dr. Takara?«

»Ja. Vielen Dank. Aber ich mach jetzt vielleicht auf eine Weile die Augen zu.«

»Nur zu. Ich wecke Sie, wenn wir aufs Revier kommen«, sagte er besorgt. Lisa nickte und schloß die Augen.

Hinter der Sicherheit ihrer Maske formulierte und erprobte ihr Geist mögliche Lügen, während ihre Finger geistesabwesend einen Papierfetzen, den sie in der Tasche hatte, immer wieder auf und zu faltete, eine abgegriffene Karte mit einer Telefonnummer, die sie nie angerufen hatte.